若い人（下）

Yojiro Ishizaka

石坂洋次郎

P+D BOOKS

小学館

目次

二十六

旅行から帰った当座、間崎は仕事もろくにせず、ぼんやりと日を過した。張りつめていた気がゆるんで、長の疲れが一時に出たせいもあろうが、それだけでは説明しきれない物足りなさが胸の片隅に始終ヒリヒリと疼(うず)いていた。橋本先生のことだった。身内の人に面会したことも承知のはずだし、手紙の往復もあったことだし、帰ったからには当然自分を迎える言葉があって然(しか)るべきだと思うのに、やがて一週間にもなろうという今日まで、話しかけるのはおろか笑顔一つ見せようとはしないのだ。お互いの間に特別な義理や約束があるわけではないのだが、たとえとおり一ぺんの友人の間柄にしても、何の前触れもなく掌(てのひら)返すような素気ない態度に出られれば、寂しくつまらない気持にさせられるのは分りきった話だ。いわんや間崎は橋本先生を人並み以上美しい聡明な女性だと信じていたのだから、さりげない物腰の中に、何か尖鋭な対立の姿勢をひそめた豹変ぶりをみせつけられると、その理由をかれこれと忖度(そんたく)する前に、首筋が硬直するような白(しら)けた寒々とした思いにくれてしまうのだった。

旅行隊を乗せた汽船がなつかしい故郷の埠頭に横づけになった時、大勢の出迎え人にまじって橋本先生の和服姿もチラッと見えたが、混雑にまぎれてその時は挨拶を交わす暇もなかった。いや、今から思うと橋本先生のほうで顔を合わせる機会を避けていたのかも知れない。あくる日は旅行隊だけの慰労休日で、三日目からは平常通り授業が行われたが、話好きなY先生は、さっそく、山形先生や間崎を引き合いに出して、旅行中の見聞を面白おかしく弁じ立てて職員室をにぎやかし始めた。話の合間に「ね、そうでしたわね」と念を押されると、間崎は仕方なく「ええ」とうなずき返したが、心の中では、つい昨今の出来事をよくもあんなに法螺が吹けたものだと興ざめて腹が立った。自分の利をはかろうという下心があっての所為でないことは分るが、ちょっとした経験を無制限に誇張して他人に伝える習癖は、ふだんの生活が空っぽな人、ことにY先生型の女性に多いものであり、その生きた例証が自分をかかり合いにして機知も立場もない駄弁を弄しているのを目前に眺めると、間崎はいやでいやで、出来ることなら椅子を軋ませてクルリと後ろ向きになりたいと思ったほどだ。

けれども、この時の間崎の不快な感情は外からの刺激だけに誘発されたものではなく、内からそれを迎えて二重三重に溷濁し、沈澱させる生々しい素材が彼の側にも準備されていたのである。その一つは、東京の宿でY先生のなれなれしい介抱を受けた悪夢のような一夜の思い出であり、いま一つは、職員室の団欒をよそに、自席に頬杖をついて、ノートに何かこまごまと書き込んでいる橋本先生の妙にみずみずしい迫った感じの後ろ姿であった。

「……さあ、ここらでバラしちゃうかな……」

Y先生は急に調子を落して間崎の方へゲラゲラ笑いかけた。

「よくって、間崎先生」

「何です」

間崎はくそまじめに反問した。と、橋本先生の筆記する手の動きがピタリと止ったように思えた。

「あれよ、ほら、あの一件――」

大きな白眼がちの一重瞼の眼がなれなれしく合図をする。

「分りません、何でも言ってください」

間崎は突っぱねるような言い方をした。その調子は相手にも十分通じたらしいが、衆人環視の手前、お人好しのY先生も強く受けて、騎虎の勢いで「あの一件」というのを暴露し始めた。

「関西の方をまわってた時だったわ。どこかの小さな停車場から――何てたっけなあ、何でも名所があるとこなの。そこから私たちの箱へ芸妓さんか娼妓さんかの団体が割り込んで来たの。遊山の帰りとみえてお酒に酔っ払った人もたくさんいて騒々しいったらないの。駅長さんみたいな方がわざわざ断わりにいらしって、女の学生さんと混みにしてまことに恐縮だが、ほかの車では客同士がふざけ合って手に負えないし、ちょっとの間だから我慢してくれというわけなの。いやだったわ。でも席へ納まって笑い興じている様をはたから見てると案外無邪気でさっぱりしているものなのね——」

「そりゃあそうさ。彼女らだって人の子だよ。エス・クリストは何と言ったかね？　罪なき者石にてこの女を打て。……貴女にゃ石打ちする資格がないね」

あそび好きの佐々木先生はそれが癖の悲憤慷慨調で横合いから異議を申し込んだ。一座はドッと笑った。

「おや、憚りさま。——それでだんだんするうちに、うちの生徒たちと親しくなって、お互いに写真機をもち出して撮し合ったり、食べ物を分けっこしたり、まるでお友達みたいなの。私たちにも言葉をかけた人があったくらい。でも中に三、四人ひどく酔っ払った人がいて大声でいろいろ聞き苦しいことを言うんで困ってしまったわ。そのうち一人が生徒をつかまえて間崎先生のことをうるさく尋ねたあげく、紙切れへ何か書いてそばの生徒を使って間崎先生のところへもって行かせたの。呆れたわ。男の人っていえば箱の中には間崎先生お一人なんだからとても目立っていたの。その手紙には何が書いてあったか誰も見た人はないんだけど、まもなくその人たちの下車駅に着くと、手紙を送った人——仲間のうちでは姉さん株で相当綺麗な方だったわ、その人が指先を唇へ当てては間崎先生の方へ振ってみせながら危なっかしいフラフラした足どりでブリッジを上がって行ったの。おかげで生徒は大変な騒ぎだったわ……」

「よう！　珍聞、珍聞！　間崎君、おごれ。それからその手紙の内容を公開したまえ」

　佐々木先生は楽隊のようなはしゃいだ声で怒鳴った。

「まあまあ、大変なお話になって。……私も一緒におりましたんですけど、ちっとも存じませんでしたわ。嘘でございましょう、ねえ、間崎先生……」

　山形先生がポッと染った頬へ手を当てて、とりなし顔に間崎へ言いかけた。

「ほんとです」

　間崎は相手がたじろぐような語調でそこ強く言い放った。そして橋本先生の背へ電光のような一瞥を注ぎかけながら、

「手紙の内容は金釘流で（ええオクさんをもらいなはれ）それだけ書いてありました」

　ワッという歓声があがった。一つ置いて隣の席で事務をとっていた主任の長野先生が、鉛筆の尖で歯をくじりながら、間崎の方へニコニコ笑いかけ、低い声で、

「言簡にして意味深遠ですね。疎かならぬ箴言だと思いますよ」

「はあ――」

　自分では思いきりふてたつもりだったが、慣れないことなので、間崎はたあいもなくのぼせ上がってしまい、糸で牽かれるようなどうしようもないぶざまな流し目を橋本先生の後ろ姿にチロチロ浴びせた。弾き返すように橋本先生の右肩が一、二度動いた。と、ゆっくり後ろに向

き直って、露骨な軽侮の色を湛えた眼差で間崎をまともにみつめ、椅子を手荒に押しのけてどこか室外へ出て行った。誰もこの秘密な応酬には気がつかぬらしかった。間崎は胸をえぐられたような衝撃を受けるとともに、橋本先生が不在になったことを、なにか身軽い気楽なものにも感じた。

「これを要するにだね、間崎君。とかく独身者は世間からなめられやすいものだからお多福でも三角でも女房と名のつくものを早く貰いたまえ。持つべきものは持ち、行うべきことは行わんと人間の箔が出て来んからな」

ひとしきり笑いさんざめいた末に佐々木先生が鷹揚に下す結論を、間崎は自分の側にその時準備された複雑な滅入った条件の下に解釈するのを余儀なくされ、一層狼狽して顔を赧らめたのであった。

授業が始って人が減り周囲が静かになってから、間崎は解き放たれた者のようにそそくさと廊下へ飛び出した。

「悪魔の室」（喫煙室）で煙草でもやけに吹かしてムシャクシャを晴らしてやるつもりで行くと、向こう端の手洗い所のあたりから白いハンカチで指先をこすりながらやって来る橋本先生の姿が視野に入った。間崎は突発的に、今だ、という気をそそのかされ、襲われた動物のように身の周りをそうっと顧みた。無人だった。先へ行き次第せばまって見える、遠近法にカッチリはまった明るい廊下の向こう端から、ころげるような速度でグングン抜け出して来る橋本先生の姿は、まっすぐに近づいて、自分の体内を突き抜けて行きそうな、この世ならぬ怪しい美しさを漂わせたものに見えた。廊下の片側は裏庭だった。片側は教室が並んでいて、妙にしっくり塊った授業の物音が、何かのささやきのように間崎の不安な心底に響いてきた。教室と教室との間に地歴の標本室があった。その前ですれちがうように狡猾な歩速を保ちながら、相手をとらえて放さぬ烈しい意欲的な眼差をじっと注いで、間崎はそろそろ近づいて行った。橋本先生は、一とまたたきすれば笑顔にも怒った顔にも変りそうな白々とした心もとない表情を翳らせ、水が油を弾くような無関心な様子で間崎をみつめ返したが、さっきからずうっと、おそらくは必要以上に、白いハンカチで指先を神経質にこすり続けている動作に心の乱れが現われているようにも感じられた。予定の地点ですれちがった。間崎は斜めから衝き当るような心持で急に向きを換えてヒタと相手に迫った。唇がモゾモゾ動いたきりで何も言えなかった。

「ええ」

不覚にも橋本先生は一人合点な返事をかすかに洩らして、青い据った眼つきでじっと間崎を見上げた。額が白く、鼻柱がかぼそく、動物の子のように哀しげなものが顔中にあふれていた。呼吸(いき)づまるような接近した距離の中で、間崎は、胸がモリモリとふくれ上がってヒタと止ったぎりなのを見受けた。実際は自分の上に起った現象の錯覚を相手に見出だしただけかも知れなかったが。――その瞬間、間崎は時空の観念を急速に喪失して、自分ら二人は、生々しい野生の香に満たされた密林の中で、たった今、土からこね上げられた性の原型であり、次に演ぜらるべき行動もそこから必然に押し出されてくるもののような必然性を覚えたのであった。が、これこそは、何か柔らかい手ざわりのものに飢えていた彼の錯覚に過ぎなかったらしく、問われもしないのに返事をしたことで自分を苛(さいな)む気になりかけたらしい橋本先生は、お辞儀の代りに頭をツイと反らせる変な仕草を二つ三つ痙攣(けいれん)的に続けたかと思うと、紙片のようにスイと間崎のそばから離れ去った。わずか三十秒ぐらいの出来事だった。フェルト草履のピタピタ踏む小刻みな音が、唾(つば)を含んだ紙礫(かみつぶて)のように間崎のこわばった全身をビシビシと打った。

　やられたあ、やられたなあ……。舌を長く垂れて、火のような叫びを胸の中で発しながら、間崎は二階の祈禱室へ隠れにいった。そこは、長椅子二、三脚と、もたれやすいように面を斜めに作ってある祈禱台と、青地の壁面に掲げられた三、四枚の宗教画とのほかには一物の飾り付けもない簡素な天井の高い室だった。祈禱者のために内鍵が下ろせるようになっていた。

　間崎は頭を抱えて長椅子の上にころげた。身体中がかゆいようで、間を置いて熱い血がボッボッと顔に上って来た。そして、どんな簡単な思考にも耐えられないほど掻き乱された頭脳の裏側には、現在の自分と何の関(かか)り合いもない、過去の無数の経験のきれぎれが、ぼうふらのようにワイワイとせっかちに浮き沈みしていた。間崎は口を開き小鼻をゆがめて、クンクン息を洩らしながら、その浮遊する埃のような過去の集団をぼんやり眺めていた。
——つまり、あの人がよそよそしくし出した原因というのは、尻尾をつかまれた感じがするからなんだ。今までだってあの人の、かくあろうとする自己と実際の自己との間には隠し了せないギャップが見えすいていた（その不一致があの人の魅力にもなっているのだが）。あの人はそれをひどく気にかけて痛々しいほど無理なメーキャップを施して周囲に接していたのだ。あの人の美しさも醜さも、伸びようとして屈伸を続けている、まだ形を成さない生々した擬態の中にひそんでいるのだ。ところが今度自分が旅行隊に随いて行ってあの人の身内の人に会ったものだから、その時の会見をかれこれと臆測して、自分に痛いとこでも抑えられたかのように勝手に疑心暗鬼の囚になっているのだ。どんな意味でも人から呑み込まれたように見られるのが大嫌いなあの人のことだから……。

少し落ちついてから間崎はこんなふうに自分の考えを整えてみた。この考え方ではまだ随所に空回りや繰り返しが織り込まれているようにも感じられたが、掘り起せば際限もないことなので、ここらでおよその見切りをつけ、爾今、何事もなかった白紙の状態にかえって橋本先生に接することにしよう、と最後の思案を定めたのであった。

初めにかえる。とすれば、あの夕暮れの街路で頭をたたかれたことは結局たたかれ損になる。他人に頭を殴られるなんて俳句一つじゃすまない容易ならんことであるらしいがなあ……。未練が線香の煙りのように糸を曳いて断れなかった。

更紗模様の厚手のカーテンの隙間から、曇り日の外光が、太い縞をなして室内に流れ込んでいた。その光りが長椅子をよぎる箇所に間崎の頭は満ちたりた重量感を湛えてまるまるところがっていた。少し疲れをみせた美しい顔だった。美しいといっても、同じ光りの縞の中に浮き上がった、祈禱台の木目や壁のギザギザや額縁の一端やのように、物自体が折々示現する、平板なそれゆえに不滅な、あの美しさであった。そのような美しさ醜さを人知れず隠見させつつ人の生涯は尽き果てるのでもあろう……。

間崎が推測した橋本先生の心理は一部当っていた。おとなしいようでいて妙に人見知りのない同僚の間崎が、これもはねっ返りの継母やお世辞というものがまったく使えない叔父の島森やと会見して、鬼のいぬ間の洗濯よろしく、各人各説で自分を品評したろうことは察するに余りあるが、しかしそれから来る後ろめたさだけならば「おおいやだ」と肩をブルッと一と揺すりすれば事足りる。由来一つの理論を構成するに足りない瑣末な心理的陰影は、彼女の最も軽侮するところのものだった。では何が彼女の蒼白な攻勢意欲を燃え立たしめたのか。——間崎の人間全体に対する不信の念だった！（いきなりこのことを聞かされたら間崎は卒倒したかも知れない）

彼女は初見から間崎を好いたらしい人に感じた。つき合ってみていよいよ好きになった。けれども、一面に彼女は、自分を左右する感情と、自分が信奉する倫理とは、まだまだ不一致な域を免れない幼稚な状態にあることをはっきり自覚していた。沈思してみるに、間崎に接して覚える歓びは、感情のみが耽溺して倫理の裏づけを欠いている。こういう歓びはいたずらに心身を消耗させるだけで、珠玉の実を結ぶに至らないと、ある西洋の思想家も言っている（実際はときどき同僚から借りて案外面白く読む婦人雑誌の連載小説にあった言葉なのだが、彼女はそれをすっかり忘れてしまっていたのだ）。では中をとって、間崎に親しむほのかな歓びを自分に許してもらう代りに、自分からも積極的に働きかけて、かつて島森が自分の眼を開けてくれた高い信念の世界へ、間崎をも引き上げるように努めるのはどんなものだろう？　いや、疑問符を点ずる前に彼女はすでにそれを試みていたのである。だが、そんな対象としての間崎なる者は煮ても焼いても食えない厄介な存在であることを認めただけに終った。自分は確かに立派であると思われる意見を述べて説得に努めるのに対して、相手は前後撞着（どうちゃく）した封建的な御用論理を恥ずかしげもなく並べ立てて応酬する。それなのに、向こうの言葉には全身的な確かさがあり、自分の言葉は脳天の一角から軋み出るようで、空気に触れると同時に、どこかへ雲散霧消してしまう。口惜しかった。その口惜しさがあの人の頭をぶたせる結果にもなったのだ。あの人びっくりしてたっけ。

　力に余る彼女の二律背反は、間崎に触れる喜びを蜜のように濃くするとともに、一方には、はけ口のない厭悪の念を昂ぶらせてもいった。理性の命ずるところは、間崎と断てという一途のみだった。しかし——いや彼女は断ったのだ。その機会を間崎が旅行隊の監督で不在になった期間に選んだのである。彼女は、階級的に認識した間崎の人柄を自分の脳髄に焼きつけて忘れないために、絶えず江波恵子を対象に結びつけた。これは最も安易なまた実践的な方法である。あの子は肉体も精神も美しい。けれどもそれは滅びる者の美しさ、崩れる者の華やかさだ。自分は晴朗快活にあの子の美しさのすべてを認めてやれる。だが何という、はかなさ、もろさ、暗さであろう。そして、それへうじゃけた関心を持つ間崎のプチブル性に至っては、あの人自身が江波恵子と違って、物を考える多少の余裕を存しているだけに、憎みてもなお余りあるものだ。この憎しみこそ、それが烈しければ烈しいほどよろしいとレーニンも許したところのものではないか。あんな人、あんな人……。ばからしい支那の書物にさえ「心ノ欲スル所ニ従ッテ矩ヲ踰エズ」と言ってあるものを、歴史の暁闇を打ち破ることに生き甲斐を見出だそうとする自分が、感情を倫理の水面へまで陶冶し得ないようでは、いっそ縊れて死んだほうがましだ。間崎伐つべし!

昼も考え夜も考え、間崎の不在が長びくにつれて、その考えごとは渦巻のように目まぐるしいものになりまさっていった。そして、旅行隊が一路つつがなく帰郷したころには、間崎に対する、ギザギザしたガラス屑を一面に植えつけた意地悪い防塞が、二重三重に彼女の身辺に張りめぐらされていたのであった。このころから彼女は、いつともなく知り合った商業学校の生徒や町の青年をメンバーとして史的唯物論の研究会を自分の下宿で始めるようになった。

もしもだしぬけに誰かが彼女の肩をたたき、

「貴女の構想は花束のように見事だが、ヒョッとするとそれは嫉妬の変り種にすぎないんじゃないかしら――」と散文口調でささやいたとすれば、驚きのあまり今度は彼女のほうが卒倒するかも知れないのだ。間崎にしろ橋本先生にしろその他の人々にしろ、仮に卒倒しないだけでその日その日を暮している人々が我々の人生にはなんと多いことであろう。

二十七

冷たい雨の降る日だった。外も内も見る物ことごとくが鬱陶しくてならないので、間崎は第四時限の空時間に、校僕室に遊びに行って飼い兎に餌を与えて楽しんでいた。そこへ給仕が長野先生からだと言って監督室にすぐ来るように呼びに来た。行ってドアを開けた瞬間、間崎はハッと緊張した。佐々木先生、武田先生、Y先生、長野先生らがテーブルに凭り合って、そのいちばんはずれに橋本先生がまっすぐに顔を上げて間崎が入って来るのを見つめていた。

「や、御苦労さまでした」

　長野先生は眼鏡をかけなおして間崎に席をすすめた。橋本先生の隣だった。

「では揃いましたから始めますが、実はあまり芳しい話ではございませんので……。舎生の盗難事件なんです。御相談を願う前にY先生から被害者の訴えを皆さんに一応お話していただきましょうか」

「あら、先生から――」

「ま、どうぞ」

「でも……私なんかお話が下手で……」

　Y先生は甘ったれた声でネチネチと辞退した。

「いいよ、話したまえ、君の話し下手は分ってるが、こっちが聞き上手だからかまわんさ」

　佐々木先生が鼻毛を抜きながら漠然ときめつけた。

「ひどいわ」

　と、佐々木先生の腕を小突いてから、

「では私から……。被害者というのは間崎先生の組の岩淵テルさんなんですが、今朝、朝食後に舎監室へ来て、机に入れといた小為替がなくなってると言うのです。一昨日家から送って来たのをハモニカの箱の底にしまいこんで机の抽き出しに入れておいたんだそうですが、今朝みると箱だけあって中身がなくなっていたんだそうです。金額は七円だそうですが……」

「事情を知ってる者の出来心だな。同室は誰々です」

佐々木先生が無造作に探索を試みた。

「それがね、四人いるんですけどどれもいい子ばかりで疑いようがないんですの。また岩淵さんも別に隠す気はなかったんだそうですが、為替がついたことは同室の誰へも話しも見せもしなかったんですって。だからね……」

「おかしいな――分らん」

名探偵はたあいなくいきづまって首をかしげた。

「それで、貴女がみせないにしても誰か偶然に気づいたような人がなかったかどうかよっく考えてごらんなさいって言いますと、しばらく考え込んで、誰もない、ただ、いつもそうしてもらってるので、おスエさん（舎の炊婦）に、為替が着いたから局に行って受け取って来てくださいって、昨夜ちょっと話したんですって。……何しろ岩淵さんときたら一人きりじゃ買い物にも出られないお人好しなんですからね」

「おスエさんじゃなあ……」

当てがはずれて残念だという口吻で佐々木先生が嘆じた。その炊婦はもう二十年近くも勤続していて、何かの記念日に節婦としてお上から賞状と金一封をいただいたほど律義な女だった。

言葉がやや途絶えた暇に、長野先生が耳の下を掻きながら注意ぶかく話のくりを述べ始めた。

「まことに困った話です。ミス・ケートはこんな出来事にはことに気を病まれる方ですから、とりあえず我々関係者だけの手でどうにか真相を究めた上で、簡単な事後報告ですませようと思って実はまだ耳に入れずにあるのです。当分そのおつもりで願います。皆さんにはお忙しいところ大変御迷惑をかけますが……。この盗難というのは、以前には本校側にも舎側にも頻々（ひんぴん）と続出したことがあって、そのために学校全体の気分が陰鬱になって困ったものでしたが、近ごろグンと減ってまずまずよかったと思ってるところへ、今度の一件が突発したもんで、御同様残念でたまりません。ことに小為替のまま抜き取るからには、局へ行ってそれを受けとるという第二段の悪辣（あくらつ）行為をも重ねるわけで、これまでに見ないたちの悪いやり方だと思います。果して生徒の中に犯人があるとすれば、当人の心得違いが嘆かわしいのはもちろん、一面には教育者としての我々の熱意が生徒を感化するに足りない事実をまざまざと見せつけられたようなもので、この点お互いに十分に反省戒慎すべきだと存じます」

「あらあ、そんなに言われちゃ私たち舎監として立つ瀬がありませんわ」

にわかに首を垂れてY先生がセンチな声音で言った。

「いや、ああ、いや……」

と、長野先生は拝み上げるように片方の掌を立てて上下させながら、

「そんなふうにとられては困ります。……言い方が悪かったのです。私ども一同の共同責任であって特に舎監の方々がどうこうということは絶対にありません。……ところで差し当っての問題をどう捌いたらいいか。これです。草の根を分けても心得違いの者を調べ上げるか、それともこれを機会に舎生全体に厳重な戒告を与えて各自の自覚を促すことにするか、二つの処置しかあるまいと思います。どちらを選ぶにしても、それではどんな方法で行うのが最も効果があるか――とまあいろいろそんなことについて各位の忌憚ない御意見を承りたいと思うのです。どうか、どなたからでも御遠慮なく発言してください」

話し了えると長野先生はまた老眼鏡をかけ直した。緊張しているのだ。みんなうつむいて黙っていた。いつの会議でも大きな問題が研究される時、真っ先かけて口火をきる先生方はほぼきまっていた。いまここに集っているメンバーでは橋本先生もその一人だが、今日は神経質らしくシーシー奥歯を吸い上げるばかりで一向発言しそうなそぶりが見えなかった。佐々木先生もざつな雄弁家の組だが、人の話の合間に顔を出して、あれやこれやと引っ掻きまわす役向きで、会議をリードする気魄と決断力を欠いていた。武田先生とY先生は両手を蕨の穂先のような形に組み合わせて寂然と頭を垂れている。とすると、口火を切るのは間崎のほかにはない。事情がこんなになった時、一座の責任をわが身一つに感じて、心にもない言動に出るのは止む

に止まれぬ間崎の性格であった。そればかりでなく、先刻来、隣席の橋本先生から伝わって来る眼に見えない意志の圧迫に呼吸もつまる思いだった間崎は、かれこれ錯雑して、頭の中はほとんど白紙の状態だったにもかかわらず、何かしら言わずにいられない追いかけられる者の窮した気持に陥っていった。喉に絡んだ咳払いを二つ三つ洩らして、あいまいな、ボソボソした口調で、

「徹底的に調べ上げたほうがいいと思います。理由は……例えば家庭の中で親が子供のこうした過失に気づいた場合には、真っ向から本人をたたきつぶすような手きびしいやり方をとらずに、間接に、もの柔らかに、本人の自省をうながすというような方法もとり得るかと思いますが、学校のように多人数の教育を施すところでは、理非黒白の裁断をきびしく明らかにしておく必要があるかと思います。個々の性格は及ぶ限りいたわって伸ばしてやらなければなりませんが、そこにはおのずから限度が存するわけで、そのために全体の進路をぐらつかすようなことがあってはならない。個人としての人と群集としての人とはある場合まったく一変する。個人としては皆が皆善人でも、人との関係において、善悪強弱、さまざまな姿で現われてきます。個悪い行いや悪い意志は伝わりやすいんですし、また本人に、そのような道にはずれた行いは社会では容赦しないんだ、ということを順応性が豊かな今のうちによく納得させておくほうがかえって親切なやり方だと思うんです。……犯人を挙げたほうがいいと思います」

話しながら間崎は問題の核心からは遠いあたりを堂々めぐりしているようで自信がもてなかった。長野先生はコックリうなずいて、

「そりゃあもうお説の通り真相を明らかにするに越したことはありませんが、その方法はどんなにしたものでしょうかな……」

「あの、よほど前のことですが、やはり今度のような事件があって、その時には一斉に舎生の持ち物検査を行なったそうですわ。そしたらある生徒の手文庫の中から盗難品が出たってお話に聞いておりますが」

Y先生が含み声で述べた参考意見を、間崎は素直に受け継いで、

「なるほど、それもいいかと思います。手分けして調べれば造作なく出来るでしょうから、少しぐらい苛酷なやり方であっても、今これを十分に手を施さずにうやむやに流してしまえば、盗ったもの盗られたものはそれぎりになってしまうこともあるのだという漠とした面白くない観念を生徒の心に残すことになって、かえってよくないと思うのです」

そう念を押すのが識らず識らず橋本先生へ釈明してるような形になって間崎は思わず赤くなった。

「賛成だね。これを機会に舎内の大掃除をやるんだね。伏魔殿の正体暴露す。ラブ・レターの二つ三つは副産物に上がるかも知れないぜ……。長野先生、やりましょう」

佐々木先生がきおい込んでせき立てた。ふと間崎は橋本先生の呼吸（いき）づかいが不調になったのに気がついた。何か言うんだな、と目を向けると、相手の目とかち合った。

「あの、もし生徒が所持品の検査を拒んだらどうなさいます？」

「なあに、初めっから生徒へは断わりなしにやるんです。そのほうが効果がありますから」

間崎はことさら無造作な調子で言い放ったが、次の逆襲に備える心がまえはおさおさ怠らなかった。

「そりゃあそうさ」

と佐々木先生が一票を投ずる。

「私は不賛成です」

静かなハッキリした声で橋本先生が異議を申し立てた。間崎はその声を待ちかねていたかのような反射的な素早さで、椅子を荒々しく軋ませて橋本先生と正面に向き合った。半ば暴力的だった。間崎は恥じ、橋本先生はたじろいだ。埋め合わせに言葉を柔らげて、

「なぜです」

すぐには答えもせず、青味の勝った、強い感情をうつす瞳をポカリポカリまたたかせて、驚いたように間崎をみまもり、

「人の持ち物を掻きまわすのはよくないことだと思いますから……」

「人の為替を抜きとるのはもっと悪いことだと思いますね」

「そうです。でも後ろ暗い行いを後ろ暗い手段で矯め直そうとするのは教育的ではないと思います」

「自分の興味で検査するわけでもないのに、どうして後ろ暗い行いになるのですか」

「個人的な問題にしないでください。私は一般的に申し上げるのですから……。そういう警察のようなやり方をしなくとも、学校には学校としての採るべき方法がある、ぜひなければならないと思うのです」

「――では貴女ならどうさばきますか」

「――舎生に自治会を開かせてまかせきりにしたほうがいいと思います」

「それで埒があくでしょうか」

「ラチって何です」

「つまり……犯人を挙げることです」

「学校って犯人をあげるところでしょうか」

「ある時にはね……。いけない、私が言ったのは部分のことなのに貴女はそれを全体にすり換えてしまう。それは詭弁です……」

「取り消しますわ。……私が言いたいのは、犯人を挙げることはもちろん大切ですが、そこまでいく過程を全部舎生の生活経験にしてやらなければ効果がないという意味でした。学校側で、秘密に、いろんな手段を用いてともかく心得違いの生徒を見つけ出したとします。その生徒は当然自分の過失に対してなにかの処分を受けなければなりません。そこまではいいのですが、これが一般の生徒、ことに舎生に対してどんなふうに働きかけるかということが、私どもにとっては犯人をあげる以上に大切な問題だと思うのです。おそらく生徒は、とつぜんある非常に不愉快な結果のみを、これ、この通りだぞと、眼の前につきつけられたような気持で、恐れはするが腹からの得心はいかないだろうと思います。ちょうど、人民が、困った時には保護を求めますが、ふだんは警察というものにあまり親しみをもたないように。もし学校対生徒の関係がそんな空気のものになったとすれば、それこそ由々(ゆゆ)しい問題ではないでしょうか。……同じ形の結果をみるにしても、舎生の自治会がみんなで考えみんなで相談してそこへ到達したものならば、事件全体に生徒の生活が織り込まれているわけですから、役にも立たない陰気な恐れや曇りの気持を生徒に経験させないですむだろうと思います。また犯人をみつけ出す点でもこの方法がいちばん有効のように考えられますが……」

まともに向き合った二人の距離は膝も触れ合わんばかりに近かった。一方が語ってる間、一方は目を伏せて相手が自由に自分の顔を眺め得るように自然にふるまった。そうしなければ何だかお互いに申しわけないような逼迫した涙脆(もろ)い気持になっていたのである。

橋本先生の所持品検査反対論の解説は間崎の感情を心ゆくまで満足させた。それは、いつものような勢いにまかせたやっつけのあとがなく、しゃべりながら考え、考えたことを次の言葉にうつす微妙な工作が外側から見えすく、独白にも似た静かな気魄の一連の言葉の流れであったが。だが、不思議なことには相手の所論を空に聞き流そうなどいうおろそかな気持はまったくないのに、橋本先生の一語々々はほのかな思想の肉づけを付着させたまま、白い水泡のように間崎の頭上を素通りしてしまい、あとにはむせぶような人肌の香がひしひしと間崎の呼吸に迫って来るのであった。この発見は胴体を二つに切断されるような異常な戦慄を間崎に覚えしめたのである。

橋本先生の話なかばから、佐々木先生が何か発言しようとして、二、三度空の咳払いを洩らしたのみで機会をつかめないでいることを知っていたが、いよいよ誰が話してもいい区切りの時間が訪れると、間崎はむさぼるような勢いで発言権を自分のほうに奪いとってしまった。そのやましさで少しせきこみながら、

「貴女が今述べられたことは正しいと思います。けれどもそういう考え方が芽生えてくる地盤の思想については多少の疑いなきを得ません。……一と口に言いますと、貴女は人間をあまりいいものに考え過ぎていると思うのです」

「では悪いものに考えたほうがいいとおっしゃるんですか」

「けっして。……僕の考えは、人間はいいものになれると言い得るだけで、いいものだと言いきれる状態には永久になれないものだと思うのです。……露骨に言いますと、人間に対する貴女の信頼の念は、ある骨惜みから、ある逃避から、あるいはもっとプライベートな気持から萌(きざ)していやしないかどうか、それを貴女自身に反省していただきたいと思うのですが」

「——いろんな夾雑物(きょうざつぶつ)はあるかも知れません。しかしそれを神経質にほじくり出していけば私というものが滅びるばかりでございます。私も生きなければなりません。貴方がおっしゃったことは私一個人に対するテストのようですが、それに答えなければならない義務も責任も私にはないように思います」

「失礼……どうも喰いちがって……」

間崎は鋭い鞭を受けたようにカッと逆上して、しどろもどろな詫び言を述べた。その暇に佐々木先生がまたぞろ咳払いを始めたが、間崎は脱兎(だっと)のように次の主題(テーマ)に飛びついていった。

「ところで当面の問題に返りますが、所持品を検査するということに対する貴女のいちばんの不満はどういうところにあるのでしょうか。それを聞かせていただきたいと思うのです。いや、さっきもおっしゃられたようですが、つまりですね、僕の考えでは、学校も社会の一部である以上、そうそう第一義的なやり方ばかりは出来ないわけで、いろんな手段が行われていいと思うのです。むしろ必要でさえあると思うのです。……母親が病気の子供に薬を飲ませるために砂糖水だと言って騙す。貴女もそういう手段なら認めるでしょうね」

「認めます。子供は無知だからです。私どもの生徒はもうそんな状態にはいないのですから同じようなやり方では間違っていると思います。……お尋ねでしたから繰り返して申しますが、所持品を調べられるということは、生徒の側からすれば一人々々みんなが疑いの一半をかけられたことになるわけで、疑われれば身に覚えがなくとも変に後ろめたい不快な気持にさせられるのは誰しも免れがたいことです。発育ざかりの生徒らをそんな卑屈な気分に狎れさせることは避けたいと思います」

「狎れさせるんでなく鍛えるんです。そう考えることが出来ないものでしょうか……」

「さあ……よく立志伝なんか読みますと、逆境に鍛えられたお蔭で大人物になれたというように扱っておりますが、豪くなれる人はごくまれで、大多数の人は貧困な境遇のためにスポイルされているんじゃないかと思います。……私たちの生徒も社会に出てしまえば否が応でも意気地なしにさせられてしまうんですから、今のうちに伸びられるだけまっすぐに伸ばしてやりたいと思うのです」

「伸びるだけで折れやすければ仕方がない。実生活の裏づけが稀薄な教育法はままごとも同様ですからね」

「貴方のおっしゃる実生活とやらに最初から屈従している御用教育でも仕方がないと思います

わ。教育の使命はあるがままの社会に適応した人間を作り上げるというよりも、それが社会に働きかける積極性の中に含まれているのだと思います」

「分りました。……貴女の行き届いた理想主義には敵わないなあ。あんまり形が整いすぎていると思いますよ」

「教育は理想です。型です」

「理想だが……公式ではない」

「ええ？　何ておっしゃったんですか」

「公式。……杓子定規！」

「私が？」

「ええ、まあ行きがかり上そうなります」

「先生はよく私の個人評価をなさいますのね」

「仕方がありません」

「私も仕方がありませんわ」

橋本先生は泣き笑いに似た表情をサッとかげらせて呼吸を深く吸いこんだ。それきり口をつぐんだ。はたから眺めると、二人の論戦はひどく技巧をこらしたリズミカルな起伏をたどってゆるゆると運ばれているようだったが、その実、二人の身辺には白熱した気合いの交流が目にも止らぬ早さで旋回していたのであった。

間崎は最初から最後まで自分が打ちまくられていることを認めた。だが楽に感じた。その反対に、橋本先生は次々にとりあげられる問題が竹を割るように自分のものになっていくにつれ、呼吸ぎれがし、気が遠くなるように感じた。いま少し時間が長引けば、せっかくの勝ち放しを一ぺんに台なしにしてしまうひどい崩れ方をしそうでならなかった。そして、その恐れを意識していた程度は、当の橋本先生よりもむしろ間崎のほうに強かったかも知れないのである。

「いやいや……愚論々々！　若い連中はすぐに抽象論に走ってはたの迷惑を省みず勝手な長広舌(ちょうこうぜつ)をふるうが、一体君たちはさっきから長談議で何を決定したか、一つ考えてもらいたいものだね。……ところで御参考までにこれから僕がもっとも実際的な意見を陳(の)べてみたいと思いますから、あえて諸君の御清聴をわずらわしたい……」

何度も出鼻を折られた後なので、日頃は悠暢な歌ひじりの佐々木先生も、ひどく癇(かん)を昂ぶらせていた。場所柄も忘れてポケットから煙草の袋を出しかけ、Y先生につつかれてあわてて中へ押しこんだ仕草にも不機嫌のほどがうかがわれた。妙に調子を張った漢文読みの口調で、

「本題に入る前に申し上げておきますが、僕は今度の盗難事件の処置に関しては、間崎君の提案に賛成であります。なぜというに、橋本先生が提案された舎生の自治会に一任する案は、結局理想倒れに終って、何らの効果をもたらさないということを、身をもって切実に体験して

いるからであります。

僕は中学四年の何学期かの試験間近かに歴史のノートを盗まれたのであります。その教師は教科書よりもノートの筆記から試験問題を多く出す習慣でしたから、僕は困ってしまって、飯も喉へ通らないという悲観のありさまでした。学校へは訴え出ませんでした。訴え出てあがった例はまずないからであります。誰かふだんに怠けてノートをとってない奴が盗んだのに相違ありませんが……。ところで僕は煩悶を重ねたあげくどんな手段に出たと思いますか。僕もまた同学年の生徒のノートを盗んだのです。隣の組が教練で運動場に出てる間にまんまとある優等生のノートを盗んだのです。ところがその生徒は僕とちがってノートが紛失したことを教師に訴え出ました。そこでさっき橋本先生が言われた四年生だけのいわゆる自治会が開かれることになったのであります。四年生は三組に分れておりましたから受持教師も三人おり、主任格は帝大の哲学科出身で修身と英語を担当している至って自由主義的な先生でしたが、自治会に事件を付託させたのも、おそらくその先生の発案ではなかったかと思います。そのやり方は放課後、広い講堂に四年生だけを居残らせ、初めに先生から、他人が苦心してうつしたノートを盗みとるのはいかに悪辣な行為であるかを諄々と説ききかせ、結局この問題は君らの良心にかけて君らだけで解決するようにしたまえ、心得違いの者が現われてもその処分はやはり自治会に一任するのみで学校側からはとかくの処分を行わぬ、その点だけは我々三名の組担任で責任をとるから――。こう言いきって先生方は退場してしまったのです。いよいよ自治会です。級長が気乗りしない調子で、みんなに迷惑をかけるから盗った者は名のりをあげてくれ、ノートはいくらも融通してやるからと言い出したのをきっかけに、各人各説の意見をごうごうと述べ始めました。学校の近所によく当る巫女がありましたがそれに頼んで神下ろしをしてもらうがいいという奇抜な案を出した者もおりました。犯人は出ませんでした。というのは私は名のり出なかったからです。それで、その日は、盗った者は明日の朝までに被害者の机の中にノートを返しておくようにということで散会になりました。もちろん私は返しませんでした。自分のノートも返ってこないからです。眼には眼を、歯には歯を――では、エス・キリストに叱られますかな。

翌日の自治会は紊乱（びんらん）を極めました。試験間近かの大切な時間を、身に覚えのないつまらんことで浪費させられるのが大部分の生徒は不平だったのです。はては、

――盗られる奴が間抜けだ。

――その間抜けが教師に訴え出てみんなに迷惑をかけたんだ。

――おれが犯人だったら絶対に名のらんと思うな。

――級長責任をとれ。何のための級長だ。我々を早く帰してくれ。

――やれやれ。

——ヒヤヒヤ。

などと勝手な暴言を吐き散らしてワンワン騒ぎたてました。僕ですか？　お恥ずかしい話ですがやはり他人の尻馬に乗っていい加減な弥次を飛ばしていたものです。ここでちょっと釈明させていただきますが、僕はそれまで操行点が甲と乙の間を上下しており、中学生としてはまず善良なほうの部類だったのです。……さあ事態がそうなってくると気の毒なのは訴え出た被害者です。岩城三郎という男でしたが、僕の座席から斜め右の位置に坐っており、顔色を真っ青にしてうつむいたきりなのです。そのうちに応援団の副長をやっているBという男が立ち上がって、

——岩城、君には気の毒だがこうしてたって犯人は出るんじゃなし、いたずらにみんなの時間を喰うだけのことだから、一つ君が犠牲になってノートがめっかったということにして、これから級長付き添いで教師のところにいき、早くみんなを釈放するように計ってくれないか。代りに君には誰かのノートを試験がすむまで用立てることにする。なんなら僕が犯人だと名のってもいいのだがそれではかえって企みすぎて事をぶちこわしそうだから……。

と言い出しました。あちこちから、

——賛成。

——異議なし。

——豪いぞ、佐倉宗五郎（さくらそうごろう）。

と大変なかけ声です。岩城は生贄の羊のようにスゴスゴと最前列の級長らのいるところへ出ていきましたが、さすがに僕は正視に耐えない気持でした。

教師のほうで岩城の申し立てを信じたかどうか知れませんが、結局それで事が落着したのです。僕はその日家へ帰ると盗んだノートを竈（かまど）で燃やしてしまい、教科書だけで試験を受けました。……ところでこの事件にはちょっとした後日物語があるのです。試験がすんで終業式の日だったかと思いますが、吉井という同級生と二人で学校の裏の野原へブラブラ遊びに出かけたのです。この男は眇眼（すがめ）で頭はいいのですがどこかいやな性質があり、これまでもウンと親しくなったかと思うと敵同士のようによそよそしくなったり、そんな交友関係を何べんか繰り返してきた間柄なのです。で、歩きながら例のノート問題に話が触れると、吉井の奴、人を試すような口調で、

——おい、おれは昨夜、夢でその犯人の名前を知ったんだがね。

——阿呆らしい。夢があてになるかい。

——なるんだ。確かにまさ夢だと思う。

——誰だい、そいつは。

——頭字（かしらじ）だけ二文字現われてきたんだよ。

――言ってみろ。

――いいかい。S・Sというんだ。

――S・S? じゃおれもそうだぞ。

――なるほどね。そういえば君もS・Sだったっけね。しかし君じゃないだろう。君には覚えがないだろうから……。

と、眇眼をきらめかして下から僕の顔をうかがうようにするのです。その瞬間、僕の脳裡には、いつか学校の帰りに吉井と連れ立ったことがあり、その時吉井が、

「歴史のノートにところどころブランクがあるんで困っちゃった。君のは充実していいなあ……」となにげなく洩らしたのをその時の口調のままで思い出し、同時にサッと熱い血が頭に駈け上るのを感じ、あとは夢中でした。

――この野郎、貴様だな、おれのを盗ったのは!

叫ぶが早いか吉井の眉間をしたたかに突き上げてやりました。奴も負けておりません。

――貴様こそ泥棒だ!

というわけで、人気のない野原のアカシヤの茂みの蔭で必死の組み打ちを始めました。僕はあの時ほど烈しい怒りに駆られたことがなく、またあの時ほど人を殴り人から殴られたこともありません。精根つきるまで闘ったのです。ものの小一時間も組み合っていたような気がしま

すが、実際は五分か十分そこらであったかも知れません。二人とも服がズタズタに破け、顔も手も一面に血まみれでした。もう手足を動かす気力もなくなって、しばらく倒れたまま眼を閉じて、胸が破裂するんじゃなかろうかと思われるような烈しい呼吸遣いに身をまかせておりました。なにほどか経ってそっと眼をあけてみますと、気が遠くなるような美しいものが僕の眼界いっぱいにふさがっているのです。青い空です。あの青さ、さわやかさ、果てしなさ——どうして僕は今までこんな美しいものに気がつかなかったんだろう。……後悔とも歓喜とも判別しがたい感情が、顔や手足の掻き傷のヒリヒリ沁みるのと溶け合って僕の全身を刺激し、思わずポロポロと涙をこぼしてしまいました。あんな感激は僕の人生には二度とあるまいと思います。

しばらくして、立ち上がって、血を拭き、服装を正し、帰り支度を始めますと、それまで死んだように倒れていた吉井がムックリ起き上がって、捨てられては大変だといったふうでこれもあわてて帰り支度を始めました。僕たちは顔を見合わせるのを避けました。僕が歩き出すと、後ろから吉井も黙って従いて来ました。足を痛めたのか、兵隊靴の足音がバタリバタリとびっこを曳いて聞えて来ましたっけ。そしてなぜだか知れませんが、そのチグハグな足音が自分の背後でたえず聞えるのは、僕にとって大変心強い気持を起させたものでした……こういうわけで、つまり……」

佐々木先生は自ら少年のような感激に浮かされて「実際的意見」というのを述べ終ったが、勢いの赴くところ、初めの目的から逸脱し、人前もなくそばのY先生を顧みて、

「ところで僕は何を証明するつもりだったかしら……」

「あら、いやだわ。自治会の問題じゃなくって……」

「そうそう……。かるがゆえに僕は自治会付託の案には賛成しかねるのであります」

と、とってつけたようにドシンとテーブルをたたいた。誰も答える者がなかった。妙にいびつな気分が座にみなぎった。長時間一人でしゃべり続けたせいもあって、室内には佐々木先生の呼吸の臭いがいっぱいに漂っているように感じられた。そして、テーブルの面には、ある低い、聡明さを欠いた、押しつけがましいものが、魚の腸のようにゴテリと堆く積み重ねられているようで、それに対しては何人の食指も動こうとはしなかった。

「個人的な問題には何事も申し上げられません」

橋本先生はうつむいたままでポツリと言った。それは間崎自身も何べんか止めをさされた手段であったが、今はそれを言う橋本先生の明晳な気持が、ひどく自分に親しいものに感じられてきた。

「そうですよ。確かに問題は僕の人間評価に関してきます。顧みて他を言うようですが、女の子だからってそうそう綺麗な心持ばかりもってるわけではありますまい……。現に……」

興奮の後始末がつかず、自分がえぐった横穴がよほど大きいものであることに気がついた佐々木先生は、別なおしゃべりで一切を埋めつくそうと無意識に努め始めた。ギシギシした無理な感じがきく者に味気ない思いをさせた。

「現にですね。……これはちょっといかがわしい話ですが、ある時、長野先生がランニングの水野を教員室で叱っていらしった。居合わせたのは僕一人だけでしたが、自席で仕事をしながら、だんだん先生が訓戒していらっしゃるのを聞くともなしに聞いていますと、突然先生が、もうよろしい、お帰りなさい、と言って水野を返してやられた。誰がきいてもこれから大切なことを説ききかせようとする半ばに突然本人を返したんですから、僕は不審でならなかった。水野が教員室から出ると、先生はフーフーいって、こんな恰好に手を振られ、窓際に立っていって深呼吸をされました。どうしたんですってききますと、いやひどい目に会いました、鼬の何とかって言いますね、水野がそれをやったらしいんで、いやもうひどく臭くって頭が割れそうでしたから帰ってもらいました、というのです。呆れましたね。僕も被疑者たるの資格があるわけですが、席がずっと離れておりますし、神かけて覚えがありませんし、やはり水野にちがいありません。女学生といったってそんな野太い奴もいるんですから、生じっかな手ぬるいやり方では、かえってつけ上がらせるばかりですよ。きびしくやるに限りますよ……」

「ひどいわ、それほんとのことでございますか、長野先生」

Y先生がクスクス笑いたそうなのをやっとこらえながら訊ねた。

「はい、ほんとのことでございます。私に間違いがなかったとすれば、どうもやはり水野さんだとしか考えられません。胃腸の具合で誰だって仕方がないことですけれども、あの臭いの中に二人きりで浸って叱ったり叱られたりしておりますと、こう地獄へでも引き込まれそうな、それはそれは情けない厭世的な気持になりましたので、後でまた調べることにしてひとまず帰ってもらったのです」

長野先生は、揉み手をして、眼をパチパチさせながらいかにも申しわけないことのように、それを言った。どこか脱俗したものの柔らかい光った感じがあって間崎を微笑ませた。

「みなさんの御意見にまかせます。……それについて、私も所持品検査の一員に加えていただきとうございますが……」

とつぜん橋本先生が投げ出したように一と向きな勢いで自説を撤回した。間崎は驚いて自分の論敵の顔を見上げた。紅潮した眼の縁のあたりに捕えがたい微笑の影がにじんでいる。……この人は我々の愚劣さを嗤っているのだろうか。いや哀しんでいるのかも知れない。それでいいのだ。この人がこの人の人生のここかしこで今あるような愚劣さの数々に接することは、結局、この人のためになるのだ。素手でガラスをぶち破ろうとする者は自分の手を血にまみれさせる覚悟をせねばならぬ。いわんや人生に根を張る愚劣さはガラスごときの比ではないし、愚劣とみたものが、実は切磋琢磨の功を積んで成った虚飾ない真実の姿であるという場合もあり得よう。この人はそれを自分の白い織手(せんしゅ)でいちいち打診してみないことには気がすまないのだ。皮膚が破れ、生爪(なまづめ)も剝(は)げよう。しかしこの人が倒れないことを自分は信ずる。ああ、深く深くそれを信ずる。もしそれがこの人の成長に役立つのであれば自分は今後の機会にも、この人の論敵の立場に立って、甘んじて練習人形(タックル・マシーン)の役目を務めよう。どうも自分の人柄からして、そんなふうにしか、この人に対する自分の満腔(まんこう)の厚意を現わすすべがないように思うのだ。……間崎は、またしても、貝殻に半ば身を隠したようなものぐさな思慕の念を、橋本先生の周囲にうすくひろく繰り展げて止まなかった。

妙に息苦しい倦怠に陥りかけていた会議は、橋本先生が投じた意外な切り札によっておのずから終結をみるに至った。

二十八

話がまとまると、善は急げでさっそくその場から寄宿舎に乗り込むことになり、Y先生、橋本先生、主唱者の間崎、会議中一語も発しなかった武田先生の四人が探索係に選定された。あれほどの勢いだった佐々木先生は次の時間の準備があるからという口実で辞退を申し出た。疑うわけではないが、頭文字S・Sの佐々木先生は、ふだんはガラガラと鼻っぱりが強いくせに、何か責任を持たされるような仕事になると急にくじけて尻込みをする癖があった。(月給が上がらない所以ですぞ……)と間崎は大きな舌を出す気持だった。

本校と寄宿舎は、鉤の手に折れ曲った、長い石畳の廊下で中継されていた。階下は食堂や読書室、娯楽室、面会室などに当てられ、二階が生徒の自習室兼寝室になっていた。中央の階段を上がって掲示板があるちょっとした溜り場に出ると、それまで無言だった四人のうち、Y先生が真っ先に口をきいた。

「ちょうどここを境目に、右に五つ左に五つ部屋があるわけですが、二人ずつ手分けしてやりましょうか、それとも皆一緒で一つずつ片づけていきましょうか」

「そうだな、あまりいい仕事でもないから手分けして早く片づけたほうがいい」

間崎は肩のこらないY先生と組になるつもりでそう答えた。

「ほんとね。じゃ私たちこちらから始めますから、貴方と橋本先生でそちらの方をお願いしますわ」

Y先生は、何もかも分っていますわと言いたげな狎れ親しんだ眼差で、間崎をチラッと見返した。それは旅行中もしばしばみせられた眼の光りで、間崎は、困るなあ、と思った。

「ではそういたしましょう」

橋本先生はなにげなく受けて、もうとっつきの室の板戸をあけて中へ姿を消した。残された間崎はばつ悪げに頭などを掻き、見えない橋本先生の方を顎でしゃくいながら、

「さがしてる間にまた議論が始るんじゃないかと思って……なにしろおっかない人なんだから」

「こわいことないわ。根は親切な方よ、ね」

Y先生は組仲間の武田先生に同意を求めた。

「親切な方でございます」

武田先生はめったにない笑顔をみせた。おちょぼ口で、気の毒なほど滑稽な顔だが、それだけに考えてることがじかに間崎に伝わってつい赤くなってしまった。

部屋に入る時、間崎は、橋本先生が開けておいた左側の入口から入る気がしないで、わざわざ右側の板戸を引いて、そこから入った。次々の室も同じにした。間崎が先導に立った時には橋本先生も大分手荒く反対側の板戸をビシャリと開けた。そうしておくと、室がしっかり解放され、二人ぎりで口もきかずにいる息苦しさからいくぶんでも救われるのであった。

間崎は初めて舎生の居室を見た。十畳に四人のきまりで、どれもあまり立派でない机や本箱が、あるいは四人一列に、二人ずつ差し向いに、鉤形に、あるいは群雄割拠の形で主（ぬし）なきあと

の室を寂然と守っていた。襖や壁には衣紋竹に通した着物が案山子のように肩下がりにぶら下がっていた。造花や額縁の飾りつけもあったが一体に貧しげで落寞とした感じだった。兵隊さんは自分より年上なもの、女学生は美しいもの、という昔なじんだ観念から今もって抜けきれないでいる間崎は、毎日接している教え子たちであるにもかかわらず、楽屋を一見するに及んで、多少現実暴露の感なきを得なかった。

それはいいとして、肝腎の小為替探索に至っては、茫漠として雲をつかむような至難のわざであることを、間崎は今にしてハタと思い知らされたのである。あの薄っぺらな紙片一枚、どんなとこへでも隠せるではないか。……まず押し入れをあける。と、湿っぽい、ムッとするような、女の香りが鼻をついて、出る手も思わずひっこんでしまう。勇を鼓して、行李の蓋をあける。すると、肌の匂いと反物の匂いが混じた別種のさわやかな香りが眼に沁みてくる。なるべく呼吸をしないようにしながら、キチンと積み重ねた着物の隙間にほんの申しわけに手をさしこむきりで、一枚々々拡げてふってみるなどは思いもよらない。第一後始末の煩に耐えないし、出来もしない。うっかり底に手をつっこむと、ズロースや赤い股引をつかみ出す。すると間崎は火傷をしたようにその手をひっこめてブルル……と振るのであった。

こりゃあ不可能だ、不可能という字は吾人の辞書に存在する、存在させなきゃあいかん……。

三つ目の行李を調べ終えた間崎は、そこで根負けがして、行李の蓋をバタバタたたきながら、ふんぜんとして立ち上がった。そのはずみに押し入れの上段でいやというほど頭をぶった。グスンと後ろで吹き出す音が聞えた。間崎は反射的に頭へ手をやり後ろをふり向いた。橋本先生がお尻を突っぱらせて向こう側の押し入れに頭を深くさしこんでいた。心なしかその背中がヒクヒク痙攣しているように見えた。

間崎は裏山に面したガラス戸をあけて冷たい外気を胸いっぱいに吸いこんだ。そのまま窓縁に腰かけて呆然と畳の目のすり切れたのを眺め下ろしていた。所持品検査という名前はもっともらしいが、手をつけてみると、まるで砂漠から豆粒を拾い上げるようなたよりない話ではないか。そしてそれを主張したばかは一体誰なんだ。造幣局の女工たちは帰り際にいろんな方法で身体検査を受けるという話だが、まったく小為替の一、二枚ぐらい、耳の中へも髪の中へも楽に隠匿できる。その意味では天地ことごとく、これ屈竟の隠し場所にほかならない。ばかばかしい、やめだやめだ……。間崎は一人で愚問愚答を重ねて、ときどき思い出したようにペッペッと窓下に唾を吐いた。

一方、自治会付託の提案者だった橋本先生は、間崎の存在など眼中にないように、片端から風呂敷包みや行李を開いては、テキパキと自信ありげに調べ上げていった。が、片側の押し入れだけにはまるで手を触れようとしないのは、間崎の縄張りを荒すまいとする心遣いからであろう。そして一つの室がすむと合図もなくスッと次の室に移っていった。すると間崎も何ということなくソワソワとその後を追っていった。

幾つ目かの室だった。間崎はもう押し入れを開けるのもいやになって、二つ三つ机の抽き出しをお義理にかきまわしたり、ぼんやりとつっ立って、壁に張られたたくさんの絵を眺めまわしたりした。宗教画が多かった。普通の家庭なら若い娘の書斎には許しそうもない男女の思いきった裸体を描いたものも掲げられてある。題材が聖書から採られている限り決して娘たちに悪い影響を与えはしない、というのが校長ミス・ケートの曇りなき信念であった。間崎はふとその中の一枚に目をひかれた。フラ・アンジェリコの「受胎告知」の色刷り版であった。百花が繚乱（りょうらん）と咲き乱れた庭園の露台に、翼が生えた天女が訪れて受胎の告知をするのを、粗末な木の椅子に腰かけたマリヤが、やせ細った両手を胸に当てて愁（うれ）わしげに聴き入っている。その深い驚愕と憂愁を秘めた聖母の面ざしがとつぜんに間崎の心を捕えたのであった。キリストは後を断っても、受胎告知は、すべての処女の行く手に課された必然の音信である。拒むことも、逃れることもならない。自分の胎内に自分でないものの生命が萌す名状しがたい恐れ、疑い、歓び、迷い……。いま自分と背中合わせに、生徒の所持品をひっかきまわすのに余念がない橋本先生も、いつかはこの厳粛な矛盾をわが身に孕（はら）んで、はりきった豊頬（ほうきょう）もいたいたしくやつれ萎んでしまう日が来るのだ。男である特権から洩れた者、哀れな女性！……こう嘆ずる一方には、女の受け身の生命を自分のものとすり換えてみたい烈しい欲望が、間崎の肉体の中で、火花を発せんばかりに一瞬のたうちまわるのであった。

眼の先に黒いものがチラチラと動いた。柱に小さな鏡が斜めにかかっており、それに向い側のものが姿をうつしているのだった。間崎は自分の胸でその鏡を隠すようにし、絵を眺める風を装って、橋本先生の動作を鏡の中で見まもった。この悪戯は面白かった。知るや知らずや橋本先生は、おりから、特製の大行李を押し入れからひき出して、数えるようにパッパッと着物のつみ重ねをめくっていたが、さすがに倦(う)んじ果てたとみえて、肩を落してペッタリ坐りこみ、途方に暮れてみえた。それみなさい……、間崎は鏡の中の相手にこうささやいた。すると、それが通じたもののように、橋本先生は二、三度間崎の色刷り画に見惚(みと)れた後ろ姿を確かめておいて、それまで何かコソコソまさぐっていた指先を素早く口にもっていった。片頬がポッツリふくらんだ。気をつけて見ると彼女の膝の横にはいっぱいにつまった菓子袋があり、それから引き出して、銀紙の皮を剝いてはチョコレートを一つならず二つ三つも矢継ぎ早やに頰張っているのである。まさに英雄閑日月ありといった風趣だ。つまらん、僕も……。間崎はおかしな方向に力んで急に手荒く自分の領内の押し入れを開け、行李をつぎつぎに引っぱり出してはお菓子の探索に努め出した。が、天恵は彼の側にうすく、たまたま紙包みが手に触れても、それは新しい下駄であったり、硝子箱(ガラスばこ)に入った西洋人形であったりした。もう働くのを止めた橋本先生の注意が始終彼の方に注がれているのが背中に感じられた。

間崎は最後に机の抽き出しを調べ始めた。どれも同じで一文半文にもならないようなこまごました物が色とりどりにキチンとつまっている。ふと間崎はその中から彩色したブリキの罐を拾い上げ、なにげなく蓋を開いてみた。その罐はところどころの行李や抽き出しに見受けられたもので、中にはネルの切れを丸めたようなものが入っていた。指でつまんで結び目を解きにかかっていると、サッと身辺に迫ったものがあり、物も言わずに彼の手からそれをひったくった。

「何していらっしゃるんです、男の見る物じゃありません！」

橋本先生だった。後ろ手にその品物をひた隠し、キラキラした非難の眼差でちかぢかと間崎をみつめて立っていた。間崎は呆然とした。

「いや、なにも……どうしたんですか」

つぶやきながら、自分の手に残ったブリキの罐を改めて見直すと、みるみる間崎は耳の先まで朱に染った。それは女だけが用いる小さなゴム製のバンドだった。間崎はやけくそな勢いで言いかえした。

「知らなかったんです。知らないものは仕方がない……。貴女だって誰も知らないと思ってお菓子をつまみ食いしたんでしょう」

今度は橋本先生が赤くなった。二人は笑っていいのかまじめくさっているのがいいのか、いずれとも迷いきった見苦しい表情を浮べて、秒、分……と睨み合っていた。と、橋本先生は身をひるがえして自分の席——大行李のそばに引っ返し、崩れるようにそこへ坐りこむと、肘までめくれた白い手を着物の束の上にのせて、首だけまっすぐに支えながら何やら思案事を始めた。

とり残された間崎は心のやり場がなかった。ウンと弾みをつけて手にしたブリキ罐を力まかせに窓からほうり投げたが、あいにく下水のどぶに落ちてカチャリとも音がしなかった。しまった！　あとで拾って来よう——、間崎は無性に腹立たしい気持で、橋本先生の背中を焼きつけるようにじりじりと睨み据えた。相手は何の感じもなさそうに掌でタンタンと着物の束をたたく真似をしていたが、急に間崎を見上げて、

「お坐りにならない」

眉をちょっとしかめて、すねているような詫びているような美しい顔だった。間崎は身慄いした。言いかけられた言葉の意味よりも声そのものの優しさが、思いがけない場所で鶯の鳴き音を聞いたように、いきなり心琴にピーンと響いてきたのである。すぐにはなじめないものがあった。行李を防塞のように間に置いて、間崎は坐った。

「私の継母に会いましたって……。どう、お気に入りましたか」

白い掌にチョコレートを四つ五つのせてさしのべた。何だかいままでの続きを話し合いして

るようで、間崎には言葉の整え方が分らなくなった。

「気に入るって、僕が年長者みたいですけれども……、気に入りました」

「そうだろうと思いましたわ。貴方はきっとわがままな勝気な女の人がお好きなんでしょうから」

　初めてハッキリ笑いながら言った。……何だい夫子自身の棚下ろしをやっている！　別に返事を要することでもないので、間崎はチョコレートをほおばって答えなかった。

　その時であった。ワッ！　という大勢の叫び声とともに、いちどに床を踏む足音が室の前で起ったのは——。先頭に江波恵子、その後ろに田代ユキ子、岡根サチ子、三村春子その他。一と目見て五年生の錚々たる幹部連と知れた。間崎がふり向いた瞬間には、みんなの顔に邪気のない笑いの影が浮んでいたように思ったが、みてる間にそれがひいて、どの顔も小さな吹き出物や疣などが急に目立つ蒼白い緊張の面持に変った。

「だしぬけに、何です、どうしたんです、貴女がたは……」

　橋本先生は弾かれたように立ち上がって、きびしい叱責を浴びせながら、室の入口まで進み出た。後ろの生徒はたじろいだ。それをかばうように江波恵子は両手を少し拡げて、口をキッとひき結び、まじろぎもしない大きな眼を耀かせて橋本先生の顔を注視した。それは青空を映したような眼の色で、相手をこの上もない熱心さで見守っているようにも、あるいは全然見もしないで相手の顔をつき通してまったく別なものを見つめているようにも考えられ、そんな時の江波恵子の顔からはどんな思想の動きをも汲みとることが出来ないのであった。

気がつくと橋本先生は右手に例のお菓子の袋をしっかりつかんでいた。やはり狼狽していたのだ。間崎はそばへ寄って橋本先生の手首を押え、目立たないように袋を奪って、行李の中に入れた。こんなものをぶらさげて生徒の訓戒など出来っこないからだ。誰かクスリと笑った。それに押しかぶせるように橋本先生は声を励まして、

「黙っていないで答えたらいいでしょう。どうしたんです、江波さん、貴女代表して言ってごらんなさい、どういうことなんですか」

江波はかすかに笑ってハッキリうなずいた。だが容易に口を開こうとはしなかった。……こりゃあ何かある。ひょっとすると、よほどもつれる、だが何人おしかけて来たって腕力では負けはしないからなあ……。間崎は奇妙な自信を煽(あお)りたてて、橋本先生の肩ごしに、生徒の顔を一人一人眺めまわしながら、静かに、注意深く自分の出番を待ちかまえていた。

「私たち……、先生方がなさってることをいけないことだと思ったんです」

江波は仲間からついと一歩だけ前に進み出て、両手を後ろにまわし、その掌を尻(しり)につっかい、しぜんに出来た鳩胸(はとむね)をそらせて、恐れ気のない声でぽつりと答えた。

「いけないんですって、私たちが？」

橋本先生は鸚鵡返しに言って背後の間崎をあわてて顧みた。その間崎は上衣の襟に両手をさしこんで傲然と突っ立っていた。

「どうしていけないんですか、ね、どうして?」

「どうしてって、ただみんなそう思ったんですもの。いけないことだって……」

輪切りにしたようなぽつんとした答えだった。しかし人に迫る真率な響きがこもっていた。

「そんな……理屈でない……子供みたいなこと言ったって困るじゃないの。はっきりおっしゃってごらんなさい」

何だか先生のほうから生徒に哀願しているような取り乱した調子だった。

「……でも言うことがないのに言わせられるの、困ってしまいますもの。……今日、二年生の滝さんが病気であちらの室で寝んでおりますと、先生方がおいでになっていきなり行李や抽き出しの中をお調べになったんで、滝さんはびっくりしてそっと寝床を抜け出して私たちのところへ注進に来てくださいました。それを聞いた時、私たちみんな、あっ、いけないことだと思い、そのまま夢中でドヤドヤとここへ馳けつけて来ました……」

「まあ……でも今貴女がたそっといらしったでしょう、ドヤドヤじゃなかったのね」

「ええ……。寮へ入ってからはそうしたほうがいいと思いましたから」

「誰がそう思ったんです? 貴女? なぜですか?」

「わかりません」

「……貴女がたはいけないいけないって自分たちの感情だけを主張しますが、何のために私たちがここに来ているのか分ってたんですか」

「ええ……、でもいけないと思いました」

いけない一点張りでほかに適当な口実を案出しようともしない江波のぶきっちょな舌端には、不思議と正面から押し迫る圧力がこもっていた。それにけおされて、橋本先生がしきりに試みた切り返しはどれも徒労に帰し、問答は最初の出発点に足踏みしているだけで、一向説得の分野へ進展しそうにも見えなかった。

いつの間にか江波の背後に並んだ顔の数がふえていた。脅えたような、考えてるような、きょとんとしたひたむきな表情が、個々の美醜を絶して、刷毛で一と撫でしたようにどの顔にも宿っていた。この潑剌とした「無意味」なものの総攻撃に出会って、「意味」あるものだけを偏愛する橋本先生はなすべき術を知らなかった。

「ねえ、貴女がたは新しい時代の女性でしょう。ただわけもなくいやだの嫌いだのと言うのは恥ずかしいことだと思わない？　意見があるならはっきり主張しなければいけないじゃありませんか。江波さんでなくほかの方でもいいから答えてごらんなさい。……貴女がたの物を無断で掻き回したのがいけないというのですか？」

「ええ。……でもそんなふうにしてだんだん言っていきますと、心にもない嘘を言わなければならなくなりますもの。先生方は私たちをよくしようとして何事もしてくださる。それっきりですもの、つまんないと思いますわ」

「じゃどうすればいいの？」

「わかりません」

江波の人柄を知ってなければ教師を愚弄しているとも受けとれるぞんざいな口吻であった。が、間崎には江波が自分のいまある気持から一分一厘もそれまいとしてありったけ意力をこらして良心的にものを言ってることが分った。場合によっては大人も及ばない雄弁をふるう彼女が、今は「わかりません」「……思います」など稚拙な表現を固執して憚らないのもその努力を物語っているにほかならない。

間崎は腕組みを解いて橋本先生のそばに進み出た。

「すると何だね、僕たちに検査を止めてくれと言うんだろうね」

「ええ」

江波はやはり橋本先生の顔を注視しながら答えた。おかしな奴だと間崎は思った。

「その後はどうするんだ」

「わかりません。……いえ、私たちで考えますわ」

「つまり、自治会でも開こうというんだね」

「ええ……そうするわね」

江波は顔を半分だけめぐらして仲間の同意を求めた。

「自治会を開きます」

田代ユキ子が答えた。

「実は……さっき関係の先生方で今度の事件の処分法を相談した際、橋本先生は最初からその御意見だったが、僕がむりに反対してとうとう皆の持ち物を検査することにきめさせてしまったのだ。……責任は僕にある」

「先生、それ、いけませんわ。会議の内容などここで洩らすべきではないと思います。私、自説を撤回して決議に従ったのですから、今さら責任がどうこういう筋合いではないと思いますわ」

とつぜん橋本先生が刺すような鋭い調子で間崎をさえぎった。顔が蒼白に変じていた。それを感じないようなのんびりした口調で、

「いや、貴女をかばうんじゃありません。僕自身がいま手をつけてみてこのやり方の愚劣さに愛想が尽きたから言うのです。あんな紙片(かみきれ)一枚、天上天下どこへでも隠せる。みつかりっこない。単にこの人たちのいけないとかいやだとかいう感情だけならば時と場合で全然黙殺しても

かまわないと思いますが、やってみて、この人たちにいやな思いをさせるほどのねうちがないことだと分ったから、急につまらなくなってしまったんです……」

「ねうちがあるかないかまだ仕事が終ってないじゃありませんか。それに……生徒の前で学校のやり方の裏や表をつつしみなくさらけ出すなんて、そんなではしっかりした指導精神が成り立たないではありませんか。途中で崩れてしまうくらいなら最初から何も計画しないほうがよかったんですわ」

橋本先生は顎のさきをかすかに痙攣させていた。生徒の前もあり大人気ないと思いつつ、間崎も異様な興奮状態にひきこまれていった。

「貴女は誤解していらっしゃる。僕は生徒の受けをねらってこんなことを言い出したのではありません。あの時、感じたままを率直に言ったまでです。いや、いまこれからだってこの人たちのデモに対しては大いに怒鳴りつけるつもりで発言する機会を待っていたくらいです。……途中で崩れるとか、裏とか表とか、そんなことにこだわる必要はないと思います。貴女もおっしゃったように私たちの生徒はもう子供ではないのですから。それに、知らしむべからず拠(よ)らしむべし、という教育法には、常日頃貴女自身が反対ではないのですか」

「それとこれとはちがいます。……先生のお考えはどうあろうとお願いですから、その中に私の名前を出さないでくださいませ」

「貴女は自分を隠したいのですか」

「……ええ、隠したいのです、出たくないところには。私は人から同情されるのがいやなんです」

「同情したんじゃありません。事実を言ったまでです」

「言えない事実を言ったのです。……侮辱です、侮辱ですわ、私はそんな仕打ちに対しては我慢できません。先生は卑怯者です」

顔をさっと醜く歪ませ、噛みつくようなヒステリックな声で叫んだかと思うと、身を転じて室内の壁際に歩いてゆき、倒れ伏すように片手をのろのろと上げて壁の面にもたれかかった。泣き声は洩れなかったが、背中や肩先がビクビクと波打っていた。

間崎は心臓の端をしめつけられるような息苦しさを覚えた。額が寒く膝頭のネジがほぐれるように感じた。今さらもとへは返せないのだ。つっ切るしかない。これがもし弱い者をいじめることであればいじめ抜いて息の根を止めるところまでいくのがいい。弱い者すなわち間崎自身にほかならないという矛盾した事実があり得るとしても——。足を大の字に踏ん張って、急に身軽くなった全身に辛うじて重量感を与え、乾いた目を橋本先生と生徒たちの顔の塊りとへ追い立てられるようにこもごも走らせながら、ひきつった金属的な声で、

「僕は卑怯者ではありません。貴女の感情がそれを決定する全能者でないとすれば……。いい

ですか。いま貴女は生徒の抗議に対してなんらかの説得を試みようとしていらしった。ところが最初からこのやり方に反対だった貴女には生徒に向って本質的に強く言いきれるなにものもないはずです。ね、そうでしょう。しかし貴女は勢いに駆られていた。何か言って生徒を抑えつけねばならぬ。とすると、結局、さっきの貴女を顰蹙（ひんしゅく）させた僕の意見が少しばかり形を変えて貴女の口から吐き出されることになります。僕としてそれを目前に眺めているのは耐えられない気持です」

「もう止してください！……何のために耐えられないのです。誰のために耐えられないとおっしゃるんです！」

橋本先生はのけぞるような形で間崎を顧みた。眼が青くすんでいた。

「――僕のためです」

「私をいたわってくださる貴方の騎士的な良心を満足させるために！　ほほ、大変結構な考え方ですわ。私は観念のお化けではありません。先生であったり人間であったりすることがなぜ私だけには許されないことなんでしょうか。よしんば私が本質的な自信がもてないことで生徒を叱ったとしても、貴方には私のそこまで入り込んで御忠告をくださる権利……ええ、権利がないはずですわ。私が与えない限りは！……私は赤ン坊ではありませんから自分のことは自分でやっていきます。うっちゃっといてください！」

間崎ははじめて内臓の壁が慄えるような烈しい怒りに駆られた。よろめくように二、三歩進み出て、声を励まし、

「愚劣だ！　貴女は愚劣だ！　貴女は低い低い感情の囚になっている、僕はいまの貴女をはっきり愚劣だと言う、何度でも言う……」

橋本先生は眼のまわりに顔中を歪めて急にのろくさと間崎の顔をたてよこに眺めまわした。それにつれて間崎は顔の上に青い条痕が曳かれるように感じた。橋本先生は一と言の答弁もなく正面に向きなおり、壁を支えて高く上げた二の腕にがっくりと頭を伏せて、舞のあるポーズのようにじっとして動かなかった。頭をピンで突き刺しておかなければクタクタに崩れ落ちそうな脆い瞬間的な形だった。

先生同士の思いがけない論争が始ったために、氷ったもののようにしずまりかえっていた生徒の群れからこの時不意にククク と喉をつまらす音が洩れ聞えた。と、一人が身をひるがえして塊りから離れ、間崎の前を影のようにすりぬけて、後ろから橋本先生の背中に抱きついた。田代ユキ子だった。

「せんせい、せん……せい、悪うございました。私たち……私たち……ゆるして……せんせい」

いったん抱きついた両手を離して自分の顔を抑え身慄いしながら泣きじゃくった。それに誘

われて、廊下に居残った生徒たちもその場でお互い同士の顔の蔭にかくれてグスングスンすすり泣きを始めた。その波が高まるにつれ一人——二人と塊りを抜け出して室内に躍りこみ、橋本先生の身体に触れて、ヒッヒッと凄まじげに泣きうめいた。後ろの者は前の者の背中に顔を伏せて泣いた。廊下はいつの間にか空っぽになり、間崎は花々しいものの圏外に押し出されて、無用の存在になりきってしまった。

　こことはちがう別のところでもなにやら人の罵りひしめく声が聞えた。と、にわかにドヤドヤと乱れた足音が起り、それと一緒に大勢が一時に何か言い合うブツブツした騒音が筒ぬけに聞え出し、それらは明らかにこの室を目ざして動いて来るものであることが分った。

　先頭に眼を泣き腫らしたY先生がたっていた。

「いいえ、いやです、いやです、もう誰がなんてたっていや。私は今すぐ辞職するわ。……貴女がたみたいな分らずやのお世話をしてあげるのは真っ平。……おや、ね、間崎先生、この人たちったら大勢で私らのところへ押しかけて来て、人の行李を掻きまわすのは泥棒だぐらいの勢いで喰ってかかるの。塵っぱ一つだってこの人たちのものを私したことがあるでしょうか。それどころか私はいつだって困ってる人には自分のお小遣を割いて足し前にしてあげてたぐらいなんだわ。人ばかにしてる、ええ、私はもう覚悟をきめたの。先生！　私こんな口惜しい目にあわされたことないわ、ほんとに、ほんとに、何てったらいいんだか……」

間崎に抱きつかんばかりによりそって、襦袢の袖口をグイと長くひき出し、顔中の涙を拭いた。

「困るわ、先生、誇張しておっしゃるんだもの」

「言い方が悪かったの、みんなで謝りますわ」

「先生、泣かないで……」

「間崎先生、Y先生をなだめてあげて……」

「困った、困ったわ……」

十五、六人ばかりの生徒が後を追ってこれも半分泣き声で何やら口々にわめいていた。が、困ったというのはY先生に泣き出されたことだけで、自分たちがとった行いについては少しも悔いるけしきがない一刻なものがピンと間崎の頭に感じられた。図太いと言ってしまえばそれまでだが、明るいもの、まっすぐなもの、力あるもの——すべて日向(ひなた)の面にのみ生徒の傾向を助長させていこうとするミス・ケートの信念が、おしゃべりでむだ好きな外見を呈する生徒らの肉体の中に、思いのほか根深く浸潤しているせいだとも考えられて、女の中にも伸びていける強さというものに目がさめたような瞬間の気持だった。

しんがりには武田先生が控えていた。皺が刻まれたおでこの額に玉の汗を浮かし、眼鏡の奥からいつもより鋭い眼の光りをきらめかし、張りのあるからびた声で、

「食堂に集合なさい……。集合なさい……。ワイワイ言い合って何になりますか……。食堂に集合なさい……。集合するんです……」

と繰り返し叫んでいた。

橋本先生を囲むグループはこの雑駁な一団の闖入者どもに見舞われても寂として雰囲気を崩さなかった。いち早く室内の様子を目に止めたY先生は、それが自分の場合と同じ事情にあるものと推断してか、先からいる生徒の群れを手荒くかきのけて橋本先生に接近し、その肩を抱いて、

「まあ、貴女も……誰だってこんな情けない思いをさせられれば泣けてくるわよ。ほんとに分らずやったらないわ……。まるで私たちを罪人扱いするの。私ね、今日限り舎監を辞職することにきめたわ。辞職しますとも……。こんな人たちのお世話してあげるのは真っ平だわ。胸がやけて胸がやけて口惜しいったらありゃあしない……」

感情が激発するままに急にしゃくり上げたかと思うと、次には橋本先生の髪を掌でつよく撫で下ろしたりした。橋本先生はなんの反応も示さなかった。生徒らも旧いもの新しいものが合流して芋の子のように密着してひしめいていたが、五、六人は廊下へあふれ出る盛況だった。抱き合って泣く者、一人で泣く者、泣き飽いてピンを口にくわえ髪を束ねてる者、まわりをキョロキョロ見回している者、早口で何か論じ合っている者……。

二十九

間崎は次第に押し出されて廊下の窓際に凭っていた。どう処置すべきか考えるさえもの憂かった。荒んだ孤独の感が皮膚を鳥肌にしてしまいそうな——。武田先生も室内の同僚のそばへ分け入っていき、もはや誰一人自分を顧みる者がなくなった時、間崎はさっきから眼の奥に綿毛がひっかかったような落ちつかない気持があったことを思い出した。江波恵子のことだった。江波は——両手を後ろにまわして室の外側の羽目板によりかかり、唇を嚙み合わせて、欄間の窓ガラスを透して遠いところ、曇った空を眺めていた。その形は間崎に、旅行中、東京の宿の前で島森と用談している間、電信柱にもたれて往来のあちこちを眺めまわしていた同じ江波のことを鮮やかに思い出させた。あの時とちがっていまは憂いに閉ざされた面差だったが、床に突っ張った両足の甲高がことのほか大きいものにみえて、なつかしさが急速にこみ上げてきた。

「行こう……、おいで」

間崎は人に気づかれぬように歩き出しながら、ほとんど唇の動きだけで自分の意志を伝えた。江波はうなずいて従いて来た。階段の上り口を越えて南側の廊下をたどって行くと、室の戸が開け放しになっているところがあった。間崎はそこに入った。室の中には行李が二つ三つ出しかけたままになっていた。Y先生らが襲われたのはこの室であったらしい。窓際に並んだ机の一つに腰かけて顎でお供をさし招き、

「君もお坐り」

「ええ」

江波はスカートをさばいて向い合わせの机に重そうな身体を落ちつけた。ジャリッとガラスの砕ける音がした。

「痛い！」

江波は眉をしかめてそろっと身体をもち上げた。誰かの絵葉書挟みが無惨に押しつぶされていた。伏せてあったからガラスは四角な枠の中で粉微塵(こなみじん)に砕けただけで怪我はなかった。あまり見事な砕け方なので、

「君、目方、何貫あるの」

「もう先(せん)は十六貫、このごろは少し痩せて十五貫フラフラ……」

「――大人だね」

「ええ、大人だわ」

亀の子のように首を縮めてガラスのかけらを拾いながらクスクス笑い出した。間崎も誘われ

てこわばった頬の肉がほぐれるように感じた。

「……橋本先生ね、少し生意気なんだよ、あんなにする気はなかったんだけど、はずみで僕も興奮したものだから……。君らには悪かったと思っている……」

「先生、ほんとに怒ったの」

「ああ、ほんとに怒ったよ、人が言うことを何でも曲げてとるんだもの……」

「先生なぜ私たちにはあんなに怒らないの」

「なぜ?……そりゃあ君らは怒らせるようなことをしないからさ」

真意は分らないが顔を赧くさせるような質問だった。江波はガラス屑の始末を了えてさっきのように机に腰かけた。

「そんなことないわ。ほかの先生方カンカンに怒るわよ。先生の時間甘えてほかの時間より少し騒々しいぐらいなの。だからまじめな方たちは先生がもっときびしければいいって言ってますわ」

「君も?」

「私先生があんなに怒れない方だと思ってました。そんな人あるものでしょう? そう思ってたものだからさっきのを見て騙されたみたいでつまらなかったの」

「騙しゃしないよ。教壇に立った時は立った時の生活面しか示せないじゃないか。月給が欲しかったり寂しかったり地位を望んだり——例えばそんなことも僕の一面の生活にちがいないが、教壇でそんな面まで君らに見せる必要はないと思うな。第一不可能だよ。一時に一事しか出来やしない……」

江波は両膝を抱えて背中を丸め間崎の顔をけげんそうに覗いてかぶりを振った。

「嘘だって？　うん、君はそうでなくやってるね。君はいつどこへでも金のかけらをふりまいて歩いてる人だ。かけらだよ。円満な玉ではない。玉が成るまで待てない人なんだ。出来れば僕だって第一義ずくめの生活がしたい。だけど人間はそんなことが出来ないようにつくられてあるんだと思うね。人間ばかりではない。存在してる物はみんなそうなんだと思う。方向だけはそこを目指しているんだが、幾山河を越え去り行ってもついにたどりつけない約束事になってるんだ……」

「そんな人生って大儀じゃない？」

「大儀だよ、でもその大儀なことが、人間が風船玉のように浮き上がるのを抑えていられるんだよ」

「————」

「君とはちがうが、橋本先生も烈しい生き方を欲している人だ。けれどもあの人のは考えを練り案を立てた上でのことだし、君の場合はそれが思想を通じて再現されたものではなく、血の中から吹き出してくるのだ。血は気まぐれで無知の匂いがする。だから君の生活はところどころすばらしく光っているが恆がない。ツネってリッシン偏にカワラみたいな字を書くんだが……」

「恒常心というんでしょう。……橋本先生のも私のも、それ、先生がつくったお伽話だと思うんだけど……」

江波は膝を抱いた両手をゆるめようともせず、顎を胸許に引いてかゆいところをゴシゴシすり合わせながら、妙な下目を使って間崎を睨み上げた。

「どんな意味だ――」

間崎はしぜんに顔をそむけて訊き返した。

「……小さい子供は両親を現実的に見ることを知らないでしょう。父はこんなもの、母はこんなもの、と二つの大きな夢を描いて、その夢と夢との谷間に安心しきって住まっています。先生もそれに似ているんじゃないかしらと思うの。……先生の心の中に二つ反撥する夢があってそれが交錯する時間や場所が先生の生活の強いはずみになっているんだと思うの。私、そのどちらかの世界のマネキンにされてるんだわ。いや。橋本先生があんなに怒られたのも、やっぱりマネキンがおいやだからだと思います……」

「ふむ――」

間崎は江波が裏返しにしてみせた自分の心理の図をうつろな気持でじっとみつめた。これがほかの時に指摘されたのであればかなりなショックを受けたに相違あるまいが、興奮の峠を越えて身心くたびれきってるいま、乾いた砂に釘を打ち込むようになんの反応をも示さないのを間崎はわれながら不始末なものに感じた。

なにもかも上っ調子なお芝居に過ぎないような気がする。自分にしろ橋本先生にしろ何を好んで次から次へ半端な葛藤を絶やすまいと努めているのであろうか。他人のことは自信をもって言いきれないが、自分のことだけを端的に考えれば、あの関西旅行の汽車で一緒になった酔っ払いの芸妓が紙片に書いてよこした短い文句――「ええオクさんをもらいなはれ」――結局そのへんに落ちがありそうに思われてならない。とすれば気取りや怯懦(きょうだ)をかなぐり捨てて一足飛びにそこへ走ればいいのだ。いま自分の目前にいる江波恵子は女であり生徒でありながら、そのような手段抜きの生活を生き通そうとしている奴だ。金のかけらをまき散らしながら――。

だが自分はたった今そういう恆(つね)がない生活を否定したばかりではないか。

「大儀なことがなければ人間は風船玉のようにうわついたものになってしまう」と。そうだ、この考え方には誤りがない。ただ自分はそれを実践しきれないで持て余しているだけのことだ。自分のすることなすことには、これは一時の手段であって目的はほかにあるんだぞといううわついた匂いが常住つきまとって離れない。大儀が文字通り大儀の感じで過程を生活になしきれないでいる。実は過程と考えられるものだけが我々の生活の全内容をなすもので、そのほかに光った生活自体などというものはあり得るはずがないのだが——。その意味では橋本先生なども、始終、鼻風邪をひいたような不足がちな生活をしている一人だ。そしてこのような、考えが高すぎて手足がこれに伴わない生活と、その時々に満ち足りた形影一如の生活とは一体どちらがましなものであろうか……。

間崎は、暗い勢いのない物思いに沈みながら窓の外の曇った景色をぼんやり眺めていた。草が枯れた裏庭や掘りかえされた花壇や、黒い水をドップリあふれさせている堤が崩れた池や、灰色の岩角をところどころに露出させた禿げ山などが、連日の雨に濡れて、みるも蕭条とした眺めを呈していた。間崎の心は古ぼけた鏡のようになんの感激もなくその影を受け入れた。

遠くの室から大勢の人間のつぶやく声が絶えずボソボソと聞えて来た。急に高まって「……ちがうわ」「……ありません」などという言葉尻が筒抜けに聞え出すかと思うと、次には途絶えそうにかすかになってしまう。すぐ近くには江波のゆっくりした健康そうな呼吸づかいが間崎の胸を押すように規則正しく繰り返されていた。ほかには物音もなく、ひき込むような静寂がじめじめした周りの世界に澱んでいた。そして間崎自身は、半ば腐れかけたその寂滅の世界で、雁皮紙のような薄い呼吸を洩らしながら、乏しい生存を保っていたのである。

突然乱れた足音がバタバタと廊下に聞え出し、口々に何か罵り騒ぐ声がワーッと迫ったかと思うと、途中からドドドド……と階段を駈け下りる荒々しい物音に変じて、建物全体をビーンという反響の中に捲き込んだ。食堂に集合するのであろう。が、たちまちにそれも遠退き、先生方のらしい一つ二つ残ったパタンパタンという足音だけが長く耳に余韻を曳いて残った。

突風のようにかすめ去った荒々しい足音が、懐疑に沈んでいた間崎の心にある活力を吹き込んだ。否定の世界に動くじめじめした気力を——。顔を上げて江波をみると、江波はいまの足音に対してかくれんぼでもしてるように片眼をつぶって無邪気に笑っていた。

「せんせい、さっきね、私はめちゃくちゃに言いまくってあげるつもりで、身体中をおしゃべりでふくらませてあそこへ馳けつけて行ったの。先生だとも橋本先生だとも思わなかったんですもの。すると先生方だった上に、お二人で坐って何か食べていらしったものだから意気込んだものが一ぺんにスーッと消えちまったの。あれだけお答えするんでも目まいがするほど苦しかった。……でも物を食べているの、とてものんびりしていいと思ったわ」

「……そうさ、食べることと繁殖することの前には百千の理屈もけし飛んでしまうんだ。そしてあそこにはその二つのものの擬態があるように君の眼にはうつったかも知れないし……」

間崎は次第に江波の顔から目を下に移しながら答えた。

「あっ」

江波は声にならない詰った叫びを洩らして呼吸をヒタと止めた。間崎の視線もその時あった一点に凝結してしまった。

肉を刻むような響きのない沈黙が秒、分……と続いた。ふと間崎は天啓のようにさっき江波が押しつぶした絵葉書挟みのガラスの割れるジャリッ！　という音を思い出した。一切を粉砕し、一切を生かす、あの空しく快い音は、江波の肉体の深部にも隠されておりそうな気がしてならなかった。肉を刻むようなこの沈黙をぶち破るものはジャリッというあの音のほかには金輪際あり得ない。……気持が前のめりに傾くのと反対に間崎は少しずつ頭を後ろに反らせた。無意識だった。だが別なことに気がついて慄然とした。彼が視線を凝結させていたのは、江波が二つに折って両手に抱えこんだ足の、黒い薄地の長靴下に包まれた内股の長い撓んだ線のあたりであった。間崎はギクッと顔を横にそむけた。とそれとまったく同時に、いやそれよりも半秒早く、江波は魂消るようなきれぎれな叫びをあげ、スカートの裾を両手でむちゃくちゃに引き下ろし、そのためにおかしな傴僂の恰好をしながら、ひといきに室の入口までダダダダ……と後しざっていった。

「いやあ！　先生の眼いやあ！……先生みんないやあ！……死んじゃう、私死んじゃうからい！……」

拳を握って敵を打つ身ぶりをしながら室の外に姿を消した。それっきり音がなかった。

間崎はのろのろと机から腰をもたげ、畳に坐り、倒れるように仰のけに横たわった。室がドサッと揺れた。なぜともなく腕時計を眺めた。あれから——ちょっとの間にすぎなかった。間崎は手近かの座布団を引きよせて顔にかぶせた。青いゴミくさい香が鼻に沁みた。そのまま大の字に寝そべって腹や胸を動物のようにあからさまに波うたせていた。

——いつの間にか江波恵子が入口に忍びより、板戸に半身をよせて、泣き濡れた大きな眼で、首のない間崎の胴体をまじまじと眺め下ろしていた。

午後の始業の第一鈴が鳴った。

間崎はやおら身を起して関節のけだるさを払い落すためにでたらめな体操を演じた。ポキリポキリ手足の骨が音をたてた。はずみで身体中の機関が歌時計のようにキンコンカンコンと鳴り出してくれたら——。

微熱を帯びた疲労の底に羞恥や汚辱の思い出が一と握りの砂ほどに重く沈んでいた。それはどんなに逆な力み方をしても形を成し得ないほどにくたびれ果てたものであったが、それだけにまた掃(はら)い去ることも容易でない卑俗な日常的な色彩に化していた。こんなよごれた精神で授業に出るのは生徒の前で素肌をさらすようなあられもない気がする。しかし出よう、出なければならない、「仏来(きた)れば仏を刺し祖遮(さえぎ)れば祖を殺しても」自分は出て、モリモリとそしてチャーミングに授業してやるんだ!……間崎は突拍子もなく漱石の「倫敦塔(ロンドンとう)」のうろ覚えな一節を引用して、ひるむ心にあわただしく活力を吹きこんだ。

洋服の塵を払い、ネクタイの曲りをなおそうとして机の上の鏡を覗きこむと、生毛がぼうぼうと生え出たうす汚ない顔面の一部が、変な実感をにじませてどぎつくクローズ・アップされた。と今度は、「――猿にかも似る」という大伴旅人の連作の一句が照り返しのように彼の脳裡にひらめいた。――こんなふうに、自分自身の言葉を喪失して、代りにむかしどこかで覚えこんだものの断片的な引用句だけで刻々の生活を繋いでいかなければならない時が、間崎にあり得る最も不幸な瞬間であった。

いつの間に降り出したのか雨の音が沛然と四周に鳴っていた。粒が大きく白くまるで霙のような雨だ。――やがて冬が来る。

間崎はその音の中に足音も呼吸も埋没させて室内から忍び出た。五、六間歩いて階段の上り口がみえるところまで来た時、彼は胸が凹むほど不意な驚きに打たれた。人がいる、江波恵子が――。上り口の空場所を利用して、壁の一方に、掲示用の黒板が打ちつけられてあり、それには毎週新しい聖書の言葉や和漢の格言などを掲げて、眼の素朴な働きを通じて、生徒に直観的な教化を施そうというのであったが、いま、江波恵子はその黒板に上半身をもたれさせ、人差指の先にチョークの粉をなすってはなにか落書きに余念がない。片方の足首を楽に折って、もう一方のまっすぐな足に絡ませるようにし、右左に小首をかしげながら丹念に指先を動かしている後ろ姿は、よほど楽しいことがある人のような印象を与えた。あれから――どこへも行かずにこんな慰みごとに耽っていたのであろうか。死灰のように萎えきっていた間崎の血はにわかにボッと燃え上がった。と、一瞬もためらう暇なく、つかつかと江波の背後に押し迫り、黒板につけてある両手を、肩ごしに、上からペッタリ抑えつけた。釘抜きのように容赦ない力だった。

「なに書いたか先生に読ませてごらん」

「あっ……」

江波は低くうめいた。そして間崎に直面しようと、不自由な体勢の中にあって、必死に身悶えをはじめた。身体が伴わず首だけ無理にあちこちに捩じまげるので、そのたびに部面の広くなった白眼が無気味な斜視で間崎の瞳の奥に透っていった。間崎は幾度も手をゆるめようと思った。

「フッ、フッ……いやあ、先生、不良青年みたい……不良青年だ……いやあ、放して……先生の不良青年……」

抑えつけた罵声をとぎれとぎれに放ちながらしばらく藻掻きつづけたが、間崎に譲る意志がないことが分ると、顔の半面を平べったく黒板に押しつけ、落書きを幾分でも隠そうとする心遣いだけを果して、急に力を抜いてグッタリとなった。その隙に間崎はわざと声をたてて落書きを拾い読みした。

「……S.Masaki……K.Enami……丑の刻詣り……メンデル……愛と憎しみは双生児である……先生ガ泣イタラ雨ガ降リ出シマシタオカシイコト……誰も知らない……スミ子様参る……創世記……」

一つが読み上げられるごとに、江波は死ぬるように眼を深く閉じてはまたかすかにそれをみひらいた。そして溺死者の浮き沈みする時間の比例が刻々にはかなく変化していくように、次第に眼を閉じてる間が長く、開けてることが少くなっていった。間崎には落書きの意味などもちろん分らなかった。だが、切なげにあえぐ江波の様を眺めていると、もとは彼女の指先をつたって黒板におどり出た一言一句が、彼の乾いた唇に上せられたことによって、急に鬼子のように背徳な生命を宿して母体を刻薄にむしばみ始めたかのような感じを抱かせた。

「たくさん書いたんだね……この中のメンデルというのはどんな人？　名前きいたことがあるんだけど忘れちまった。誰だっけね……」

間崎は手をゆるめて、放して、ことさらぞんざいらしく話しかけた。が江波は依然として両手を黒板に吸いつかせた形のまま、息苦しいのか口をポカリと開け、間崎の不純な呼びかけを霧のような静けさで黙殺した。見よ、押し絵のように扁平なきっかり半面だけの顔！　そこに立体感はないが、額から鼻、鼻から唇、顎、喉に描き下ろされた一筆の線がさえざえとした迫真のあとをみせて、間崎の視覚に冷たくきびしく触れて来る。

「怒ることないじゃないか。落書きは学校で禁じてあるんだからね。……メンデルって誰？」

ほかに手がかりもないので間崎は未知の外国人の名前にこだわって同じ問いを繰り返した。江波は眼の縁をヒクヒクさせたぎりだった。間崎は追い立てられるような気まずさを覚えた。一方、彼女の盲いた蒼白な顔のどこからか、ある切々としたなまめかしさがあふれ出し、それにも無関心でおれない間崎は、半分に刻んだような眩暈を後頭部の一隅に感ずるのであった。間崎は地下の意識の中でこのなまめかしさを不当なものだと思った。時と所にふさわしくない失礼千万な代物だと考えたのである。で、相手に見とがめられる憂いがないのを幸いに、眼を人工的に細めて、改めて江波の顔をやや遠い距離に、そして精細に眺め得るような工夫を施した。なまめいたものの正体は——サラサラした黒髪の間から白くつややかに生え出た片方の耳であった。間崎はあっけにとられるとともに、反射的な羞恥の情が全身に涌き返るのを感じた。耳。……人は貝殻色と形容するが、それよりかもっと自然な淡紅色を帯び、肉が厚く線が豊かで、何かの型でくりぬいたような内側の凸凹面はそれ自体が一つの靨であるかのようなおっぴらな魅力をあふれさせている。顔は見る影もなく憔悴しているのに、身体中の陽気がここだけに集って、鼓腹撃壌といったふうな盛んな生存の歓びを示現しているのである。ニョッキリ生え出た耳一個がこんなにたくましい表情をもち得ることを間崎はこれまで夢にだに覚らなかった。迂闊のいたすところではないのか。なぜなら、造物主が人間を造るに当っては、心臓から脳組織から髪の毛から爪のはてに至るまで、同じ知恵を同じ程度に働かせたであろうことは、厳として疑いを許さぬ万物生成の理法であるからだ。もし我々が我々に知られない、ある大いなる意志の軛（くびき）を逃れて、真の自由人として物を眺めることが出来るとすれば、足の指の一と筋の皺にも唇や乳房に劣らない美しさを見出だし得る道理である。だが我々は絶対に空気のような自由人ではあり得ない。いや空気でさえもが、それ自身の約束された性質から脱却することが出来ないのである。だから我々が物の美醜について、特に異性のそれについて感情的な判定を試みる場合、それは初めにも終りにも我々自身のものになしきれない、まったく別なものの意志に左右されることが多いのである。さっきの言葉で言えば「食べることと繁殖すること」のはたらきに限っては、古往今来、人間の工夫が入り込むのを許さないのだ。そのほかのことでは多少の自由が与えられたとしても——。ここに造物主の深遠冷徹な知恵があるのだ……。

普通には美醜の対象にされない一個の分厚な耳に、むせぶばかりの深い愛着を覚えて呆然とした間崎は、短い断想を梭（ひ）のように去来させながらうっとりとそこにたたずんでいた。哀れな間崎！　彼はいま、目前の耳に舌なめずりして嚙みついていける食人種のムッとした心理と、鉛のようにしんしんと頭の底に落下していく堕落の意識とに、割り箸のようにその身を半分ずつに割かれていたのである。そしてこのみじめさはそっくり剝製にされて、彼の思い出の中にいつまでも保存されるに相違ないのだ。

間崎はしょうことなしに片手を上げてポリポリと頭を掻いた。長いこわばった欠伸が小石をはめこんだように口を固く開かせた。やっとそれを払い落すと、曖昧に二、三歩ひき下がって、格言板に黄色いチョークで記されたその週の金言に乾いた目を注いだ。

善き樹は悪しき果を結ぶこと能わず、悪しき樹は善き果を結ぶこと能わず、さらばその果によりてかれらを知るべし。――馬太伝第七章――

称名のほかに決定往生の観念なし、称名のほかに決定往生の知恵なし。――黒谷上人起請文――

実るほど頭を垂れる稲穂かな――

ふくらみのある長野先生の筆蹟だった。二、三度繰り返して読んだが索漠として訴える何物もなかった。ふと間崎は思いついたことがあって、太い声で、

「おい、君はさっき誰かの絵葉書挟みのガラスを割ったけど、あれ、お詫びをしておくか弁償しなけりゃあいけないと思うね」

江波ははじめてハッキリうなずいた。間崎は嵩にかかった勢いで、

「そりゃあもうぜひそうしなけりゃあいけないね。それからあの時君は先生の眼が堕落してい

ると言ったが、あれは君の思いちがいだよ。君に言われたんで先生は驚いてしまって、自分の心にもぐり込んで鵜の眼鷹の眼でそんな堕落したものがあるかないか探してみたんだ。そしたらやはりあるんで思わず赧くなったけど、それはしかしいつでもある性質のもので、君が考えたように特にあの時だけあったわけではないのだ。詐欺、強盗、殺人、裏切り——そんな名前を背負わせられる素質のものは誰の心にもひそんでいるのだ。それがただ眠ったり抑えつけられたりしているだけで、世の中というものはそれでまた立派にやって行けるんだと思うね。だからあの時、先生は堕落してなかった、と言いきったって常識的には間違いじゃなかったのだ。確かにそうだよ。……それに、先生は、自分の生徒に向ってこんな細かい心遣いをするのはだんだん大儀になってきた。際限がないんだものね。君は書物を読んだり街の埃を吸ったりしてゆとりのある賢い婦人になるんだ。それがいちばんいい。……まだ食堂の方にみんないるようだからこの落書きを消して君も行きたまえ。先生は二年生の授業に出なきゃあならない。——それからガラスのことを忘れんようにね……」

なにもかも相手に押しつけた白々しい呵責の気持をグンと持ちこらえて、さっきとは打って変った荒々しい足どりで、後をも見ずに階段を下り始めた。一階がすんで、そこから反対の方向に折れ曲った第二の階段を半分ばかり下った時、

「先生」

と頭の上で呼ぶ声がした。みると江波恵子が欄干（てすり）から半身のり出して降るように精力的に笑いかけていた。

「メンデルって教えましょうか」

「うん……」

「メンデルは豌豆（えんどう）を蒔（ま）きました。そして遺伝の法則を発見しました。……グレゴール・ヨハン・メンデル！　ハハハハ……」

あれか、暗いな、と間崎は思った。下から仰ぐ江波の顔は、歯の白さが目立ち、幅がむやみに広くて、お多福面のように善良な世帯（しょたい）じみたものにみえた。その時間崎が止っていたところは、あいにく、江波がもたれている欄干の真下から一、二段行き過ぎたところで、痛いほど首を後ろに反らせなければ上下で顔を見合わせることが出来ないのであった。で、そうしているうち、つい身体の中心を失って足を踏みはずし、階段の傾斜なりに仰向けに倒れて、というよりは自分から寝ころんだ形で、ズルズルと階下の廊下まですべり落ちた。弾けるような江波の笑い声が聞えた。

三十

職員室では残った先生たちがテーブルの周囲に群がって不安そうにささやき合っていた。間崎をみるとイの一番に佐々木先生が声をかけた。

「どうなんだい、君、食堂の形勢は?」

「知りません。僕は食堂に行きませんでしたから……。いやになって中途で抜け出してしまったんです」

「中途で——。いや、さもありなんさ。女の子の興奮したのには手がつけられんからね。だがいよいよ長野先生、山形先生の両元老がお揃いで出馬されたから何とか無事に落着するだろうと思う。ところで、例のは手がかりがあった?」

「あるもんですか。……橋本先生がチョコレートの袋をみつけたくらいのものです……」

「あの、生徒はなんと言って先生方のところへ行ったのでございますか……」

I先生が声をとぎらせながらおずおずと尋ねた。

「生徒は——よくないことだから止めてもらいたいと言って来たのです」

「まあ——」

その時始業開始の第二鈴がけたたましく鳴った。

「おおいやだ、下級生だってもう嗅ぎつけて変にソワソワしているし、私、授業に出るのいやだわ。ことに四年の家事なんですもの」

「そりゃあいかんよ、なるべくならミス・ケートに覚られないようにと長野先生から御注意があったんだし、これ以上余波がひろがらないように皆で努める義務があると思うね、生徒がぐずぐずするようだったら四年生だって何だってかまわない、ひっぱたいてやるさ。実際女というものは感情的だからね。他人のことばかりじゃない、僕ンとこの家内だって、止むを得ない義理の宴会に僕が出かけるのを、ねちっこくいや味を言うんだからね。まったく養いがたいよ……」

「でも、そりゃあ先生のお義理がちっとばかり多過ぎるんじゃない？」

誰かまぜっ返した。

「それもある」

佐々木先生がいとも簡単に承認したので、皆ドッと吹き出した。

背の高い無口な図画の森先生が写生台を抱えて授業に出て行ったきり、ほかはテーブルの周囲から離れがたい風にみえた。授業が大儀なのはもちろんだが、それよりも食堂の首尾を一刻も早く知りたいのであろう。その中に捲き込まれて、間崎も変にキッカケがつかめず、ぐずぐずしていた。全体の機微をとらえた佐々木先生が、

「あと五分間の猶予を与えます。それ以上は断じてならん。……すまじきものは宮仕え……というわけかな」

それでまたドッと笑った。間崎は人の心の卑屈な面をみせつけられたようでいやだった。が、やはり授業に出る気にはなれなかった。いまの心理――いや、生理状態で教壇に立つのはどんなにしても生徒をスポイルすることから免れないのだ……。

この時思いがけなく橋本先生の姿が室内に現われた。後ろの入口から入って、テーブルの周囲の人だかりを強い眼つきで一瞥し、ツカツカと自席に歩みよっていったん椅子に腰を下ろした。と、両腕で囲いをつくって顔もろとも机の面にベッタリ伏せったが、二秒と経たないうち、はね返るように頭をもたげ、髪の生え際を二、三度手荒く撫で上げ、小脇に教科書や閻魔帳を挟み、片方の空いた手に昨日から書棚の上にのっていた実物資料のペリカンの剝製をさかさにぶら下げて、前の出口からピタピタと出て行った。入るから出るまで舞台の演技をみてるような人を近づけない迫った呼吸が通っていた。I先生などさっそくそばへ慰めにかけ寄ろうとしたが、身辺に漾う烈しいものに圧されて途中で思い止まったほどだ。

「……猛烈にして勇敢だね。授業に出て行ったんだから豪い。それ、者ども続け……」

妙にひっそりとなった中から、こう、相変らぬ佐々木先生のだみ声が聞えたので、みなまた笑ったりつぶやいたりざわめき出し、やっと自分の席にかえって授業に出る準備を始めた。間崎もその一人だった。

出入口のガラス戸の内側に出席簿を入れておく棚をたくさんに仕切った箱があり、その箱をのせた机の抽き出しには教授用の白墨がいっぱいつまっていた。間崎がここで必要なものを整えていると、可愛らしい顔の一年生が入って来て、

「橋本先生が一年B組の出席簿を下さいって……」

その子はあの増井アヤ子だった。いつかの晩、橋本先生と二人で大通りの喫茶店に入った時、警察官の官服を着た父親に連れられて買い物の包みを抱えてニコニコしていた子だ。びっこだが元気いっぱいで成績もとびぬけて良く、ふだんに悪意のない大いばりな口をきくので、父親の職名をそのまま「署長サン」というあだ名をつけられていた。橋本先生の大の気に入りだった。

間崎は黙って出席簿を与えた。そして自分も後について廊下に出た。

「せんせい」

増井が前後に目をやって首を縮めて間崎により添って来た。

「橋本先生、泣いたんですか。だってそんな眼をしておりましたもの……」

「知らん」

「……そうよ、きっと。私ね、橋本先生と一緒に写真を撮ったの。先生みたでしょう？」

「みない」

「みせてあげましょうか。とっても素敵」

階段に来た。一段踏みかけた間崎はふと立ち止って増井をかえりみ、

「あのね、橋本先生に出席簿なぞ忘れるんじゃありませんって言いなさい……」

「そう言うの？　言いますわ……」

増井はうなずいて、出席簿を二本の指で振子のように揺りながら、びっこを曳き曳き自分の教室に歩み去った。

間崎も二年生の教室で副読本の授業を始めた。雨のため人いきれの重い室内には、いまの休みにすませたばかりの四十人余の弁当の臭いがむかつくように甘酸っぱく混じていた。ふだんでさえ倦怠を覚えがちな午後の課業は、こういう日には一層うつらうつらして身が入らない。それに間崎はどうしたわけか声がかすれてよく透らなかった。別に叫んだ覚えもないのに喉が妙にからんで、生徒が不審がるほどしきりに空咳を発したが、どうしても笛が切れなかった。いい声が出ないといい思想が出るわけもない。

「……今日あと自習にします。試験が近いんですから何でも好きなものを勉強なさい。先生は

今日頭が痛いから……」

二、三人朗読がすんだところで間崎は授業を打ちきることにした。

「自習、つまんないわ。先生何かお話して……」

「お話、お話、ギリシア神話の続きもまだ残ってるんですもの」

「しめしめ。先生どうぞ。この通りのお願いであります」

中ほどの一人の剽軽(ひょうきん)な子が、手を高く上げて擦り合わせて拝む真似をした。急に教室が活気づいた。間崎もつい笑わせられて、それじゃ何か呑気なお伽話でもして頭を軽くしようかなと考え、それにしてもギリシア神話はあちこちの教室で語っているので、

「この前は何のお話をしたっけね」

「ほら、ユリシーズがトロイ戦争の帰りにいろいろ難儀な目に会ったお話、それからお妃のペネロープが昼間は機(はた)をおり夜はそれをこっそりほぐしてユリシーズが帰るのを待ってたというところまで。……今日はその続き。皆さん、謹聴あそばせ……」

あそばせの号令一下、生徒は教科書をパタンパタンと閉じ、両肱(りょうひじ)を机の面に一文字にかまえて、自分たちの罠にかかった先生の顔を、まじまじと微笑ましげにうちまもった。中には話が始まらないうちからクックッと恐悦至極な音を洩らしている子もあった。間崎は苦笑し、弾みを覚えた。

「それではお話します。……だがユリシーズとペネロープが再会する胸が躍るような場面はこの次まで預ることにして、今日はトロイ戦争がどうして起ったか、つまりこの前のお話のいとぐちになるお話をしたいと思います。これも大変面白い。よくきいてよく考えてください。……昔、ある神様とある神様が結婚しました。そのおめでたい婚礼の席にはみんなの神々がお客に招ばれましたが、たった一人除け者にされた神様がありました。女の神様で名前をエリスと言います……」

そこで間崎は英語綴りで黒板に大きくエリスと書いた。声は相変らずかすれているがそれなりにだんだん調子が整ってきた。

「エリスは不和——平和の反対です、みんなの仲を悪くする——その不和を司る神様なのです。だからおめでたい結婚式に招くことは出来ない。そうでしょう、結婚というのはある人とある人とがお友達よりも姉妹よりももっともっと仲よくする固めの儀式ですから、不和の神様などにやって来られては大変困る。……ところが一方除け者にされたエリスはプリプリ怒って、婚礼の式場の窓の外から赤い大きな林檎を一つ投げ込んでよこしました。その林檎には『いちばん美しい方へ上げます』と書いてあった。さあ、するとめいめい自分がいちばん美しいと思っていた女神たちの間に、その林檎は私のものだ、いや私のものだ、ととんでもない争いがもち上がりました。人の結婚式に招ばれて自分たちのきりょう自慢をするなんてずいぶん慎みのない話ですが、なにしろ不和の神様が企んだことだから仕方がない。とうとう花婿、花嫁ははそっちのけで式場は蜂の巣をつっついたような騒ぎになってしまいました。困りましたね。まるで日本のギカイ（議会）のようです……」

思わずすべり出た駄弁に間崎はニヤリと首をすくめた。生徒は何のことやら気がつかずポカンと聴き惚れていた。

「さて、きりょう自慢で最後まで争ったのは三人の女神たちでありました。一人はジュノウ（黒板に書く、以下人名同じ）といって前にお話したことがあるジュピターといういちばん豪い神様のお妃で、権力——力、勢いがいいこと——それを司る神様です。一人はヴィーナスといって、これは皆さんも知ってるように美の神様で、海の波の真っ白い泡から生れ出たといわれていますね。もう一人はミネルヴァといって知恵を司る神様です。この三人がたくさんの女神たちの中でも一段飛びぬけて負けず劣らずに美しかった。居合わせた男の神様たちもあるいはジュノウにあるいはミネルヴァにヴィーナスにそれぞれ贔屓して言い合いを始め、誰がいちばん美しいか、誰が赤い大きな林檎をもらえるか、なかなかきまりそうもありませんでした。すると一人の年老った賢い神様が進み出て言うには、いまここでいくら口論しても何の甲斐もない。ここから遠い遠いところにアイダ山という山があり、その山の麓でパリスと呼ぶ美しい若者の羊飼いが羊の番をしている。このパリスのほかには誰がいちばん美しいか裁ける者がない、と教えてくれました。そこで三人の女神たちはさっそくアイダ山へ出かけました。来てみるとその山の麓は人のあまり住まない寂しいところで、なるほど一人の若者が羊を飼っておりました。若者は、そう、パリスは粗末な着物こそ着ておりましたが顔立も身体も立派な若者でした。そのはずです、パリスはほんとうはあのトロイの国の王子なのですから。

女神たちはパリスに用件を話しました。その時ジュノウは、パリスの耳にこっそりささやいて、もし私を勝たせてくれればあなたに世界一の権力を与えようと言いました。ミネルヴァは知恵を与えようと言いました。ヴィーナスは世界でいちばん美しい人をあなたの妻にしてあげようと言いました。めいめい自分の司っている得手なものでパリスの心を動かそうとしたんですね。さあ、世界一の権力者になるがいいか、世界一の賢い人になるがいいか、世界一の美しい妻をもつがいいか……。皆さん、パリスはどれを選んだと思いますか――?」

間崎はすり減った短いチョークを片手でお手玉のようにころがしながら、口を結んで生徒の顔をざっと眺めまわした。視線が触れ合っても無心な表情を崩さない子もあり、ニンマリしてうつむく子もあり、その中の三、四人は「はい！　はい！」とかけ声して元気に手をあげた。

「ではH子さん、答えてごらんなさい」

「はい、パリスはヴィーナスを勝たせたと思います」

「そうです」「そうです」

二、三人が異口同音に賛成した。
「するとパリスは世界中でいちばん美しい人を妻に欲しかったのですね」

「そうです」

「なぜでしょう、H子さん、豪くなったり賢くなったりすることは、もしかするとそれよりもいいことではないでしょうか」

「だって……」

H子は当然すぎることを訊かれた困惑の色を浮べて周囲をかえりみたり頰へ手をやったりしていたが、急に一と息な口調で、

「だってお勅語にも『夫婦相和(あいわ)し』とあります……」

窮余に放たれた大ヒットだった。いままで笑いを嚙み殺していた、ませた、準大人組の生徒たちは一斉にドッと笑い出した。苦しがって胸をたたく子もいた。

「ひどいわ、ひどいわ……。そんなら自分たちで答えればいいと思います……」

H子はプンプンして席についた。またおかしかった。間崎は啞然として話のつぎ穂を失った感じだったが、間にちょっとばかり顔を歪ませたきり、終りまであまり表情を変えなかった。こんな時話す者自身がたがを緩めると、話の精神が一変して低い有害なものになってしまうからだ。笑いが鎮まるのを待って、

「……あんまり笑うのはよくない、H子さんは正直に自分の考えを言ったのだし、またほんとうにパリスはヴィーナスに勝たせてやったのです。ね、その時パリスがどんな暮しをしていたかをよく考えてごらんなさい。広い寂しい山の麓で、一人ぼっちで羊の番をしていた。そんな家も自動車も音楽も書物も隣近所のつきあえる人もないところで豪くなったり賢くなったりして何になりましょう。空しいことです、はかないことです。もしかすると山の麓ばかりでなく人が何百万と住まっている大都会であっても、豪かったり賢かったりすることは、人が羨むほど当人たちには仕合わせなことではないかも知れません。そう先生は思います。試しに貴女がたの頭の中に貴女がたの知っている豪い賢い女の人のことを考えてごらんなさい、そしてそういう人と貴女がたのお母さんとどちらが仕合わせであるかをよく考えてみるのです。貴女がたのお母さんは新聞雑誌に名前を書かれるような世間的に豪い方ではないかも知れない。でもお母さんのほうがそういう人たちに較べて不仕合わせだとすぐに考える人があるかしら。いや、貴女がたの誰もそんなことを考えはしない。うちのお母さんだってやはり仕合わせだ、と誰しもそう考えるにちがいない。なぜなら貴女がたのお母さんには貴女がたのようないい子供がある、また何でも相談に乗って助けてくれる貴女がたのお父さんも御一緒だ、それから困った時には互いに励まし合ったり、遠方から珍しいおみやげなど送ってくれる御姉妹(ごきょうだい)も親戚も、お母さんにはあるでしょう。また仲よくつき合ってくださる隣近所の方もある。……だから貴女がたは、貴女がたのお母さんを不仕合わせだなどと思いはしない。ね、その道理です。人間が仕合わせになれるには賢いことも豪いこともどちらも怠ってはなりませんが、その前にもっと大切なものがある、それはお互いに信じ合うことの出来る人を自分の周囲に見出だすということです。お母さんは貴女がたを信じている、貴女がたのお父さんを信じている、御姉妹を信じている、その次には親戚の方や近所の方を信じている、だからお母さんは安心して暮すことが出来る、同時にまたお母さんもお母さん以外の方から信じられ、そういう人たちに安心を与えていることになります。わかりますね……。

話が大分傍道にそれましたが、山の麓で羊飼いをしていたパリスがヴィーナスに勝をとらせた気持がこれで貴女がたにもよく分ったと思います、パリスは寂しいものだから優しい話し相手が欲しかったのです、名誉や権力やそんなものはその時のパリスにとっては一文の価値もなかった……。そうですね、もし先生がパリスのような境遇にあったとすれば、先生もやはりパリスのようにしたろうと思います」

おしまいのつけたりを間崎は半ば危ぶみながら添えたのだが、生徒はカサリとも動ずる色がなく、鳩のようにうつけたなごやかな眼を、一斉に話し上手な若い先生の顔に集中していた。間崎は自分の目論見がそこに生かされた姿を見た。息苦しかった。あまりないことだが、今日のように教室中の空気が異常に昂揚して、間崎の一顰一笑で進路が左右される場面に立ち至ると、自分の力に甘んずる暇もなく、奥底からのひやつく不安の風が間崎の身辺を吹きめぐり出すのであった。生徒をこんなにエキサイトさせていいのか、それに値するだけの信念が自分にあるのか、いまの話だって一般論としては誤りがないにしろ、生徒個々の家庭をむしばむ複雑な事情を併わせ呑むだけの広さと深さを具備しているだろうか、例えば江波恵子に向ってはどうだ、ＥＴＣ……。してみると自分が欲しているものは生徒の向上には関わりのない、まったく私的な低い卑しいある飢渇を満たそうとすることではないのか。いわば自分は生徒の純情を盗みとっているのだ。慕われて自然に成り立った昔の塾などの師弟関係ならばいざ知らず、自分のように認定資格で大量に生産された身軽い教師などは、むやみに生徒の心に踏み込んでいくべきではない。引き上げようとすることがあべこべに害う結果になる。即かず離れず、事務として、職業として……。つまり自分などは性格的に言えば、いわゆる黒幕型の人間で、表面に立つのに適しないのだ。人生の機密班一等卒間崎慎太郎！　ハイ！　そういう呼吸のものであろう……。こんな疑惑が学説、俗説入り乱れて一時に間崎の胸にサッと芽を吹き上げてくるのであった。

だが今さら教室中にみなぎった勢いの中から身を引くことは出来なかった。間崎はテーブルの縁に両腕をまっすぐに伸ばして支え、そうして出来た肩の谷間にのぼせた頭を埋めて熱っぽく次へ語り進んだ。

「さあ、そこで不和の女神エリスの投じた林檎はヴィーナスのものになり、ヴィーナスだけは大変喜びましたが、林檎を貰いそこねたジュノウとミネルヴァは羊飼いを深く深く恨みました。これはそうでしょうね。そもそもこの出来事が前にお話したトロイ戦争の発端になっているのです。パリスはその後羊飼いをやめてギリシアに渡りました。そしてギリシアの王様のお客分になって暮しているうちにとんでもないことがもち上がりました。というのは、パリスは王様のお妃のヘレンを世界中でいちばん美しい人だと思い始めたのです。自分が世話になっている王様のお妃ですよ。パリスは大変苦しんだ、しかしどうしても思いあきらめることが出来なかった。これはあのパリスを憎んでいるジュノウやミネルヴァがパリスを困らせようとしてわざとそう仕向けたのです。とうとうパリスは、自分が勝たせてやったヴィーナスに、あの時の約束を実行してくれ、妃のヘレンを自分の妻にしてもらいたいと申し出ました。ヴィーナスも困ったが、神様として約束を破ることが出来ない。そこで妃ヘレンの良心——正しい心です——その良心を眠らせてしまい、パリスと一緒にパリスの本国のトロイへ逃してやりました。このことが知れてギリシアの王様は大変怒った、ギリシア中の兵隊を集め、舟を何千艘も支度してトロイの国に攻めよせることになった。トロイ方でもそれを迎え撃つ準備おさおさ怠りない。また神様たちもジュノウやミネルヴァはギリシア方、ヴィーナスはトロイ方というふうに二派に別れてそれぞれ味方をすることになり、ここであの前後十何年間にわたるトロイの大戦争が始ったのであります。……面白いでしょう、今日のお話はここまでにしておきます。いつものように今日のお話で何か考えたことがあったら自由に感想を発表することにしましょう……」

間崎は小さく丸めたハンカチでパフのように点々と汗ばんだ顔をはたいた。役目といえばそれまでだが、自分一人でしゃべり通したうそ寒さから逃れるには生徒にも口を開かせるに越したことがない。そのことは自分の立場を糊塗する便法だけに終るものではないのだから……。

生徒は長い緊張から解放されて急にざわつき出し、あちこちで早口な話し声が聞えた。手も上がった。一つ、二つ、三つ……。

「はいT子さん」

T子は切り髪の頭を一とふりして起立した。いちばん積極性に富んだ子だ。

「ハイ、私の感想を述べます。私は羊飼いパリスが、世界でいちばん美しい人を妻に欲しいと言った時、心の中でつまんないなと思いました。私は運動が好きでありますから色が黒くて美人ではありません。だから行いや心をきれいに磨こうと思います。だから……パリスがそう言った時、つまんないなと思いました。私の感想はこれだけであります……」

生徒は口を開けて背中を連打されるように大きく荒削りに笑いだした。「同感だわ、同感だわ」と囁く声も聞えた。

「それではT子さんは、パリスが世界中でいちばん心のきれいな人を妻に欲しいと言えばよかったんですか……」

「……そうでもないんですけど……。でも美人でないからって誰もお嫁にもらってくれる人がなければ困ると思います……」

ゴーッと笑いの旋風がまき起った。

「あらあ、T子さんあんなこと言ってる、おかしいわ、よしなさいよ……」

感きわまったすっとんきょうな声でT子に抗議を申し込む者もあった。間崎は初めて腹から溢れ出る声で明るく強く笑った。

「……パリスはね、パリスはあんまり寂しく苦しかったものだからきっとよく考えて言う暇がなかったんだと思う。……T子さんはだいじょうぶ、だいじょうぶ、いいお嫁さんになれる……」

むせながら話してる間に、いままで変に力んだ赤い顔をしていたT子がプッーと吹き出し、両手でピシャリと顔をおおい、崩れた調子で、

「ああ恥ずかしい、わるいわ、私わるいわ」

そう洩らしながら机にがばとうち伏せった。機関銃のような笑いの波が丸い背中にいつまでも動いているのが見えた。

騒ぎが鎮まりかけて第二の感想発表者を指摘しようとしていると、そとの廊下をザワザワと

大勢で通る物音が起った。寮の食堂で討議していた五年生連がいま引き上げたところであろう。一語も発せず黙々として動いていく続いた影が廊下側の窓の曇りガラスにぼんやり黒くうつった。おだやかならぬ感じだった。笑いくたびれてた教室内にはにわかに一脈の冷気が生じ、ある者は目顔でうなずきあい、ある者は私語し、軽はずみな二、三の生徒は座席を離れて窓の隙間から廊下を覗きにいった。間崎は女の子のこんなコソコソした物見高い気分が嫌いだった。影が消えてしんとなった時、生徒がよりつけない口調を出して、

「あと十分ばかり……自習にします。小さな声はいいが騒々しいのはいけませんから……」

生徒は形ばかりに本やノートをひろげた。そんなこともあっていい。間崎は一と通り机間を巡視してから、窓縁によって、冷たいガラスに額を押しつけ、雨にけぶる街の遠望を漫然と眺めやった。景色にとりえはないがいつまでも見飽きないものが、力が、生活が彼の中に動き始めていた。征服者のように昂ぶり止まぬ気持だった。……お伽話でもなんでも授業を始めたことはよかった、パリスやヴィーナスの援助を仰いだいまの作業を通してでなければ自分の打ちのめされた心身はこんなに早く立ちなおることが出来なかったであろう、それにしてもAの原因で起った衰弱がまったく関係のない行動Bをとげることによって回復するという現象は、まじめとも軽率とも急には判じかねる日常的な不思議の一つではないだろうか、一は多なり多は一に帰す、「犬が西向きゃ尾は東……」という俗謡はこの間の真実を諷したものかも知れない

……。

ふとささやき声。

「ちょっと、あの方だあれ、今ごろ悠々と帰ってくわよ、あそこ、門から二本目の銀杏(いちょう)の木のあたり、上級生ね……」

目をやると、よほどへだたった垣根の外を、一人の生徒が帽子と外套だけで雨にうたれながらのろのろと歩いていた。江波恵子に似ている。間崎は呼吸を吐くためのように窓をあけた。細い雨の粒がサッと顔に触れた。江波に似た早引け生徒の後ろ姿は垣根の端まで進んでいた。そこで立ち止って後ろをふりかえっている。一心にここの窓口を眺めているらしく思えるが、樹々(きぎ)の間なのでよく分らない。やがて自転車が走って来て恵子の姿をさえぎったが、その自転車が過ぎ去ると、彼女の姿はもう見えなかった。さようなら、雨にびしょぬれてメンデルを考えてるかも知れないおかしな女生徒、江波恵子。人は誰にも頼らない気持で成長するしかないのだ、君だって先生だって。明日は二人とも洗った綺麗な顔でまた会おう……。こんな感慨を短い嘆息に含めて中空の雨の模様に吐きかけた。頭がガクンと慄(ふる)えた。

寒いので窓を閉ざそうとして下を向くと、泥濘(でいねい)の色をバックに、異常な白いものが空に浮いているのが目に止った。誰かの手だ。真下の教室の窓から差しのべて、軒先が短い屋根から滴り落ちる雨垂を受けているのだ。間崎は反射的な素早さで、この時間中、右の掌に握っていたチョークのかけらを落してやった。手には当らなかったが手は引っ込んだ。代りに人間の頭が現われ、まぶしそうに上を仰いだ。遠くて近い橋本先生だった。なんとも言えない顔をして引っ込んだ。窓から雨垂れを受ける授業なんてありっこないから、ペリカンを倒さにつかんだ勢いにも似ず、一つも作業をしなかったにちがいない。増井アヤ子と撮した写真は素敵かも知れないが、近代修整術の傾向たるや真に憂うべきものがあるのを御存じか……。

ベルが鳴った。間崎は級長の号令とともに壇上で気をつけの姿勢をとった。

三十一

江波さんが妊娠している……。その噂を耳にした時、間崎は陰性な底強い響きに打たれて眼の前がぼうっと霞むような気がした。

初雪が降って消えて、また秋晴れの日がかえって来たかと思われるような暖かい十一月末の一日、間崎は前日から下痢気味で学校に出てから頻々とはばかりに通っていたが、その何回目かに、二つしかない並んだ便所の一方に女の先生が入るところを見かけたので、ちょうど授業中であったのを幸い、反対側の生徒用のはばかりを借りることにした。しゃがんでみて間崎はびっくりした。羽目板に、あとはよほどかすれているが例の下品な絵画が一つならず二つも三つも描かれてあるのだ。ひどい！　間崎はカッと頭に血をのぼせた。これが生徒の仕業かと思うと、いままでまじめに勤めてきたのがむだ骨折りのように感じられ、同時に、ちょっとの間だが、こんなんなら手当り次第の可愛い生徒を自分の気まぐれな慰みに供しても非はそちら側にあるというものだ、と奇妙に捨て鉢な考えごとにモーッと頭を煙らされた。これも……ないことではない、ある時、ある個人にとっては人生がこんな姿で存在するというのは確かな事実だ。だが、例の小為替事件で、橋本先生と張り合って、生徒のみずみずしい心を社会悪に対して相当鍛錬させておく必要があると主張したのは、決してこんな卑しい部面を意味したのではない。ないが……あの人は議論に勝つためには相手の意見を勝手に歪曲してかえりみないんだからな……。間崎は漠然とこの稚拙な絵画に対して自分が不当な責任を押しつけられたかのように、わびしくいらだたしい気持にさせられた。耳目に触れた現象をこんなふうに被虐使（ひぎゃくし）的な形で受けいれるのは半ば彼の道楽にもなっていたのであるが——。

　ふと別な明るい考えが浮んできた。これは生徒の所為ではない、外来人が——バザーや運動会などの機会に外から入り込んだ下司な男どもが変な興味に駆られていたずら書きをしていったのだ、それだ、それにちがいない。そうだとすると今まで消さなかったところがやはり生徒の手落ちにはなるが……。

間崎はペンナイフを出して落書きを削りにかかった。縦の平面を横から殺がなければならないので作業がしづらかったが、やり出すといろいろな工夫が働いてきて興味が湧き、裸のお尻をあちこちに向け換えながら熱心にナイフを使い始めた。ようやく一つを削り了えたころ、ベルも鳴らないのにドヤドヤと一団の生徒が駈け込んで来た。バタンバタンと烈しいドアの開閉だ。ここできかれる物音や会話には微塵の夢もない。あるものはギリギリの現実の生理現象ばかり——。つづいて終業のベルが鳴り、新手の生徒が続々とつめかけて、間崎は出るに出られず、文字通り雪隠詰(せっちんづ)めの窮境におちいってしまった。もっとも落書きはまだ少しばかり残っているのだから中での仕事はあるわけだが、女の生徒たちが、板一枚の前後で、何のためらいもなくスカートをめくる環境にあって、落ちついた作業なぞ出来る道理がない。つい手先が狂って板の面を支えていた左手の甲をはすかいにナイフをすべらせてしまった。

「痛っ！」

危うく声を出すところだった。ナイフの刃先が触れたあとにうすく血がにじんでいた。唇を押しつけてそこを吸いながら……人間が、余裕のない、切羽つまった生理の要求を、こんな狭苦しい独房で果すような生活形態を樹立したことは、人間自身にとってしあわせなことだったかどうか……。そんな考えごとがふと間崎の生熱い神経のひだの間に湧いた。

始業のベルが鳴った。周囲は潮が引いたように静かになった。と、まだ二、三人残ってる生徒たちの会話が膜が剝げたように生き生きと間崎の耳に透って聞えた。

「今日の体操なあに？」

「跳び箱よ」

「貴女飛んだ？」

「ジャンジャン飛んでやったわ」

「身体こわさない？　ね」

「あたしいつだって平気なの。かえって前のほうがいけないの、頭が重くって。あるとさっぱりして頭が軽くなるわ」

「いいのね、あたしったら身体中がだるくっていやになっちまう。……女になんか生れるんじゃなかったわ。ね、そう思わない？」

「そうね、あたしなら何とも思わないけど……。女だってなかなかいいものよ。家じゃお父さんよりお母さんのほうが勢いが強いの……」

「そりゃああたしんとこだってそうよ。お父さんはそれをそうでなく見せかけようとしてるんだけど、ちゃんとわかるわ。お母さんたらとても気がまわってこすいみたい。お父さんは少しぼんやりしてるの……」

「大抵の家そうなのね。それでいいんだと思うわ。女はいろいろ仕事が多いんですものね。お台所から出産、育児、家庭経済――そんなの女の仕事でしょう。少しは威張らなきゃあ損だわ。よし子さんとこみたいにお父さんが二号や三号を置いてる家、いやね、みじめだわ。ああ、ちょっと、ちょっと、江波さんのこと聞いた?」

「なに?」

「秘密よ、あの方このごろじゅう、出たり休んだりしてるでしょう。なんでも妊娠したんだって噂よ……」

「まあ! ほんとかしら、そんなこと?」

「そうなんですって……。一昨日帰りの船の中であげちゃったのを見た方があるんですと……。江波さん、泣いてたって」

「……ほんとなら……いやあねえ……」

急にねっとりした重い返事になった。事実に対する道徳的な批判の感情よりも、同性として理屈なしに強く心をゆすぶられる衝動(ショック)があったのであろう。もしかするとその子は自分のことのように赤い醜い顔をしているのではあるまいか……。

「それ……ね、間崎先生、御存じなのかしら……」

「どうだか……。でもこないだの旅行中はちょっとも間崎先生から離れなかったんですってね……」

「……あたし、信じられないわ。信じたくないの。江波さん、シンはしっかりした方なんですもの……」

内部できいていた間崎の胸は鞴（ふいご）のように荒々しく開閉しはじめた。そのふくれ出した時のふとしたはずみに、先刻来押し殺していた窮屈さが、われ知らず妙にぼやけたうめき声になって喉から吐き出された。低いが誰がきいても男以外の者が出せる声ではなかった。外の会話は凍りつくような沈黙に変じ、まもなくヒタヒタと廊下を走っていく忍びやかな足音が聞えた。

間崎は狭い室から外に出た。長い間しゃがんでいたので腰がほんとでなかった。手洗い桶のそばで、なんということなしに水を垂れ流しにして、手を神経質にこすりつづけた。一定の分量で栓口から無限にチョロチョロ落ちてくる水の冷たいあさはかな性能が、間崎の熱した頭脳には妙に軽やかな親しいものに感じられた。大づかみに言って、この時間崎を圧しつけていた感情は、悔いに似た粘液質の重い塊りであった。江波その人のためにこのスキャンダルを惜む心持と、自分の肉体がその出来事に何のかかわりももたないことをギリギリ悔む心持とが、譬（たと）え話の二匹の蛇のように絡み合う醜い形を示していた。

ほんとのことだろうか。小為替紛失の騒ぎがあったころから、江波の欠席が目立って多くなり、時折見かける様子もなんとなく生気を欠いていたのは事実だが、それについて当人は、母が病気で家の手伝いが忙しいためだ、と受持の先生に弁明していたという。それはそれで嘘でないだろうが、間崎の感情をヌキにして今度の噂の真実性を忖度してみると、第一に、生理的にはなんの不思議もないことだし、また精神の方面を考えても、それを昂揚する適当な相手さえあれば、新しい生命の創造に耐え得るだけの成熟を経ているのだから、ないことだとは誰にも言いきれないわけだ。どんな人間でも、社会人として——学生、教師、軍人、僧侶、会社員、人妻等々——批判される場合と、一個の生物として観察される場合と、二つの面をもつことを避けられない。そのどちらに傾いても対象の本体を歪めてしまうことになるが、せいせいと躍動する中庸の線に沿って常に生活することは駱駝（らくだ）が針の穴をくぐるがごとく難いかなだ。色褪せたわれわれの「道徳」はここに大威張りで登場する……。

一方、間崎の感情の底には、すでに噂を聞いた以上、それが確かな事実であることにホッと安堵を感ずる、暗い、卑しいものが動いていた。そのほうが迷うことなく面倒がなくていいからであり、また自分がためらってなしかねていたらしいことを、誰かがグイグイ線の太い生活になしきってくれたことに対して、遠い世界から拍手を送る心持でもあった。

職員室の出入口にY先生が立って廊下をあちこち見回していた。

「あら、先生、二年のB組のお授業でしょう、級長が二度も迎えに来てましたわ……」

「わかってたんだけど……昨日から腹下しをやって……ああ疲れた……」

間崎は骨なしのように身体をグニャグニャ曲げながら職員室に入った。実際の下痢の疲労、女生徒の便所の中の落書きをけずる長時間の緊張した作業、それに江波の妊娠説から受けた衝動を加えれば、これぐらいの身ぶりがあってもあながち誇張だとは言えないのだ。腹のあたりを押えて中央のテーブルに腰かけながら、

「誰か授業代ってくれないかなあ……、いまのとあとA組と二時間あるんだけど……。誰か授業の進度が遅れている人がないかなあ、無料であげる……」

「いただきます」

間崎の言った戯談半分の売り込みが、思いがけない生まじめな口調で即座に買いとられた。女の武田先生だった。

「すみません」

「いいえ、ちっとも……」

武田先生は二、三冊の分厚な書物を抱えて、男のように片かしがりな歩き方で、そっけなく授業に出て行った。こんな親切な現わし方はいい。

「君、下痢だって?」

佐々木先生が自席でノートを検閲しながら声をかけた。

「下痢には葛湯をうんと濃くして飲むのが何よりの妙薬だぜ。つまり、葛が腹ン中へ入って不消化物や水分をちょうどいい加減に固めてしまうんだ、最も合理的な簡易療法だ……」

誰かがクスクス笑った。

「話がうま過ぎるわ……。でもこさえてあげましょうか、すぐ出来ますから……」

Y先生が間崎の下向きな顔を覗き込むようにして訊ねた。

「ああ……」

葛湯ではははかばかしい返事が出ない。

「ついでにね、僕には熱いコーヒーを一杯つくってくれる親切があってもいいと思うな……」

「贅沢おっしゃい。あんたにはせんぶりでもこさえてあげるわ……」

Y先生は火鉢にたぎっている薬罐をはずして割烹室に去った。

間崎も静養室に休みにいった。誰か一人ベッドに寝ていたが、覗いてみると、小さな一年生だったので、自分も空いたベッドに横たわって毛布を首まで引っ張った。

「どこが悪いの?」

「頭」

「どうしたの」

「体操の時間にころんでぶちました」

その子は向こうむきの位置に換えてハキハキと答えた。

「……君はね、いくつの時までお母さんに抱かれて寝たの」

「――」

「君はね、大きくなったら何になるつもり」

「――」

「君はね、何文の足袋をはくの？」

「――」

「君はね、なんていう名前？」

「――」

「君はね、君ンとこではお父さんとお母さんが二人とも達者？　仲がいい？」

「――」

「君はね、林檎が好き？」

初め滑らかにすべり出た間崎の問いは、識らず識らず、返事を待たない、妙に固苦しい、矢つぎ早やなひとりごとに変っていた。そして、それにつれて、ヒクヒク忍び笑いの波を打たせていた相手の子の背中も石のように固いものに変じていくのが分った。……自分はいい気になって狂人めいた真似をしているぞ。間崎はゾッと寒気だつものを感じた。

Y先生が葛湯のお盆を抱えて入って来た。と、眼は見えないが、身体中の神経で新来者が女の先生であることを嗅ぎつけた小さな一年生は、臍(へそ)までむき出す荒々しい動作で毛布を蹴飛ばし、ころげるように寝台から飛び下りてY先生の胴にがばと抱きついた。ガチャンとお盆のものが落ちて砕けた。

「こわァい！　先生、こわァい！……ヒッ、ヒッ……」

　その子はガクガク慄えながら喉を裏返すような切なげなうめき声をあげた。

「まあ、乱暴な！　どうしたのよ、このひとったら！……夢でもみて寝ぼけたのね、しようがない人」

　抱きかかえて頭を撫でてやりながら、いささかの疑いも示さぬ愚直な眼差を、間崎のうす笑いを浮べた蒼ざめた顔に注ぎかけた。

「ほら、せっかくの葛湯がみんなこぼれちまって……。あんたのおかげよ、間崎先生お腹をこわされてるんで上げようと思ってたのに……。いけない人ね……。何か夢みてたんでしょう……」

　小さな一年生は、ようやくY先生から離れて、外をみながら、かすかにうなずいた。ああこのおませな偽りの萌芽！　これが人間と社会を浄める白熱した精神力の端緒でありますように、神よ。

　間崎が身勝手な反省を嚙んでる間に、一年生は床にかがんで両手で汚物をすくって、お盆に掻き集めていた。ハンカチも紙も用いず、じかに手を働かせているのが、涙がにじみそうにけなげなものに見えた。

「いいのよ、ユミちゃん、貴女がなさらなくたって……。先生がするわ……。いま雑巾をもってきて……。そうそう、すぐだからついでに新しいのこさえてきましょうね」

「先生、お掃除、私がします、すみませんでした……」

今度はよほど落ちついて、ベトベトによごれた両手を粘土細工でもするようにいっぱいに動かしていたが、Y先生が留守になると、仕事にはずみをつけるような妙にとぼけた口調で、

「……私小学校の六年まで母さんに抱かれて寝たかな。だから一人で寝ると今でもこわい夢みるんだわ……。お父さんなんかとっくに死んじゃった……。足袋はきっと九文半よ。でもお母さんが何でもしてくれるんだからほんとのところはわかんないの……。お母さんたらあたしのことをあたしよりもよく知ってるんだから驚いちゃう……。ユミ子、もうお風呂から上がってなんにもしないでポカンと鏡の前に立ってるんじゃありませんよ、お前のお腹の下、もう大人なんでしょう。もっとも、お母さんも、はじめのころは風呂場の鏡の前に裸で立って、自分のちいとばかり変った身体をじっと不思議そうに眺めていたもんだけど……って言うのよ。大人になるって、きっと楽しいことなのね。大人はこすいから誰もそんなこと教えてくれないけど、あたしにはちゃんとわかるわ……。それから何だっけな……。ああ、私は林檎なんかきらい！」

不意に腰をもたげて、上体を前かがみに伏せ、葛湯にまみれた両手を水搔きのように後方に

つき出して、出口の方へダンダンと後しざっていった。あいにく見当がちがって羽目の壁に尻をドンと打ち当てると初めてまっすぐに立ち上がった。小さい一年生と思ったのは間崎の勝手な概念で、かがまってたせいか、眼の縁に血がさし、額が広く唇があつく、案外丈夫な肩つきの子だった。間崎と眼を見合わせた瞬間、ぶっ裂くように顔中を歪め、べー！　と舌をくれると、身をひるがえして室の外に消えた。化け物を見たような気持だった。入れちがいに姿をみせたY先生に、

「あの子、誰だったかしら……」

「深瀬ユミさん……。出来るんだけどとても危険性の多い子だわ。増井アヤ子さんなんかといい仲間なの。いまだってきっと狡して休んでたのかも知れないわ。いい方へ向けばなんだけれどそれがどうも危険なの。何かおっしゃった……？」

　そう解説するY先生は安全地帯の古ぼけた標識でもあるかのようだ。せっかくの葛湯を二た匙三匙すくって飲みながら、

「何も言やしないけど……、林檎がきらいだなんて……、ああ、すみませんけどね、佐々木先生にお話したいことがあるからちょっといらしてくださいって……」

　先刻来つぶつぶと継起した浮動的な現象に一応の感動を覚えつつも、もう一つ底の思案では、江波の噂をどんなふうに処理すべきかに、絶えず肝胆を砕いていたのであるが、それがこの時

やっとある落着をみたのであった。……ともかく一人で胸の中に秘密をくすぶらせておいたのでは身体が破裂してしまう。浅い相談か、深い相談か、人に話して真偽を確かめるに越したことがない。浅い相談なら佐々木先生、深い相談なら橋本先生……。

「はいはい、すぐ寄こしますわ……。御用がすんだらグッと一と眠りなさい。楽になりますわ……」

Y先生は、毛布の肩先や裾をまねごとのようにパタパタ押えつけて、静養室から出て行った。

佐々木先生が現われた。向い合わせの寝台をギシリと近づけて上に胡坐(あぐら)をかき、

「何の相談だか当てようか……。縁談だろう、一人者で腹ン中によけいなものを貯(た)めるから下痢なんかするんだよ……」

この先生はよく妻帯をすすめる。親切が大部分だろうが、間崎がいつまでも青臭いひとり身でいて、生徒の中の軽はずみな分子やミス組の先生たちにチヤホヤされるのを、なにか厭(いと)わしいものに感じてるのでもあるまいか……。

間崎はさりげなく江波の醜聞を話した。

「ほんとかね、ほんとかね！」

佐々木先生は骨ばった指をひろげて硬い髪の毛をモリモリ掻き上げた。やや血の気が失せた面持で、吃(ども)り気味に、

「よ、よく打ち明けてくれた。骨を折るよ……。して、君の覚悟は？」

「ハハハハ……」

間崎は天井を打ち貫くような鋭い笑い声をあげた。

「ちがう、ちがう。僕の言い方が悪かったんです、僕たちは肉体を接触させたことがない。だから僕じゃあない……」

もし相手が神経をこらしてきいていたならば、間崎のその投げやりな語調の中には世にも悲痛な口惜しさがうち慄えていたことを感得したにちがいない。だがなにごとにも大まかな歌聖の佐々木先生は、拍子抜けした体で、鼻を鳴らし、

「何だ、むだな驚きをさせるじゃないか……。もっぱら君だと思ったよ。でなければこれほど結構なことはないがね、なるほど、これは僕もうかつだった。君はなにごとにもプラトニックなやり方だったね。まずよかった……。だが、あいつけしからん、ほんとかね……」

プラトニックという言葉がこの時ほど間崎の耳に空々しい響きを伝えたことがない。覚えず急き込んで、

「僕だって女の愛し方ぐらい知ってますよ！　でもそれとこれとは別の問題です。さしあたり噂の真否を確かめて、事実なら騒ぎが大きくならないうちに適当の処置を講じなければならないし、また全然デマにすぎないかも知れないものを、今から職員室の問題にするのも軽率のよ

うな気がして、とりあえず貴方に相談したわけです……。浅い相談ですが……」

最後の一と言を間崎は眠ったいような気持でわざわざつけ加えた。

「そりゃあ、君、大問題だよ。大げさに言えば学校の浮沈に関する出来事だ。わしらは子供の生み方を教えてるんじゃないからね。そんなことは神様にまかせるしかないことだ……。いいよ、僕にあずけてくれたまえ。何とか探りを入れてみる。当分は絶対秘密だよ。あいつめ、大それた奴だ……。多分僕は今日中に確かめ得る自信がある。こんなことは年の功という奴でね、若い人にはちょっと手が出せないよ。僕ときたら二番目の子を産婆さんに加勢して女房の腹から引っ張り出したという経歴の持ち主だ。まかせときたまえ……」

猿が眼鏡を与えられたように問題を珍重して、いろいろな角度から所見を述べたあげく、人生を甲斐あるものに感じた面持で、佐々木先生は静養室から立ち去った。

白い壁の室内に一人とり残されると、間崎は急に身体中が空洞のように空っぽになっていることを意識した。その意識は骨の痛みを伴うほどに切実だった。今までこの空洞を満たしていたミルク色の脂肪分は、これまで積極的な所有欲に駆られたこともない江波恵子の肉体が、他の男に占有されたかも知れない疑いを生じただけで、潮鳴りして地の底深く引いてしまったのである。ああ、花のように霧のように何げない熟した存在であり得た美少女、江波恵子。二人でなく一人であんな渾然とした生き方をなし得る者が男女を通じて世界中に幾人かあろう。自分にはまだ橋本先生が残っている。けれども男がなければ熟せないような不具な女は箒で掃かれてしまうがいいんだ。風や、聖霊や、何物とも知れない物の息吹やで孕む女性を思いついた人類の空想力に祝福あれ。アダムとイヴの交わりに恥感の焼き印を捺しつけた神の英知は讃むべきかな……。

現実の衝動がはなはだしい場合、それをとてつもなく膨大なものに吹き散らして、実際の出来事とはあまり関係のない観念の酒に酔い痴れるというやり方は、間崎のような世間知らずにはありがちなことである。それによって一時的な麻痺も得られるし、間がよければそれによって物の姿を正確につかみとる距離を与えられないものでもない。

もし噂が単なるデマにすぎないことが分ったら自分はさっそくあの子の母に結婚を申し込んでやろう。こんな後悔は人の生涯に二度とあるものではない。自分は承諾され、喜ばれるだろう。だがその後は？　あの独立不羈な生き方をそのまま支えてやるだけでも自分は常に心身の第一級のエネルギーを燃やし続けていかなければならない、まして結婚が一段の充実を意味するような生活をあの子に築いてやるとなると、もう今から涯てしない海に面したような絶望感に襲われるばかりではないか。自分は一日半日で息切れがしてへたばってしまうだろう。そんな人生は意味あるのか。もし自分が無知で押し強い人間であれば、自分の低い娯しみをむさぼるためだけの結婚も出来ようが……。噂が真実ならば相手はそのような極悪人であるにちがいない。そしていったんそんな関係に置かれたとなると、今度は逆に江波の高貴なエネルギーが日一日と無惨に蚕食(さんしょく)され、彼女は美しいだけの白痴になりおおせてしまうだろう。……嫉妬ばかりとも思えない間崎の義憤はここから発するのだった。

三十二

間崎は佐々木先生の報告があるまでひと眠りしようと思った。出来そうだった。ベルが鳴り騒ぎが起り、ベルが鳴り騒ぎが鎮まった。間崎は夢うつつにそれを聞いた。だが不思議なことには眠りの中でも、下腹を水が移行するゴーッという音だけは際立って鼓膜に響いた。

このあいだに静養を要する三、四人の患者が室を訪れた。目がさめてるときだと間崎は咳ばらいをした。眠ってる時だといったん内部へ入った患者は口を半分あけた先生の寝顔をみつけて驚いて逃げ出した。

また、戸が開いた。今度の足音は間崎の咳払いを無視して遠慮なしにベッドに近づいて来た。

「御気分はどうでございますか。いまききましたの……」

橋本先生の声だった。袂の先に何か包んだのを両手で抱えていた。

「湯たんぽ温めて来ましたからすぐお当てください」

「や、や、どうも……」

間崎は恐縮して一と呼吸で上体を起した。こんな威力ある人をさっきは空想の中で箒で掃き出す部類に入れたことがふとおかしくなった。

「いいんです。横になったまま……。熱いんですよ。腹巻の外からお当てになるとちょうどいいかと思いますわ」

「ありがとう……。もういいんですけど……」

下着をめくって臍を現わしたりするのがきまり悪いので、間崎はズボンのすぐ下に薄いネルの切れで包まれた湯たんぽを挟んで置いた。

「どうか横になって楽にしてください……。あのう、お加減がそれほど悪くないんでしたらちょっとお耳に入れておきたいことがあるんですけど……」

いつものように肩肱を張らない穏やかな口調で、相変らず澄んで美しい眼をこだわりなく間崎に注いだ。その眼は小さくて身体中の生気を盛りきれないといったふうで、少し角ばっているが、それだけにあふれるような生彩を放っていた。間崎は足を毛布の下に投げ出したまま横になろうとはせず、

「かまいませんとも……。何でもおっしゃってください」

「実は江波さんのことでこのごろ面白くないことを聞いたんですが……。御存じでしょうか」

「知ってます。さっき生徒の噂を盗みぎきしたんですが……」

「私も生徒から聞きました。あの人だから間違いはないと考えたり、あの人だからあり得ないことでもないと考えたり、いろいろ迷いました。本人に問いただせばいちばん早分りなんですが、私では妙なこだわりがあって、嘘であってもほんとであっても、結果が面白くないだろうと思って、今日までためらっておりましたの……」

話しながら橋本先生は、佐々木先生が引きよせておいた隣のベッドに足を浮かせて楽に腰かけた。

「実は僕も困ったことだと思って、さっき佐々木先生にお話して何らかの方法で真偽を確かめてもらうことにしたのです」

「それ――、同じことのようですけど、先生御自身で本人をただされたほうがよかったんじゃないでしょうか。いちばん先生を信頼しているんですから……」

眼の光りが間崎を強く押すように感じた。

「そんなもんかも知れませんが……。実はさっき噂を洩れきいた中に、相手は僕らしいような口吻も交ってたものですから、カッとなって、半分はそれもあってここで腐っていたのです」

自分は嘘つきじゃない、これが社会人としての自分の面目になるんだ――同時モーションでそう自分に言いきかせながら、橋本先生の顔に現われるどんな微細な表情をも見逃すまいと眼を半眼にして様子をうかがった。変化はなく平静だった。

「私に教えた生徒もそれらしいことを匂わせていたので、本気に腹を立てて、そうでないことをハッキリ信じさせてやりました」

「……貴女はどうして相手が僕でないということは信じられ、江波の妊娠説は嘘だと否定できないのでしょう。なぜ江波のためにも本気で腹を立ててやらなかったんです……。みんなにそうしてもらえば、どんな人間だって立派になれると思いますがね……」

予期しなかった「深い相談」が始りそうで、間崎はわれにもあらず身慄いをした。彼がそんな強い言葉を発し得たのは、適者生存の功利性を欠いた性格を江波に押しつけた者らに対して、漠然とした憤怒の火花を発したからであった。純粋だが持続性のない火花を……。橋本先生の顔には薄い笑いの影がひらめいて消えた。垂れた両足を小刻みに揺りながら、

「私にははっきりしております。江波さんは生徒です、未完成な人格者です、貴方は教職にある方で完成された――常識の立場からですが――人格者です。だから貴方を信じ、江波さんを疑ったのです。生徒も先生も同じ人間だ、そんな観方(みかた)も学校生活の中に採り入れられる必要は認めますが、こんな場合にそれをかつぎ出すのはとんでもない誤りだと思います。なし崩してしまえば、お坊さんでも政治家でも殺人者でも泥棒でもみんな人間以外のものではありません。

しかしそんな考え方じゃ世の中が成り立っていかないと思いますわ……」

「O・Kです。僕もそんな極端なことを言ったわけではありません。噂にしても事実にしても江波が気の毒だと思ったものですから……。調べてみてほんとなら、さっそく退学処分だ。お腹がふくれた生徒を通わせておくわけにはいきませんからね。だがここで僕が一つひっかかる考えごとは、どこの家でも自分の娘を立派にしてくださいと言って学校によこす、こっちも引き受ける、ところがたまたまこちらの手で教化しきれない生徒があると、お前は悪い人間だから出てしまえという。それについて僕らが用意している弁明は、学校は大勢を預るところだから仕方がない……。いや、学校だけでなく僕らの生活はどこへ向いてもこの仕方がないで埋めつくされている。中途半端だ……。ね、貴女はこんな中途半端でない生活に憧れることはありませんか。ちょっと型変りだが江波なんかその無理を生き通そうとしている人間だとも考えられますが……」

「ええ、一人ぼっちで……観念だけで……無理ですわ。私、貴方がいまおっしゃった憧れなら死ぬほど強くもっております。『万葉集』の恋の歌――君が行く道の長路を繰り畳ね　焼き亡ぼさむ天の火もがも――それよりもっと烈しいくらい……。私たちの生活をからげている『仕方がないもの』の大部分は私たちの力で取り除くことが出来ます。出来ないはずがありません。結局、現在の社会組織に欠陥があるのだと思います。江波さんのような性格が出来たのも、そんな方面から考えていくとハッキリするんじゃないでしょうか……」

靄のような生気が眼からも唇からも浮きただよっていた。もしこのつつましやかな有頂天が無意識にせよ他人の不幸を踏み台にしているものであったとしたら……。

「社会の組織が改っただけでほんとに中途半端でない生活が得られるでしょうか……」

「ええ、人生をぐうたらな楽園だと考えさえしなければ――」

「ほんとでしょうか。心で考えてることと口で言うこととにへだたりがあったり……、回り遠い間接な言葉でなければ自分の思いを伝え得なかったり……、そんな生活がキッパリなくなるとおっしゃるんですね……」

「ええ」

眼を伏せてまた上げた。その眼には動物のそれのように物憂げな秘めたものが宿っていた。足の爪先から起ったような深い吐息が時間の経過をまざまざとみせてふくれた胸から吐き出された。眼が青くひらめいた。

「……なくなるんです、いま私を臆病にしているかも知れない夾雑物は一切とり去られて、私は野蛮人のように思ったことを言葉に――いいえ、行動にだってうつせる女になれますわ」

「そこまで分っていながらなぜいまはしようとしないのです。江波なら……」

「比べないでください！　あの人は社会人でない生き方をしようとしてるのです。私はハッキり軽蔑します……」

「軽蔑はお互いさまでしょう。僕は貴女のいま言ったような考え方が知恵から生れるのか、弱さから生れるのか、ほんとのところを知りたいと思いますね」

「――――」

間崎はなにかうめき声のようなものを聞いたように思った。そして橋本先生の身体が縄で曳かれたように、区切りをつけてグイグイ前のめりに傾きかかるのを見た。前のめりと言えば自分に近づき触れることになる。

だが、この時思いがけない椿事が間崎を寝台の上に棒立ちにさせた。ズボンの下で腹を温めていた湯たんぽがもっと下の方にずり落ちて、落ちるはずみに湯たんぽをつつんでいたネルがめくれたのか、皮膚の一部が急激にジリジリ焼け出したのだ。

「アチチチチ……」

間崎は弾条（スプリング）がきいてるベッドの上でめちゃくちゃなタランテラを踊った。

「あら！　あら！……」

橋本先生は駈けよって――それほどの距離もないわけだが――間崎の両足に絡みつき、ズボンの上から湯たんぽを下方に強くこすり落とそうとした。が、それを待つまでもなく、かなりな重味のある金属製の簡易療具は、右足のズボンの裾からばかげた音をたてて床にころげ落ち、そのまま倒れもせずに羽目板のところまでゴロゴロところがっていった。

二人は、瞬間、恐ろしく真剣な顔を見合わせた。が、途端におかしさがこみあげて弾けるように双方から笑い出した。間崎は、彼女が咄嗟にした処置が思いきっていて、たいへん機宜を得たものであったことを考え、いつかも感じた「役に立つ人だ」という親密(アト・ホーム)な気持を新たにして、手に触れていた肩の肉を一とつまみだけグイとつまみ上げた。

「ああ、びっくりした。火傷なさらない……」

「どうだか……なにしろ熱かった……」

まだうわの空だった。

「あ、ちょっと……」

橋本先生は肩をすかせて、よろめく間崎の手をベッドのてすりに運び、自分は壁際に駈け寄って湯たんぽを拾い上げ、

「これ、うまくころがるわねえ……」

わざわざもう一ぺん床板の上をころがした。今度はあっけなく倒れた。それでも橋本先生は満足そうに、口を大きくあけて、短く、烈しく笑った。

「ばかだなあ」

間崎は思わず嘆声を洩らした。

「そうよ、私あまり利口じゃないほうだわ」

橋本先生は素直に受け入れてもとの位置に腰かけた。

「ね、先生、私この三月の年度末まで勤め上げてあと学校を止そうかと思ってますの……」

「よす？　いやになったんですか」

間崎の言葉はにわかに生彩を帯びてきた。

「それほどイヤだというはっきりした気持でもないんですけど、もっといい暮しがありそうに思われて……」

「そりゃアあるでしょう……。貴女がいま考えてる通りだかどうか分りませんが。何しろ貴女の現在の生活には楽しみが少なすぎると思いますね。こんなこと一時のことだ、便法だ、私の本心は別に存する……。いつもそんなふうに自分の現在の立場を否定し続けることが、貴女のここでの生活のはりあいになってるんですからね。お気の毒だと言えばお気の毒、ばかげてると言えばばかげてると思います」

「まさかそうはっきりしてるわけでもないんですけど……。大体その通りですわ。仕方がないんですもの。他人が楽しいと思うことが私には楽しく感じられないんですから」

「他人だってそんなに楽しいわけじゃないと思います。諦めるものは諦めて、甘んじているだけでしょう。つまり貴女は生活に対して欲が深い……」

「そんな観方はいやです。欲が深いとかなんとか……、そんなんじゃなくて私には私の考え方があるからです」

「考え方……考え方……」

間崎は橋本先生が握らせてくれたベッドの鉄縁に斜めに腰かけて、尻の痛さに耐えながら、その言葉を無意味につぶやき返した。

「貴女の考え方というのは、個人的な快楽を満たすよりも社会的な快楽を満たすことに、より幸福を感ずるということなんでしょうね」

「でも、そんなに分けられない性質の問題じゃありませんか」

「僕は哲学を言ってるんじゃありません。事実を言ってるんですよ……」

叱りつけるような勢いだ。橋本先生はあいまいに笑って、

「それなら社会的な快楽ですわ。大きく、深く……飽きたり疲れたりすることがない性質のものなのですもの。でもそれにはやはり個性の裏づけが必要ですし、そうなると、いつかも言ったように、私の感情と倫理が同じ水準に並ぶようにならなければいけないと思いますわ」

いつかも言ったというのは彼女の覚えちがいで、事実は頭の中だけでそれと考えたにすぎないのだった。間崎はニヤリとして、

「人間がそこまで円熟するのは大抵死ぬころですよ」

「それでもいいじゃありませんか。その目標に添って生きられさえしたら……」

「では生きてる間、貴女は貴女の感情をひっぱたいていくんですね、お前はなってない、なってないって……」

「ええ」と弱々しい。

「貴女の倫理には手も触れずに……。そりゃあおかしい。貴女は倫理という文字面に眩まされている。思想と言ってもいいんだろうが……。感情よりも倫理が常にすぐれているというのは貴女の一人ぎめで、それじゃまるで倫理というものは神様みたいに偶像視されてるじゃありませんか。さっき貴女に、貴女の考え方が知恵から生れるのか、弱さから生れるのかとお尋ねしてハッキリした答えを得られなかったが、貴女が自分のありのままの肉体から萌す欲望はすべてやましい不純なものだと否定する、一面的な、かた苦しいやり方を眺めていると、なにか貴女に生れついた時からの暗い弱さがあって、貴女のすべての考え方はそこから生れてくるとしか思えない。現実の生涯はすべて前世の罪滅ぼしの意味しかもたない。……そんな宿命的な生活をしようとしているらしく見えるんですがね。これは僕の勝手な見解でしょうか」

橋本先生は睫を伏せて眼の色を隠すようにしながら一語も発しなかった。

「ね、それをハッキリ認識することが貴女にとっては何よりも大切なことだと思うんです。……貴女は唯物論だとか弁証法だとか階級意識だとかいろんな言葉を知ってらっしゃる、だがそういう言葉がまるまると観念の掌の上にのっかっている、というようなことがあり得ないものでしょうか。……ともかく貴女の思想が漠然とした自己否定から出発しているとすれば、これは大いに考えなければならない問題だと思いますね。古い殻を脱ぎ捨てるというのなら文句はないのですが、どうも貴女のは、殻のつもりで皮膚や肉の層や——自分を生かしているものをも一緒に剝ぎとろうとしているらしくみえるんです。……そうじゃないんですか」

間崎は知らず知らず詰問するような嶮しい調子になっていた。細い鉄の棒に坐りづめではずいぶん尻が痛いから——。橋本先生は両肩をすぼめて、身を守るようにしながら、膝の上でせっかちに指先をこすり合わせていた。

「ね、ちがうんですか」

間崎は促すように足の甲をベタリと寝台の上に一つ踏み出した。橋本先生は額に深い皺を幾筋か刻んでもの憂げに間崎をみつめ返した。それ見ろ、お婆さんみたいな顔だって出てくるじゃないか……、こう勝ちほこる間崎のこめかみのずっと内側には、こんなにきびしく迫め訊して、もしこの構えがガラーンと崩れるようなことがあったら、それを支えてやる責任があるのかないのか、戦(おのの)きながら純粋に思案する一本の蘆(あし)のようなものもひそみ隠れていたのである。

だが、それは間崎の杞憂にすぎない。肉体にうずく旺盛の活力がほかにははけ口もない環境に置かれがちな若い女にとっては、考えることは一つの生活を意味し、その力の作用する範囲も、間崎のやに下がったあて推量など一蹴するほど深くも広くもあるのだ。

いま橋本先生の胸中にはこんな考えごとがピストンのように去来していた。案外落ちついて、着実に……。この人はいままで誰も見抜けなかった私の為人の秘密を恐ろしいほど正確に、苛辣に、キャッチしかけている。だが、惜しいかな、メスの入れ方があべこべだ。この人が私をここまで理解したという事実を裏返しにすればどんな意味になるのか。そんなフヤけた考え事は今すべきではない！　この人の指摘した事柄が結果論的には真実であるとしても、私は金輪際頭を下げるわけにはいかない。過程が逆だから。そうだ、いつか、いまのような行きがかりでない時、私は口笛を吹くように、洟をかむように、こちらから何げなく名のりをあげてやろう。私はかくかくの女に相違ありません。でもそれは貴方の変に行き届いた理解とやらには指一本触れさせることではありません、と。そんなことでこの人が怒って口をきかなくなったら少しは寂しいんだけど……。でもそうするしかない。

人と人とが結びつくのに弱さからしてはならない！　打ち明け話→感覚的な同情→恋愛。ああ世間には低調な男女関係が黴のようにはびこっている。そんなこといやだ。私の場合は断じて生活闘争の積極的なポイントから！……

橋本先生の、なごやかな、シンのこもった沈黙に業を煮やした間崎は、攻守の位置をたちどころに覆され、フイと破壊的な気持をそそられた。

「僕、今度の噂が嘘だということが分れば、貴女がいつかすすめてくれたように、あの子と結婚してもいいと思ってるんです」

「どうぞ御随意に……。でもそうすれば先生もここにお勤めできなくなりますのね」

無関心を装いきれない生まな感情の色が眼の縁ににじみ出た。濁った満足の悪酒に酔い痴れて、

「止むを得ません……。お前とならば九尺二間のなんとかでもって言いますから……」

「まあ、いやらしい」

橋本先生は露骨な侮蔑の眼差をタオルのように間崎の顔中にひろげかけた。が、そのメーキャップにも破綻がなかったとは言えない。この人は私を試している。汝ら試すなかれ、とはすでにバイブルにも警められてある人間の行為の最も卑しいものの一つだ。それに値するどんなやましさが私の側にあろうとも、この侮辱に甘んずるわけにはいかない、男だったら！……夢中な、まじりけのない憤りが、革の鞭のように四肢の筋肉に鳴り響くようだった。が、彼女よりも間崎のほうが暴力の振舞に及ぼうとしたのは意外だった。指を二、三本カラーの間にさしこんでグイグイ喉をゆるめながら、乾いたたよりない抑揚で、

「どうも……窮屈で……変だと思うな。たとえば、僕と貴女がこうして向き合っているが、誰がこしらえたんだか、その間に礼儀というようなものが介在していて目ざわりだと思う。それ

で僕が……力いっぱい貴女を殴るとしたら……貴女だっていつかそうしたんだから……」

言葉が了らないうちに、橋本先生は風が生ずるような勢いで寝台から下り立った。そして、憎悪に凍った蒼白な顔を、伸ばせるだけ間崎の方にさしのべてよこした。蛇のかま首を思わせる精悍さだ。

ベルが鳴った。物音が一時に騒然と起った。飽きもせずに自己陶酔の慰みごとに耽っている洒落者(しゃれもの)たちをドヤしつけるかのように、物音は刻々に高まり、拡がり、反響した。踏む音、走る音、鋭い笑い声、歌の一節、階段を駈け下りる急テンポな足音、高く低く氾濫する話し声の波。――それらが一つに溶け合った太くたくましい轟音は、ハッハッハッ……と何者かが嘲笑しているような調子を帯びて聞えた。

佐々木先生が入って来た。上衣がチョークの粉にまみれていた。

「おや、貴女も来ているのか。形あるところ影伴うだな。いいよ、すぐそう怒らなくたって……。ところで、間崎君、例の件、大失敗さ……」

パチクリ目配せをする。

「いいんです、お話したって。橋本先生もとくから御存じなんですから……」

「そうかい、それじゃあ……」

男同士はベッドの上に胡坐をかいた。橋本先生は何やら油断のない様子で少し離れた所に立っていた。

「さっき君に今日中に真相を確かめると言ったろう。あれには相応の見込みがあったのさ。というのは、あの組の今日の漢文の教材は細川忠興の妻のところなんだが、これにこじつけて、純潔の徳が人妻としても処女としてもいかに大切なものであるかを諄々と説き聞かせ、一と通り合点がいったところで、教室中をずっと睨めまわす。もしその時あの子が顔を伏せているか僕の目をそらすかすれば、これはてっきり怪しい。普通な態度であれば事実無根だ。こういうのがまあ僕の計画だったわけだ……」

「そしたら？」

橋本先生はこの人とも思われない物欲しげな口吻であとをうながした。

「で、教室に入ってその通りにやり出したんだよ。ところが僕も気が弱いもんで、なんだか気の毒であの子の顔を見るに耐えない。それでほんとはあの子が読む番になってたんだけど、それも飛ばして、窓際の方ばかり向いて話をすすめたけど、どうもそんな心理的な故障が伏在しているものだから、変にざわついた授業になってさっぱり脂がのらないんだ。でもやっと予定の話を語り了えて、皆さん分りましたね、と思いきって正面からあの子を睨みつけると、なあんだ、席が空っぽであの子の影も形も見えやしない。どうしたのかって訊くと、朝は確かに出席してたんだが、三時間目あたりから本や鞄を置き去りにしてどこかに消えちまった、と言う。

これで僕の計画は水泡に帰したわけだ。いや神出鬼没といった感じだね。やっぱりくさいと思うよ……」

「なんだか大岡越前守みたいな裁き方ね、もっとも越前守なら真っ先にあの子が出席かどうかを確かめてからお話をはじめると思うけど……」

「冷やかすなよ、こいつ」

「ごめん」

三人ドッと笑った。橋本先生も間崎も危機を脱した思いだった。

「僕はね、家で子供のわるさを矯め直す時によくこの手を用いるんだ。案外効き目がある」

「効き目があっても私反対だわ。私なら正面からお前さんこれこれでしょうと言ってやるわ」

「そら来た。そんなのは潔きに似て結局事をぶちこわすばかりさ。貴女がどんなにきれ者であったにせよ、いつもいつも正面から物事にぶつかっていったんでは呼吸がつづかない。九十九回勝っても百回目には破れる。それでオジャンさ。百戦百勝ハ善ノ善ナルモノニ非ズ、戦ワズシテ敵ラ屈スルハ善ノ善ナルモノナリ……」

「賛成。一歩前進二歩退却！」

間崎は大声ででたらめな声援を送った。この場だけの応酬にしては佐々木先生のも彼のもカンどころを逸れてる嫌いはあるが、平素、橋本先生に、上は天文、下は人事百般に至るまで、始終やり込められてることを思えば、これも必ずしもむだ弾丸だとは言えないのである。いわんや理屈の強い相手に対してはゾロリとした格言や成句を連ねて嘯くに限るのだ……。

　橋本先生は両の拳でみぞおちのあたりを押えつけて朗らかに笑い出した。

「あやまりますわ。なんとでもおっしゃってください。私は兎みたいにおとなしくしてますから……」

　女が譲ることを好む佐々木先生はひどく機嫌がよかった。

「僕はかねてからそう思ってるんだけど、歌の世界で言うと、貴女は万葉の婦人だな。僕一個の好みは古今型の婦人にあるんだけど……」

「あら、私は先生なら清元か新内型の女性だと思ってましたわ」

　チラッと間崎を見る流し目がみたこともない艶めいたものだった。こんなに羽目をはずしてどうする気なんだろう。

「いちいちひやかすなよ。それがそもそも古今型でない証拠だよ」

「はい。……ではどういう万葉？　ああ、そうそう、さっきそう言えば私ここで万葉の歌を引き合いに出したような気がするわ」

「どの歌？」

「天の火もがもって言うの」

「ちゃんと心得てやがる。だがまだある……。（朗読調で）

秋の田の穂の上に霧ふ朝霞いづへの方にわが恋ひやまむ
わが背子を大和へやるとさ夜ふけて暁露にわが立ち霑れし
二人行けど行き過ぎがたき秋山をいかにか君がひとり越ゆらむ

……」

「ああ、くすぐったい、もうたくさん。歌ってそんなことや自然の景色ぐらいしか詠めないんだからたよりない。私は歌や俳句になるような観照的な生活をしたくないと思うの」

「度しがたいね、ハハハ……さ、腹ごしらえに行こう」

「私も。……先生はここで休んでらっしゃる？」

「いえ、引き上げます」

橋本先生はかがんで二人分のスリッパを揃えてくれた。ありがたい。

間崎は暇をみて主任の長野先生に今日の噂を具申した。江波も潔白であると思うし、もちろん自分としては身にやましい覚えがないと申し開いた。

「そうでしょうとも。……今だからお話しますが、実は私もそんな噂を耳にして心を痛めていたところでした。もちろん単なる噂にすぎないと信じておりますから、江波さんを取り調べようとも思いませんでしたが、ほかのこととちがって、噂だけでも、貴方や江波さんに大変お気の毒なことだと考え、かれこれ口さがないことを言う者を取り締らなければならないと思案しておりました。……ところが、つい先ほど校医の山川博士から電話がありまして、江波さんが突然訪ねていって身体検査をしてくれ、そして自分の身体が純潔だという証明書を書いてもらいたいと言って……。それがもう大変駄々をこねて博士ももてあましたらしい様子なんです。やっとなだめていま寝かしてあるが、ともかく非常に興奮しているようだから一応御通知しておく——まあこういうお電話なんです。思いつめるとどんなことでもやりかねない生徒ですから、困ったことになった、とこれからの処置を考えていたところです。あまりに突飛な行動でその点やや遺憾ですが、しかしこれで噂に対する疑念はおのずから一掃された形で、あとは本人をグレさせないように励ましていくばかりです。……いずれ後で山川博士のところにお詫びに行こうと思っております……」

「そうですか」

間崎は複雑な重苦しい感情にしばられて、すぐには口もきけなかった。噂を聞き伝えてわずかに半日、その間に自分が相談をかけたほどの人はいずれも先様御承知といった形で、ことに当の江波恵子は痛烈無惨の挙に出でて身の明かしを立てようとしているではないか。いい気な者は自分一人だけだ。自分さえ教師として節度を保っていればこんな煮えきらない事態を惹き起さずにすんだのだ。……一としきりは地面にかがまってもかがまっても、かがまりきれない恥ずかしさが脂汗のようにとめどなく湧いた。が、実際に口を開いた時には火花のような気魄をこめてまったく別のことを言った。

「先生、僕を山川博士のところへやってくれませんか。僕としてはこれまであの生徒を特別に手なずけてきた以上、自分の力で出来るだけのことをやりつくしてみたいのです。もちろん教師としての分限は守りますが……。僕を信じてまかせてください」

「おいでなさいとも。一向差し支えありません。でも私は私で職責上ちょっとあとで顔だけ出しておきます……」

そう言いさして長野先生は眼鏡をはずしてハーハー息を吹っかけた。ガラスに曇りがあるのではない。何か重要なことを言おうとする緊張で眼がショボショボするのだ。

「これは私の体験として申し上げるのですが、生徒の質によっては一概にやさしく指導してやるよりも、きびしく、突っ放した態度で導いてやるほうが、大局から観て本人に親切な結果を生ずる例がよくあるものです。十分御承知のことと思いますが……」

「はあ――」

それっきりで下痢疲れがしている間崎は涙がにじみそうになった。抜け上がった額の色に劣らず底光りのする老人の知恵を見よ。いまの間崎にとってこれほど適切な箴言がまたとあろうか。同じ言葉は橋本先生にも言えるし、すでに言ったことかも知れないが、生活意識の稀薄な言葉は羽虫のように幅も重味もない。まして次々と氾濫するあの饒舌は、フレーズ相互の印象をぼやけさせて、しゃべり疲れ聞き疲れに終るばかりではないか。その相手役をひとかど気取っている自分にいたっては言語道断というほかない……。

「では、すぐ行って参ります」

「そうですか、御苦労さま、あとでお会いしますが博士へもよろしく……」

この天資の品位備った老先生に、これ以上の心配をかけることがあってはならない……。そう考えて間崎は椅子を離れた。

三十三

山川医院は学校からほど遠い海岸通りにあった。院長の博士は軍医上がりで外科の名手として評判をはくしていたが、骨っぽい、かざりけのない人で、健康診断や身体検査でたびたび学校に来るので間崎は顔なじみになっていた。宿直室で碁を囲むこともあった。負けるのが嫌いなザル碁で、形勢不利と見ると、五、六目(もく)ぐらい前の石から「待った」をかけるが、その時の辞令は千編一律で、

「君、君、上杉謙信は甲斐の国へ塩を送ったんだぜ。戦いは由来正々堂々とやるもんだ。さ、はずしたまえ……」

それでも勝ったり負けたりがあった。長年校医を担当して学校の衛生施設にはずいぶん貢献してくれてるが、生徒はこの人の名前が出ると、一応は顔をしかめて「いやだあ……」と言う。もちろん女の子らしいお体裁にすぎないが……。「いやだあ」のわけは、町医者らしい手心がないからで、例えば舎生に下痢患者が出る、すると招ばれて来て病人を診ながら、

「何回下った？　ウン、三回。どの程度の下り方だね。ビリビリと下るのか、それとも水みたいにシャーシャーと下るのかね……」

相手が医師にもせよ、思春期の女生徒がビリビリだのシャーシャーだのという俗語を男性に向って言えるものではない。この「いやだあ」が昂じて、上級生の間には、山川先生は、頭が痛い、耳が痛い、鼻がつまる——なんの病気にでもすぐ「腹を診てあげよう」と言う、いけすかない……。そんな怪しげな定説が流布されていた。これも例の俗語問題に類したことで、患者が裸体をみせ渋っていると、

「ほれほれ早く。見せたくないのかね。先生だってそんな痩せ干からびた黒い身体は一つも見たくないよ……」

とやる。これを要するに博士は星菫派の心情に趣味をもたない人なのだ……。

間崎はタクシーで山川医院にのりつけた。いつも博士に随行してくる、背の高い、上品な看護婦の細川さんが応接に出た。

「先生は急患で往診に出られましたが……」

「別に僕が診ていただくんじゃありませんが、こちらにうちの学校の生徒で江波というのが来てるはずですが、様子を見ようと思いまして……」

「ああ、恵ちゃんですか、二階で休んでますが眠ってるかも知れません、まあお上がりください」

細川さんはうちとけた笑い方をして間崎を診察室に招じ入れた。薬品の冷たい香が、江波がここを訪れた気持をフッと間崎の胸に蘇らせた。

「大分あばれたそうですが……」

「ええ、あの、恵ちゃんは先生の受持なんでございますか」

「いや、受持ではありませんが始終世話をやかせられているものですから。……こちらで恵ちゃんというのは前からの知り合いなんですか」

「ええ、あの人のお母さんもずうっとうちの檀家さんでございますから。私なども恵ちゃんはお友達みたいに親しくしていただいております」

ほら、ここにも先様御承知が一人現われた。

「それでさっきはどんな様子でしたろうか」

細川さんは白い服がチラチラする薬局の窓口に目をやって、

「どうぞ、こちらへ、こちらが片づいておりますから」

隣り合った小綺麗な応接室に案内した。そこへ来ると、細川さんは、診察室から小脇に抱えて来た巻きかけの繃帯をテーブルの上に押しやって、お茶の支度を整えた。

「――まあ、先生、さっきは大変なんでございましたよ。隠さずに申し上げますからあとで恵ちゃんによく言い含めてあげてください。うちの先生もひどく気にしておられましたから……。恵ちゃんが家へ来られたのはこの一週間ばかりの間に今日が三回目なんでございます。前の二回ともふらふらとやって来て、頭が痛いんだけど診てもらわなくともいいんだ、と言って私たちと遊んだり、私たちが忙しい時ですと二階の空いた室で絵をかいたり、試験が近いから勉強するんだと言いだして教科書を読んだりしておりました。それがいつも学校がある時間ごろなので、どうしたのかって訊きますと、一度は記念日とかでお休みだし、一度は早引けしたんだって言います。変だと思いました。気まぐれなことはよく承知しておりますが、全体の様子にどうも元気がなく、きっと何か面白くないことがあって学校に行かないんだろうと思い、そんなじゃ立派になれないからって忠告いたしますと、黙ってウンウンうなずいておりました。そうそう、私が薬剤室にいる時にやって来て、薬棚をいちいち見てまわりながら、

――いちばん楽に死ねるお薬ってどれ？――

って訊くものですから、

――楽な薬ってないわ、病気で死ぬよりか何層倍も苦しい――

って教えますと、

――つまんないのね、そんなお薬だって必要な人がきっとたくさんいるんだから発明されてなきゃあいけないんだわ――

私も高飛車に出て、

――恵ちゃん、死にたくなったらいつでも私にそう言いなさい、あっという間に眠らせてあげるから――

すると急に顔色を変えて、

――いやだあ――

それだけポツンと言って気味が悪いほど私の顔をじっとみつめるんです。変だなと思いました……」

「その時江波がかいた絵がここには残ってないでしょうか」

「ええ？　絵ですか、絵は……そうそう、みやさんが持ってるかも知れない、みやさんて一緒に働いてる人なんですが、恵ちゃんにくれくれってねだっておりましたから……。ちょっとお待ちください」

細川さんは出て行ってすぐ引っ返して来た。三枚ある絵は、どれも図画帖をむしってかいたもので、華宵好みの洋装和装の少女が思い思いの自由な恰好をしているそばにアベックの帽子やステッキが配されてある、それをサラサラした淡い線で描いたもので、およそ無意味な代物だった。間崎は内心あてがはずれた。細川さんは指先で図面をさして、

「恵ちゃんはこの少女だけ書いたんですが、みやさんがいただいてしまってから、みやさんってやんちゃな人ですから、一人じゃ寂しそうだからお友達もつけてくださいなって、あとからわざわざこの帽子やステッキを書き足していただいたんです、ホホホ……」

間崎も苦笑するばかりだった。

「――それでさっきの恵ちゃんの話ですが、三度目の今日、はじめてここへ来る目的が分ったんです。診察室へ入ってくる時から眼が据っていて様子がちがいました。

――恵子か、また学校へ行かないんだな。一体こないだから何の用で家へ来るんだ。あんまりのさばるとすぐ学校に電話で教えてやるぞ。君のお母さんに告げてやったたって仕方がないからな。そう、こないだはお前、頭が痛いって言ってたな。ここへ坐れ。今日は是が非でも診てやって、二度と頭が痛くならないようにいちばん苦い薬を十日分ぐらい口を割ってでも呑ませてやる。坐れ――

うちの先生も大分御機嫌が悪かったようです。すると恵ちゃんは先生の頭ごしの掛図にじっと目を注いで、

——今日は診ていただきに来たの、でも頭じゃない……——

それから思いきった調子で、

——先生、女はどうして妊娠しますか——

——なに、愚かな奴じゃ。女は夫をもつことによって妊娠する。生理衛生で習ったろうが——

——でも先生からハッキリ教わりたいの……。夫をもつなんて、それ、道徳的な意味でしょう。生理的にはどうなんですか——

——精虫と卵子の結合によって生ずる——

——どうして結合しますか——

——結合行為を営むことによってじゃ——

ごめんなさい、うちの先生のを口うつしにお話し申し上げるのですから……。恵子さんは、——ではその行為さえしなければ、ある女がある男の人のことを頭の中だけでどんなに思っていても妊娠しませんか。愛された夢をみても……。いえ、夢じゃない、眼が明いてる時空想するんです——

――当り前のことだ。……お前らの学校ではマリヤ様が神霊に感じて孕んだということになってるじゃろうが、ミス・ケートさんがなんと頑張ってもあれだけは嘘じゃ。もっとも人間の社会生活にはあんな嘘が必要かも知れんて。昆虫の生活でも鳥の生活でもよく観察すると、嘘と名づけてよいかどうか疑問だが、ともかく最後の一カ所にあいまいなぼうっとしたものがあって、それが彼らの群居生活を円滑ならしめているんだな。わしは性格的にも職業的にも科学者以外の者ではないが、しかし科学の限界以上の嘘に対しては相当な敬意を払っとるじゃよ……。ところでお前はなぜ妊娠ということに興味をもつんだな。まだ早い。それに興味ですべきことでもない……――

――みんなが……みんなが私がそうだって言うんです。間崎先生だってそう思ってるにちがいない(先生のお名前でしたわね)。だから私は身体を調べてもらいに来たんです、先生、調べてください……――

話してる間に、壁紙の掛図を眺めてる恵ちゃんの顔がおかしく歪んで、涙がポロポロとあふれ出て来ました。

――こら、泣くな。わしは手術を受けても泣き出すような患者は大嫌いでな。泣き声をよけい聞かせる患者からは手術料の割り増しをとることにしてるんだ……。お前はまた身に覚えがないことを言われたからってなに泣く必要があるんだ。ばかな奴だ。ではわしが証明書を書いてやるからそれを間崎先生にみせて精を出して勉強せい。試験もまもなくじゃろ……——

そう言って机の前箱から診断書の用紙を出してペンをとりますと、いままで壁の方ばかりみつめていた恵ちゃんが、ヒタと刺すようにうちの先生を睨めつけ、床板を踏んで、

——先生、いや！　私を調べもしないで書くなんて、そんなインチキな証明書、どこへも持って行けやしない。第一あとで分ったら先生が警察へ連れて行かれるわよ。医師法違反じゃありませんか……——

——こら、何を言う。わしはお前が可哀そうだし手間を省こうとしたまでじゃ……——

その言葉も途中から引ったくって、

——可哀そうがらなくもいいわ。先生とこの玄関に『鬼手仏心』という額がかかってるんじゃない？　そんな生煮えな鬼手ってないと思うわ。……調べて……——

ま、無法なんです。しかも言うことがピシッピシッ大人びてるもんですから、うちの先生もつい腹を立てて、

——甘えるのもいい加減にせい。わしはお前のような道理の分らない女の身体を調べるなんか真っ平だ。寝言を言ってないでかえれかえれ——

ところが負けてはいない。顎と左肩とくっつけるようにしてグイグイ先生の方に顔を突きつけていきながら、

——先生の卑怯者！　患者の需めに応ずるのがお医者としての義務じゃありませんか、私は診ていただくんだ。……診てください。……診られないの？……先生なんか仏手鬼心であべこべだわよ。世間の言葉で言葉えばヤブ医者だわ……——

と、どこまでも診てもらうつもりなんでしょう、いきなり上衣をぬぎはじめました。フックもろくにはずさないもんですからベリベリと腋が破ける。それを丸めて床にほうり投げて今度はストッキングをぬぎにかかるのです。実際ハラハラしましたわ。恵ちゃんてどんな星を負ってこの世に生れ出た人かしら。何がどうあろうともこんなに自分で自分を苦しめるっていう法はない……。私どもは職業柄ずいぶん人様の悲しい場面に立ち会わなければなりませんが、そう申しては何ですが、その時の気持は、悲しいは悲しいけどそれはどこまでも人様の悲しみであってどうしても自分のものになしきれない白々しさが残っている、またそうでもなければこんな職業は勤まらないかも知れませんが……。ところが恵ちゃんのありさまをはたで眺めておりますと、同情なんていう生優しい気持ではなく、自分の身体の中にも恵ちゃんのとそっくりな苦しみや悲しみがひそんでいたのに今までは忘れていた、いやずるけて忘れたようなふりを装っていた、それが血を吹くようにサッと身内に蘇ってきていたたまらない切なさなんです。識らずに泣けてきそうでした……。

　うちの先生も根が軍人ですから、無法が過ぎると相手が子供だろうと女だろうと容赦いたし

ません。恵ちゃんが、片方だけぬいだ長いストッキングの端をつまんでブルンブルンふりまわしながら、変にのどかな調子で、

――さあ先生、私のお支度はだんだん出来ていきますよ、先生も眼鏡をおかけなさい、先生は老眼だから眼鏡をかけないと大切なお仕事は出来なくなってるのね、大急ぎ（ハリー・アップ）！――

立ち上がった先生は物も言わずに、恵ちゃんの、靴下をふってたほうの腕を後ろ手にねじ上げてしまいました。折れはしまいかと思うほどギリギリ締めつけるんです。そうされては身体の自由が利きませんから、恵ちゃんは、裸の足と靴下が残ってる足とでバタバタ地団駄踏んでいろんな恨み言を並べ立てるばかりです。卑怯だということを千遍も言う。先生なんか昔私のママを好きだったんだろうととんでもないスキャンダルを口走る（そんなこと嘘なんです）。診てくれなければいますぐ死んじゃう。舌を嚙み切れば死ねるって講談の本に書いてあったから……。もう大変な騒ぎでございます。うちの先生は手術でもする時のようにむずかしい表情をされてウンともスンともおっしゃらない。

とうとう私は見かねて恵ちゃんを庇（かば）いに出ました。先生の手をありったけの力でもぎ放し、次にさっそく先生に武者ぶりついて行こうとする恵ちゃんを抱き止め――私は大人になってからあんなに深く烈しく人を抱いたことがありません――自分も一緒に泣き出しながら何やら夢中でなだめにかかりました。やっとおとなしくさせて二階に休ませたのはつい一時間ばかりも

前のことです。ええ、結局、先生の診断書をいただくだけで満足することになったのですが、それについてまたここでは申し上げかねるような生理上の露骨な問答が繰り返され、こればかりは先生も匙を投げられて、大体恵ちゃんの要求通りの診断書を作製して与えました。でもその間に一度は先生をあやまらせたんでございますよ。先生が、

——お前は神経衰弱なんだからそのほうの養生をせにゃならん……精神的に一種の露出症状を呈している……——

こう訓されますと、恵ちゃんは急にシンと考え込んで、ごく穏やかに、

——ちがいます。私は幾晩も幾晩も寝ずに考えました。先生のとこだけへも今日で三遍来て、三遍目にやっとこれだけ言えたんだから、ちっともそんないやな病気じゃないと自分で思います——

これは私も恵ちゃんの言うのが道理だと思いました。先生は苦い顔をされて、即座に、

——いまのはわしの誤診だ、取り消す——

とおっしゃいました。いろいろ考えられたんでしょう。あんなにほうっと気抜けした先生のお顔をめったに見たことがございません……」

以上、細川さんの説話体にして叙べられた江波の行状記は、要所々々で間崎がさしはさむ適切な質問によってこれだけの形にまとめ上げられたものである。細川さんの唇から洩れる一言

一句は、ただちに間崎の肉体に消化されて、動脈や静脈を、静かに、急速にふくらませる作用をもたらした。その間、間崎は、江波恵子の大きな丸い頭を小脇にしかと抱え込んでるような、切迫した、ひそかな気魄を内に湛えていたのである……。

三十四

「恵ちゃんまだ眠ってると思いますが、どうぞ二階に上がって見てやってくださいませんか」

「ええ、行ってみましょう」

間崎は階段を上りながら何となく上衣のボタンをかける気持になった。

室は、西日が差し込む窓際に鉄製のベッドを据えただけで何の飾りつけもないが、下の道路を越した海の照り返しで、異常な明るさが、壁や天井や床に漂っていた。

江波は眠っていた。陽に背いて顔を入口の方に向け、口を斜めに開いて、かすかな鼻息を洩らしていた。寝台の下に落ちているのはさっきふりまわしたという片方の長靴下であろう。間崎は足音を忍ばせて枕上(まくらがみ)に立った。と、胸をおおった毛布の上に一枚の紙片(かみきれ)がのっているのが目に止った。そちらへまわって一読した間崎は、思わず顔を赤らめる衝撃に打たれた。診断書だった。

江波恵子
右ノ者、処女膜ノ保全サレアルヲ証明ス
校医・山川雄三

「初めはそんなに書いたんじゃありませんけど、突っかかって突っかかって、とうとうそんなえげつない診断書を作らせてしまったんです」

そばから細川さんが低声（こごえ）で説明した。間崎は誰へも顔を上げられない気がして室の中を落ちつきなく歩き回った。細川さんは会釈して室を去った。その足音を最後のかすかな一音まで数えて、間崎は再び寝台のそばに立ち寄った、幾度も読み返してみた胸の上の紙片を、とり上げて破こうと思うが、江波の皮膚の一部を剝ぎとるような気がして、手が出せないのだ。

「アアー、アアー」

江波がうなされる声だ。口を二、三度パクパクやって片手を寝台の外に垂れた。しずかだ。波の音が始終聞えてるのに、聞えたり聞えなくなったりするような気がする。眼がチカチカして一つの物を五秒と眺めつづけることが出来ない。

間崎は倒れるのを恐れて壁板によりかかり、頭をガクンと仰向かせた。何か自分の身体の組織がほぐれるような重大事が身近かに匍いよっているのが感じられた。が、その意識さえもこらえることが出来ず、背中や後頭部を板の面にズシズシ擦らせて床に崩折れてしまった。吊された蛙のように猥らな恰好だ。

江波がまたうなされた。

「アアー、アアー」

かんどころのない奇妙なその唸り声は電流のように間崎の肉体の深部に浸透していった。間崎は責められる者のように床の上に膝を正して坐り、両手を股に置いて寂然とうなだれた。ふと間崎は中学時代のある日の出来事を思い出した。その時、彼は何かの間違いから応援団の悪口を言ったものと誤解され、全生徒が集合した前に一人呼び出されて、同級生である五、六人の幹部連からこもごもその不都合を難詰されたのであるが、彼は終始一と言の申し開きもせず、ちょうどいましているように道場の板の間に首を垂れて端坐していたのであった。彼は幹部の一人々々を軽蔑していたし、組み打ちしても一人ずつなら誰にもひけをとらない自信もあったが、群集心理に駆られたその同級生らが次第に悲壮な声調をつのらせて、「校風発揚のために……」とか「泣いて馬謖を斬る」とか言い出したのを聞いて、思わず熱い涙を床板に滴らせた。人間の中に根強く残存している動物性にヒタと直面させられた息づまるような哀しみの作用であった。その瞬間、屈辱や恐怖の念はどこかに吹っとんで、道場に満ち満ちた汗の臭いだけが、細い白金線のように彼の感性をいろいろと刺激したのであった。――その記憶、その臭いまでが、いまそっくり間崎の上に再現したのであった。

彼はその時したように拳で眼を拭う真似をしながら胸の中でひとりごとをつぶやいた。

「おれは江波が好きなんだ……。好きだけど、好きな気持のままそれを滑らかな行為に移すのは正しくない生き方だと思われて仕方がないのだ……。三々九度だか何だか分らないが、ともかく人工的なあるいは神秘的な約束に縛られない限りはこの少女に触れることが許されないような気がする……。自分の気持だけで自分の生活をリードする――。これほど自分にとって自信のもてないことはない。気持は少量で、あとは環境上ののっぴきならない事情に責められて少しずつ生活の方向をすすめて行く――。おれにはそのほかの暮し方は出来そうにもないのだ……」

そのほか彼の知っている言葉では現わしきれない未熟な想念が熱気のように頭の中をほてらせて渦巻いていた。間崎は、首を前後に傾けたり、拳で鼻の下をこすったり、片手を拝むように頭上に差しのべたり、痴(たわ)けた動作を演じて言葉のない思想を空に描いていたが、そうした夢遊動作の一つで、ふと眠っている江波恵子の鼻を思いきりつまんでみたい衝動に駆られた。間崎は立ち上がって寝台に近づいた。江波は睫をきれいに揃えて眼を閉じていた。間崎の無慈悲な手が伸びていった。と、江波は自然に顔をそむけ、同時に毛布の下から陽やけした丈夫そうな腕を現わして、釘抜きのように顔へ伸びかかった間崎の手首をムンズと捕えた。大きくみひらいた眼はつぶらに濡れて、寝ぼけた影は微塵もなかった。

「先生、悪戯してはいけません」

「なんだ、起きてたのか」

間崎は赧くなってわざと無造作に寝台の一端に腰を下ろした。江波は上半身をゆっくり起して、毛布の上にあった例の奇妙な診断書を、子供が千代紙でも扱うように細かく丹念に折り畳んで胸のポケットに納めた。

「眠ってたの。夢をみたわ……。でも先生が細川さんと御一緒にここに入っていらしたの知ってたわ」

「なあんだ……」

間崎は江波の言い分の矛盾を指摘しようとしかけたが、中途で思い止(とどま)った。この少女が、眠っていた、だが意識は目覚めていた、と主張する以上、結局その言葉通りに信ずるのが、いちばん真実に近い状態をうかがい知る方便なのだ。

「じゃあ今ここで僕が何をしていたのか知っている?」

「ええ。……先生はお気の毒な寂しい人だと思ったわ。だって私、自分でもお室に一人でいる時なぞ、わけの分らない身ぶり手ぶりをすることがたびたびあるんですもの」

「なぜ僕はそんなにみじめでなければならないんだろう？　君はどう思う？」

「――先生が嘘をつくからだと思うわ」

間崎は冷たい風のようなものが胎内に忍び入るのを感じた。二人とも眼玉を大きく剝き出して、糸でしばったように間近くみつめ合っていたが、それは一切の陰影を失って、濡れたガラス玉のように空しく光っているにすぎなかった。

「そうだ、そう言われれば僕は非常な嘘つきのような気がしてきたが、一体……」

「人生が立派なものだと考えようとする、それがいちばん大きな嘘だと思うわ」

「君の考え方ではね――。僕はそんな意味で君の言葉を肯定したんじゃなかった。我々はかつてみんな無機物だった。君にはその時代の習性が多分に残りすぎているんだ」

「じゃあほかの人たちは猿に似すぎているんだわ」

「生きてる者は生きてない者よりも勝っているからね」

「そんなこと誰がきめるの？」

「生きてる者がきめるんだ。生活しながらきめていくのだ。観念ではなく事実なんだ。このきめ方ほど正しいものはない……」

「――やましいものはない」

「君は一人だ、僕は多数だ、真実はいつも多数の側にある……」

「私はそんな汚ならしいものいらない」

「いってもいらなくても、君はその汚ならしいもののおかげで生きている……。素直な娘になりたまえ！」

江波は即座に抗弁しようとしたが、途中まで出かかった言葉を、舌の先で上顎に押しつけてしまい、急に晴れやかな笑顔をつくった。

「でも、もし私が素直な娘だったら、先生はこんなに親切に私をかまってはくれなかったろうと思うの」

「そりゃあ――分らん」

「でしょう？　だから私、先生が口では私を責められることばかりおっしゃるけど、実際の先生には私とよほど似たところがあるんじゃないかしらと思うの。生意気かしら……」

「……そうでもないが」

間崎は口ごもって答えるすべを知らなかった。いかにも無念だという気がした。江波は相手の窮境などに頓着せず、毛布を剝ぎ、床に落ちていた片方の長靴下を拾い上げて、片足を空に長く突き出した。

「先生、私が靴下を幾ン日はくかお分りになる？」

「知らん」

「割にすると一足で一と月はくの。ほかの方は二足ないしは三足です。世帯持ちがいいでしょう。秘訣があるの、それはね、毎日靴の内部を綺麗に拭きとっておくこと。布に油を少し浸ませるとよく拭きとれるわ——」

間崎は殴りつけたいような衝動に駆られて不意に寝台から立ち上がった。江波を傲然と見下ろして、

「何をつまらんこと。……しかし今度の君のスキャンダルはありゃあ一体どうしたんだ。学校でも一部の人たちの問題になりかけている……」

間崎は無理な勢いを駆って問題を当面の出来事にひっぱっていった。江波は何の感じもない風で、床の上にトントン跳ねて寝乱れた身じまいを正した。ついでに頭を大げさにゆり動かして、顔にもつれかかる後れ毛を両手で掻き上げ、口にピンを二、三本ふくみ、窮屈そうな下目使いで間崎をまじまじと見つめた。いまにも笑い出しそうな眼の色だった。

「あれ、何でもないことなんです。私のせいなんだわ。私、いろんな寂しいことや苦しいことがあると思ったものですから、ふと自分で自分の能力をみんな試してみたいと思って、誰か同級の方に、私、赤ン坊生んでみたいなあって言ったんです。ちっとも恐ろしいとは思わないとも言いました。——私の気持は清潔だったと思います。私はただ自分の身体に備っているその

能力だけをポッンと切り離して試したかったので、それ以外のことはなんにも考えませんでした」

「でも観念だけじゃ赤ン坊を生むことは出来ないからね」

「――どうだか。愛するとか愛されるとかいう心遣いをすっかり押し殺すことが出来ないものでしょうか。それが出来れば赤ン坊がひとりでに生れてきたと言ってもいいと思うわ」

「――噂では君はしばしば吐き気を催していたそうじゃないか」

江波はニコニコ笑い出した。

「ええ、そうなの。前の晩にお酒を少し飲んだの。それが朝まで残っていて、船で揺られると吐き気がしてくるんです」

「当り前だ。……お酒を好きなのか」

「好きでも嫌いでもないわ。……でも私いろいろなことで自分の能力を試してみたかったの。……使わないナイフは錆びちゃうでしょう。ホホホホ。ほんとはね、ママが強いて飲ませることのほうが多いの」

「いけないなあ……」

「ママは私のことが心配なの。だから早く自分とそっくりの人間にしてしまいたいの。そしてもう私のことでは二度と気をもむことがないようにと願っているんだわ」

「——子供の病気について気をもんでいる母親がある。この母親の気を休める二つの場合が考えられる。子供が回復した場合と子供が死んでしまった場合と——。君はみじめだと思わないのかい？」

「思うわ。でも思うほど不幸なばかしだわ。そして思わないほど——なんて言ったらいいのか私には分らない……」

江波は教室でするように両手を垂れてしずかに応答をつづけた。間崎は疲労のあまり口もききたくなかったが、辛うじて相手の変転きわまりない虚構の真実に絡みついていった。崩れてはならない、まだ、まだ……。最後のその自意識は脆そうにみえて、間崎の場合にはいつもそれからが案外根強いのであった。彼自身はそのことを自覚しなかった。いまも、投げやりな口調で、

「そんなことなら君は何だってそれほどスキャンダルを気にして、ここの先生に迷惑をかけたりしたのだい……。やることがさっぱり腑に落ちない……」

「私になら分るわ。いま分ったの……。まあ、つまり、噂の種はいわば私が蒔いたみたいなものですけど、いったんそんな醜聞にとり巻かれてみると、私は急に不当な悪評を身に背負わされている者のような気持になりきって、是が非でも身の明かしを立てずにおくものか——、ひたむきにそう思い込んでしまったの。……先生、ごめんなさいね。その代り、私、明日から学

校に出て、今度の試験には私としては前代未聞に頑張ってみせるわ。卒業成績は花嫁の売れ口に重大な関係があるんですって。先生御存じ？」

「知らんね……」

間崎は欠伸まじりに答えて寝台の鉄縁に上体をもたせかけた。眼が赤くうるんで倦怠の涙がにじんでいた。反対に、江波は気軽そうに両腕を二、三度上下に屈伸させていたが、

「先生、私ダンスをするわ、マズルカ……はい、一、二、三……ラーラーラー」

二人で手を組むかまえをしたかと思うと、いきなり室内を飛ぶようにクルクル回り出した。肩や胸や腹部や腰の線が、柔らかく、確かに、浮んでは消え、消えては浮び、時折ハッハッと洩らす荒々しい呼吸づかいが、それら瞬間的な線の流れに、掌で握れるような太い美しさを添わせていた。江波は愉しくしずかに踊っている。間崎は——髪が乾き、眼脂がたまり、眼の縁にうす黒い隈取りが現われ、無精髭がまばらに生えて蒼白い顔を、寝台の縁に重ねてのせた両腕の上にころがして、うつけたように踊る塊りの行方を目で追っていた。大きな丸い欠伸や半分ぎりの生欠伸が続けざまに襲ってきてはそのたびごとに顔を奇妙に平ぺったく縮ませた。そして、眼には見えないが、下痢を患っている彼の腹の中では、時々不快な空鳴りがグーグーと催していたのである。よごれた壁、シミだらけな天井板、歪んだ窓二つ、いつのものとも知れない饐えた薬品の匂い、踊る少女と欠伸する男……。こうした室内の情景は、ちょっとドーミ

エの戯画を髣髴させるような疲れた陰惨な雰囲気に満たされていたのである。

電燈がついた。階下の診察室から男の子のひきつけた泣き声とそれをなだめる細川さんのものなれた声とが聞えて来た。江波は踊るのを止めて間崎の前に立った。

「先生、お加減でも悪いのですか」

「うん、下痢しているんだ……」

「じゃ薬局で調剤していただくといいわ。行きましょう、階下へ。いつまでもこんなところにいると怪しまれるわ……」

チッ！　間崎は舌打ちして江波の後を追って階下に下りた。

待合室を通ると、いま診察室に入ってる女の人が背負って来たらしいまるまる肥った赤ン坊が、ねんねこにくるまれて畳の上に寝かされていた。一人きりだが、泣きもせず、指をしゃぶって眼をキョロキョロ動かしていた。

「まあ、可哀そうに、一人ぽっちでねえ……」

江波はねんねこぐるみ抱え上げて、赤ン坊のよごれた顔に頰ずりをした。

「いい子、いい子、バー……。母ちゃんはすぐ来ますよ。いけない母ちゃんね。いい子、いい子、バー……」

赤ン坊は柔らかい餅のように顔を歪めてククと喉を鳴らした。

「おや、笑った笑った。好男子ねえ。はい、そのお顔を先生にも見ていただきまちょ。先生、賞めてちょうだいって、ねえ……」

江波は自分の背中を間崎の胸に擦りつけて、赤ン坊の顔を近々と覗かせるようにした。間崎はそんな汚ならしい顔には何の興味もなかったが、このまま両手をひろげれば抱えられる二つのものの重量に対して、眼もくらむような一瞬の誘惑を覚えた。それは彼がこれまで江波恵子に対して時折抱いたことがある思慕の情に較べて、はるかに深く好もしい性質のものであった。

「あら、いやな先生ね。ちっとも賞めてくれないのね。いやだって。いやだって……」

赤ン坊をゆすぶりゆすぶり江波は無意識に間崎の身体を壁際に押しつけていった。間崎は仕方がなく「バー……」とお世辞を言った。言いながら、誰も見てないのを幸いに、実は恐ろしい顔をして赤ン坊を睨めつけたのであった。赤ン坊は老人のように歯のない口をあけてククと喉声を洩らした。

「ほら笑った、笑った……。先生を好きなのね。じゃ今度はだっこしてもらいましょうね。はい、だっこ……」

間崎は顔をしかめて赤ン坊を受けとった。落しそうな気がしてならないので、下から掬いあげるようにして抱いたが、ねんねこが片端を残してダラリと垂れ下がり、動きがとれない窮屈な恰好を我慢していなければならなかった。江波は間崎の肩に手をかけて赤ン坊を覗き込みながら、なにかとあやしては喜んでいた。少ししつっこい感じもしたが、こしらえたいや味はなく、ここでも江波の豊かな性格のまだ知られなかった一面に触れる倒錯した愉しさを覚えた。

「そんなに子供が好きならいつか自分で子供を生むがいい……」

「そんなこととちがうじゃありませんか。いま現在あるんなら嬉しいけど、これからじゃつまんないと思うわ。……もしこの三人が、ほかの面倒なことはなんにもなしに、このまま親子だったら、先生はどう？　いいと思わない？」

江波は鼻にかかった甘ったれ声で間崎を見上げて同意を求めた。人に甘ったれるのではなく、観念に甘ったれている者の、はるかな、うっとりした眼差であった。

「僕ならこんな汚ない子いやだ……」

間崎は言下に反撥した。こいつ！　と思ったわけでもあるまいが、間崎の腕に抱かれていた赤ン坊は、その時、二人の目には気づかない程度で表情を少しばかり変えたのであった。江波がつづいて口を開こうとすると、急に近くで雨漏りでもするような水の滴る音が聞えた。間崎は、うっかり、治療室で何かこぼしたんだろうと思った。と、江波がいきなり赤ン坊を奪いとって、両手の先で遠くへつき出しながら、

「大変々々、おしっこだわ、さあ、大変……」

間崎はそのころになって両腕の袖を通して小水(しょうすい)の温味(ぬくみ)を肌に感じ、あわててそばに飛びのい

たが、チョッキやズボンもところどころ濡らされ、いままで立っていた畳のあとには小さな水溜りさえ出来ていたのであった。江波はひっきりなしに明るい笑い声を響かせながら、赤ン坊を畳に下ろし、自分は薬局に姿を消したかと思うと、どこからか雑巾代りの布切れをもち出して現われ、間崎の服のよごれを強く拭きとったあと畳の溜り水にそれをかぶせ、向きを換えて赤ン坊の股ぐらの始末にとりかかった。そつがなく、ものなれたその手際に、間崎は呆然として見惚れていた。

「先生、怒ったってだめよ。先生だってやっぱりこんなことで人に迷惑をかけたことが昔あったんですから……」

江波は仕事を続けながら後ろを振り向き振り向き、間崎に笑いかけた。間崎は身体中の脂肪分を抜きとられたような痩せがれた気持で、返事もせず、ただうっそりと突っ立っていた。

診察室から、髪をひっつめにした、粗末な身なりのおかみさんが、頭に繃帯をした男の子を曳いて出て来た。後から細川さんもついて来た。男の子は思い出したようにまだしゃくり泣いていた。江波は赤ン坊をおかみさんの背中に負わせてやり、男の子の機嫌もとりながら、細川さんと一緒に玄関まで見送りに出て行った。

間崎は崩れるようにうずくまって、室の片隅に積み重ねられた座布団を枕に、両足を縮めて小さく横たわった。一歩も動くのがいやな気持だった。江波たちが引っ返して来た。そばにし

やがんで額に手を当てながら、

「あら、やっぱし元気がないわ。お薬こさえていただいてすぐ帰ることにするわ」

「こんなとこでなく診察室でお休みなさいませ。お風邪をひくといけませんから……」

間崎は眼を閉じて黙っていた。が、女たちがそばを去らないので眼をあけ、うす笑いを浮べて、ぶっきらぼうに言った。

「少し休ませてもらいます。……まだ新聞が来ないでしょうか」

女たちは新聞を与えて薬局に去った。間崎はそれを幾つにも折り畳んで持ちやすくしながら、ちょうど表面に現われた部分の記事を、片隅からガリガリ物を噛むような調子で読み出した。何が書いてあろうとかかわるところではない。彼の神経をかりそめにひきつける役目さえ果してくれれば……。

薬局からは、女たちの話し声や笑い声が絶えずヒソヒソと洩れ聞えてきたが、そのうち何か食べはじめたのであろう、変な具合に音声がもつれ出したのまで手にとるように分って、それがいちいち自分の愚かさを嘲笑ってるように思えてならなかった。たまたま彼の目は夕刊余録欄を読みたどっていたが、その中の一つに、

「熱海沖に身投げ人が浮き上がった、ソレッというので警官が船を漕ぎ出してみると、海上の黒いものは親子の鮫が戯れているのだった、臨視の警官はサメザメと泣いた」というふざけた

記事があり、自分の醜態をそっくり弥次られたように思われて、間崎は苦笑いする気力をさえ失ってしまった。

まもなく、細川さんの調剤した苦い散薬を飲まされ、江波にうながされて二人で外に出た。

街はたそがれかけていた。

「先生、私のことを怒らないでね。……私は私のことを心配してくれる人があると、その心配は私のためのものでなく、その人自身の娯しみのためではないのかしらと疑ぐる癖があってていけないの。例えば、ある人にとっては道徳的な娯しみであり他の人にとっては別な目的を満たす娯しみではないかしらと思うの。そして私は自分をそんな餌食にされたくないと思うんです」

「そりゃあ……、僕の場合も自分の娯しみのために君に関心を抱いているということは確かだ。しかしその娯しみの性質によってはあながち非難さるべきものでなくむしろ賞讃されていいものではないかと思う。僕の場合がそうだと言うんじゃない。一般論としてだね……」

間崎は赧くなって陳弁した。

「どんな場合がそう?」

「……君の考え方で言えば、娯しむだけのものを自分も失ってる場合がそうだ。……しかしそれよりも娯しむということを許したり許されたりするところにはじめて人間の生活が成り立つんじゃないかと思う。個人だけでは生活がない。第一君がこの世に生れ出でたのも君自身の意志によるものではないし、君が他人に対してどんな態度に出ようと、行きずりの人々が、ああこの子は美しいとか、ちょっと鼻が高いとか、その他いろんな感じを受けるのを君自身はどんなにしても防ぐことが出来ないわけだからね」

「フフ——」

江波は白い歯を現わして、人差指で自分の鼻の頭を弾いた。

「先生は、自分が娯しむだけのものを自分のほうからも支払うという愛し方がお出来になりますか」

「……お出来になりません、僕は」

間崎は不自然な強いアクセントで鸚鵡返しに答えた。

「僕は盗み食いして自分を肥らすという愛し方しか出来ない」

彼らがこんなむだ話を交わしながら急ぎ足に道を歩いていると、曲り角で一台の自動車とすれちがった。ちょうどその時、リヤカーを曳いた百姓女が行く先を横ぎったので、自動車はほんの五、六秒の間だが、間崎の身体とすれすれの位置に停車を余儀なくされた。なにげなく間崎は車内を覗いた。と、驚くほど近い距離に、橋本先生の白い顔が、窓ガラスにピタとはりついてこちらを睨んでいる（間崎にはそう感じられた）のと直面した。その奥には長野先生が両手を膝の上に組み頭を深く垂れて坐っていた。山川医院に行く途中に違いない。間崎は、江波をこの通り無事連れ返ったことを告げて、長野先生に安心させなければと思ったが、四角なガラス窓にやや斜めにはまった橋本先生の白くきびしい顔には、間崎の溷濁した呼吸を凍らせるような全身的な非難の表情が溢れており、結局間崎は卑屈な笑いを浮べて、帽子をかぶったまま頭をピョコンと下げてみせたにすぎなかった。相手からは答礼がなかった。自動車が動き出した。間崎は皮肉を徹す強い視線をぼんのくぼのあたりに感じ、それをはね返すかのように呉服屋の飾窓を眺めていた江波恵子の腕をグイと曳き、肩々相摩す一対となって、気どった大股で先へ歩き出した。江波は曳きずられながらいぶかしげに間崎の横顔を盗み見た。そして、ある毅然とした線が相手の頬や小鼻のあたりに刻まれているのを見て、わけは分らぬながら、自分もなにか心愉しい気分になって、おのずと足の運びに弾みがついていった。

船着場に行きつくまで、二人はほとんど口をきかずに歩いた。さまざまな汚濁が抜けきって寂しい安らかな身体具合だった。

——海は暗く、かえり見る街の灯は山近い狭霧の中に美しく漂って見えた。水に突き出た橋板に、冷えこんだ身体をよせ合ってしゃがんでいると、鼻先のうす暗がりで夜の鳥が啼いた。

「何を考えているんだ……」

「——熱い焼き芋が食べたいわ」

「——さよなら」

「——さよなら」

発動機船は輪切りにした細かい爆音を闇に吹き上げて、魔物のような夜の海にすべり出して行った。

三時間ばかり経って、間崎が風呂でよく温まって早目に床に着こうとしているところへ、一通の電報が配達された。

「センセイ、オヤスミナサイ、ケイコ」

間崎は机の抽き出しから紙をとり出して即座に返電を認めた。

「アリガトウゴザイマス、マサキ」

書いただけで、出す意志は毫もなかった。間崎は二通の電文を机の上に並べて満足げに見較べ、未練そうに電気のスイッチをひねった。闇の中に、今夜は自分らと反対に、眠れないであせっているかも知れない橋本先生の白い顔がチラッと思い浮んだ。

間崎はドシンと寝床に入った。

三十五

学校の中はシーンと静まりかえっていた。

第二学期末の試験は明日一日で終るのだ。

間崎は腕を組み足音を忍ばせながら、教室の端から端へ何回となく机間巡視を行なっていた。どの生徒も机の面にうつむいて答案用紙に鉛筆を走らせている。後ろから見ると芒の穂が風になびいているように揃って見事だった。ひきこまれるような静けさに刺激されて、間崎は、「名前を書き落さないように……。出来たら落ちがないかどうかよく読み返すように……」と、大して必要もない何度目かの注意を繰り返した。

教壇に上がってストーブのそばの椅子に腰かける。見渡すと、一人も傍目をふらず、意力のこもった変に美しい顔を傾けて、せっせと手先を働かせている。間崎はふとある感動を覚えた。こんなに見事な訓練は人間以外の生物が到底なし能うところではない。個々の成績など問題ではない。与えられた一定の課題に対して五十人近い人間が整然と秩序を保って一様な精神作業に従っている。なんとすばらしいことだろう。学者のものした哲学や科学の書物を読むよりも、こうした際に示される集団的な人間の横顔のほうに、測り知れない発展力を蔵する人類の本性が瞥見できそうに思われる。A子もB子も考えろ、鉛筆をなめなめ考えろ……。間崎はストーブのほてりを背中に受けながら、いい気持な感傷に溺れていた。

「先生、宮川さんが鼻血を流しています」

その声で教室中の頭が窓際の後ろの方にふり向けられた。宮川ヒデは片手で鼻の下をおさえながら首をガクンと仰向かせていた。

「のぼせたんだ、なあにすぐなおる……」

間崎は立って行って、片手の指を拡げて宮川の額を押え、一方の掌をはすにかまえて宮川のぼんのくぼを四、五回強打した。教室中が急に騒然となった。どさくさまぎれに隣近所から知識を仕入れる奴もあるらしい。

「やかましい！　話止め！」

宮川は塵紙を丸めて鼻穴に栓をして前に向きなおった。

「——先生、時間あといくらありますか」

「七分ばかり……」

「……じゃ出来やしない、答案書き直さなきゃあならないんですけど……」

九分通り書き上げた答案用紙には、大小の血の斑点がボトボトと滴っていた。

「かまわん。そのまま出しなさい。先生がわけを話しておいてやるから……」

「でも、こんなによごれてますもの……」

あっという間に宮川は答案用紙を二つ三つに引き破いてしまった。そして、何のわけか、近ごろ用い出した銀縁の眼鏡を顔からはずして、キチンと折り畳んで机の片端にのせると、不意に机の面に伏せってシクシクと泣き出した。顔をかこった両手の指先が血でよごれているのも痛々しかった。

「まあ!」

周囲の生徒が気の毒そうに嘆声をあげた。

「何だ、ばかな。そんなことしたら零点じゃないか……。困ったな」

間崎のたしなめる声で教室中の生徒が、宮川が答案を破いたことを知って再びざわめき出した。

「休みの時間もいただいて大急ぎで書き直すといいわ」

「昨夜十二時まで勉強したんですって……」

「破いたのつぎ足して出したらいいと思うわ」

教室中の同情を一身に集めて、宮川は子供のようにしゃくり上げて泣いた。

「仕様がないな。……橋本先生にわけをお話しておくから、今日の時間がすんだら君だけ残って再試験をしてもらうんだね。泣くことはないよ、大きななりをして……」

「そんなことを言ったってねえ……。私たちの切ない胸の中は、先生にはお分りにならないだろうと思いますわ」

　誰かまぜっ返した者があってみんなドッと笑った。泣いてるはずの宮川の背中もそれにつれてヒクヒクと波を打った。だからと言ってそら泣きをしていたわけではないのだ。――女学生が泣くことについて間崎にはこんな経験があった。毎年、卒業式の日には、式がすんだあとで卒業生たちが総がかりで料理をこしらえ、職員全部を招いて謝恩の晩餐会を開催する習わしだった。会は主客側の挨拶、謝辞に始り、満堂騒然としたにぎやかな談笑の中に御馳走を平らげ、やがて卒業生たちの余興にうつる。それも一と通りすむと、今度は職員側の余興の番になるが、ミス・ケートの声量は豊かだが少しも調子(トーン)がない看板倒しの独唱、長野先生のハンカチから銅貨を出す手品、「大政所(おおまんどころ)」山形先生の仕舞(しまい)「熊野(ゆや)」、佐々木先生の正調追分(おいわけ)（正調というのは誰も聞いたことがない節という意味らしい）、I先生のセンチな身ぶりを伴う独唱「夜の調(しらべ)」……、このあたりまでは比較的無難にスラスラと演出されるが、後はバッタリ途絶えて壇上さらに人影を認めず、場内はようやく喧噪を極める。あちこちから五人十人が一団になって口を揃えて「××先生、お願いしまアす」と猛烈果敢な余興の催促だ。指名された先生は薄笑いを浮べて頭を振ったり手で拒否の合図をしたりしているが、内心決して穏やかならず、顔の表情もいつしか笑ったままで固く冷たくこわばってしまう。実に困る。幸いにしてまだ指名されてない人があっても、いつわが身に同じ災難が見舞うかと思うと、うっかり口をあけて笑ったりなどしてはいられないのだ。あんなまずい料理を二、三品饗応されてこんな代償を支払わされるんでは不当すぎる、誰もが胸の奥でそう痛切に感じている。間崎も初めてこれにぶつかった時は少なからず面くらったが、とうとう若い女どもの姦しい大衆デモに抗しかねて、断頭台に上る思いで壇上に立ち、母校の応援歌を夢中で唄い出した。ふだんに大きな声など出したことがないので一つ一つの音階がはなはだ不安定で、行先たよりない思いだったが、はたして三節目の高音に移るところで調子がつぶれてしまい、奇妙な金切り声が咽喉をかすって飛び出した。満堂机をたたき足を踏み鳴らして爆笑した。間崎もやむなく笑い出して最初から唄い直しをやったが、同じ箇所で同じような音階はずれの奇声が発せられ、今度は唄い直す勇気もなく喧々囂々たる歓声裡に頭を抱えて自席に逃げ帰った。あとで佐々木先生から、あの奇声は樺太に旅行して聞いたオットセイの産声によく似ていると評されたが、当分の間、間崎はその時のことを思い出すたびにいたたまらない恥ずかしさに襲われ、人生には、どんな哲学や倫理の書物にも記されてない、奇妙に窮した出来事やそれに付帯した心理状態がたくさんに伏在しているものであり、もしも人間が、そんな類いの、漠とした、そのくせ切実でもあるきれぎれな心理のかけらに、整然とした科学的体系を与え得るならば、その時こそ人間の知恵は神々のそれに匹敵し、古い人間の概念は内部から拡充していって一つの飽和期に入るのだ……、と、夢のように先走った考えごとにぼんやり溺れたりした。

日が暮れる。テーブルの皿はとっくに空っぽになっており、もうどんなに突っついても、どこからも歌も手品もダンスも出て来ない。場内には依然として波のつぶやきのような騒音がみなぎっているが、それさえ何となく生気を欠き、疲れた倦怠の気が、底冷えのする三月初めの夜気とともにひしひしと場内の四周から忍び入って来る。晴れの晩餐会もこうなると転た落寞の感に耐えない。職員たちはもはや儀礼の笑顔をつくる気力さえ失い、能面のように虚脱した表情で、じいっと足許を見守っている中にあって、一人ミス・ケートだけが、縦にも横にも並みはずれた分厚さをもつ白いつやつやかな顔に、あふれるような微笑をかまえて相変らず悠然とかまえているのは、畢竟その絶倫な精力、健康の致すところであろう。ふと、会場の一隅から異様な哀音が流れ出した。なにごとぞと思う間もなく、場内にみなぎっていた無意味な騒音はヒタと鳴り止んで、底意を含んだ重苦しい沈黙が波紋のように累々と四周に拡大し、浸透していった。間崎はびっくりして人の蔭から伸び上がって覗いてみた。例の異様な哀音は、またたく間に暮色の垂れこめた場内のそこここに飛び火していたるところに火の手が上がっていたので、たやすくその正体を確かめることが出来たが、――新卒業生たちが別れを惜んで哭き出したのだった。四、五人ずつ塊りをなして物凄まじくすすり泣いてる組もあれば、二人で抱きあう恰好をつくってしみじみと涙を拭っているものもあり、一人ぼっちで洟をかみながらゆっくりしゃくり上げているのもあった。たちまちにして会場内は無気味な慟哭の坩堝と化してしまった。「生徒ハ日常ハンカチヲ携帯スベシ」という校則になっているので、夕闇が色濃く漂った場内に、眼や鼻口を押える無数のハンカチが、白く、蝙蝠のようにハタハタと浮び出し、その感覚が、今や潮騒のように圧倒的な勢いにたかまった異様な哀音に、一種凄惨な現実感を添えているのであった。この情景を一見して、間崎は、「すわ、事だ！」と、瞬間、蒼白な衝動に打たれたほどだった。だが、物にはすべておのずからなる成り行きがあるものと見え、いままでつくねんとうなだれていた職員たちは、これを機会に二人立ち三人立ち、足音を忍ばせて匆々と会場から辞し去った。遅れてならじと間崎もあわててそれに従った。若い女の先生方で、途中、卒業生たちの塊りに抱きつかれて、そのまま居残った人も二、三あった。

職員室に引き上げてくると、男の先生たちはホッとした面持で、欠伸をしたり、両腕をブルンブルン振って肩のつけ根を柔らかにしたりした。が、誰もあまり口数をきかずに自席にぼんやり腰を下ろしていた。会場のすすり泣きの声は、寒いガランとした廊下を通して、ここへも容赦なく聞えて来た。間崎は背筋が寒くなるような端的な不快の情に閉ざされて、思い出しては頭のフケを強く掻いた。

少し哭くのはいいが、あんなに哭くのは明らかに悪い。興奮しやすい年頃でもあるし、また女の子の身分で、どうしても平素は自分らの生活力を正当に費消することが許されず、抑圧されがちなので、時あって歪曲された生活力がこうも醜く愚かしい形で噴き出してくるのであろう。先生などするんじゃなかった……。間崎はくすぶった憤ろしさに身をこわばらせながら、両手をポケットに突っ込み、板のように座席にそり返っていた。

泣き声と足音が廊下に聞え出し、卒業生たちが数珠つなぎに職員室に入り込んで来た。

「先生、長々お世話になりました、さようなら」

「さようなら」

「先生、さようなら」

片端から一人々々の先生に別れの挨拶を述べて行く卒業生たちで、職員室の中は見る見る真っ黒になってしまった。間崎の周囲にもグスングスン洟をすすり上げる一団の人垣が絶えなかった。

「間崎先生、さようなら」

「さようなら、お世話になりました、間崎先生」

A子もB子もなく、個性を没却し去った泣き人形の群れが、革帯のようにつながって少しずつ移動していく。ソッと見回すとどこの座席でも同じ現象が起っており、物なれた先生方は卒業生の肩などをたたいて慰撫したり、あるいはまたほんとに貰い泣きをしている人もあった。

現に、そのころ間崎の隣に坐っていた、間崎よりももっと若いKという理科の先生も、大粒の涙を頬に滴らせながら、鼻声で卒業生たちにいちいち挨拶を返していた。間崎は自分だけが特別にアブノーマルな冷血漢ではないのかしらと惑ったほど、四周の錯雑した情景に昏乱させられてしまった。

ようやく泣き人形の種も尽きて、職員室の中は突然のように空っぽになった。大風一過したうつろな感じだけが、濁った空気の中に大きな穴のようにとり残された。と、これも長年の不文律になっているのか、職員たちは最後の一人が姿を消すのを待って、ろくに口もきかず、顔を見合わせるのも避け気味に大急ぎで支度を整え、凍るような玄関先の闇の中に、肩をすぼめて思い思いに散り去った。狭いながらも楽しいわが家へ……。

その日宿直にあたっていた間崎は、職員室が無人になると同時に、かねて企んでいたかのような素早さで、二つの出入口にピチンと内鍵を下ろしてしまった。そして、自分のテーブルを荒々しく室の真ん中に曳きずり出し、ストーブに股を拡げて、ここでは禁制の巻煙草をスパスパ吸いはじめた。苦い辛いギンと骨身にこたえる直接な刺激が欲しくてたまらない不快な浮き上がった気分だったのだ。

遠い階上の教室の闇から、居残った卒業生たちの罵り騒ぐ声が、高く低く、折れ曲った廊下に反響しながら聞えて来た。間崎は二本目の煙草に火をつけ、真っ赤に焼けたストーブの鉄板を見守りながら、何かの思想を語るかのように眼をシパシパとまたたかせた。階上の罵り声が泡のように一つ一つ消え去った。校内はちょっとの間しわぶくような沈黙に領された。と、今度は、七、八人か十人ぐらいの人数で忍びやかに歌を合唱する声が流れて来た。三百九十一番の「送別歌」だった。

山川かわり日と異る
千里のほかに出で行くとも
同じ雲居の月をながめ
同じみかみに事えまつらん

………

間崎は巻煙草を吐き捨ててやおら机に身を伏せた。涙こそ出なかったが、堰き止められていたものが切って放たれたような快い嗚咽が、滝のように背筋を流れ去った。それはA子やB子に対する個人的な未練でもなければ、教え子と離別する概念的な悲哀の作用でもなかった。愚かであり、健気であり、賢くあり、つましくあり、狡猾であり、図々しくあり、敬虔でもある、複雑極まりない人間の生活の相をふと垣間見た気がする切迫した激情の発作であった。間崎は片手で涙のない、しかし泣いている眼をこすり、片手の拳固をテーブルの面に強く押しつけて、連続した円を幾つも幾つも描いた。（おれは寂しい、おれは孤独だ……。おれは温かい恋人が欲しい！）――間崎の世俗の意識はどこかでそんなことを繰り返し口走っていた。

いざ行く君も止る身も
身はすこやかに心なおく
いざない多き世にかちつつ
みかみの栄えあらわさまし
………

歌声が、それだけ生き物のように抜け出して、次第に近くなり、階段を下りる気配がした。下りきったと思うと、その中から、二つ三つの小さな足音が離れて、小走りにこちらへやって来るのが分った。間崎は本能的に身を起して周囲を見回し、いきなり廊下の窓際に並んだテーブルの下に匍い込んだ。職員室の窓ガラスは下半部が艶消しになっているので、大入道でもない限り外から内部を覗くことは出来ないわけだが、間崎はそうしていないとほんとに安心がならないようなあわてふためいた気分だった。足音は出入口の前で止った。

「あら、ここ締ってるわ、どなたもいないのかしら……」

「じゃあこっちが開いててよ」

二、三人でささやく声がした。

「あら、ここも締ってるわ、どうしたんでしょう、もうみんな帰ったのかしら」

「待っててね、私、宿直室の方へ行ってみるわ」

一人が去って二人残り、しばらくの間両方の出入口をガタガタいわせていた。

「やっぱり開かないわ。……ちょっと、貴女、手を組んで……。私を肩車に乗せるのよ」

「覗くの？　重そうだなあ」

「我慢なさい。上靴のままでごめん。……落っことしちゃいやよ」

乗る者、乗せる者が力ばんだ呼吸づかいをしてクスクス笑い出すのが、紙一重外の出来事のように変に生熱い実感を催させた。窓枠がカタコト鳴り出したのは、それにつかまって内部を覗いているからであろう。間崎はテーブルの下で亀の子のように首を縮めていた。

「誰もいないわ、ストーブはさかんに燃えているのに……。おかしいのね」

「誰か隠れてるんじゃない？」

「ううん。どこも見透しだわ。先生方ってお行儀がいいのね。こうして見るとどの机もキチンと片づいていて気持がいいくらい……。私も自分のお室をもっと綺麗にしようかな。……あら、向こう側でピカピカ光るの何だと思ったら鏡だわ。A先生の席だわ、休み時間ごとにあれで頭をペッタリお分けになるんだわ……。もうこの職員室ともお別れね。何だかなつかしい気がするわ。明るくって、温かそうで、片づいていて、誰も人がいないで、ストーブがゴボゴボ燃えていて……」

「人の肩にのっかってセンチになるのどうかと思うわ。下りてよ。つぶれそうだわ……」

「弱虫ね。まだ、まだよ。一、二、三……」

ドシンと若い肉体の弾む地響きがした。

「A先生ってば、私おかしくってたまらなかったわ。さっき私たちみんなでここへお暇乞いに来たでしょう、A先生のとこへも行ってヒョイとお顔を見ると、先生も男のくせに泣いていらっしゃるの。あの握り拳みたいに雄大な鼻の両側に涙の粒がポロポロとくっついていて、幅の広いお顔がクシャンとべそをかいたふうに歪んでいるの。私、自分も泣いてたんだけど、おかしくっておかしくって、喉が詰るように苦しい思いをさせられたわ。貴女、見なかった？」

「見たわ。私も吹き出しそうだったの。でもせっかく先生が私たちに同情してくださっているのに、それがおかしいなんて、感ずるだけでもいけないことだと思ってたわ。私、ほんとは、今の今までそんな不謹慎な感情を起したのは私一人だけに相違ないと思って、何だかうしろめたい気がしていたのよ」

「うしろめたいなんて、そんなことないわ。私たち女だからときどき大いに泣いてもいいのよ、でも男の人ってめったに泣くもんじゃないわ。（ちょっと節をつけて）男児志ヲ立ツレバ……死ストモ帰ラズ、ちょっとちがったかな、ともかく男の人の泣くの、私大きらい」

「私もきらい」

「——じゃあいちばん平気な顔をしておられた先生、誰だと思う？」

「誰かしら？　私気がつかなかったけど……」

「間崎先生だわ。ツンと澄ましていらっしゃるの。新米のくせにちょっとナマちゃんね、でも私好きだわ」

「私も好き。……晩餐会の時の応援歌おかしかったわね」

「ホホ……。でも男の人ってあんなもの下手なほうがいいと思うわ、元気でさえあれば……」

「そうね……」

間崎は赧くなって、でも昂然と首をもたげた。途端にテーブルの裏張りで、ゴツンと頭をぶった。自分では室中に鳴り響くような大きな音が出たと思って一瞬カッとなった。が、のぼせが冷めてみると、廊下の立ち話はまだとぎれずに続けられていた。ひどくしんみりした調子が改めて間崎の耳をひきつけた。

「……きっとよ、もしそんなことがあったら第一に私のほうへ教えてよこさなきゃあいやよ」

「ええ、貴女もね……」

「貴女のほうがずっと早いと思うわ、私なんかこんなお転婆だから、どこでももらってくれやしない……」

「そんなことないわ……」

「二年……三年……四年……。何だかとても寂しい気がするのね。……ねえ」

「なあに」

「貴女にキスしてあげようか」

「いやあ、そんなの」

「ばかねえ、外国映画でも親しい同士がするでしょう」

「そりゃあそうだけど……」

「だからさあ……。額にしてあげるわ。貴女の額、少しお凸だけどとてもチャーミングだとふだんから思ってたの」

「じゃあね。そっとね。まねごとだけよ……誰も見てないかしら?」

「見てるもんですか」

「こわあい。眼エつぶってようかしら……」

ひっそりした。間崎は火の塊りのように熱して、音のない音をも聞き分けようと窮屈な首を斜めに差しのべていた。やがて、艶消しのような柔らかい沈黙の中から、熱苦しそうなもつれた呼吸づかいが聞え出し、まもなくそれが二つのすすり泣きの声に変っていった。二人とも絶えず何ごとかつぶやいているらしいが、嗚咽に堰かれてほとんど意味が聞きとれなかった。

初めに笑い次には泣き、笑いまた泣く。今日半日だけの彼女らの変幻きわまりない泣き笑いのあとに鑑みても、机の下の間崎は、平べったい不自由な姿勢のまま、褌のようにばか長い嘆息を洩らさざるを得なかった。なにか憤然とした気持でテーブルの下から荒々しく匍い出し(実際はそっとだったが)、ストーブのそばに歩みよって、仔細らしくズボンの塵を払ったり、胴衣の縮かんだのを両手で引き下げたりした。次の行為としては、おもむろに咳払いを一つして、出入口の戸を開け放し、実に筋道の立たない愚行それ自身を演じている二人のばか者どもを室内によび入れ、先刻来鬱積した自分の人生観ようのものを音吐烈々と説き聞かせよう、とぼんやり予定していたのである。が、それに着手しないうちに、廊下を走る小刻みな足音が近づいて来て、

「お待ち遠さま、宿直室のついでに小使部屋にもまわって爺ちゃんにお別れを言って来たわ。今夜は間崎先生のお宿りだけど、職員室にいないとすれば、きっと校内巡視をしておられるだろうって……。帰りましょう、今夜でなくたって出来るから……。あら、変ね、二人とも黙ってるんだもの。……おや、泣いてたのね。どうしたの、え、どうしたのさ。なぜ泣いたりなんかしたの。おかしいわね……。なぜ黙ってるの……。変だわ……。(急に鋭い調子で)わかった、私が来て邪魔だったんでしょう。いいわ。私行くわ。……三人で仲好しのことにしてほんとは私だけ仲間はずれにされていたんだわ。ホホホ……。私よっぽどおめでたく出来てたのね、貴女方だって初めは私を仲にして知り合ったくせしてずいぶん恩知らずねえ……。抱き合って

キスしたんでしょう。分ってるわ。私、騙されてた、口惜しい……」

「騙された人」はヒェーと蘆笛（あしぶえ）のような悲鳴の尾を曳かせて、長い廊下の彼方にバタバタと走り去った。

「F子さあん、ちがうの……ちがうの……。貴女呼び止めてよ……」

「黙って、黙って……。あんな人かまわないわ……」

「だって……F子さあん……。早く呼び止めてよ。私たちも行きましょう……。F子さんにわるいわよ」

「しっ、しっ……うっちゃっときなさいよ。あんな人大嫌い。私ほんとはあの人が言った通り貴女だけがほんとに好きだったの。でもあの人貴女の昔からのお友達だったしするもんだから、うわべだけ仲好しになってたんだわ……。あんな人疑い深くって大嫌い。ね、今度から二人ぎりでお友達にならない？」

「……そんなの、私、困っちまうわ」

「じゃ私がいやなんでしょう。やっぱりF子さんが好きなんでしょう……」

「そんなことないわ……。ないけど、二人ぎりなんて、私、こわいわ……。私、お母さんに叱られると思うわ……」

間崎は神かけて我慢がならない憤激の情にとらえられた。胸をそらせ、腰を引き、両手を尻に組んで、それらの身ぶりにふさわしい大げさな表情を割合自然にこさえて、ありったけの勢いで人工の咳払いをした。ガホーンという間の抜けた響きが出た。

「あれ！」

脅えたような悲鳴がチグハグに起ったぎり廊下は急にひっそりとなった。程経て、思いがけない遠くの方で乱れた足音が聞え、次第にかすかになって、ふっと消えた。

間崎は、気抜けしたように椅子に腰かけ、しばらく呆然とストーブの赤い色に見惚れていたが、やがてさっきのようにテーブルに上体を伏せ、両手の爪をことさら鋭くして、油気の失せた頭髪をめちゃくちゃに引っ掻きまわした。（おれは寂しい、おれは孤独だ……。おれは温かい恋人が欲しい！）――と。石炭の燃えるゴボゴボという果てしない単調な音が人の心を原始の虚無感に誘った。男女交歓の真っ裸な想念が鬱々と世界の隅々にまで瀰漫しているのが感じられ、間崎は首をまっさかさまに突っ込んでその湿気を帯びた重い想念に身をゆだねていた。戸外の校庭の闇を吹き抜ける風の唸りが、性の感覚を刺激しつつ、鋭い斜線を切って、寸分と違わない同一軌跡を幾回となく飛びかけった。その瞬間、間崎は純一無二な存在であった。

――この経験を最初として、爾来、間崎は女学校の生活からいろんな知恵の素材を得たが、女生徒が泣くことに対しては、常に懐疑的であることもその一つであると言っていい……。

三十六

試験の監督にあたった者は、時間中不正の行為をなさしめざるよう十分に監督するのみならず、提出された答案は座席の序列順に整理して紙縒でとじ、表紙の所定欄に監督クラスの在籍員、現在員、欠席者氏名を記録して学科担当の職員に手交する責務を有する。間崎は表紙の所定事項を記入するにあたって、宮川をかりに欠席者と扱うべきか否かにつきちょっと考慮したが、結局「事故者ナシ」と記しておいた。とすると、実際の答案枚数は現在員数よりも一枚不足しているわけで、この点を学科担当の橋本先生に説明し、併わせて宮川のために再考査をしてくれるように斡旋してやらなければならない。ところが具合の悪いことに、このごろまた橋本先生はどういう風の吹きまわしか間崎に対してひどく冷淡なそぶりを示し出し、口をきくことは愚か眼を合わせることも避けて、ひたすら間崎の存在を無視するかのような高邁不遜な態度を持していたのである。その傾向が顕著になり出したのは、どうも間崎が山川医院に江波を迎えに行って一緒に帰る途中、自動車に乗った橋本先生とすれちがい、無言の睨み合いをして別れた——、その時がきっかけをなしているとしか思われないのであるが、そうきめてしまっては、橋本先生がくだらない動機でたやすく左右される世間普通の女になり下がってしまうようで、間崎自身にも物足りない気がした。やはり橋本先生は自分の因循姑息な生活態度に対して抑えきれない潔癖な侮蔑を感じているのに相違ない、そういう一途な烈しい理想を抱いているおかしげな美しい女性なのだ。自分を卑しめて相手を高くする――。橋本先生に関する限り間崎はその考え方に固執して、裏返しにされたほのかな歓びを見出だすのであった。

職員室のそこここでは点数の記入計算が始っていて、算盤玉を弾く音や数を読み上げる声でにぎわっていた。一算終えるごとに、合った合わないでドッと笑い崩れるのもなごやかな情景だった。生徒の大半は明日の準備のために先を争って下校してしまったあとなので、校舎の中は何となくのんびりした気分に満たされていた。誰かピアノを弾いている音が聞える。間崎は橋本先生の周囲が無人になるのをそれとなく見すまし、目立たない急ぎ足で、自席からの最短距離――すなわち室を斜めに横ぎって橋本先生のそばに近づいた。相手がうつむいて閻魔帳に細かい数字の書き込みをやっている鼻先に、二つに折った答案の束を差し出し、

「遅れて失礼しました……」

「――――。いえ、どうもありがとう」

書き込みのある区切りのところまで一と息にペンを運んで、遅ればせにヒョイと上気した顔をもたげた橋本先生はそれが間崎だと分ると、「あら」と低くつぶやいて、なごやいでいた表

情を急にこわばらせて反射的にうつむいた。そして、いったん手放したペンをまた拾い上げたので、仕事の続きでもする気なのかしらと思っていると、つまんだきりでペンは投げ出し、再び顔をもたげて、今度は物怯じしないなにか意欲のこもった眼差で間崎をじっと見つめ返した。

——絶えて久しき対面だった。

「監督中にちょっとした事故があったんです。宮川が——宮川ヒデですが、八分通り答案を書き上げたところで鼻血を出して答案をすっかりよごしてしまったんです。書き直すといっても時間がありませんし、かまわないからそのままで出せと言ったんですが、本人は興奮して答案をめちゃくちゃに破いてしまいました。そして泣いてるんです。……よく勉強して来る生徒ですから、問題が分らないごまかしにやった行為とも思われませんし、一応不心得を訓した上、後で先生に頼んで再試験をしていただくように計ってやるから、と本人を教室に待たせておきましたが……。どうかそうしてやってください、気の毒ですから……」

間崎は多少の余裕を内に存して突っ張るような調子でものを言った。

「……そりゃあ困りますわ」

橋本先生は軽く一蹴した。

「再試験などという規程は学校にないことなんですし、それに答案をよごしたことは止むを得ないとして、そんなことぐらいで興奮して答案を破くなんて、そりゃあやっぱり宮川の落ち度だと思いますから、改めて試験をし直すなんてことは出来ません……」

「いや、僕も破いたことは宮川の落ち度だと思ってそこを責めたんですが、先生には試験時の私たちの切ない胸の中が分っていないなんて大衆の抗議を浴びせられたりして、それに目前の宮川がいかにも気の毒なものですから、つい再試験を引き受けたわけなんですが……。学校の規程のことなら、反対に再試験をしてはならないという条文もないわけですから、貴女の御裁量次第だと思いますが……」

間崎は識らずに相手を踏みつけるような越権なことを口走った。橋本先生はニヤリと笑おうとしたが、笑いになりきらず、未熟な白い影が斜めに顔をよぎったにすぎなかった。

「私なら再試験はいたしません。ちょっとしたことで興奮して棄て鉢になる――そんな弱点のために一生を誤ってしまう女性が世の中にはずいぶん多いと思いますし、宮川はいまのうちからどんなに窮しても棄て鉢になるべきものではないということを学んでおいたほうがいいと思います。いま再試験をして七十点八十点の点数をもらったところでそれはその場限りのもので、宮川の人格にプラスする結果にならないばかりか、女は甘えさえすれば人が何とかしてくれる、そんな在来の女性に通有した欠陥を識らず識らず助長させることになるばかりです。さし当っての問題としても、宮川はほかの学科もよく調べて来ますし、私の歴史にしても臨時試験の成績は大分良かったようですから、今度のが点にならないとしても、大して困るようなことはあるまいと思います。だから……」

そこまで言いかけて、急に口調を落し、今度はハッキリした微笑で顔中を耀かせながら、いかにも親しげに間崎の眼の中を覗きこんで、

「それからねえ、間崎先生……。あの、私なら他の先生の試験の監督を引き受けておいて、自分勝手に再試験の約束などして来ないだろうと思いますわ……」

間崎は困ってしまって満面朱を滲ませるばかりだった。

「それは……その……僕の……教師としての信念にもとづいているわけで……だから……」

この時不意に一連の滑らかな言葉が間崎の口からすべり出た。

「いや、僕ならですね、僕なら人が自分にお辞儀しているのに、睨みつけて知らん顔をして通り過ぎるようなことはしないだろうと思いますね」

「あら、私がいつ？」

はずみでそう反問したが、十分覚えがあることなので、見てる間に橋本先生の顔はパフで刷いたように血の色を点々と浮かせた。間崎はとぼけて答えた。

「先週の金曜日だったと思います。貴女は自動車に乗っておられたし僕は歩いていました。あの時は一尺ぐらいの間隔でお互いの顔と顔とが向きあったかと思います」

「一尺って……もっと近く……。悪うございました……」

橋本先生は襟を正させるような突然な素直さでお辞儀を一つした。間崎は胸が熱くなった。二人はなごやかな情熱を湛えた眼差をやや長い間見交わした。いままで耳ざわりだった算盤の読み手の声が、壁を隔てて聞くようにかすかなものになっていった……。

「お邪魔して少しむだ話をしますよ」

「ええ、どうぞ」

間崎は橋本先生の後ろを回って右隣の空いた椅子に腰を下ろした。橋本先生も坐ったままで向日葵(ひまわり)のように一と回りした。

「そうですね……。貴女は(角(つの)ヲ矯(た)メテ牛ヲ殺ス)という諺(ことわざ)を御存じですか?」

「ええ、聞いたことはあります。でも私は一体に古い格言など好みませんの。その場限りに都合のいいことを言ってるだけで、一貫して我々の生活に責任をもってくれないと思いますから……。私は科学的なものでなければ信頼する気になれませんわ。一ダースぐらいの重宝な格言を準備しておいて、それを世渡りのいろんなポイントの上に使い分けして、したり顔に暮している世間のエライ人たちを観ていると、気が重くなりますわ。あんな瘡蓋(かさぶた)のような思想が社会の表面をおおっている限り、我々の人生はいつまで経っても明るくも正しくもならないのだ――、貴方はそうお感じになりませんか?」

ノートや答案が乱雑に散らばった中から一枚の紙片を抜き出して間崎にも見える位置に片寄

せ、語りながら、その上に鉛筆で強くでたらめな線を描いた。あたかもそれが滑らかに思想をほぐす大切な手がかりであるかのように。

「お説は分ります。しかし古い暮しの精神は何となく嫌いだからという理由だけでは、古いものを一概に否定することにはなるまいと思います。それではニヒリスティックな急進主義に堕してしまいます。貴女はいま科学的という流行の合言葉を用いましたが、貴女は我々の祖先の生活を科学的に調べたことがありますかしら。僕の言う科学的というのは、ある理論があって、その理論を成り立たせるために我々の祖先をロボット扱いにして簡単に都合よく片づける。そんな意味のものとは違います。否でも応でも、我々はその血をひき肉を分ってもらった、その文化を——貴女の言う格言文化を受け継いだ、そうして今日の私があり貴女がある、そうした緊密な血なまぐさい臍の緒で結ばれたものが我々の祖先なのです。その足場を踏まえて祖先の生活のあとを顧みるというのが僕の言う科学的という意味なんです。自分ながらまずい言い方ですね。それで、僕は貴女の主張するところを聞いていると、確かに合理的でもあり進歩的でもあると思いますが、反面には、我々の古い伝統を無法に虐待しているという妙に腹立たしい感じがとりきれないのです。例えば草深い片田舎から都会に勉強に出た女子大学生が、いつか都のハイカラな風に染って、淳朴(じゅんぼく)で皺くちゃな田舎の両親を、これが自分の生みの親ですと言って人の前に紹介することを羞ずかしがる。そんな軽はずみな気分のものを貴女の古い物嫌いの中に感じられて仕方がないんです。失礼。……僕は日本の国が大好きです。古い日本も、新しい日本も。なるほど我々の祖先の文化の中には、貴女の知性を堪能させる哲学や思想もなく、貴女の心臓をときめかせる一冊の恋愛小説もない、あるものは一ダースの格言きり。だがその格言だけで二千有五百年の生活を立派に支えて今日の大をなしたわけですから、我々の祖先も、祖先たちの生活を指導した格言も、決してばかにはならないと思います。——そんなふうにして古い物を観察したいと思うのです」

間崎の心の中には、世なれた説教坊主の場合のように、自分の語っている話の中には決して溶け込もうとしない脂ぎったある余裕が存しており、ひと思いに溶解しようとあせればあせるほど、その余裕はすべりっこい小さな玉の形をなして、コロコロとあちこちに空転するばかりであった。切ない慚愧の念が、醜く、燃えるように彼の顔を赧らめさせた。ふだんの生活が腐って臭いかけているんだ……。間崎は狭い椅子の上で転々と尻をずらせて内から煽られてくる熱気に耐えていた。

それとは知る由もない橋本先生は、人の話を聞く時も例の紙片に鉛筆を走らせることを止めず、ちょっとの間に紙面いっぱいを黒く塗りつぶしてしまった。そして、まだ足りなそうにセカセカ慄わせていた指先を、不意に細長く突き出して、テーブルの端を支えていた間崎の手の甲に、鉛筆の芯で幾筋もの線をひき出した。跡はうつらなかったが、被害者は相当に痛いであろうと思われた。

「……貴方のお話を聞いているとなんだかジメジメしちゃうなあ……。ところどころもっともだと思うところがあるんでなおいけないの。……そうね、いまのお話で、いちばん徹(こた)えたところは、私が田舎者の年老いた両親を都会の知人に紹介することを羞ずかしがっている軽はずみな女子大学生だという観察ですわ。私の古い物嫌いには確かにそんな理屈でないところがあります。だけど……一体どうしたら私、先生のお気に入るんでしょうね？」

「そんな言い方はいけませんね。……僕は根本的には貴女の生き方が正しいと思っております。熱情をもってそう感ずることさえあります。ただ……何というか……例えば、ある古い格言的精神が日常生活の中でふと貴女に絡みついていったとする。すると貴女は古いがゆえにそれを毛嫌いして内容も吟味せず鎧袖一触(がいしゅういっしょく)してしまう。古かろう悪かろうというあっけない論理です。それじゃいけない。貴女におおいかぶさって来る古い世界のものを、貴女のいわゆる科学的な信念でつぶさに検討し粉砕して先へ進むというんでなければ、古い物をほんとうに克服したとは言われないと思うんです。一つの仕事をなしとげるのに途中で、しかも案外重要かも知れないところで手ぬきをして楽をしてたんじゃ、出来上がった仕事も中途半端なものにちがいありませんからね。自分の心にひっかかって来たものは何一つだっていい加減にして通り過してはいけないと思うんです……。僕の言ってることは見当はずれでしょうかしら？」

「そんなの……ずいぶん大儀だと思うわ。泥の中にはまったみたいで身動きも出来ないじゃありませんか……」

「然り、遅々として進むんです。たゆまず進むんです。タンクのごとく、野戦砲のごとく。……自分を阻む自分の重さに耐えながら少しずつ進むんです。……大儀だと感ずるのは、正しく言えば貴女の力が足りないということを意味すると思います」

　間崎は暗い情熱をこめて息長く言い終った。橋本先生は鉛筆の尻で頰に深い穴を穿ち、それを押したりゆるめたりしながら熱心に相手の言に聴き入っていた。が、ふいと顔をもたげ、全身的に相手を難ずる逼迫した潔い色をみなぎらせて、

「……思想の力だけで……女一人だけで……そんな満ち足りた重味のある生活が出来るものでしょうか？　一人ぽっちの女ほどつまらないものはない……」

「貴女には貴女の社会生活があります、一人ぽっちじゃない……」

「そりゃありますわ。……あるけど……」

「あるけどしごく観念的なもので腹の足しにはならないでしょう。貴女の肉体に即した嗜好は貴女の思想よりもズッと低いところにあるのかも知れない……」

「先生、試さないでください……。ああ、先生は今日ずいぶん率直におっしゃいますのね……。お礼を言ったらいいのか怒ったらいいのか、私もう少し考えてみますわ。……角ヲ矯メテ牛ヲ

殺スのは私じゃなくて先生のほうがそれらしいわ。……で、さっきはどんな意味でそれを私に押しつけたんでしたか?」

「もうみんな言ってしまいました。……つまり、宮川の問題は別として、貴女は生徒を薫育するにあたって、時と所のいかんを問わず常に貴女の秘蔵する第一級第一義の倫理を適用してはばからないようですが、それでは肝腎の目的が達しられないばかりか、貴女の第一級倫理にもいたずらに刃こぼれが生ずるばかりだと思うんです。それを言いたかったのです」

「——ああ、宮川はいまどうしているんですか」

橋本先生は目がさめたように一変した語調で言った。

「教室で今か今かと貴女の来るのを待っているでしょう」

「私、行って試験してやりますわ。……でもこれは先生に対するお義理でも何でもなく、私の思いつきですることなんですからそのおつもりで……。先生にも立ち会っていただきますわ。そして、先生にいま訓戒された事柄に対する私のお返事は改めて申し上げることにいたします。豪い人同士の談判というものは軽々しく決着をつけないものでしょう? それから先生、今日あたりお髭を剃らなきゃあいけませんわ、大分むさ苦しく見えますもの……」

間崎は急に浮き浮きし出した相手の態度を解しかねて苦笑するばかりだった。が、何か懸案の大仕事をなしとげた時のような快い疲労に、首一つを残して、スッポリ浸りきっている気分もまんざらなものではなかった。

「先生、参りましょう……」

橋本先生は教科書とノートを携えて席を立った。間崎はその後を追った。

教室では、宮川がストーブのそばに座を占めて、一心に下調べをやっていた。一方の鼻孔に紙のつめを挿入していたので滑稽な顔に見えた。

「宮川さん、だめな人ね。先生よっぽど腹が立ったわ。ほんとは試験などするんじゃないけど、間崎先生が御心配なさるから特別にしてあげることになったんだわ。その代りほかの人よりお点を少し引きますからね。……貴女のとこ果樹園やってるんでしょう。後で間崎先生においしい林檎か何かお届けしてお礼なさい……」

宮川は真っ赤になって間崎の顔をチラッと盗み見て笑った。橋本先生は宮川の真向いに椅子を据えてノートを開いた。間崎は向こう側からストーブに手をかざし、二人の横顔を無遠慮に眺め下ろした。

「それでは尋ねますから落ちついて答えなさい――」

宮川は心持仰向き眼を細めてパチパチいわせた。反対に橋本先生は深くうつむいて、指先を唾でぬらしながらゆっくりノートを弾いていた。と、ヒタとノートを押えつけ、

「それでは初めに大きな問題を訊きますよ。……歴史の本質は何ですか?」

「はい。——歴史とは階級間の闘争の歴史であります」

　宮川はお経を読むように何の感情も表示することなく答えた。間崎は思わず聞き耳を立てた。無法な！　生徒がこんな真っ裸なことを口走っていいはずがない！……さらに解せないことは、この突飛な解答に接しながら淡々水のごとく冷静な橋本先生の態度だった。

「そうですね。それでは貴女の言う階級間の闘争という事実は、わが国の歴史の上にはどんなふうに現われておりますか」

「はい。昔から今日にいたるまで、政権は貴族から武家へ、武家から平民階級へ推移して参りました。現代はブルジョアとプロレタリアの対立闘争の時代であります」

「その推移は偶然ですか、必然ですか」

「必然であります。下の階級が上の階級を克服します。貴族も武家もブルジョアジーもその勃興期にあたってはそれぞれ必然の成り行きで勢力を占めたのですが、しばらく全盛期が続く間に、内部に矛盾分裂が生じてやがて崩壊してしまいます。その階級の存在する意義が果されてしまったからです。けれどもこういう争闘を繰り返しながら人類全体としては絶えず向上発展していっているのです。それはちょうど、大きな機械のところどころで歯車と歯車がギリギリ噛み合いながら、でも、機械全体としては一つの目的を果していってるようなものです。それはまた生物進化の方則にも適っているのです……」

宮川の諳誦(あんしょう)式な答弁は、それが滑らかであればあるほど、間崎に胸苦しい一種のあさましさを覚えさせた。鼻の穴に紙のつめなどさしこんで何が階級闘争なものか、ばか！……だが問答はまだ続く。

「よく覚えましたね、……立派です。それでは、そんなふうに階級間の闘争が繰り返されていく原動力になるものは何でしょうか」

「――それは経済の問題であります。……もっとくわしく言うんでしょうか？」

「言ってごらんなさい」

「初めはどこの国でも自給自足の原始的な経済生活を営んでおりますが、次第に奴隷経済、土地経済、貨幣経済というふうに発展していきます」

「奴隷経済というのは？」

「奴隷が財産になっている場合です。昔は土地がたくさんあって人が少いので、土地に価値がなく、それを開墾させる奴隷のほうが大切な財産でありました。わが国では奈良朝時代が奴隷経済の時代であります。ですから奈良朝時代の文化は一部の貴族階級だけの占有物であって、その文化を築き上げるために実際に働かされた多くの奴隷や賤民たちは、自分らの労働の結果を享楽することが出来ませんでした」

「そうです……。青丹(あおに)よし奈良の都は咲く花の匂(にお)うがごとくいま盛りなり、そんな歌などはほんの一部の上流階級の気分をうたったにすぎませんね」

橋本先生は間崎に説き聞かせるかのように、不自然な、気をめぐらした調子で、宮川の答えを補足した。勢いを駆って、

「では現代には奴隷がありませんか？」

「身分としてはありません。けれども奴隷は財産だったのですからある程度まで主人に大切にされて、最低の生活だけは保証されておりました。現代では、人が人を奴隷にする制度が許されない代りに、賃銀が人を奴隷にしますから、昔の奴隷よりももっと不安定な生活をしている人たちもあります……」

間崎の忿懣はようやくつのっていった。膝の上に展げたノートを覗き込むのと宮川の顔をみつめるほかは、一切わき目をしない橋本先生の鋭く美しい線でしゃくれた横顔を、花片のようにひきむしってしまいたいひたむきな憤ろしさであった。何という奇妙に賢くまた奇妙に愚かしい女であろう。いま宮川の口から言われた事柄は、巧みに教え込まれてあるほど、宮川にとっては石塊のように凝り固まった無用な知識の堆積にすぎず、それは宮川の人格全体の中にあっては、水の中の油滓のように、美しかるべき流動性をいたずらにかき濁す働きをしているだけなのだ。——そんな痛々しい気の毒さが宮川のけなげな諳誦の調子からにじみ出ているのであった。かりに種を蒔くという考えであったにしても、それならそれで別途の注意深い教え方

があるはずで、最初からこんなに毒々しい露骨な注ぎ込み方をしていたのでは、生徒を、古い型新しい型、そのいずれにも属さない市井のニヒリストたらしめるばかりだ。女のニヒリスト――考えただけでもゾッとする。生徒の現在ある生活環境は、どんなにしても橋本先生の露悪的な世界観をそのまま享け入れられる性質のものではないのだ。角ヲ矯メテ牛ヲ殺ス……言わないことじゃない！　第一、橋本先生自身からが一体何の恨みあって奈良朝時代の貴族をあんなに憎々しげな口吻に上せるのであろうか？　教わる宮川の場合がそうであるように、教える橋本先生にあっても、その歴史観は真の知恵になりきっておらず、何かの憂さばらしに破壊的な言辞を弄しているとしか思われないではないか。さらに不快なことは、橋本先生が中途から考えを変えて再試験を行う気になった動機は、間崎をその場に立ち会わせて、宮川の忠実な口先をかりて、彼女の人生および世界に関する尖鋭な識見をより効果的に間崎に披瀝するにあったという点だった。細工の底は見えすいている。それらの走り過ぎた理論は、橋本先生の口からおぼつかなげに語られる場合だけ、彼女の美しく未熟な人柄が微妙に作用して独特の魅力をもつことが出来るが、破瓜期の平凡な少女の唇から経文のように繰り出されてみると、聴き手の心は蛞蝓のように萎縮するばかりだった。宮川は無色の鏡だ、良心あらば思い上がったわが姿に恥ずるがいいのだ……。

　間崎は、腕を組み、頭を少し引き加減にして、斜めから叱るようにして橋本先生の顔を睨みつけた。その気持が感応したものか、一と区切りの問答を了えた橋本先生は、ノートをクルクル丸めながら、一、二度、さも自然らしく間崎の方へ流し目を送った。間崎は喉に絡んだ咳払いをした。そして何を言うかもきまらないうち口を切ろうとしかけた時、事は彼の発言を要するまでもない痛快無比な解決へひとりでに導かれていったのである。というのは、橋本先生が気負った語調を一変して、やさしく、

「大分よく調べて来ましたね……。それでは今度は別なことを尋ねてみましょう……。宮川さんは日本歴史に出て来る人物の中で誰がいちばん好きですか?」

「はい——」

先刻来の難問に対してはいささかの渋滞も示さなかった宮川が、今度の単純な質問にはハタと行きづまったらしく見えた。顔を赧らめてチラチラと傍見をした。

「どうしたの? 貴女の考えを言えばいいじゃありませんか?」

「はい……」

宮川はあわて出して卑屈な笑いを浮べさえした。諳誦では通らない、いや教わりもしなかった、大なり小なり自分の個性に即して物を言わなければならない。そこが宮川にはむずかしいのであろう。

「おかしい人ね、答えられないんですか?」

「はい……あの、清少納言です……」

宮川は蚊が鳴くような声でやっと答えた。橋本先生は意外だという面持をした。清少納言は賤民の血と汗とからなる平安朝文化の浮薄な代弁者ではないか……。自然、語気も鋭く、

「清少納言のどんなところが好きですか?」

「はい……それは……清少納言は一条天皇の中宮定子に仕えておりましたが、ある時定子が香炉峰の雪はいかにと仰せられますと、他の人は何のことか分らないで黙っておりましたが、清少納言はつと立ち上がって、縁側にかかっていた御簾を捲き上げましたので、定子からたいへんお賞めをいただきました。これは昔の支那の詩に『香炉峰ノ雪ハ簾ヲ撥ゲテ看ル』とあるので、定子がみんなの知恵を試されたのでした。……清少納言の学問があって頓知が利くところが好きだと思います……」

宮川らしい丁寧さでしたり顔に説明を加えた。間崎は、抑制すればそれも出来たろうが、無躾にアハアハと笑い出してしまった。愛弟子の思いがけない現実暴露に接した橋本先生は、周章狼狽して耳のつけ根まで真っ赤に染り、目の置き場に迷っているらしかった。宮川はあっけにとられて二人の顔をこもごも見くらべていた。

「ハッキリした説明です。好き嫌いは理屈じゃないんだから宮川さんのその答えは上出来だと思う。……さあ試験はもうこれぐらいでいいんじゃないかしら、ねえ、橋本先生。宮川さんも

う帰っていいよ、いつか林檎をもってくるのを忘れちゃいけないよ、ハハ……」

間崎の笑い声は教室中に鳴り響くほど大きかったが、底意のないあけっ放しな調子は、かえって気つけ薬のような作用をもたらしたものか、橋本先生は、真っ赤な頬を両手でおおい、背中を丸くして、自分もウフウフ切なげに笑い出した。つられて、宮川もあいまいな微笑を浮べた。

「いいのよ、もうすんだから帰ってもいいのよ……、貴女、でもぽかんさんね。福士幸次郎の詩だったわ。

此処の息子はぽかんさん

て言うの。それから、

とんてんかんと泣く相槌に、

苺の初熟が喰べたいと、

鉄礁台をたたくとさ

手をあつあつとほてらして叩くとさ。

………

……そうだったわね、ホホ……。もうお帰んなさい、試験はよく出来ましたから心配しなくもいいわ」

そう言いながらも橋本先生は、間歇的に襲ってくる神経性のおかしみに耐えきれぬらしく、陰気にグスリグスリ笑いつづけていた。宮川は道具をまとめて丁寧に一礼して去った。たくさん子を生むよいお母さんになるだろう。橋本先生はゴトリと椅子を鳴らして身体ごと間崎の方へ向き直った。顔はべそで歪みかけていたが、眼は無気味なほど光っていた。間崎はストーブをまわって橋本先生のそばに歩みより、両手をズボンのポケットにつっこんで、腕を張って立った。撫でるような笑顔がおのずと喉許からあふれてきた。

「……貴女のほうが宮川に輪をかけたぽかんさんだと思うな。続きを知ってますか?

ああ、夢ならばさめておくれ、

　ぽかんさん

と言うんです。(以下ゆっくり)

此の世の中に多いものは、

秘蔵息子のやもめ暮らし。

時計の針の尖のやうに

気の狂れやすい生娘暮らし。

この年月の寒暑の往来に、

私の胸は凋(しぼ)んだ花の皺(しわ)ばかり
私の胸はとりとまりない時候はづれな食気(くいけ)ばかり
おしまい……」

その愛誦詩を、間崎はついこのごろ刊行された、自分が編集人になっている校友会雑誌の写真欄の余白に掲げておいたのであった。いま、橋本先生に聴かせるつもりで口ずさんでみると、むしろ自分に沁みてくる哀感が多く、おのずと呼吸も乱れがちとなった。橋本先生は睫を伏せて間崎の胴衣(チョツキ)の幾つ目かのボタンをじっとみつめたぎり微動だもしなかった。乾いた柔らかい髪の毛の隙間から覗かれる青坊主の地肌がひどく健康な色っぽい感じのものに見えた。不意に橋本先生が立ち上がった。顔と顔がぶつかりそうで間崎は思わず顎をひいたほどだった。

「間崎先生、私は先生がいつでも私に厚意を寄せていてくれるのだと思っています。私は疑いません……」

一つ一つ凝り固まってしまうような重苦しい声だった。間崎は、相手の近すぎる顔を瞳孔(どうこう)の外へもはみ出させて、言葉もなくうなずいた。橋本先生は続けて何か言おうとしたが唇をパクパク動かして止んだ。白い丈夫そうな首筋に血管が太くふくらんで間崎を悩殺せんばかりだった。

「……亡母(はは)が、お前は、いつか、きっと……」

忘れたことを思い出すように一語ごとに頭をふり立てながらそこまで言いかけた時、眼の光りが曇って、大粒の涙が頬にころがり落ちた。しかし顔全体は白くきびしい感じを崩してはいないのであった。

（おれは……とうとう、この人を泣かせた——）

その反省が間崎の後頭部をかすめた途端に、彼の視覚も生熱くぼやけ出したのであった。そして前面に、彼の身体で埋めるしかない突然な空虚が生じた擬似感覚が、釘抜きで牽かれるように余裕なく、ジン！　と意識された。

（いけない、だめだ、弱く卑屈だ……）

そう感じたのが間崎なのか橋本先生なのかそれとも二人一緒なのか、後々まで分らずじまいだった。——橋本先生は身をひるがえして、

「先生、階下で算盤弾きに手伝いましょうよ」

どうしたわけか家鴨（あひる）のようにお尻を振る醜い横開きな足どりで室を出て行った。

間崎は教壇に上がった。二、三回その上を往き返りしてから、黒板に上体をもたせかけ、冷たい板の面に磔刑（はりつけ）される者のように両手を左右に遠く投げ上げた。

しばらくその姿勢を保ってから、ふと自分の頭を黒板にゴツンゴツンと打ち当てはじめた。もちろん大して痛い程度でないことは音からでもうなずかれたが……。

三十七

学校は冬期休暇に入った。

間崎は片づけきれない仕事やら問題やらが身辺に囲繞(いにょう)しているような気がして、郷里に帰省するのを思い止まった。が、さて、実際に下宿に籠居(ろうきょ)して休みの初めの二、三日を暮してみると、退屈さのあまりほとほとわが身をもて余してしまった。一と仕事のつもりでいた諸方への手紙の借りも一日で書き了えたし、逼迫した形勢の対人関係がまといついていると感じたのも、今となるとどうやらひとり合点な錯覚にすぎなかったらしく、彼の不安な期待に応えるような出来事は、天からも降らず地からも湧いて来なかった。これを要するに、いったん学校という職場から離されてしまうと、この世の中には特に彼を必要とする用事など一つも存在しないということになるのだった。下宿の小母さんに漬け物石をもち上げる助力を乞われるぐらいがせいぜいの仕事である。してみると、間崎と社会とのつながりは学校を通して結ばれているにすぎないが、日常生活の渦中を脱した客観的な立場から観ると、そのつながりほど乏しく心細いものはないような気がする。もちろん、どんな仕事にしても、仕事そのものに真実非真実の別があるわけではなく、それに従事する人の心持次第でよくもわるくもなっていくのだろうが、しかし間崎の現在の職業は、広漠として険奇の相を呈する人生の地形の中のきわめて特殊な一緩衝地帯に属していることは確かである。あり余る若さをそこで自慰的に浪費することは、本人が意識する限りにおいて退嬰卑屈の誹りを免れない。少しでもいい生活に足を踏み込むようにせねばならぬ。市井人として円熟するよりも真摯未完成な生活の探求者として終るほうが生き甲斐がある……。

間崎の考えることは平凡であった。が、考えた範囲内のことは実行せずにおかないところに彼の身上らしいものも認められるのであった。別に言えば、間崎の頭は、考えるために考える機能はすこぶる不活潑に出来ている代り、いったんまとまった形をなして現われた考えは、低いが心身一如の境から自然に醗酵してきたものだけに、無理な弾みを作らないでも割合楽に実践に移していくことが出来た。こうした脱皮の時期を間崎は過去においても数回自覚的に経験しており、そのつど自分のとった行動が誤っていなかったことを自認しているのであった。

間崎が今さしあたり予定していることは、第三学期は現職に止まり、三月末年度替りを待って女学校の先生をやめてしまおうということだった。やめて何をするというあてもないが、あてがつかないうちにやめるのがほんとうだという気がした。単に衣食の資を得る手段としてなら、発育期の女生徒に生活や学問のＡＢＣを授ける現在の教師ほど気楽で上等な仕事はあるまいと思う。橋本先生はこの問題でもさっそく教育のイデオロギーを云々するが、しかし実際にそうしたイデオロギーを強調させられるのは、修身とか歴史とか二、三の課目に限られており、ほかは全人類の福祉を増進するに足る知識の芽生えを助ける作業なのだ。

間崎が耐えがたく感じ出したものは、実社会を理想的に縮刷した学校というものの微温的な空気であった。ここで体験するものは、歓びも哀しみも悩みも憤りも、温室で育まれた果実のように野性的な本質に乏しいものであった。泣き、笑い、怒り、喜ぶ現象の変化を通じて、もう一段底には、常に甘ったれ、うじゃけた、そして清潔でないある余裕が伏在しているのだった。別に言えばここには生活ではなくして生活の複写があるのみなのだ。教師たらん者は常住これを明確な意識に上せていなければならない。もしこの微温的な空気になじんでしまえば、猥雑な知識の切り売りはするが、被教授者の人格を発展させてやる真の教育者としての使命を全うすることが出来なくなってしまうのだ。といって、この複写の生活から高く飛び上がりすぎるのも良教師たる所以ではない。要は、教師は教師であるとともに溌剌たる世間人でもなければならないということだ。

間崎の場合は、対象が感じやすい女生徒であり、しかも彼自身は独身の健康な青年であるという因果関係から、ふやけた教師の面貌が濃くなりまさるのと反対に、社会人としての野性が次第に去勢されていく成り行きにあった。そうすることによって彼はまた漸次良教師たるの資格をも失いつつあったのだ。

こんなことがあった。ある日職員室に唇の厚い金壺眼（かなつぼまなこ）の行商人が反物を売りに来た。あくの強い関西弁で誰彼の見境なく図々しく品物を押しつけ、結局、相当な商いをしてから、火鉢のそばで男の先生たちと世間話を始めた。バットを吹かそうとしたので誰かが注意すると、

「そうでっか、えらい窮屈でおますな。かめえしめへん。あてどうせ極楽には行けまへんわ。どこへ行っても女の子にもてよって罪造りますさかい。へへ……。一服だけ吸わしてもらいますわ。えらいすみまへんな……」

口やかましくスパスパ吸い続けて、

「あていつもそう思っとりますが、世の中には貴方がたほどお仕合わせな身分はありまへん、とな。朝から晩まで若い女の子にとり囲まれて、先生々々と慕われてなはる。太いの、細いの、イキのいい奴、選り好みやがな。皆さんあんじょう立派にしてなはるが人間もとこれ木石にあらずや。時には変な気も起りまっしゃろ。ヒヒヒ……」

図に乗ってゾッとするような淫らな言葉をベラベラと口走った。と、すぐ近くの自席で事務をとっていた図画の畠山（はたけやま）先生が、フラフラと席を離れて火鉢のそばに歩みより、生徒の言う「半鐘」のかまえで、はるかに高いところから小首を傾けて不思議なものでも見るようにしげしげと行商人を眺め下ろした。

「なあ先生はん、そうでっしゃろ……。この先生はまたえろう高いお方やな……」

言わせも果てず、畠山先生は、はっきり「ホイ、ホイ、ホイ」と聞えるかけ声を発して、手にした画用紙か何かを丸めた分厚い紙の棒で、行商人の顔を上下左右に殴りはじめた。鞭(むち)でも使うように見事な腕の振い方だった。

「……むちゃしよる、この先生は。気でもふれたんかいな……。そこな先生方、止めておくんなはれ……こら、止さんか。あてあんさんに何もしいへんやないか。……こら、あてかて旅回りの人間や。いつまでも容赦しいへんぞ……」

行商人は頭を抱えながら、新聞や茶器を載せておくテーブルの周りを後ずさりに逃げまわった。畠山先生は確固とした足取りで一歩々々追いつめながら「ホイ、ホイ、ホイ」と殴る手を止めなかった。別段怒った顔ではないが頬が少しばかり紅潮していた。職員たちはあっけにとられて戯談とも本気ともまだ判明しないこの奇観に目も息も奪われた形だった。

「もう、もうよろしいやおまへんか。これだけ殴られればたくさんだっせ……。校長先生、助けておくんなはれ。校長先生おりまへんか……。あて訴えまっせ。もうかなわん……。誰か助けとくんなはれ……」

行商人はようやく出入口の戸に気づいて、そこから跣(はだし)で脱兎(だっと)のように玄関先の庭に飛び出した。畠山先生は廊下へ二、三歩踏み出したが、引っ返して、さんざんちぎれた例の紙の棒で、火鉢の周りの先生方の頭を軽く一つずつ敲いていったん自席に納まったが、さすがに居辛いとみえて、プイと室外に出て行ったぎりしばらく姿を現わさなかった。——畠山先生は豊かな才分とすぐれた感覚をそなえながら、芸術に専念する気力を欠き、日常生活だけを奇妙に潔癖にしている風変ったもの静かな人だった。奥さんが悪妻のせいだというもっぱらの噂だったが——。行商人は窓から荷物を下ろしてもらって、ほうほうの体で帰っていった。

間崎もその時、畠山先生に紙の棒でついでに頭を殴られた中の一人だったが、好意がもてる畠山先生の奇行は別として、その時行商人が口走った卑しい言葉が、後々までヒョイと思い出されては、棘のように鈍い痛みを胸の奥に感じさせるのであった。行商人が諷したような下卑た心理は金輪際抱いた覚えはないが、それと一脈通ずる、意識無意識に若い女生徒たちの酸っぱい体臭を満喫してやに下がっている一種の役得心理については、いわゆる脛に傷もつ身の上であったからである。他山ノ石以テ玉ヲ磨クベシ。そんな意味で間崎には行商人の金壺眼と関西弁とが、翼の生えた記憶の一断片として、ときどき真っ暗くおおいかぶさってくるのだった……。

同年配の青年らに比べて割合呑気な性分で押し通してきた間崎が、いまごろになって、少し遅すぎるぐらいなこんな反省をもつようになった動機は、ある外部からの刺激が肉体の保持する調節を搔き乱し、生理的な変調を呈したことによるのであった。ある刺激というのは、説明するまでもなく江波恵子や橋本先生との呼吸が弾む交渉をさすのだが、それぞれ特色ある二人の女性との接触は、彼の胸を時にふくらませ時にしぼませ、それを頻々と繰り返し、その間に、従来女学校というものの人工的に調節された味の薄い空気に満足していた彼の肺活量は急速に増大していって、いまは良かれ悪しかれ、世間の荒い濃い生まな空気を吸いこまないことには、頭の働きも止りそうな胸苦しさを覚えるようになっていたのである。これから推して、間崎の生活感覚の変動の動因が、性的な煩悶(はんもん)に根ざしており、それさえ解決すれば事が円滑に治まるものとする観察はあたらない。その証拠に、といってはちと変だが、いまかりに間崎が、江波か橋本先生かのどちらかと相愛し、あるいは二人を同時に兼愛できる不埒な美しい生活を想像しても、肉体の深部にうずいている不安の念は決して解消しないばかりか、むしろほんとうの困難はそこから始るのだという見透しが、今からすでに歴然たるものがあるのでも知れよう。また、江波を選ぶか橋本先生につくかという問題も、単純な「嫁選び」とはその性質を異にし、大げさに言えば、個人の魂の深奥を探究するか、社会の一般的な発達に尽力するかという、将来の生活の進路を決定する重要なポイントと密接な連繫を保っていたのである。

厳密に言って肉体と精神は不可分のものである。だが知識人に相違ない間崎の場合、個性の発展が、抽象的な思索の過程をとらず、一種の生理作用として、血肉の中から鬱勃(うっぼつ)と湧き起ってくる野性的なものの勢いに圧されて行われることは、一応注目すべき現象であろう。間崎は自分の肉体の傾向を信頼していた。ほかの青年らが自分たちの頭の中で行われる考え事に多くは実質以上の信頼と自負とを与えているように――。そして、その働きを活潑ならしめるために、半ば無意識にではあるが、間崎は自分の肉体の状態に常に細心の注意を怠らなかった。入浴、睡眠、節制、鍛錬、栄養、趣味、勉強等々。この間の機微を間崎に代って解説すれば、心身の平衡を失った者の感激生活は健康者の平凡なるにしかず、病み疲れた頭でする理解は健やかなものの無自覚なるに及ばない、という理法に帰するわけだが、しかし間崎自身は頭のてっぺんまでその生き方に埋れてしまっていて、高く突き抜けてそれを他にも強要する積極性は全然これを欠如していたのである。それがまた間崎の生活を犬儒主義の腐臭からわずかに免れさせていたのでもあった。

間崎の頭はいきなり人類とか階級とかいう飛び離れた大きな概念にはついて行けなかった。眼に触れ耳に聴き、すべて卑近な感覚に訴えるものを通して、はじめて「人類」や「階級」の展望が、靄が晴れわたるように少しずつ視野にひらけていくのであった。江波恵子や橋本先生に対する鬱悶の情も間崎にとっては洗いざらいの自己を賭けた人生問題であり、これと取り組んでしまえば費い果して二分残る余裕すらもはや得られないのであった。女を愛するということはより深く人生を愛するということだ。誰にとってもそれはその通りに違いないが、間崎の場合には、ことにそれが密接不可分の一体をなし、胸がドキドキする娯しみよりも、何か重いズッシリした困難に直面したという大儀な物憂い感じのほうが強くかぶさってくるのだった。生活そのものが大儀なのだと言ってもいい。だが、間崎にはこの物憂さから離脱しようという気は毛頭なく、守りを堅くしてこれと精いっぱいな摩擦をし合いながら緩慢な歩みを起す、そこに間崎の生活の秘訣めいたものがひそんでいたのであった……。

休み中、間崎はうつらうつらと日を過した。一日二日は退屈さのあまり身の置き場にも困るように感じたが、慣れてしまうと、結局このほうが煩わしくなくていいのだと思うようになった。本を読み、散歩もし、スケートにも行ったが、大抵は室の中にこもって、何をするでもなく一日を暮した。しかし投げやりにしているわけでないことは、本棚の置時計に注意して、二時間ごとにガラス窓をすっかり開け放ち、ストーブのほてりで溷濁した空気を冷たい外気と入れ換える仕事を怠らないのでも分る。ついでに大きく深呼吸を七、八回行なった。夜は早目に休み夢も見ずにグッスリ眠った。こんな生活は確かに退屈なものに相違ないが、どうかせずにいられない焦立たしさを伴う性質のものではなく、樹々や雲や土や石塊や自然物のもつ奇妙に充実した退屈さに似通っているものだった。また、外見の物臭さにもかかわらず間崎の神経は一部分だけ異常に鋭く冴えかえっていた。例をあげると、新聞や雑誌などで「恋愛」とか「恋人」とかいう文字に出くわすと、泥へはまるようにメタメタと沈みこんでしまい、こんな不快な文字を使い出した人間はさらし首にしても飽き足りないような憎しみに駆られるのだった。

間崎のこの状態は、牝犬が分娩期近くなると一体の動作が緩慢になり、しかも神経がひどくたかぶってくるのによく似ていた。まもなく自分の一身上に訪れるかもしれぬ大変化を本能的に予知して、それに処する心身の準備を注意深く整えているのであった。その時になって狼狽したり上(のぼ)せあがったりして中正な判断と行動を誤ることがないように……。

江波恵子は休暇中に三回訪ねて来た。最初はクリスマスの臨時出校日の時で、学校での儀式が了えてからほかの生徒も一緒で公園の池にスケーティングに行って面白く遊び、その帰りに間崎の室でお菓子を食べながら一時間ばかり休んでいった。こんな話が出た。

「成績が上がったんでママが喜んだろう?」

「ううん……。やっぱり喜んだかな。でもママは先学期私が何番だったかもう忘れてしまってるから喜ばないと同じことだわ。何でもただ『ああよかったね』とだけ言うの。ママのこのごろの生活は毎日虹がかかってるみたいにはかなく美しいの。昨日のことなんかあとかたもない……。気まぐれ、風まぐれ。口にする言葉だって詩みたいなのが多いわ。……先生、自分の生活を詩にするってことはちっとも幸福なことじゃないのね。才能のかた端で詩を作ることは無害かも知れないけれど……」

「人間の生活はどっちへ向いたって必ず限界につき当る。それと摩擦し合いながら自分をひきのばして行く。その生活が人間に許された最上のものだ。……ママの生活が詩であっても、君までがそれを詩的に眺めることはないじゃないか。考える力があるだけ君のほうがかえっていけないと思うね」

「……じゃあママは街の貴婦人で私はその子だわ……。そして、何が彼女をそうさせたかっていうんでしょう？　つまんないわ。私はそんな人たちの方程式にはのせきれない世界に突進して行こうと思うわ」

「しかし君の肉体が君を阻むにきまっているよ。一人になって、君の裸の足を眺めてごらん、腕を眺めてごらん、乳房を眺めてごらん。君は哀しくなって泣き出すにきまっているさ。君は女以外のものではないのだ」

江波は間崎の言葉につれて足を腕を胸のふくらみを、身体の他の部分（といっても大して余ってる部分もないわけだが）でひた隠すような仕草をした。呼吸が乱れていかにも苦しげだった。それが止むと虚脱したようにしばらくポカンとしていた。

「――先生、学校の操行点というのはその人間の全体を評価したものですか」

「君は万年乙だな。ちょっと君には甲は上げられないね。不満なのか」

「ううん、でも一度もらってみたいとこもあるわ。私じゃどうしてもなれない？　操行って一体どういうの？」

「操行ってね……。一体我々の人格内容にはいろんなものが含まれているんだ。知識、趣味、信仰、技能、それから性格……。これらのものが社会生活の上にはどんな文化形態をなして現われるかっていえば、まず知識は？」

「──学問ですか」

「それから趣味は」

「──芸術」

「信仰は宗教だね、それから性格は道徳、そのほか政治とか、経済とかになって現われる。そこで操行っていうのは先にあげた五つの人格内容の中の性格に対する評価になるが、量的に観ると人格全体の五分の一に相当するわけでも、質的に観るとやはりこれが人格の中のいちばん重要な内容をなしている。理論ではなくてぜひそうでなければならないのだ。なぜって人間は団体で文化生活をしているんだから、まず第一番に道徳的でなければならないのだ……。立派な人格というのは性格を中心にその他の人格内容が過不及なく円満に発達しているのがそうで、人格内容がかたよっているのはだめだ。しかし実際問題となると、人々それぞれに職業や境遇が異るのだから、五つの人格要素のうち自分の生活に必要なものだけが特別に発達するのは止むを得ないことで、したがってほかのものがどうしてもお留守になりがちだ。そこで、日露戦争が行われていることを知らなかった学者や、浪花節のほかは音楽を解しない政治家や、日常生活がぐうたらな文学者や、二号夫人や三号夫人を抱えている総理大臣があったとしても、それぞれの専門において抜群の働きがある人ならば、やはりえらい人だと言って差し支えないわけだ。もし世界中の人間が修身の教科書に書いてある通りの人になったら、糞面白くもない無気力な世界が出来上がってしまうだろう。

だがこれは大人の世界のことで、学校は人間の型をつくるところなんだから、性格を中心とした五つの人格内容が円満に発達した生徒をもって善しとするわけだ。ことに女は男に対する身分上、世間に出ても性格――操行の点だけから人格全体を評価される立場に無理々々縛られがちだ。その性格もまっとうなものでなく男のわがままに都合がいいように歪曲された型のものなんだからよほど困ったことだが……。こんなわけで君の甲はだめなりける次第だ」

「分りました。面白いんですね。……じゃあね、私が生徒でなく大人だったら先生は私にどんな人格点をくれますか？」

「僕の現在の人格で判定するんだったら甲の上を上げるね……」

「ハハ……。まあ、うれしいわ」

江波は片手を畳に支えてよく肉づいた身体を前後に傾けて大口に笑い出した。二階全体がゆすぶられるほどだった。

「そんなに喜ぶことでもないよ。まだ問題が一つ残っているんだ。肝腎なことは君を甲上に評価する僕の人格を、それでは僕自身がどんなに評価しているかという点だ」

「そんなの……私が言ってあげるわ。ママはね、先生に一ぺんぎりお目にかかっただけだけど、あんな男の方って情がこわいもんだって言ったわ。コックの兼さんに男の人の情がこわいってどんなことってきいたら、スケベエのことだって。先生そう？」

間崎は呆れて物が言えなかった。が、その単語の意味が心琴の一端に触れるとともに、強弱いく通りもの階音が錯綜して体内のあちこちから湧き起り、抑えようとしてもその余波が頬や額や耳のつけ根をみてる間に真っ赤に染めてしまった。柄のないところに柄をすげてひとりで興奮したり悩んだり悦に入ったりする生活、しかも最後に自分の身を守る殻からは決して離れない小利口な生活……スケベエにあらずして何ぞやだ。江波は眼をみはって珍しそうに間崎の顔を覗きこみ、

「あら、先生赧くなったわ、私が言ったの悪いことなのかしら？」

「いや、多分うまく当てられたんだ。……ママにね、そう言ったら先生が赤い顔をしたと言って教えなさい」

「ええ」

二度目に訪ねてきたのは正月に入ってからで、写真を撮しに来たのだと言って、橙色の大柄な模様の和服を着ていたが、急に年が二つも三つも老けて大人っぽく見えた。坐ると袖口や裾さばきから艶めかしいいい香がプンと室中に匂った。別段変った話もなく間崎の机に載って

いた二、三十枚の年賀状を一枚々々めくって、「この人だあれ、どんな人?」と、一々相手の素姓や交友関係を尋ね、その説明を興ありげに聴いていた。時間だったので宿の小母さんに昼飯を出してもらうと、遠慮せずに食べた。袂の端を帯紐にはさみ、膝の上にハンカチをひろげて、お櫃(ひつ)も汁鍋も自分のそばにひきつけ、慣れた手つきでお給仕をしてくれるので、あべこべに間崎のほうがお客さんのような恰好になってしまった。ことに、間崎は平素から御飯でもお菜(かず)でも少量ずつ幾回にも口へ運ぶ忙(せわ)しい食べ癖をもっているのに反し、江波は焦らず大口でゆっくり食べるので、主客顚倒の観が一層目立った。間崎の観察したところによると、江波は茶碗一杯の御飯をおよそ四口か五口くらいで口の中に入れる、そして一と口ごとに上下の顎を万遍なく働かせて、しばらく咀嚼作用を続けるが、口の中がほぼ空になるまでは決して次の食べ物に箸をつけようとはしない。つまり物の味が口中でまじらないようになるわけだが、男でいえば相当にいける酒飲みの食べ方に似ており、鷹揚でまことによろしかった。二人ともあまり口数をきかずときどき顔を見合わせては無意味な微笑を交わした。

「おいしいか」

「うん、フフフ……」

ちょうど、節物(せつもの)の鉈割(なたわ)りの大根漬が出ていたが、それを前歯で大きく嚙みちぎって奥の方でボリボリ嚙みこなすのが、何ともいえないなごやかな感じを漂わせた。ポリポリポリポリ……。

素朴で平明な生活の歓びを如実に表現した愛すべき音楽だ。どんな巧みなバイオリンの爪弾(ピチカット)もこれほど楽しく心をくすぐりはしない。……間崎は思わず自分の口の中のニチャニチャした汚ならしい咀嚼音が外に洩れないように加減し、出来れば江波に一時間ばかりも大根漬を噛んでもらってじっとその音に聞き惚れていたいような気がした。他人の肉体に即したこのようなちょっとした習癖の発見は、相手に対して従来抱(いだ)いていた印象に甚大な変化をもたらすこともあるものだが、いまの場合、間崎は、江波恵子という女は消費的な外貌にもかかわらず、案外地道な生活能力を具備しているのかも知れない——、という反省を、この大根漬による簡素な爪弾音楽から与えられたのであった。そういえば山川医院の二階で靴下の経済的なはき方について説明していたのを思い出す。

食事は間崎のほうが先にすんだ。茶碗に番茶をなみなみと汲んで口に含んでゴボゴボやっていると、江波は箸の手を止めて眉をしかめ、

「まあ汚ない！　それを吐き出すのかと思ったら飲んじまうのねえ。みっともないわ……」

間崎は吐きもならず嚥みこみもならず、相当量の番茶を口の中にためて相手の顔をキョトンとみつめ返した。江波はニコリともせず、

「あら、進退谷(きわ)まってるわ。さっさと飲んじまいなさい、いやな先生」

間崎は嚥んだが、その時にはもう彼自身にも汚ならしいものを嚥み下すような気持が沁(し)みこ

んでしまっていた。

「おどかすなよ……。君はじゃ西洋人の接吻なんてことも認めないんだな、あれは……」

「つまんないことを言い出したわ。愚問々々」

江波は相手にせず食卓の上から皿をとり上げて大切りの鮭の身を一と口に半分がとこ食いちぎった。いかにもおいしそうだった。例の鷹揚な食べ方で、しばらく口を動かしていたかと思うと、やがて唇をちょっとすぼめて、三本、五本、十本とおびただしい小骨を器用に皿の片隅に吐き出した。どれも白く透き通るほど綺麗にしゃぶられつくしていた。間崎は自分の皿の中の残骸を顧みてこちらは猫に箸をもたせたようなものだわいと思った。そして腹の底から生熱い嘆息がふっと湧き上がるのを感じた。ことの卑近なものとまじめなものとを問わず、これほど身についた豊かな才能をもちながら、ただ一つ、人間を幸福にする愚かさを欠いている女だ。ただ一つ、それゆえに聖なる愚かさを——。

間崎が瑣末主義（トリビアリズム）に堕した感激に浸りながら煙草をくゆらしている間に、江波はようやく食事を了えて、懐紙で強く口を拭きとった。

「御馳走さま」

「ほんとにおいしそうだったね。感心して見ていたよ。何かもっと食べないかね。御飯でないもので——」

「何かある？」

「何もない。しかし取り寄せるさ」

「いらない、改ってなら欲しくない」

「……じゃ南京豆（ナンキンまめ）ならある。本を読みながら食べる癖なんだ」

「いただいてもいいわ、大好きなの」

間崎は机の下から底に三分の一ぐらい豆が残っているクタクタな紙袋をひき出して食卓に載せた。

「おあがり」

「いただくけど……。人の顔そんなに見るのいやだわ。公園のお猿さんに食べ物をやって見物してるみたいじゃありませんか」

「誰がそんな……。しかし単に物を食べるだけの観物なら、お猿さんよりも人間が食べるところを観ているほうがはるかに複雑で面白いことは確かだね。ホラ、学校で昼食時に先生も一緒に御飯を食べるだろう。先生の坐ってるとこは教壇で高いから一望の下に隅々まで見わたされる。どうかするとみんなの食べてる顔が一人々々面白くて仕方がない時がある。口を開いたり頬をモグモグさせたり、噛んだり嚥んだり舌打ちしたり、ふだんの顔とまるでちがう形相になる人もあってなかなか面白い。ふっと眼をつぶってみると、ふだんの人間らしい声は地の底にめりこんだようにハタと途絶えて、五十人の女たちの物を嚙む音が何とも言えない凄まじいものに聞えてくることがあるんだ。野獣が荒野に相食(あいは)んでるような悽惨な感じだね……。いまに文明がもっとすすむと、人間が物を嚙む音をきいただけで気が昂ぶってくる神経病患者がきっと出現するに違いない……」

「つまんないわ。そんな患者、先生ばかしじゃありませんか。ずいぶんネジがゆるんでるのね……。変てこなことばかし言うから、私これ食べないことにするわ。私の口の中で野獣が相食んだりしては困りますからね」

ムキになってそう言うのに対して間崎は眼尻を下げてウフウフ笑ってばかりいた。江波は小首をかしげて相手の顔から胴から膝までしげしげと眺めまわした。どこにネジのゆるみがあるのか探り当てようとするかのように。間崎はといえば、なぜかまじめなことを口に上せるのが躊躇せられる癖に、唇が変にムズムズして、絶えず何かをしゃべらずにいられない異常な気分にあった。

「あえて君を野獣だとは言わないよ。おあがり」

「いただくけど……私シンがない悪ふざけは大嫌い。先生そうしないでね」

「ああ、しないよ」

そういう君自身の日常はシンがありすぎるやはり一種のたわむれではないかと間崎は心につ

ぶやいた。

二人で南京豆を平らげてしまうと、江波は階下の小母さんに手伝って後片づけをはじめ、しばらく二階に上がって来なかった。小母さんのコロコロ笑いころげる声や江波の弾んだ高笑いがしきりに二階に通って来た。間崎は所在なさに江波が残していったハンカチの匂いを嗅いだり手提袋（ハンドバッグ）の中を調べてみたりした。型の大きな手提袋の底には朱色の革財布が一つ入ってるぎりで、そのまた中身は五円紙幣が一枚と銅銭がポツンと一個ぎりで、何だか持ち主その人の心の中を覗いたようで寂しかった。しばらく紙幣や銅銭の裏表を返して図案に眺め入っていたが、図柄にも色艶にも理想がなく実につまらないと強く感じさせられた。間崎は机の抽き出しから自分の蟇口（がまぐち）をとり出し、よれて黒ずんだ成田山のお守札と五、六枚の銅銭や銀貨を朱色の革財布にうつし入れてやった。財布ごと振ると今度はチャリチャリと音がした。――江波はまもなく、正月中にぜひ遊びに来るように間崎に約束させて上機嫌で街の写真屋に出かけていった。

三十八

三度目に来たのは、明日から学校がはじまるという前日の宵のことだった。夕方から吹雪が荒れ狂って、ちょっと手紙を出しにポストのところまで行くのにも呼吸を奪われそうな烈しい風だった。間崎は食事をすませてからコーヒーを沸かして新聞の切り抜きをつくっていた。国際関係の外国電報や旅行記などが主なものだった。そこへ突然江波がやって来た。襟や袖口が脂でよごれた平常着に、ビロードの緑色の足袋をはき、着物の裾と足袋との隙間からは寒さにかじかんだ赤い脛が覗いている。髪は乱れて前の方には吹雪がとけて水になりかかっていた――。そういう姿で室の明かりの中に立った時、間崎は胸をつかれてとみに言葉も出ないほどだった。

「どうしたんだ、お坐り」

「ええ――」

ここまで来るにはまともから吹雪にたたきつけられる道順なので、江波の顔は凍えて醜い紫色を呈していた。もの憂げな返事をしてストーブに抱きつくように坐りこむと、急にガタガタと慄え出して「寒い……寒い……」と口走った。顔の紫斑はたちまち失せて蒼白に変った。間崎はストーブの火を掻き熾し、熱いコーヒーにウィスキーを二、三滴割ったのをすすめると、喉をゴクッゴクッと鳴らし、夢中な様子で立て続けに二杯飲み干した。その間に身体の慄えも次第に収まって、膝の合わせ目が行儀悪くなっているのに気がつくほどに元気を回復してきた。

「どうしたんだ、一体？」

江波は煩わしそうに頭を振るきりで、欠伸をしたり洟をかんだり、何かソワソワと落ちつきがなかった。ふと気がつくと左の掌をハンカチでゆわえて、それにうすく血がにじんでいた。

「何だ、これは?」

間崎は手首を強く捕えて眼の前に持ち上げた。江波はさからおうともせず、ぼんやり、

「……ガラスで切ったの、繃帯してください……」

間崎はとりあえず階下から薬箱を借りて来て、ハンカチを解いてみると、深くはないが一寸ばかりの長さに皮膚が裂けて、そこから今も新しい血が少しずつにじみ出ていた。脱脂綿に熱い湯を浸ませて傷口を一度拭きとってから薬を塗って繃帯してやる間、江波は空いた手を頬に当てて室の中を絶えずキョロキョロ眺めまわしていた。その落ちつきない視線がしばしば、しかも時間も長く注がれるのは、どうやら室の一隅に敷きのべられてある間崎の寝床らしかった。(寒さがきびしい晩にはこうしておいて寝るまでに幾分でも布団を温めようというのであった)。果然、繃帯が巻き上がると、江波は魅入られたようにフラフラと寝床のそばに歩みより、羽織を捨て足袋を脱ぎ、

「先生、私しばらく休ませていただくわ……。眠いの……」

毛布も掛布団も間崎が用いるまんまのを引きかぶって、あっという間に床中の人となってしまった。

江波の出現そのものが異様をきわめたところへ、いきなり自分の寝床を若い女に占領されたもので、間崎は胸の動悸が一と方ならずたかぶるのを覚えた。学問も教養もこんな際に処する善道は教えてくれない。薬箱の始末をわざとのように手間どって、こわごわ江波の方を覗くと、床中の人は、口をあけ、かすかな鼻息を洩らし、すでに仮睡者のうつろな表情を示していた。間崎は、ふと思いついて寝床のそばに歩みより、枕許にしゃがんで、自分の顔を出来るだけ床中の人の顔に近づけた。江波が毒物でも嚥んでないかどうか、その息を慎重に嗅ぐためであった。（間崎はどこかの病院で医者がこんな方法で試しているのを目撃したことがあった）。酸っぱい人臭い呼吸のほか異常がなかった。間崎が一と安堵して階下に下りて小母さんに先刻来の経過を報告し、しばらく二階で看護ってもらうことにして、自分は吹雪をついて角の薬屋に電話を借りに走った。わずか一、二町の道のりだが、粉雪が上からも下からも狂ったように吹きつける間を行くので、あられもない妄想がとぎれとぎれに頭の中を去来して困った。

電話室は薬局の後ろにあって薬臭く静かだった。市外の呼び出しで清陽亭（江波の家）に通じてもらうと、すぐ若い女の声が出た。女給らしかった。

「――どなた？　シマザキ？――マツキ？――ああ女学校の、マサキ先生、分りました、それがねえ、主人がいることはいるんですけど、ちょっと出られるかどうか――いいえ、そんなんじゃありませんけど――急用――はあ、ではそう言ってみますからちょっとお待ちください

「――」

それっきり音沙汰がなかった。間崎は送話器によりかかって、ちょっとの間に冷えて痛みを感じ出した足袋の爪先を交互に一方の足で圧しつけながら、電話室の横に二尺四方ぐらいに切ったガラス窓にうつる絣模様の吹雪をぼんやり眺めていた。すてばちなつまらなさがふつふつと湧いてきて途中の妄想が再び頭の中にひらめき出す。よほど経ってからガチャリと受話器をはずす音が聞えた。濁った間延びした声で、

「もしもし――私清陽亭の主人ですが――どなた――ええ、そんな人知らない――ああ、そう、マサキ先生、存じております。今晩は、ホホホ――。いつもいつもお世話さまで――ええ？ 恵子？ 知りませんよ、海へはまって死んだでしょう、私がそう言ったんですよ。お前なんか死んじまえって――海へはまって死んじまえって――。親をばかにする子はそうしてやるのが当り前でしょ。ハハハ――、貴方どなた？ ああ間崎先生、恵子はいませんよ、お前たち、恵ちゃんはどこへ行ったんだい――海へはまって――おやおや――先生のお宅に――よっぽど先生がお好きだとみえる――まったくお立派でいらっしゃいますものねえ――あんなんでよかったら可愛がってやってください――男も知らないくせにしてほんとに生意気だ――ええ？ 恵子？ いません――海へはまって死んだんでしょう、ホホホ――私だって一度はまったことがあるもの――魚が泳いでて、それから藻草がなびいているとこも見えた、青い青い世界でね

——ほんとよ、でも私は助かったけど——恵子はいませんよ——海へはまって——何をする、およし、およしってば、チキショウ——海へはまって——恵子——」

代って太い男の声が出た。

「学校の先生ですね、マダムは酔っ払っていて話が通じませんよ、お話の模様ではそちらに恵子さんが行ってるようですが、実は今夜マダムが機嫌を悪くしてきびしく叱ったものですから、恵子さんも興奮して夕方ごろ家を飛び出したようなわけで、実はみんなで心配しておったところです。はなはだ勝手ですが今夜はそちらで保護して休ませてくれませんか。帰ると一層こちらの都合が悪いような始末で、それにもう船も乗り物も出ますまいから、市内に知り合いの家もあるし、多分そこらへ行っていて、今に電話でも来ることかと心待ちにしていたとこなんです。御迷惑さまですが何分たのみます——。マダムをあっちへ引っ張ってけよ、うるさくて仕様がない——」

間崎はいびつにされた感情をむき出しに送話した。

「僕の家に泊めるということはハッキリお断わりしますが、どこかほかに安全なところに世話してあげることなら骨折ってみましょう。——ついでですが貴方はどんな関係の方なんですか?」

「——なに、知り合いのものですよ、ハハハ……」

間崎は一語々々強く刺すように言い放った、

「知り合いって、マダムの恋人か何かですか」

「なに！——ハハハハハ。まずそんなところかな。江口健吉っていう者ですよ。商売は船乗りだ。いずれお目にかかって御挨拶する時もありましょうが、今夜のところは何分頼みますよ」

「承知しました。マダムを早く休ませてやってください」

間崎は身体中が神経になり変ったような鋭く脆い思いで電話室を出た。そして、海にはまった江波恵子の白い裸体を力いっぱいに抱きかかえ、その妄想で、両腕にある重味を意識しながら、あえぎあえぎ吹雪の中をわが家に帰った。

間崎と小母さんは茶の間で相談に耽った。相談とはいっても、間崎の頭にはとくから思案が定まっていたので、小母さんのもちかける話にも、とかくうわずったとんちんかんな返事をした。思案が二つあった。第一案は舎監の先生に添書して寄宿舎に預けてしまうことがそれで、第二案はこの休み中に双方から往来して割合気楽につき合えるようになった橋本先生の下宿に泊めてもらうことだった。が、このほうは預ける人物が人物なので、その間にこだわるものがないでもないが、しかしまた「赤心ヲ推シテ人ノ腹中ニ置ク」といった気合いの術もあって、かえって万事好都合に運びそうにも思われたので、間崎の考えは八、九分通りそこに落ちつきそうな経路をたどっていた。吹雪さえなければ——いや多少の荒れがあっても当の橋本先生は今夜あたり訪ねて来る予感があったのだ。来ないかな、来る、来る、きっと来る……。間崎は小母さんの話を上の空に聞いて、来る来ないの予想に細く切なく胸をかき乱され、はてはショールで頭を深く包んだその人がいま某々の箇所を通行中であり、何分の後は某所に進行、さらに某所を経過、門前に到着、ショールを解き髪の乱れを繕って、ソラいま格子戸に手をかけた、ガラーッ……と、へんてつもない掛時計の面を、自分こそ振子のように絶え間なしに見上げながら、痴(たわ)けた妄想に溺れ出した。身近かに傷ついた肉体を横たえている江波のことを忘れるはずはない！　深く烈しく思うほど、橋本先生の映像と柔らかく重なりあってシンシンと皮肉の底に沁みていくのだ。血の出るような背徳だ。もしも江波一人だけがまるまると彼に与えられたとしてもそれは陰性な重苦しい観念を背負わされたにすぎない。この観念が時に妖しい生彩を放って生きるのは、橋本先生の人臭い息吹を鼻の先に嗅ぐ時だ。逆もまた同じ道理が通じ、間崎にとってはこの二人がより大きい真実の一人物としか感じられないのだ。――もしこの感じ方が日常生活に通用しない痴夢であるとしても、それは大空の星と化して下界の美しさを増すことが出来るのだ。心ばせのありったけをつくして新しい伝説の一線を護れよ！……。

　間崎が架空の橋本先生に何回目かの街上移動を演じさせている時、突然玄関の格子戸が開いて、「今晩は――」と訪(おとな)う声が聞えた。

「来た！」

間崎は口に出して叫んで玄関に飛んで出た。橋本先生にちがいなかった。やっと吹雪から逃れたばかりで赤い顔をしてフーフー熱い息を洩らしていた。

「待っていたとこなんです。おいでがなければこっちからおたずねしなければならない用事が出来たもんですから……」

「じゃ来てよかったわ。吹雪がやむかと思って待ってるうちに時間も経ったからどうしようかと思ったんだけど……。これ、雪を払ってくださらない。足駄をつっかけてここまで歩いて来たらクタクタになっちゃった……」

マントが雪で真っ白になっていた。

「よしきた、早く中へ上がって脱いでくださいよ」

間崎は両手でマントの襟をつかんで元気に二、三度ふるった。勢いがあまって、下足箱の上に置き並べてある一列の履き物を三和土に払いとばしたりした。

橋本先生は新調らしい太い棒縞のお召を着ていた。黄色と黒と赤の縞の配合がハッキリして、若すぎて子供っぽく見えた。急にストーブのほてりに当ったので額際や顎や後ろ襟の濡れたのが乾きかかって短い湯気を立てていた。

間崎はぶっつけに今夜の経過を物語った。橋本先生は注意を凝らした美しい顔でいく度も頷きながら聞いていた。

「困ったことですね。……江波さんは私のとこに連れて行きますわ。本人がイヤがったって必ず連れて行きますから……。とにかく様子を見てみましょう」

橋本先生は先に立って二階に上がった。江波は電燈から顔を半分そむけて静かに休んでいた。枕許にうずくまって額に手を加え、

「江波さん、江波さん……。だいじょうぶ？　江波さん、私よ、ハシモト」

「はい……はい……いま起きます……はい」

変にハキハキした返事があって、江波はさっそく身体を起し、床の上に膝を正して端坐した。なにかすがすがしい清らかな感じが顔に満ちあふれていた。眼を大きく張って、

「あっ、橋本先生——」

人を近づけず人にも近づかない、ある限界からのようなもの悲しい声だった。橋本先生は江波の身体の隅々にまで目を走らせ、膝に膝を重ねるように寄り添って、

「大変だったのね……。貴女これから私と一緒に行って今夜は私のとこに泊らなければいけないわ。そうなさい。歩くの何ともないでしょう？」

「はい。……行きます。……行きます」

そう言うのも例の普通でないハキハキした調子だった。

「じゃすぐ行きましょう。こんなことで時間を過してたんじゃ遅くなってしまいますから。も

うおっつけ九時だわ。さ、支度をなさい。……間崎先生、私この人預ってすぐお暇しますわ。どうせここでは誰も落ちついていられないんですから……」

「どうぞ――」

間崎は室のまん中に突っ立って終始拱手傍観の体だった。江波は寝床からはずれ、あちら向きになって足袋のこはぜをかけていた。

「江波さんとこへはさっき電話をしておいたから心配しないでもいいよ……」

「そう。……ママどうしていて？」

「眠いから休むとこだと言っていた……。それから、青い藻草がなびくのが見えるなんて、わけの分んないひとりごとも言ってたよ……」

「ママのばか――」

ふりむいた江波の眼はいきいきと光っていた。

そういうのもわけの分らないひとりごとだった。橋本先生だけが、さっきの間崎の率直そうな報告の中には青い藻草云々という言葉がなかったことを思い、やはり二人だけに通じている秘密の気脈があるのかしら――と、ちょっと不快な感じがした。

「じゃあ先生、失礼しますわ。江波さん、いらっしゃい……」

「はい」

江波は妙にいそいそと橋本先生の後に従った。間崎はつまらなく感じて梯子を下りる暗がりで江波の背中をドンと一つ衝いた。玄関で身固めをしている間に、橋本先生が、

「江波さん、貴女私のマントに一緒に入ってらっしゃい、私のマントは大きいし、この吹雪じゃそのほうがお互い心細くなくっていいわ」

「ええ、でも、私デブちゃんだから自分だけ着込んで先生を追ン出すみたいになると悪いわ……」

「そんなことない、お入んなさい……。先生、さようなら。またいずれ。小母さんどうもとんだお騒がせしてすみませんでした。さよなら」

「お気をつけて——さよなら」

「さよなら」

——道をたどってしばらく、吹雪に押されて窮屈な恰好で歩くのに少し慣れた時、江波がポツンと言い出した。

「私、間崎先生、きらいだわ……」

見え透いた媚びを言っているのではなかった。何かボンヤリしたねつい考え事が頭にわだかまっていて、その一端を気まぐれに口に上せたらしく推量される。だから迂闊な返事なぞする気にもなれなかった。

「そんなこといま言い出しちゃいけないわ。黙って歩きましょう」

「はい」

二人の中でいくらか背が高い橋本先生は江波の肩に手をまわし、江波は腋下から橋本先生の胴に抱きついていた。こうしてお互いの身体の重味を感じ合う関係で結ばれると、先生でも生徒でもない、二人の女きりのものでしかないことが妙に物哀しく感じられてならなかった。心なしか腋下から胸の乳房にめぐらされた江波の腕が、次第に強く締めかかってくるような気がする。その圧力を享け入れようとする血の流れと、反撥する血の流れとが、橋本先生の体内を二た筋の鮮やかな脈をなして沸々と交流していた。

白い闇は行けど行けど果てしなく続いていた。眼にうつるものとしては狭苦しいぼんやりした区画の中に絣模様の粉雪が飛散する絶望の図柄ばかり。風が遠くで唸っている。ああ、気がふれないのが不思議なくらいだ。

「——恵子さん、このまま千里も二千里も歩くんだったらどう?」

「かまわないわ、先生と二人なら……。白い涯てしない道ね。先生と二人なら……。せんせい、私せんせいを好きなの。とても好きなの、かんにんしてね……」

江波は生熱くエッエッとむせび泣きながら、突然、恐ろしい力で橋本先生の身体に抱きついた。咄嗟の間、橋本先生は呼吸もつけず苦しかった。

「恵子さん！　あなたいい人ね……。もっと私を抱いてもいいわ……」

この時、たちの悪い逆落しの風がやって来て、地上に積んだやわ雪を大量に捲き上げて中空に縦横に吹き飛ばした。二人の女は裾に粉雪を大量に吹き込まれて意気地なくその場に一と塊りにしゃがんだ。

風は悲鳴をつのらせて海からも空からも吹いた――。

三十九

第三学期は期間も短く、年度替りにも当るので、諸事忙しくあわただしい学期だった。世間の歳末が学校にはいま訪れたのである。中でも三月巣立つ卒業生たちは心ここにあらずの体でうかうかと飛ぶような一日々々を過してしまう。上の学校に進む子らは髪や衣服の手入れもおろそかに試験勉強に夢中だし、そのまま家庭に残る子らはちょっとの暇にも三人五人と群れをなして過去、未来の果てしないおしゃべりに熱中する。

その昔、世間がのんびりしていたころには、毎年いま時分になると、息子のお嫁さんを見に来るお母さん方が殺到し、それへの応接が学校側では一と仕事になっていたものだとかいうが、世間の風習が一変して、男女とも結婚適齢期が一般に遅くなった今日でも、例年二、三件の申し込みは後を断たずに連綿とつづいている。慶賀すべき伝統だ。その向きの訪問者が学校に見えた日はミス・ケートはことに機嫌がよく、白羽の矢を立てられた候補者を後で自分の室に招んで、何か簡単なお祝の品物などをくれることになっていた。

いまごろ頭に小さな髷をのせた鄙びた恰好の中年過ぎた女たちが二、三人連れだって校門を入って来たら、大抵はまず嫁選びのお母さんたちの一行とみても間違いではない。この人たちはきまって、遠方から時間をかけて、手みやげの菓子折などを携えて来るもの堅い田舎の人たちだった。目ざとく見つけた五年生たちは、

「ちょっと、来たわ来たわ。あたしたちのお姑さんが……。さあ大変、私に櫛貸して……」

「私が先だわよ。それよか貴女の顔にインクがついててよ。そんなの一ぺんに落第だわ……」

「今度は誰かな……。今からおごってもらう約束しましょう……」

「私いやだわ。教室に入って来たら誰も顔を上げないで拒否することにしましょう」

「賛成！　諸君、聞きたまえ、結婚とは当事者間の理解と愛情の上に成り立つべきものであって、家庭向きの道具としてオバアチャンたちの鑑定を受くるがごときは、新時代の女性の大なる恥辱であるのであります。かるがゆえに……、貴女もう櫛あいた？　私にも貸してよ」

「あら、イミない人ね」

波紋はちょっとの間に学校中に伝播し、一年生までが「オ嫁サンだ、オ嫁サンだ」と口を大きくあけて無意味に騒ぎ立てる。この用向きの応接係は主として山形先生の担当になっていたが、一と通り訪問者の家庭の事情や希望条件を聴取した上、候補者二、三名を挙げ、備え付けの級別個人写真や成績表を提示して候補者の人物内容を説明する。いよいよ首実検となって、体操とか裁縫とかあまりじゃまにならない時間を選んで、候補者の組の授業参観に出かけるが、去年だったか、その日の時間割の都合で、間崎の授業中に参観に来られたことがあって閉口した。およそ周囲の情景とそぐわない古色を帯びた田舎の小母さんたちが室内に姿を現わしただけでも、授業の気分などどこかへ吹っとんでしまうのに、その時の小母さんの一人は、背が低く挽き臼のように肥っており、小さな油光りのする髷を頭に戴き、後ろ襟に真新しい手拭の被いをかけ、黒繻子の帯の間に革の煙草入れを斜めに差している、見るからに魁偉な風貌の所有者だった。なかなか強気な小母さんで、教室に入るなり、お供え餅のような片方の手で、下かららしゃくい上げるような会釈の作法を行い、

「先生、ちょっとお邪魔するでごわす、はえ……」

生徒らは瞬間奇妙な微笑を浮べてざわつく気配を示したが、実際は急にシーンとして固苦しい、いびつな空気を作ってしまった。指名すれば読みも答えもするが、少しも情がうつらないカスカスした調子だった。そしてみんなが上気した赤い顔をして行儀よくしていた。何だかん

だと言いながらやはり少しは気にかかるのであろう。空虚な気分の教室の中には、肥った小母さんが肩や口や鼻や喉で一緒にする馬のように荒々しい呼吸遣いがわが物顔に君臨しているのみだった。そのうちに小母さんたちの間にむき出しな身振り（ゼスチュア）で私語が始った。私語といっても、ふだん広い野良に出て働いている小母さんたちは、こうした場合の発声法に慣れていないので、教壇の間崎や前列の生徒らには筒抜けに私語の内容が聞えて来た。

「本家のお母（つか）さんや、お前様、本人をみつけたかね」

「――うんにゃ、どれも同じ洋服着てるでおらにはさっぱり分らん」

「よく御覧なせえ。窓の方から三番目だ。色の白い味噌っ歯の可愛い顔のがいるだべ。さっきの写真とそっくりだわな」

「どれどれ……でもな、あんたは窓の方から三番目と言うが、三番目は前から後ろまでたくさん並んでいるからやっぱり分らんわ」

「ほい、これはしくじった、ほんなら後ろから四人目じゃ」

「一イ、二ウ、三イ……」

「ほれほれ、いま頭へ手をあげた、ほれ、いま鉛筆をなめた、瓜実顔のな、お母さん……」

三人とも首をかしげたり伸び上がったりして、窓から三番目、後ろから四番目の候補者を望見する。これでは知れずにすむはずがない。

「白井さんだわ！……白井さんだわ！……」

前列の生徒から発せられた電信は一瞬の間に教室中に伝わって、みんなが悪意のない微笑をあふれさせて白井マサ子の方をチラチラと盗み見た。白井は赤いのを通り越して黒いような顔色になり、なにごとも聞えないふりを装って目を教科書に釘づけにしていたが、その教科書をもつ両手が小きざみに慄えているのが、間崎の位置からもハッキリ見てとれた。自分ではなかった――、それが分って気が楽になったものか、室内の凝結した空気がおのずとゆるんで、忍び笑いやささやき声があちこちで聞え出した。と、白井の前に坐っている茶目な子が、自分の上体を座席からずり落ちそうに片わきへ寄せて、参観者たちが白井を観察する障害物になるまいとするきわどい悪戯を思いついた。今度はみんな明らさまにクスクス笑い出した。可哀そうに白井はがんばりきれず、教科書の屏風の蔭にがばと伏せって、それぎり顔をあげなくなった。抑えに抑えていたものがドッという哄笑になって教室に沸きかえった。意地悪い感じのものではない。事件の性質や先刻来の行きがかり上、こんなふうに笑い出してしまうのが、いちばん親切で素直な態度である。白井にしてもそのほうが早くさっぱりした気分になることが出来るわけだ。この時、例の肥った気の強い小母さんが何思ったか一歩前に進み出て、招き猫のような恰好で両手を宙に上げて生徒らの喧騒を制し、

「嬢さん方、笑うもんではありませんぞ。少しもおかしいことはごわせん。女子と生れて嫁に

なるのは当り前のことでござえます。騒がないで学問なせえ……」

教室中が煮えくり返るようにゴーッと沸いた。小母さんはさらに一歩前進して躍起となって両手でバサリバサリ煽りながら何かわめいたが、騒ぎに打ち消されて全然聴きとれなかった。間崎はくさりきって教壇の上に立ち往生を余儀なくされた。先導役の山形先生もすっかり面くらって、何かと言いなだめながら参観者たちを外に連れ出そうとした。

「小母さん、さよなら」「さよなら」

「お丈夫な小母さん、さよなら」

二、三の生徒がたまりかねて軽はずみな声をたてた。敷居をまたぎかけていた肥った小母さんは悠然と後ろを振り向き、戯談とか悪ふざけとかいう心理は先天的に持ち合わせなかった人の、間延びした糞まじめな調子で、

「嬢さん方もさよなら、はえ……」

「さよならア！」

教室中が異口同音にドッと叫び返した。間崎もこらえきれなくなって教壇の上から直立挙手の礼を小母さんたちに送った。机を鳴らし床を踏む爆笑の場面が展開された。泣いているらしかった花嫁候補の白井も、上気した顔をあげておずおずと微笑んでいた。

——この出来事に付帯して忘れられない一生徒のいたましい思い出があった。教室の騒ぎが

やや鎮まりかけたころ、間崎はふとどこかで本を朗読しているらしいかすかな声を耳に止めた。

はて——と妙に気がかりになった途端、彼のまん前に坐っていた一生徒が、低く、

「先生、東海林さんがまだ読本を読んでおります」

と気の毒そうに注意してくれた。間崎は慄然とした。東海林ユミは皮膚の色が病的に白く、お額が不自然に張り出し、顎が細く、眼がぼやけてみえるような強度の近眼鏡を用いており、成績は中位だが、無口で孤独で、クラス中でもいちばん影のうすい存在だった。職員室の噂では親の悪疾の遺伝で畸型な性格に出来たのだと言われていたが、授業中などに突然人に聞えるようなひとりごとをつぶやいて一人でアハアハ笑い出すことなどもあった。例の参観人たちが室に入って来て間もなく、間崎は最前列の右端に坐っている東海林に読み方を命じ、東海林は参観者があるのでふだんより緊張した様子をかすかに反応させて、早口な聴きとりがたいいつもの調子で朗読を始めた。それぎり、引き続いて起った喧騒にまぎれて間崎は東海林に朗読を命じたことを忘れてしまっていた。いや、覚えていたとしても、教室中がくつがえるようなあの騒ぎの中では、誰しも朗読を中絶して改めて教師の指図を待つのが当然だと考えたに相違ない。ところが東海林は周囲の喧騒から一人超然として、命じられたままに、細い眼を一層細くこらし、ぼやけて見える読本の字を間違えずに読みとる努力を払いながら、終始一貫してボソボソと朗読を続けていたのである。その時の文章は『大鏡』の道真左遷の一節であったが、間

崎が注意されて気づいた時には、七ページにわたる長い分量をほとんど一人で読み了えるところだった。

「東海林さん、そこまで！」

間崎はあわてて朗読の中止を命じた。

「……あんまり騒ぎがひどいので先生は東海林さんが読んでるのを忘れてしまっていた。……すまなかったね」

「私、声がかすれたわ……。でも面白い文章だったわ」

東海林はひとりごとのようにつぶやいて、不似合いな金歯を現わしてゆるんだ笑いを口辺に漂わせ、教室中を一とわたり見まわして、なにごともなかったように座席についた。誰も笑う者がなかった。

——東海林ユミは卒業後気が変になり、脳病院に入れられ、昨今はどうにか回復して家に帰っているという。寂しいとき、気が滅入る時、間崎の脳裡にはよく東海林の、「皮膚の皺」とでも名づけていいようなおかしみも可愛げもない笑い顔が白く浮き上がってくる。なんのために生れてきた人間かと思う。ことに美しかるべき女の身に——。年々歳々、新陳代謝する生徒たちに一つとして容貌や気質の同じものがないのは、むしろ愉快にうなずける造物主の広大な企みの現われだと思うが、東海林のように肉体の外貌も生活の能力も低下している人間は、造物主の計画のどの部分に触れているものか、まったく理解に苦しむ次第だ。ここをもって観ずるに、個々の人間の性格、性能などいうものは造物主の深遠な企画の何十億万分の一ぐらいにしか触れていないのであり、その博大深刻な企画の全貌を鳥瞰図式に見下ろして各個の生存の因果関係を明確に把握しようとあせるのは、人間に禁じられた神聖冒瀆の非望に憑かれているのである。うまくいく道理がない。結局は、許された生活の領域内で、かりそめの賢愚美醜の別を立て、愚なるものは賢へ、賢なるものも一層の向上を目がけて真摯な努力を継続するのが、人間としていちばんまっとうな生活になるのだ。人類自身が自分たちの進歩の方向が東を目ざしていると信じている時、造物主の広大な経営体系の中ではそれが逆に西に傾く力となって働いているとしても、そんなことは人間が頭痛にやむ必要のないことだ。……したがって、生活能力の薄弱な東海林ユミがなんでこの世に生れてきたかについても、間崎などが立ち入った穿鑿をするのはまったくよけいなことなのかも知れない。蠅は自分の頭の上の奴から追い払うのが順序だというから……。因みに東海林は「緩徐調の君」という優雅なニック・ネームを奉られていたが、由来をきくに、昼の弁当を食べるのがのろいからだとも、一説には、はばかりが大変に長いからだともいうことだった――。

今年も二学期早々嫁選びの依頼者が学校を訪れ、事は不調に終ったが、めでたいことに違いないので誰よりもミス・ケートがいちばん喜んだ。自分がキリストの恩寵の下に五年間育んだ娘たちが異郷の仏教徒に嫁ぐことを喜ぶというのは、考えようによっては矛盾したことかも知れないが、しかしバイブルには「生めよ、殖えよ、地に満てよ」という博大高邁な精神も説かれていることだから、わざわざ窮屈な詮議立てをするにも当らないことだ。

嫁選びについで特色ある三学期の風景は卒業生たちの間に写真交換がさかんになることだ。これは単に自分ら同士の間で交換するばかりでなく、平素「親しく」している下級生たちにも贈るのだから、一人で三、四十枚も焼き増しさせるのは珍しいことではなかった。贈るに際しては、裏面に、変に崩した未熟な筆蹟で心のたけを認めて贈るのだが、これがまた名句ぞろいだ。簡単な奴では、

「T子様、永遠にグッド・バイ!」

「Yちゃん、元気でね――」

「K坊ちゃん(坊とは下級生の親友に用いる愛称なり)、あの二つのこと、誓ってね。寂しき姉より」

少し長いのになると、

「A子様、生者必滅、会者定離の世の慣わしとは申しながら何という無惨な運命に見舞われた二人でございましょう。いまはただ貴女様の前途の多幸をお祈りするばかりでございます。さらばわが君、とわにすこやかに在ませ」

「Love is blindness！　ああ私はいま初めてその言葉の真理であることを覚りましたの。貴女はどう？　百パーセントに同感でしょう。ではサヨナラしましょうね」

間崎がどうしてこれらの文章に通じているかというと、このころになると、授業中にこっそり本の蔭で贈られた写真を眺めたり、自分が贈るためのサインをしたりしている生徒が見つかる。すると間崎は立っていって否応なしに写真を一応とり上げて、裏を返して文句を一つ一つ読んでから返してやることにしていた。当人は怠けているところを見つかったのだから真っ赤になってうつむいているだけだが、写真を贈った主たちは躍起となって間崎に抗議を申し込む。

「あらっ！　あらっ！」

「先生ひどいわ！」

「先生の意地悪！」

間崎はわざと落ちつき払って無害な文句だと大きな声で読み上げてやったりする。筆者たちが黄色い声を発して間崎を責めるのは言うまでもない。

このことで間崎が異様に感じたのは、職員室で佐々木先生と用談をしているところへ、園芸部の委員をしている佐川という子が入って来て、園芸部部長である佐々木先生に丁寧にお辞儀をし、

「写真が出来ましたから先生にも一枚差し上げます」

「そうか。ありがとう。ふむ、なかなかよく撮れたな……」

佐川は恥ずかしそうに笑って出て行った。佐々木先生は指先で写真を弄びながら間崎との用談を続けていたが、そのうちに至って無造作に件の写真を机の隅の名刺挟みの鋭い釘にプスリと突き差した。さすがに顔面でなく隅の方の箇所だったが——。ひどいことをする！　と間崎は瞬間カッとなった。が、気がついてみると、名刺挟みにはすでに五、六枚の写真が突き刺されてあり、佐々木先生としてはまったく悪意のない処置なのだということが分ってきた。毎年々々贈られる若い娘たちの写真を家に持ち帰って秘蔵したところで無意味な話だ。間崎自身はそんなセンスのない真似をしようとは思わないが、しかし佐々木先生のように年頃の娘たちの過剰な感傷に一顧をも払おうとはしない呑気な性格があることも、あながち無意義なことでもあるまいと考えた。

こうしてなにごとにつけても浮き足立ったあわただしい「第三学期」は、学校ばかりでなく間崎の上にも迫って来ていたのであった。表面の動作は平素よりも緩慢で、むしろ落ちついているかに見えたが、それは彼の精神が拠りどころを失って風船玉のように浮游している状態から由来しているのであった。拠りどころ——といっても、彼の場合は、生活を意識づける明確な思想を意味するのではない。いやそんなものは初めからありもしなかった。肉体と精神を一元化した人間としてのある調和、融合の状態、それが間崎の生活の唯一のしかも強力な拠りどころであったのだ。遠見がきかない代りに行きすぎて後戻りすることもない消極的なこの生き方にも、長い間には遅々とした歩みがもたれ、その歩みが一つの頂点に達した時、これまで彼に快適な生存を許していた人間的な調和がようやく息苦しい窮屈なものに感じられ出し、ついには内から盛り上がる野性的なものの圧力に抗しかねて、この調和はまったく破壊されてしまうのだ。すると、動物の傷口が自然に癒着するのを待つしかないように、次の調和が、彼には知られないある神秘な時が満ちてひとりでに生み出されるまで、彼はまったく方途をもたない野良犬のように不安なたよりない生活を送らなければならないのであった。新旧組織の交替時期だ。しかし今度のものほど深く徹した影響をもたらしたものはなかった。それは心理学的ないしは文学的な言葉を駆使することによっては到底表現し得ない一種の生理的な苦痛として、間崎の意識に瘡蓋のように付着していた。頭がときどき熱気を帯びる。関節や手足の先が解体されたようにけだるい。食欲が全然失せたかと思うとふとばかのように飽くことを知らぬむさぼり方をしている。一日のうちに寒くなったり暑くなったりする。何でもない物の音や形や色彩がしつっこく性の欲情を刺激してならぬ。判断力の急速な衰弱。そして全体としてはいつも物憂く疲れており、実際に呼吸さえ乱れ弾んでいるのであった。

こんな状態の一例をあげると、国語の授業中に「ながつき」という言葉が出て来、ある生徒は九月の異称だと答え、ほかの生徒はいや八月のことだと言い張る。するともう間崎には確固とした判断が下せなくなってしまうのだった。昔の呼び方では「ながつき」は九月を意味し、八月なら「はづき」でなければならないはずだが――、という常識的な判断はちゃんと一方に存しているのだが、また他方生徒たちのみずみずしくうす赤い脳裡に刻まれた「ながつき」即「八月」という観念には、微塵も虚偽の作為が認められないではないか。何人にもそれが間違いだと断ずる権能は付与されていないのだ――。という未熟だが荒々しくひたむきな考え方へ蠢動しており、ともすれば後者の不具な真実が前者の事古りた常識的な真実を席捲しそうな勢いを示すのであった。

「それはだね……。言葉などというものはみんな仮の約束にすぎないものであって、それを言う人の誠心だけが言葉にその時々の生命を吹きこむことが出来るはずのものなんだから、どちらの答えも間違いではないわけだが、先生は『ながつき』は九月の異称だという説に自分の良心をかけたいと思う。もちろん八月だってその人がそう思っていれば少しも間違いではないけど……先生としてはやはり九月だと主張する……」

間崎はジグザグの道筋をたどって、詫びでもするように「ながつき」九月説に賛意を表明した。自分ながら化け物のような頭具合だと浅ましく感じられた。そうかと思うと、またある時には、廊下ですれちがった生徒の肉体に異常な欲望を触発されることもあった。そのほか、程度の相違こそあれ、毎日のように何かしら演じられるこの種の愚行のあとには、汚辱や自棄の念が剃刀のように間崎の弛緩（しかん）した肉体を熱く痛く切り刻むのであった。

間崎は分散された自己の妄動を制すべきなんらの権威も手段ももたなかった。わずかに保たれた彼の自意識の全力的な関心は、この期間に偶発するであろう不幸を、最低の限度に阻止したいという一線にかけられていた。すなわち、どんなに正しいと思ったことであっても、自分から積極的に動き出すようなことは決してしない、――その轡（くつわ）を固く自分に食（は）ませていたのである。だから一見ものぐさにみえる彼の外面的な動作も、実は溷濁した意力が打ちこまれており、間崎にしてはそれが精いっぱいな姿勢（ポーズ）でもあったわけだ。なんという救いのない生存であろう。だが、冬来りなば春遠からじ、いつかはっきりは分らぬ将来において、新しい、より豊かな人間的調和が訪れて来る日への憧憬が、見果てぬ夢のようにうす赤く脳裡に翳ることもあった。

これまで彼の生活の明るい喜びであった橋本先生や江波恵子との接触も、もはや彼の心を躍動させることがなかった。以前はあれほど注意を配って、二人の女たちの個性のひらめきを、日常の接触の中から拾い集めるのに熱心だった彼は、このごろでは廊下などすれちがっても顔も見ようとはしなくなった。だがこの変化は、間崎の関心が彼女らから遠退いたことを意味するものではなかった。いままでは滑らかな皮膚の上に浮いていた彼女らに対する感覚が、皮肉を徹して、重苦しい切実な想念として肉体の深部に潜り込んでしまったのである。物欲しげな目を走らせて彼女らの一挙一動を追っていたころよりは、もっと間近く生々しく彼女らの生命に触れているのであった。起きても寝ても重石（おもし）のように沈んでいる二つの想念を体内から寸刻も移すことが出来ないのでもあった。ああ、哀しいお母さんよ、貴女はこんな悩みをもたせるために貴女の息子をこの世に生んだのでしたろうか……。自分が生きている秘密を自分の眼で覗けそうな気がする機会は人一代の間に一度あるかなしだ。間崎はいまその断崖に臨んでいるのだった。

四十

ある日。

朝から降り出した雪が午後になっても止まずにさかんに降り続けていた。湿気を含んだ、特別に白い大粒な雪片が、舞うというよりもまっすぐにボタボタ落ちて来る感じで、小止（おや）みもなく天から逆（さか）しまに湧き出してくるありさまは、静かなことはこの上ないが、一面にはひどくにぎやかで陽気な気分を漂わせていた。いわば、その静けさは、音が途絶えたためのうつろな静けさではなく、いろんな音響が極限まで張りきって微妙な調和の状態に達した時の、あふれるように豊かな静けさであった。

間崎は机に腰かけて、ガラス戸の外の中空を飽かずに眺めやっていた。こんなにたくさんの雪がよくも天のお蔵にしまわれているものだ。人間のする蓄積などカーネーギーであろうとロックフェラーであろうとこれに比すれば九牛の一毛にも当らない、豊かさを通り越してむしろたくましくもの凄いほどな生産の力だ……。

濡れた重い雪は、間崎の子供じみた驚きの気持などにはかかわりなく、雪片の一つ一つが白い虫のような精気を放ってさかんに降り落ちて来る。飽きずに、根気よく、際限なしに落ちて来る。落ちる――、たったそれだけの単純な動きだが、群をなして反復されるので、眺めているうちに、いつの間にか、ある強烈な観念(イデー)として間崎の心身に熱っぽく作用してくるのであった。

そうだ、自然がいま垣間見せているものは、真実な生殖の相(すがた)なのだ、このたくましく壮(さか)んな白い艶を放つ情景を正視せよ、反省も希望も倫理も欲情も一如(いちによ)に融合したすばらしい大自然の意志が静かな充足した相でここにひととき示現されているのだ。男女の交歓も、人工の正義感や卑屈な盗み食いの意識などから超脱してこの水準まで高められた時、はじめて正しい関係におかれるようになるので、それまでは現在通り惚れた、腫れた、別れた、裏切られたの悶着が絶えることがないのだ、みんながまじめにしていて生じた悶着である限り、それはむしろ進んで当面しなければならない性質のものかも知れないが……。

間崎は急に思い立って、頭からマントを引っ被り、あてもなしに外へ飛び出した。裏通りは足駄が埋るぐらいに新雪が積っていた。前も後ろも雪のために見通しがきかず、自分一人が歩いているかのような奥深いしんとした気分に包まれる。間崎はマントの隙間を細目にあけて、そこから、歩き次第に二、三間ずつ展けてくる白くぼやけた絣模様の空間を覗きながら、足の速度に一定の調節を加えて歩み続けた。人の家の門口にさしかかると、日の丸の旗が、竿の先で重そうにうなだれているのが目について、変に回顧的ななつかしさをそそられた。今日の土曜日はちょうど紀元節に当っていて、間崎たちは、朝、式を行なっただけで学校がお休みだったのだ。

間崎はなるべく人気（ひとけ）のない静かな裏通りを選んで歩いた。雪に包まれて歩く——。そのほかにはなんの目的もないのだった。少しするうち、身体や頭がほてって、胸の動悸が次第にたかぶってきた。足駄に雪こぶが着いて歩き疲れただけでなく、白一色の、目まぐるしい、静かな、力に満ちた雪の見世物が、心身の調節を少しずつ狂わせていったのだった。

「ひねもすを……止まぬ雪かも……昂ぶれる……心となりて街歩みおり」

間崎は、このごろから大歌人の佐々木先生の勧誘でまねごとをはじめた歌の形で、自分の落ちつきない気分を一つの形式にまとめてみた。それで言いつくされているとも思えるが、それよりはほんの上っ面をかすめているにすぎないという焦躁自嘲の感じのほうが強く働いた。これは技巧や心境が未熟なせいもあるだろうが、しかしどんなに熟達しても、詩歌や散文や絵画彫刻など表現されたものはすべて物自体の上っ面をかすめているにすぎないのだろう。人間の生活自身がそれなのだ。そこにまたひそかに胸を躍らせる質実な発展性も秘められているのだ。限界の中に絶対なものを感得し、絶対の中に限界あるものを許容する——。何のことだかわけは分らないが、そういう生き方がいちばん希ましいような気がしてならない……。ああ、降る降る、「雪かも」の奴！　楼門五三桐の石川五右衛門ではないが「ハテ、絶景かな——」と唸らずにはいられない。そういえば、百日鬘ほどではないが、おれの髪も大分伸びて乾いてフケがたまっているから、近いうちに大掃除をやってさっぱりすることにしよう……。間崎は酔いどれのような想念に溺れて、毛の股引が上につりあがって絡みつく窮屈な両足を運びつづけた。

　橋本先生の宿の前に出た。間崎は佇立してしばらくためらったあげく、玄関に入って案内を乞うた。女中が出て奥へ消えたぎり長いこと誰も姿をみせなかった。間崎はいらいらし出して三和土に足駄を打ちつけて催促の音を立てたりした。綺麗に掃き清められた三和土に足駄の雪こぶが一面に散乱した。と、鉤の手に折れ曲った廊下の奥から小走りに来る足音が聞え、何か骨の折れる仕事でもやりかけていたらしく、髪がほおけ、頰に血を上せた橋本先生が、鼻の頭を小指で掻きながら現われ出た。

「すみません、お待たせして。よくいらしったのね。もう私のとこへは来てくれないのかしらとも思ってたわ」

「ほんとにそう思ってたんですよ。しかし来ました……」

「権柄（けんぺい）ずくね。でも嬉しいわ。……それから、ね……」

敷台の端に身を乗り出して間崎におおいかぶさるようにしながら、

「実は私のとこでいま四、五人の仲間が集って研究会みたいなものをやってたとこなの。みんな素人ばかりですけど……。先生のことをこんな人だと紹介したらみんなかまわないから一緒に仲間に入ってもらおうじゃないかって言うんです。先生おいやだったら傍観者（オブザーバー）になっててもいいわ。すぐすみますから……ね」

「僕はいやだ、僕のためにその人たちにすぐ帰ってもらうようにしてください……。僕は実にいやです」

「あら、そんなむちゃなこと出来ますか、変ねえ……」

橋本先生はようやく間崎の異常な様子に気がついた。鼻下や顎の線に無精髭が疎生し、顔色が蒼ざめ、額際や襟許からは精気の強い汗の臭いが発散し、雪でズッシリ重いマントを首一本で吊り下げている姿を――。

「どうなさったの？　いまのこと本気でおっしゃったの？　ねえ、そうじゃないでしょう？」

「本気で言いました」

間崎はさっきから針金のような視線を相手の顔に突き刺したぎりだった。橋本先生は肩先をギクッと慄わせて羽虫のように素早く身を引いた。肱の先がバサリと障子の紙を破った。

「困りますわ、無法ですもの……。何か、私に、特別な用件でもあるんですか……」

「二人で話してみないと用件になるかならないか分りません」

「――――」

橋本先生は一本の鉛筆を思わせるように全身をカッチリと硬直させ、唇をきつく嚙み合わせて、間崎の立っている足許をジッとみつめた。薩摩絣の袷重の上前と下前が思いきりぶざまにはだかっており、片方の足袋のコハゼがすっかりはずれて、そこから赤い冷たそうな素足の一部が覗いている。それが瞳の中に溶け込むと橋本先生は錐で突かれるような鋭いなつかしさを刺激され、覚えず自制心を失いかけた。

「先生! 私は……」

激情が太い皺になって喉許をグビリグビリふくらませた。だが、それだけ夢中な言葉を洩らしたぎりで、再び自制力をとり戻すことが出来た。隠しおおせない悲痛な声音で、

「間崎先生、私は先生の要求に応ずることをお断わりします。先生のお訪ねくだすったことは嬉しいんですが……。先生が同じ要求をなさるにしても、もし先生の態度がいまみたいでなく

理性的であるんだったら私も別に考えたかも知れませんけど……。先生はいま、病人のように神経質な様子をしていらっしゃるんですもの。お話の内容はどんなことか知りませんが、私は何の仕事をするにも、また人との関係をつくるにも、病的な激情に駆られてするのはいやなんです。その人の教養次第では、インスピレーションのように起ってくるそうした熱情のほうが、考えぬいたものよりもより純粋でもあり飛躍的でもあるのかも知れませんが、しかし自分が半ば無意識に行なったことは、結果から観てどんなに立派なことであっても、その人の生活をほんとに鍛えていってるものとは思いません。……何というのか、思いつきで気まぐれで、無軌道で、燃焼的で……」

「江波式情熱！」

「ええ、そう言ってもいいわ。あの人とはこのごろわりと仲好しになったけど……。それで、私、先生の無法な要求はお断わりですけど、でもやっぱり先生が上がっていってくださるといいと思うの。ね、そうなさらない？」

「ええ、じゃおじゃまします……」

しばらく接しなかった橋本先生の意力のこもった言葉に打たれている間に、間崎のいびつな気分は自然になごやかになった。

「（玄関で哲学をきく寒さかな）……、すみませんね、こんなに雪を散らかして……」

間崎は駄洒落(だじゃれ)など言いながら履き物を脱ぎかけた。橋本先生は拒むように一方の腕を壁の羽目に伸ばし、こわばった顔で三和土をぼんやり凝視(みつ)めていた。間崎は襟前を掻き合わせたり髪を撫で上げたりしてまごついた。

「ああ、じゃお上がりくださるんですね。さ、どうぞ……」

夢からさめたようにハキハキした口調で言い出し、通せんぼうのかまえを崩したかと思うと、奥へ退く代りにつと間崎の足許にしゃがんで、右足を手荒く抱えこみ、はずれていた足袋のコハゼをグイグイかけはじめた。恐ろしく手慣れていて、三つのコハゼを三挙動でかけ了えた。間崎は、片足が宙に浮いた時、自分が何かつまらんことを口走ったので、このまま足をさらわれて三和土のコンクリートに仰向けにひっくりかえされるのかしらんと思い、ガラス戸の桟に本気ですがりついたほどだったが、相手に害意のないことが分ると、足をくすぐったくまかせながらも、股引が大分汗臭くなっていることが恥ずかしくてならなかった。

「ではどうぞ……」

橋本先生は変にとり澄まして奥へ案内に立った。そのやせぎすで、しかも案外な力を秘めているらしい後ろ肩にワッと言っておぶさりかかっていきそうな擬似感覚が、一と呼吸ごとに間崎をクラクラと昏迷させた。同じ感覚が橋本先生にも通じたものか、一度きりだったが、突然な寒気にでも襲われたように身体をギクリと慄わせ、首を両肩の間に埋めて、呼吸を止めてヒ夕と立ちすくんだことがあった。

室は離座敷の六畳と四畳半との二た間で、東と南にガラス戸をめぐらした明るい小綺麗な作りだった。ストーブが燃えている六畳の室には、背広服や和服姿の青年らが四、五人着座して、膝の前にノートや本を拡げていた。床の間を負って机が一几据えられ、察するにそこは今日の講師席で、たった今まで橋本先生がその役目を務めていたらしかった。間崎が入っていくと青年らは一斉にさぐるような視線を浴びせかけた。橋本先生は大儀そうに双方を引き合わせ、

「先生、御都合のいいとこへお坐りください、なんなら次の室に炬燵もかかっておりますから……」

そう言い捨てて、自分は机の前に坐り、いきなり机の面につき肱をして、両手でこめかみのあたりを重そうに支えながら、前方の白っちゃけた畳の色をまじまじとみつめ出した。ほかに言葉をかけてくれる人もないので、間崎はばつ悪く、橋本先生がふだん居室に用いている四畳半の方に目をやると、ふと壁際に異様な物の姿を認めた。壁に下がった橋本先生のグリーン色のマントの下から黒い靴下に包まれた細長い二本の脛が現われていて、気をつけて見るとマントが絶えずヒクヒクと波うっているのだった。誰か隠れているのだ。

「何ですか、あれは……」

もしや江波？　と間崎は急に不安の念に駆られた。青年らは顔を見合わせてクスクス笑い出

した。いままでいやに押し黙っていたのは二本の脛の所有者に箝口令を布かれていたものに相違ない。と、間崎に覚られたことを知ったマントの中の人物は、いよいよ奥深く身を隠そうと足踏みして藻掻いたはずみにドサリとマントが釘からはずれて、中から茹でたように真っ赤な顔を現わしたのは、橋本先生の稚児さんで、足の悪い、利口者の一年生増井アヤ子だった。ゲラゲラ笑い崩れて、

「とうとうめっかっちゃった、きっと誰か教えたんだわ……。間崎先生、今日は。いらっしゃいませ」

手をついてキチンとお辞儀をした。間崎は苦笑して、でも渡りに舟の思いで四畳半に入った。

「アヤさん、貴女ふざけるなら帰ってもらいますよ、いま何しているか知ってるんでしょう……。静かになさい」

橋本先生はつき肱の姿勢のまま冷たい視線を向けてことのほかとげとげしく言った。間崎までヒヤリとさせられたほどだった。

「はい、ごめんなさい……」

増井は一ぺんにしょげて間崎にだけ分るようにペロリと赤い舌を出してみせた。続いて、低いがよく分る巧みな話術で、

「先生、私とこっちにいましょうよ、向こうの話ちっとも面白かないわ、ね、私、唐紙を閉め

ちまうわよ……。橋本先生ったら先生がおいでになったら急に神経質になって意地悪なこと言い出してちっとも好きじゃない……。ね、そこんとこの押し入れにお菓子も果物も入ってるわ。私御馳走してあげるわ。ね、しっ、しっ……私そうするわ……」

間崎があっけにとられて眼をパチクリさせてる間に、増井はいかにも神妙そうな物腰で敷居際に歩みより、

「先生……。あの、間崎先生が皆さんの勉強のお邪魔をするといけないから、すむまで私とこちらのお室にいますって……。私、明後日の代数、教わりたいんです、いけませんか……」

「いいわ……、まじめに教わるんですよ」

「はい」

キシキシ唐紙の軋る音がした。間崎は変なむずがゆさに耐えきれず、なにげなく後ろをふり向くと、ちょうど真正面に坐っている橋本先生の顔が半分ほど唐紙に隠され、隠れない片方の眼がまたたきもせず自分の上に注がれているのを認めた。その異様な半分の顔も、増井が曳くもう一枚の唐紙のために見る見る細く狭められて、やがて視覚から塞がれてしまった。だが、ピチンと音をたてて唐紙が立てきられた後も、間崎には、空気だけが通えるそのわずかな隙間から、依然として橋本先生の強い光りを宿した片眼が黒くこちらをうかがっていそうな気がしてならなかった。

二人きりになると、増井はもう一ぺん舌を出し、間崎と向い合わせて炬燵にもぐりこんだ。ややしばらく二人とも赤い小布団をかけた炬燵やぐらに顎を載せて、真っ赤な艶のいい笑い顔と髭がまばらに伸びた蒼白い顔とをまじまじと見合わせていた。

隣室から橋本先生の早口で途切れがちな声がボソボソと洩れ聞えた。

「せんせい、私、嘘つくのうまいでしょう」

「うん、でも君だけじゃないさ」

「だってね、ほんとを言うと、あの人たちは勉強している時だから先生を中へ入れちゃいけないって、大抵の人は反対したのよ。タダモノさんだけはかまわないって言ったけど……。タダモノさんはいい人だわ……」

「誰だい、タダモノさんって……」

「それはね……、しっ、ほら、いま大きな声で何か言い出した人……ほら……」

耳をすますと、ひときわ野太い声で、

――橋本君の説明では不徹底だ。昔、学校に通ったころ、むずかしいところに来るとごまかしてさっさと過ぎてしまう先生があったが、どうも橋本君の講義ぶりにもそんな傾向がときどき見えるようだ。清算しなければいけないと思うな。貴女は生徒に分らないことを訊かれて正直に分らないと言いますか。

——言わないわ、口惜しいんですもの。その代りすぐ調べて覚えることにしてるわ。……ほら、正直でしょう。ついでに白状しますが、ここんとこ私にはどうしてもハッキリ呑み込めなかったの。貴方に助けていただくわ。

——いや、僕も分らんのだ。分らんけれど非常に大切なところで、ここを噛み砕いておかないと、先が分らないのはもちろんのこと、前のほうもほんとに分ってないことになるんだという気がする。誰か意見を出してくれないかな。……『蓄積サレタ労働ガ、活キタ労働ノタメ、新タナ生産ヘノ手段トシテ役立ツトイウコトニヨッテ、資本ガ成リ立ツノデハナイ』ここまではまずいいんだ。厄介なのは次だ。『ソレハ、活キタ労働ガ蓄積サレタ労働ノタメ、ソノ交換価値ヲ維持シ、カツ増加スルタメノ手段トシテ役立ツトイウコトニヨッテ、ハジメテ成リ立ツ』チキショウ、なんておかしげな言い回しをしたもんだ、喉のところまで分りかけるとスッと胃袋へ逆戻りをしてしまう。じれったいな、二、三ページすっ飛ばして読んでも苦にならない三文小説とは大分違う……。みんなモリモリ考えこんでいい意見を出してくれないかな……。

——

意見を述べる者が一時に二、三人も出て急に騒がしくなった。

「あの太い声の人がタダモノさんよ。沖仲仕の組合の書記かなんかしてるんだって……。先生見なかった？ 団子鼻で顎が張ってとても愉快な顔をしているの。小学校きりしか出てないんだけど勉強にはいちばん熱心で頭がよくておまけにお人好しなの。橋本先生もときどきやっつけられちゃうの。……タダモノさんってのはね、もうずっと先に、ホラ、『唯物弁証法(ゆいぶつべんしょうほう)』という言葉があるでしょう。それを平気で『タダモノべんしょうほう』と読んでたんですって。私ならそれだってかまわないと思うんだけど、ほかの人にはそれがとてもおかしかったんですって……。ほんとの名前は宮下さんっていうの……」

「ふうん。それで宮下さんだけは僕を中へ入れてもかまわないって言ったのか?」

「ええ。……ほかの人たちを『こいつら変な理屈をつけて妬くな妬くな』って怒鳴りつけたわ。そうしたら橋本先生が赤い顔をしたの……」

「——君はこんなとこにあまり来ないほうがいいね。ことに今日のようなお客さんたちがみえる時には……。こんなところに君が居合わせたことが分れば誰よりもいちばん困るのは……」

「サーベルを下げた私のお父さんだと思うわ」

「——————。一体、橋本先生は君をどんなふうに可愛がっているのかね」

「——可愛がってやしないわ。お人形の代りにしてるんだと思うわ。泣いたり笑ったり怒ったり動いたりする珍しいお人形ですもの」

「やっぱり可愛がってるんじゃないか」

「でもすぐに飽きられてしまうわ。橋本先生は私みたいでないもっと大きな人と仲好しになりたいんだと思うわ。だからそんな人がみつかれば私のことなんかすぐ忘れてしまうわ」

「――――。そうかも知れないね。しかし君の代りの大きな人がみつかったって、やっぱりそれも人形にすぎないことが分ってくるよ」

「男の人でも？　もしそれが間崎先生であっても？」

「同じことだ。僕は僕のために生れてきたんで、橋本先生のために生れてきたんではないもの。橋本先生はたいへん賢いけど、そこんとこの考え方がいつも少し間違っているんだよ。なんて説明したらいいかな、人間は何をするにもすべて自分を中心にして動いていく、必ず自分を中心に――――。これがいちばんの土台になる大切な考え方なんだ。美しい友情も堅実な恋愛もその地盤の上だけに芽生えていけるし、その考え方に根ざさないものは一時的な空しい仇花(あだばな)にすぎないのだ。橋本先生という人はいまのところそうした虚偽の花を人生に求めているんだ。そうして自分ではその反対だと思っているんだからそこが実にけしからん……」

間崎は呼吸を乱して誰へともなく深い怨恨を洩らした。増井はその子供っぽい顔にひそかに情熱をみなぎらせて、むさぼるように間崎の生々しい惑乱の表情に見入った。この子の不具な肉体の深部には、本人も意識しない、主人の不幸を喜ぶ酷薄な資質が眠っており、それがいま偶然に目をさましたのかも知れない。

「先生の言うこと、半分ぐらい判るわ。私はびっこでしょう。そのくせ成績だって相当いいし顔だってわりとシャンでしょう……。だから自分が片端者であることが一層ひがんで考えられて、どうしても素直な気持になれないことがあるの。そんな時には口では言えないようなひねくれた意地悪いことばかり考え出されて、ほんとにつまらなくなるわ。いつだったかもそんな意地悪な気持が起ってきて止まないので、ふと鏡に自分の顔でもうつしてみたら良心に恥じて悪い気持が止まるかも知れないと思いついて、そっと机の上の鏡をとって覗いてみたの。するといつもと変りがないプクンと肥った赤い頬っぺたの私の顔がうつったのでびっくりしちゃったわ。眼がつぶらに光っていて、いつもよか可愛らしいぐらいだったの……。私それで、人間の心と顔の美しさは一致するもんじゃなくてかえってあべこべなこともあるんだわと思って、いままでよりももっとひねくれた哀しい心になってしまったの。つまんなかった……。人間はみんな自分本位で暮してるんだと先生がいまおっしゃったようなことも、そんな気持の時だと、私にもよく分るような気がするわ……」

「大分ちがうね。一見同じような考え方でも、君のは自分が弱い結果そこへ落ちこんだのだし、先生が言ったのはあくまでも強く闘い抜いてその結論に達する意味なんだ。例えば、ある二人の人が『人生というものは苦しいものだ』と考えたとする。それだけ抜き出して考えれば、二人の人は同じことを認め合ってるようなものだが、実際の内容はまるで反対なことがあるんだ。一人はその考え方を土台にして『だからくそまじめに生きてたってつまらん』というふうに崩れていき、一人は『苦しいほど一層生きていく張り合いが出るんだ』といよいよ奮い立っていく……。君と先生との場合にはちょうどそんなちがいがある」

「——どうすれば先生が言ったような考え方になれるんですか」

それはお義理に訊き返してるような、投げ出した、気のない調子だった。

「君なら……身体をいつも丈夫にしておくんだね。偏食したりむやみに感情を刺激したりしないで、いつでも機嫌よく正直な気持でいられるような身体具合を保っていくことが必要だ」

増井は薄笑いを浮べ、片方の眼を細くして、狡猾そうに間崎の顔をうかがいながら、

「私、お修身に書いてあるようなことは学校の中だけのお話だと思ってたのに、世間に出てからも同じ心がけで暮していくものなの？　誰もそんなにしている人いないわ」

「いないんじゃない。いろいろ複雑な形をとっているから稚い君には見分けがつかないまでだよ。君は一体お修身をそんなに信用しないで、どんな心がけで毎日々々暮していたの？　ただぼんやりとか……」

「私？　私ね、ただ利口にしなければいけないと思ったの。自分が片端だからその埋め合わせが出来るほど人一倍利口にしなければいけないと考えてたの……」

「だめだ！」

間崎はわれにもなく荒い語気で咎めた。彼は先刻来相手の年齢相応なやさしいお話をするこ

とにしようと何回も反省したのだったが、身体が金しばりにでもされたように固くこごって、ただ一と色の暗い情熱的な思想のほかは言葉にのって来ないのであった。相手の増井がかたよった早熟性を帯びているのもいけなかった。

「だめだよ。利口だなんて、そんな意気地ないモットーではだめだよ。ほっておいても人一倍利口な君がその上利口に立ちまわる気になったら、あるものは生きた人間の形だけで、ほんとの君は隅っこのごみ屑みたいな存在になっちまうじゃないか。それじゃ世間体のためばかりに生きてるようなものだ……」

「それだって……生きてたほうが面白いでしょう。じゃあ利口がいけなかったらどんなモットーがいいの？」

「正直だとかまじめだとか……、それでなければいけない」

「やっぱりお修身？——」

増井の眼は明らかに不信の色を示していた。

「片端なのは先生でなく私なんだけど……」

「誰だっていけないよ。橋本先生もいけないと思うね。大っきなことばかり言ってるくせに君のことでは、ちっとも正しい指導してあげないんだから……。それともそんな問題で何か君に教えたことがある？」

「いいえ。……ただ、現在の世の中のつくり方が間違っているから、それを正しく改めれば女の地位も向上して私たちはもっと幸福になれる、と教えてくれます」

「何という無法な教え方だ。一階も二階もなしにいきなり三階だけを建てようとするようなものだ。……そんな世の中が来れば君でも幸福になれると思うかね?」

「わからないわ。でもこのままでいるよりなにごとかあったほうがいいと思うの」

増井は橋本先生の意見をも信じてはいない冷たい眼の色をみせた。

「おやおや、君はそんな土台の上に橋本先生の思想を植えつけられたらテロリストになるぞ」

「テロリストってなあに?」

「覚えなくてもいいさ。それとも橋本先生に訊いてみるがいい……」

「ええ、訊くわ」

増井は胸のポケットから豆手帳を出して炬燵の上に開き、鉛筆をなめなめ大きな字で「テロリスト」と書いた。それが――増井とは限らない、一と癖ある美しさを備えた子は、きまって字が下手くそなのが多いのも何かしら考えさせられる現象だった。間崎は思わず身体のこごりがほぐれるような熱い吐息を洩らして、

「橋本先生はいけない人だねえ……」

増井はニコニコ笑っていた。そんなこと嘘でしょう、と言いたげな例の変に明るい不信の色

を眼に湛えて――。ちょっとの間気まずい沈黙が生じた。それは大人と子供、男と女、といったふうな暫定的な対立とは関係なしに、もっと深い本質的な敵意から生ずる冷酷な気合いのものだった。と、増井は炬燵からスルリと匍い出し、押し入れをゴトゴトやってお盆に煎餅と林檎を山盛りにしたのをやぐらの上に運んで来た。

「召し上がれ」

「アヤちゃん、利口っていうことは臆病でみじめな意味になることもあるんだね」

「なによ、先生の言うこと分んないわ……。むずかしいことばかし言って、先生どうかしてるんだと思うわ……」

増井は急に子供っぽく首をかしげ、眼にもそのような媚びを含ませて、立ったまま、間崎を無邪気そうに眺め下ろした。かまわず睨み据えてやると、冷笑するような蒼白い顔に変った。

――ちょうど隣室で、「タダモノ」さんの野太い声がこう怒鳴ったところだった。

「――労賃ハ、労働者ニヨッテ生産セラルベキ商品ニ対スル、彼ノ分ケ前デハナイ。労賃ハ、資本家ガコレニヨッテ生産的労働力ノ一定量ヲ買イ取ルトコロノ、既存商品ノ一部デアル……労賃ハ何ハサテオキ、資本家ノ利得、スナワチ利潤ニ対スルソノモノノ関係――関係的ナ、相対的ナ労賃――ニヨッテ、ナオ決定セラルルモノデアル……」

それを聞いてしまうと、間崎は矢も楯もたまらず無性に哀しくなった。言葉の意味のもたらした作用でないことはもちろんのことで、むしろ、人がまったく耳慣れない異国のちんぷんかんぷんの言葉を聞いた時に感ずる、一種の音楽的な悲哀の情に似通っていた。そして、その哀しみの底から、「こうしてはいられない!」という、ただそれだけの切断された反省が、新しい血のように吹き上げてきた。

「僕は帰る!……帰る!……」

間崎は身慄いしてうっそりと立ち上がった。

「帰るの? 橋本先生に教えないで?」

教えてはいけないんだということが分っているらしい増井の口吻だった。

「ああ、教えないよ……。あの人はいけないいんだ。非常にいけないいんだよ」

間崎は無意識にゆるんだ兵児帯に両手をかけて、胴のまわりを二、三度グイグイすべらせ、何か忘れ物でもしたように狭い室の中をキョロキョロ眺めまわしていたが、ふと炬燵の上に赤い艶を放っている山盛りの林檎が目に触れると、盗むような手つきで二つ三つ懐ろにねじこみ、

「僕、これ貰っていくんだ!」

一人で宣言めいたことを口走りながら、サッと障子を排して、足音がない人のように廊下に歩み出た。

増井は青くなって間崎の所作を呆然と眺めていたが、障子が開いて、そこから冷たい空気が

流れこんだので、にわかに自分をとりもどして、これも足音を消して間崎の後を追った。身体中に熱い清潔なお湯が流れているようで、悲しいのか嬉しいのか、ぼうっとしてあふれかえる気持だった。大人であり男であり先生でもある間崎が、こっそりとはずいぶんませているかも知れないが、たかが一年坊主の子供にすぎない自分の前で、狂人じみた取り乱しようを示した。どんなわけであんなに苦しんでるのか分らないけれど、あれがほんとの人間の苦しんでる時の姿だ。少女小説なんかに出て来る男や女の苦しむありさまなどはお体裁だけの嘘っぱちなものだってこと、私はずっと前からちゃんと知っていたんだ。……いままで、大人の人でもお友達でも、一人だって私にあんなほんとうの姿をみせてくれた人があったかしら。ずいぶん貧乏な人でもそれ相当にお行儀ぶってとりすましている。「お嬢さん、片端なのは貴女だけで、私たちはこの通り五体満足に揃っていますからね、ピョンコピョンコ兎のような歩き方しか出来ないお嬢さんは、まったくもってお気の毒ですよ。少しぐらいお顔が可愛らしいからって、びっこじゃねえ……。いや、お気の毒なこってすよ……」みんなはそんな眼でしか私をみてくれなかったんだ、私はそう思っていた。だから私はどんなことがあっても、自分の身体のことで自分がひねくれたりいじけたりしているという弱味を他人に見せまいと努めてきた。ああ、ほんの稚い小学校二、三年のころから私はどんなにけなげにそれを努めてきたことだろう。それにばかり身を入れすぎて大切なも一つの自分は、雑巾のようにつぎはぎだらけでくたびれてしまったほど……。もし世間の人たちがつまらない虚栄を張ったりしないで、いま間崎先生が識らずに見せてくれたように、五体満足な人間にも片端者に劣らない苦しい考え事がたくさんあるんだということを隠さずに示していてくれたら、私も安心して、利口にふるまおうとする骨折りを、別なもっと甲斐のある仕事に向けることが出来たろうに……。何て悲しいなあ……。

ほぐせばそんなふうにもなるモヤモヤした湯気の塊りのような想いで胸をつまらせながら、増井は廊下の冷たい板をピタピタと踏んだ。顔が自然にべそかき面になって、つんと突き出した下唇に熱い涙の玉がころがり落ちた。そして、これまで、人がいないところでもびっこであることを気づかれないようにして歩く技巧が膠のようにこびりついていたものなのに、いまは初めからそんなふうに面白く作られた機械でもあるかのように、一高一低、いかにも気楽そうに歩いていた。

玄関で足駄をつっかけている間崎に追いついて、

「先生、ほんとに帰るの？」

「ああ、帰るよ」

「先生……何か苦しんでいるんでしょう……」

「そんなことは……いまは分らん……」

増井は横を向いて爪の先で壁にギザギザを刻んだ。

「先生……。私、心を入れ換えて、正直な子供になろうかしらんと思うわ。……だけど……ね、私……だけど……」

落書きを続けながら、頬をプーッとふくらませて、烈しくしゃくり上げ出した。間崎は欠伸を噛み殺して、

「なぜ心を入れ換えるんだ、ええ？　そして何だって泣き出したんだ？　ええ？」

「ね、……もし、正直になろうとして……途中でなりそこねたら……私困ると思うの……」

「正直？　いままでの君でいいじゃないか。正直なんてつまらないよ……」

増井は爪で掘った壁のあとをプップッ吹きながら、

「でもさっき先生がそう言ったわ、正直になれって……」

「そりゃあさっきは言った……。だけど世の中が君の正直に酬いるかどうか僕には責任がもてないからな……。僕だってそうだ……」

「困っちゃうな！」

増井はヒステリックに怒鳴って、お河童の頭を癇癖らしく振りたてた。顔中をそのようにキリキリとしかめていた。

「じゃ、私、どんなにすればいいの。……先生、後生だから教えてよ。……先生の言う通りにするわ……。私先生が苦しんでいらっしゃるから先生が好きなのよ。……言うこと、何でも守

るわ……」

　間崎は眼をしばたたいて、青々しく棄て鉢なものをややしばらく注視した。

「それじゃ言うがね……。君は、御飯を食べて、だんだん大きくなる……。そのほかには当分君のすることはないと思うね……」

「そんなの……、じゃあ私そうするわ……」

　増井は顔の半面を壁にピッタリ押しつけて声を忍ばせてシクシク泣き出した。半面だけの顔を、子供だけが出せる、大げさで真率な悲しみの表情で歪めながら……。間崎は感心してその顔に見入った。

「増井さんは生理的に女になったの？　まだ？」

「なったの。今年の春から……。いまに私びっくりするほどチャーミングになってみせるわ……」

　増井は初めて正面向きの姿勢になおって、涙のかたが沁みた顔でニコニコ笑い出した。

「そうか。じゃ、まず敬意を表わしておこうね。……今度は僕ほんとに帰る。あとで橋本先生やタダモノさんたちによろしく言っておいてくれ……」

「先生、マントを裏返しに着てるわよ……。水洟（みずばな）が出たりひっこんだりもしているわよ……」

「そうか」

間崎は教えられるままにマントを裏返し、手の甲で水洟をこすって、自分も意気地なく微笑んだ。

「――水洟や鼻のさきだけ暮れ残る――」

「なに、それ？」

「ある神経衰弱の小説家がよんだのさ――」

「さよなら」

間崎はさっきのようにマントを頭から引っ被って、まだ少しも雪の勢いが衰えない白く霞んだ夕暮れの往来に歩み出た。

足駄の雪こぶに気を遣いながらしばらく歩き続けているうちに、間崎の身体はまたジットリ汗ばんできた。疲労して、吐く息が深いので、狭苦しいマントの囲いの中には、動物の精気のような悪臭が生熱くこもっていた。息づまるようでもあり、また我からすすんでその悪臭を肺臓いっぱいに吸いこみたいような被虐性の欲情をも刺激された。記憶という記憶が、絶え間なくチラチラ動いている雪の模様の中にほの白くぼやけてしまい、切れ切れな断想のみが鋭く鮮明に頭の中をかすめ去った。それはいま五分か十分かの間に、彼の半生のフィルムが逆にクルクルとほぐされてるかのような、たよりない不安な感じのものに思われた。

間崎は息苦しさを通り越して胸の底に鈍い痛みをさえ感じた。胸部を張るほど拳で突かれるように痛み出す。……ふと、彼は、懐ろに林檎を二つ三つねじこんでいたことを思い出した。そのために胸が痛いのだった！　よし、食ってやろう！　間崎は林檎を一つとり出し、頭を少し斜めに構えて、猿のように白い歯をむき出して、赤い実の横ったまからムシャムシャかじりはじめた。下顎を必要以上にガクガク突っ張らせて――。そういう食べ方が人生の作法の中でいちばん真率なものなのだという気がした。だが、ようやく一つ平らげ了ったばかりで、彼の胃袋は食傷してしまい、水っぽい酸性のゲップを送ってよこした。……これをもってみても人間の情熱と肉体とは必ずしも一致するものでないことが分るが、あとまだ二つ残っている林檎はどんなふうに処分したものであろう。これがある間は胸が圧されて実に困るのだが……。そんなことをまじめに思案しながら、重いゴロゴロする雪こぶの足駄を曳きずった。と、眼の前に、四角な蔓籠（つるかご）を背負い、背中も腰も籠の形なりに曲った田舎者の婆さんの姿が現われ出た。街へ商いに出た帰り道なのであろう、負い籠ごと満身雪まぶれになって、右左にエッチラオッチラ身体を傾けながら歩いて行く。籠が嵩張（かさば）っているので、ちょうど間崎の前路をふさぐような恰好になり、しばらく二人は密着した一対になって歩いた。

「お婆さん」

と、間崎は声をかけた。

「この籠の中に林檎を入れてもいいかね、二つきりだけど……」

婆さんはゆっくり後ろをふり向き、そんな間近かに人がいるとは気づかなかったらしく、間崎を認めるとギョッとしたような顔をした。兎唇（みつくち）の、子供じみた顔の婆さんだった。返事もせず、またすぐ前かがみになって歩き出した。

「それでは入れるよ、一つ……二つ……ホラ」

林檎が籠に落ちる音が背に伝わると、婆さんはつぶされたようなギャッという悲鳴を上げて、後ろの間崎を一度睨みつけてから、恐ろしい滑稽な恰好で前方の雪の模様の中に逃げていった。

「これでいい、……これで胸が圧されずにすむ……」

――と、間崎は思った。

四十一

細長い仮桟橋の突端には灯がうすく点っていた。周囲はまだ暮れきらず、ほの明るい中に電燈の光りが溶けこんで、その一画だけが異様な明るさをはらんで、シーンと静まりかえっていた。

さまざまな形に結晶した雪片が、クルリクルリ回転しながら舞い下りては、蒼黒い金属色の水面に音もなく溶けていく。それを幾度も幾度も繰り返す。風はなかったが遠くで海がゴーゴーと鳴っていた。

間崎は電柱のそばにうずくまって、長いこと、水面に消え去る雪の脚を眺めていた。静かで実に美しかった。こんなに透徹した客観性をもつ大自然の中から生れ出て、どうして人間だけが喜怒哀楽の小主観の囚にされなければならないのであろうか。生れるのも死ぬるのも、あの一つずつの雪片が中空の薄明の中から生み出されて金属色の水面に溶け去るように、深々と、静かに、美しくあることが出来ないものであろうか。なぜ人間だけが「……資本ハ、活キタ労働ガ蓄積サレタ労働ノタメ、ソノ交換価値ヲ維持シカツ増加スルタメノ手段トシテ役立ツトイウコトニヨッテ、ハジメテ成リ立ツ……」などというわけの分らないことを討議しなければ生きていけないのであろうか。……ほい、これはまたしくじった、お前はまた一流の空漠とした妄想にふけって現実を手際よく逃避しようとしているのだ。大自然だの客観性だのと、一見いかにも深刻そうな思索にみえるが、一と皮むけば鼻持ちならない大甘物だ。その甘さの根を刈りとらなければ、結局、お前は中ぶらりんな、害にも益にもならない、それゆえに一層大きな害をなす社会の寄生虫として一生を終るにすぎないであろう……。一つの雪片は美しい、花も樹も雲も美しい、しかしその美しさはお前が自分勝手に考えてるような単純なカラクリの美しさではなく、細微な物質と物質との酷烈な摩擦から生み出されている美しさなのだ。人間も同じことで、生活とまじめに闘っている人間の姿がいちばん美しい。そして、その反対に、根に腐れた甘さを湛えていて、体裁だけ上品らしくつくろっている人間――例えばお前のような人間が最も醜い存在なのだ。もっともこんな考え方だってその深刻な甘さの一つにすぎないのかもしれないが……。ああやりきれない話だ……、という嘆息さえもが……。

間崎はふと喉に渇きを覚えて煙草を吸い出した。食道をこそぐられるように甘かった。薄青い煙りが、無数の雪片の間を片上がりにユラユラと捲れながらなびいていった。近くを船が通るのか、小波がチャプチャプと橋桁に当り出し、どこからか白ちゃけたバナナの皮が漂って来た。

どうしようかしら、と間崎は何度目かの同じ思案に溺れた。このまま下宿に引っ返してもいいのだが、それには、いま眼を閉じてパッと開いたら、ストーブが燃えた自分の室にちゃんと坐っている、という条件が与えられてなければイヤだ。理屈でなく、宿命的な逡巡の気持だった。そんなもの撥ね返せ、とも思うが、そう意識しながらも、結局、魔性の力にひきずられてどんづまりまで行きつくすしかない非理性的な瞬間も人生にはあり得るのだ。だが、その功罪は後日に判然するとして、理性にもとづかない行動の結果は、功罪ともに責任のない、いわば真の意味の生活とよぶに値しないものになってしまうのだが……。それでもいい。いまはむしろその薄明霧中の世界へ猪突して行ってみたい。理性、理性と切り札のようにひけらかすが、完全な結晶体として胸の中に鎮座しているものでもなし、所詮はこれとて浮動常ない架空の抽出物にすぎないのだ。人間を動かす最高の機能はそのも一つ上に君臨しているはずだ……。いろんな考え事の果てはきまって現在の崩れかかった心境を慰撫する結論に到達する。そして、これは彼の生理的な若さと生活に対する自衛的な狡猾さとに起因しているものであった……。

間崎は桟橋から待合所に引っ返した。船のつく時間が迫っているので、荷物を抱えたり背負ったりした人々が大勢集って、火の気の乏しいストーブを囲んでむだ話を交わしていた。雪は小降りになって、周囲の暗さが急に眼に近いものに感じられた。間崎はうすら寒い片隅のベンチに腰かけて、凍えた足の指先に血を通わせようと、足駄の爪先を三和土にコトコトと打ち当てた。眼が小石でも塡められたように疲労して、自分の意志ではどうにもならない固い生欠伸がしゃっくりのように喉を衝いて連発した。「アアー」と、自分でも思いがけないばか声を洩らして、ストーブを囲んだ人々に怪訝の眼をみはらせたりした。かと思うと、急激な悪寒に襲われて、歯の根がガチガチ鳴り止まなくなり、それとは別な大ぶるいが、よそ目にもはっきりと、マントぐるみの全身をギクンギクン戦かせたりした。

まもなく沿岸めぐりの小発動機船が飴屋の笛のようなポーの音をあげて仮桟橋に横づけになった。間崎は、呼吸を乱し、人ごみを掻き分けて、下船する客がまだ絶えないうちに、少し離れた横合いからいきなり甲板に飛びうつった。

「危ない！　ばか野郎！」

そういう罵声とともに間崎の身体はかなりな力で後ろにグイとひきもどされ、危うく桟橋と船腹の間に墜落するところだった。マントのボタンが、群集の一人が手にぶら下げた荷物の包み縄にひっかかっていたのだった。

「やあ、どうも……」

ホッとして甲板を一と足二た足歩き出した途端、身体が右左チグハグな感じになっていることに気がつき、振り向くと、片方の足駄が桟橋の下の水中に裏返しに浮び上がっているのが目についた。間崎は声をあげて船員に拾ってもらおうかと思ったが、この上の恥さらしをするのが面倒くさくなって、そのまま技巧をこらした歩き方をして、一段低い客室の中に下りて行った。土間は乗客の履き物から落ちる雪解け水で泥んこに濡れていた。間崎はいちばん奥に席を占めて鷺のような重ね足をして坐った。と、早くも泥水につかった跣のほうの足がキリキリと冷たく痛み出した……。

雪がすっかり止んで、海上には乳色の濃霧が流れ出した。発動機船は夜にも海にも甘えきったようなまだるいエンジンの音を響かせて、白い霧の塊りの中を押し分けて進んで行った。船体の波を切る音が木櫛で髪を梳くようで寂しかった。客室の中は気抜けしたような沈黙に領され、人いきれや靴や着物や汗や鼻汁や、そのほか得体の知れない一日の生活の残渣の悪臭が、青い棘のように鋭くまた生温かく匂っていた。ギッシリつまった乗客の中には立ったままでクラクラ眠りこけている者もあった。間崎もよごれた冷たい壁板に頭を押しつけてひと眠りした。頭の半分は目ざめていて、室内のありさまを隅々まで見渡しているのに、半分は前後不覚に眠って、実際に息苦しげな鼾（いびき）をさえ洩らしていた。足腰が冷えて尿意を催すためか、そうした仮睡の間にも重苦しい幾つかの夢をみたほどだった。

船は二十分ぐらいでK町に着いた。ここは鉱泉が湧いていて、海や陸の眺めもちょっといいので、市民や船乗りたちの手軽な歓楽郷になっているうわついた小さな町だった。船を上がると、カフエーや小料理屋が軒並みに店を張っていて、安っぽい蓄音器の音があちこちからガーガー混線して聞えて来た。人通りもわりに多かった。間崎はちんばを曳きながら、両側の店からさす明るい灯の光りに浮き出た雪道を、棄て鉢な平気さで恐れげもなく歩いた。一軒ごとにガラス戸や軒燈に記された店の名称を丹念に読みたどりながら……。

カフエーや小料理屋の軒並みが尽きると、しばらく小暗いしもた家が続き、やがて旅館だけで一画をなしている別な明るい区域に出る。江波の家はそのとっつきのところにあった。清陽亭——。そばに材木のようなものを積み重ねた空地を控え、構えはそれほど大きくないが、これまで通りすぎたどの店よりも、堅固な、金を喰った作りのものに思われた。中で男や女の唄いののしる声が聞えていた。

間崎は胸が苦しくなった。が、不敵な酔いどれの気持がさめきらないうちでないと、なおのこと入り辛くなる道理なので、店の横の空地の側に通路らしく踏み固められたあとがみつかったのを幸いに、そこを入って、いちばん初めの半間ぎりのガラス戸を開けてみた。と、中は調理場になっていて、鼻の頭に疣々のある、手拭を鉢巻にした中年のコックが、見習らしい小僧を相手にさかんにジュージュー揚げ物をしているところだった。焼け爛れた油の臭いが胃の腑の奥まで沁み通った。

「今晩は。……恵子さんはいないでしょうか。お母さんでもいいんですが……」

コックは下から覗くようにして間崎をジロリと眺めたきり、返事もせず、目まぐるしい仕事を続けていた。小僧が答えた。

「いるよ。もうちょっと奥に入口があるから、そこできくといいよ……」

「やあ、どうも……」

間崎はペコンと頭を下げたが、すぐには出て行かず、運ぶばかりにして台に並べてある温かそうな料理に目を奪われていた。コンガリ焼けたカツレツがことにおいしそうだった。

「うまそうですね。そのカツレツは一と皿いくらですか……?」

「ええ?」

コックは鍋の手を止めて改めて間崎を見直した。つっけんどんに、

「一と皿いくらだかわしが知るもんか。店の女たちが知ってらあね。お前さん食べる気なら店へまわったらどうだね。ここは料理場だからね」

間崎はへつらうような勢いのない笑顔をつくって、

「ええ……。貴方はコックの兼さんというんでしょう。いつか恵子さんから聞いたことがありますよ。つまり情がこわい男っていうのはどんな意味かって……。貴方のあれは名解釈でしたよ、ハハ……」

「チェ！……わしはコックの兼吉に違いないが、わしにはお前さんみたいな知り合いはないよ。わしは知らない人と口をきくのが嫌（きれ）えなんだ……。お前さん恵ちゃんに用があるんなら奥へ行きなせえよ……」

「どうもおじゃましました」

兼さんは見向きもせず、ふと自分の手許が留守になっていたことに気がつくと、鍋ごと土間の隅にガチャンと放り出して、

「チェ！　しくじらせやがった、幽霊野郎め！」

間崎は外へ出て、五、六歩歩みかけたところでいきなりそばの積雪の上に仰向けに寝ころんだ。少し休んで乱れた気持を鎮める考えだった。眼の前を薄い霧が動いていくのが分る。霧の絶え間には空の一部が覗かれ、そこには二つ三つの星屑がガラスのように乏しく光っていた。

それでも、その星屑を眺めていると、間崎の心は悠久な想いに牽きこまれた。胸の上に両手を組んでじっと眼をつぶっていると、呼吸遣いも血の循環もだんだんに穏やかになっていく……。（人と人と結びつくのに弱さや暗さからしてはならないと思いますわ……）、いつか橋本先生が気負って言った言葉だ。が、何が弱く何が暗いか、誰にほんとのことが分ろう……。そんなことをふと考えたりした。

間崎は起き上がって雪を払い、身なりを正し、そこから五、六歩奥にある出入口の格子戸を開けて狭い三和土に立った。

「今晩は――」

驚いたことには、間崎がそういうのと同時に、正面の、すぐ突き当る廊下の壁の蔭から女の顔がチラッと覗いて消えたのだ。江波に似てるような気もした。間崎は、覗いた人が出てくるかしらんと、折り畳んだマントを右から左にもちかえて待った。奥の方で女のもつれた声で何かしゃべっているのが聞えたが、壁の蔭からは誰も現われ出なかった。

「今晩は――」

すると、曲り目の壁に沿って、初めに白い指先が見え出し、その少し上に黒いもの――髪と額の一部が現われ、ようやく片眼が覗けるぐらいのところでピタリと停止して、じっとこちらをうかがうらしい様子だった。よく光る大きな一つ眼だった。間崎は意力をこらしてその化け

物と睨み合った。と、壁の蔭からヒラリと花やかな色彩の塊りが躍り出し、

「あっ、先生だ！　せんせい！……間崎先生！……」

「そうだ！　僕だよ、遊びに来たんだ、船に乗って、君ンとこに……」

江波はよほどへだたった板敷きに立ったぎりで、そこから、今にも泣き出しそうな笑顔をつくって、一つ一つ間崎の言葉に大きくうなずき返した。一回ごとにフッフッと烈しく息をのみこみながら……。間崎は自分も口がきけなくなったように感じ、瞬間々々に流れ去る見苦しい生まな微笑を湛えて、おかしな手つきで江波にお招きしてみせた。糸に曳かれる操り人形のように江波は一と息でテクテクと敷台まで歩み出た。

「……船からね、足駄を落してね、片方が足袋跣なんだよ。それでね、お母さんにお目にかかる前に、足を拭く雑巾と、足袋と、……それから櫛と、ついでに鼻紙をそっともって来てもらいたいんだ。洟水が出てしようがないんだ……」

江波は顔中が眼にでもなったかのように、精いっぱいな表情をキョロキョロと動かしていたが、今度も返事をせずうなずいてばかりおり、やがて奥へ去った。間崎はホッとして敷台に腰を下ろし、よごれたほうの足を抱えるように片方の太股にのせて休めた。と、消えたと思った江波がヒョッコリ曲り目のところに顔を覗かせ、いつものふくらみある声で、

「先生、いなくなりはしないでしょうね……」

「そんなこと出来るもんか。幽霊じゃないんだからな……」

何という愚問だ――と、間崎は腹が立ってならなかった。江波は凹んだような笑顔をみせてふっと消えた。

一瞬しいんとなって、さっき聞いた変に絡んだ女の声が濁った摩擦音のような振幅で、太く細く間崎の耳にジジー、ジジーと感染してきた。お経のようでもあり、台詞のようでもあり、なにごとかしらん……? 間崎は地の底へ曳きこまれていくような連続した孤独の想いに苛まれた。落下に伴う無明の風を切る耳鳴りの音さえキーンと鼓膜に感じられるのであった。

江波が大きな薬罐を提げて引っ返して来た。

「家には男物の足袋なんてないからこれで間に合わせてね……。いま足を洗うもんを上げるわ」

薬罐や紫色の天鵞絨の足袋をそこに置いて、すぐ右手の台所から洗面器や雑巾や櫛やこわれた鏡などを運んで来た。

「ありがとう」

間崎は手早く足と頭の始末をつけて、ついでに襟前のゆるんだ着物をしめ直した。江波は終始壁によりかかり、袂の中で胴をキチンとしめつける懐ろ手の姿勢をとって、無言で、強い描線の笑いを湛えながら間崎の所作を静かに見まもっていた。

「——先生ここへ入る前、料理場に顔を出したでしょう?」

「ああ、出したよ、コックの兼さん——いつか君から聞いたっけね——と少しばかり会話をしたんだ……」

「兼さんがね、先生のこと、地回りでもないらしい変な男が、恵ちゃんに会いたいなんて来てたから気をつけなさいって教えてくれたの……。私もしかしたら先生かも知れないと思ったわ。先生、料理場からここへ来る間にどこかへまわったでしょ? だって私、誰か来るかしらんと思ってしばらくあそこから覗いていましたもの……」

「うん、……雪の上に寝ころんで星を眺めていたんだ。……もういいからママに取りついでくれないか、遊びに来ましたって……」

「いいのよ、すぐお座敷に御案内するわ。……ママはね、お友達が来ていてお酒を呑んでいるの。ほら、いつか先生が私のことで家に電話をかけてくれた時に来ていた江口健吉っていう人。その人、今度南米へ行く船に乗るんで半年ぐらい会えないってわけなの。ママは悲観しちゃって一昨日あたりからむやみとお酒ばかし呑んでいるわ。とても気の毒なの。……聞えるでしょう? あれ、ママがなんかわけのわかんない愚痴を言ってるんだわ。ときどきあんなになるの。……いらっしゃい、先生が一緒だとみんな喜ぶわよ」

江波は壁から身を離すと、懐ろ手のままトットと歩き出した。袖袂が、胴をしめつけた腕の恰好にピンと張り、朱色の兵児帯がお尻の下まで豊かに長く垂れ下がっていた。間崎は固唾を呑んで後を追った。途中、店から通ずる一間幅のよく磨かれた板敷きを横ぎったが、店だけでなく座敷へも上がってゆっくり飲める仕組みになっているらしい。

座敷は、狭い長廊下の端の、蝶番(ちょうつがい)で止めた板戸を押しあけたところに、別棟のように設けられてあった。ここまで来ると、江波は足を止めて間崎の後ろに立ち、板戸の桟をきつく押しながら、眼を細め頬をふくらませ口を大きく開いて声のない笑いを間崎の顔に浴びせかけた。衣ずれに似たキスキスという呼吸が喉をかすめる音が、何とも言えずさわやかで艶めかしかった。間崎は黄色い顔をしてぼんやり相手の笑顔を眺めていた。江波は、笑い止んだかと思うと、つと間崎のそばをすり抜け、明るい灯影をいっぱいにはらんだ障子にやもりのようにへばりついて、びっくりするような甘ったれ声で、

「ママ、珍しいお客さんがいらしったわよ。ここ開けていい?」

しばらく答えがなく、例の愚痴っぽいだみ声が、ところどころ意味が分るぐらい間近かに聞える。

「——誰だい? 珍しいお客さんって。珍しい人なんかありゃしないけど、でもお入り……。お客さんをもてなすのは家(うち)の商売だからねえ、ホホ……」

「誰だと思う? 間崎先生よ、ほら、ほんものの間崎先生だわ」

江波は意気込んでサッと障子を開けた。一と際(きわ)明るい室内のありさまが眼にうつった瞬間、間崎は思わず身をひきかけた。室のまん中に燗徳利(かんどくり)が乱立した黒塗りの卓袱台が据えられ、その前に、洋服の上衣を脱いだ上に女物の褞袍(どてら)を引っかけ、真新しい手拭の鉢巻を横ったまに結んだ、身体つきのたくましい、陽やけした顔の男が大胡坐を組んでおり、江波のママは、髪をひっつめにし、黒襟のかかった派手な縞柄の着物の裾を乱して、男の首っ玉に片腕をまわして軟体動物のようにグタリともたれかかっているのだった。江口健吉——とはこの男だ。

「おい、ママ、行儀をよくしろよ。なあ、学校の先生がいらしったんだ……」

男はあわてもせず、ママの腕を首からはずし、ついでに鉢巻をはずして、ズボンの膝を窮屈そうに正した。

「さあ、先生、お坐りなさい。……この人はからだらしなく崩れちまってるんだから、なにごとも大目にみてやってください」

「先生、ここ、ここ……」

江波は男の向い側に赤い座布団で間崎の席を設けておいて、なおも男の膝にからみついている母親を扶(たす)け起して卓袱台にもたれるようにさせ、髪を撫で頰っぺたを撫でまわしてやり、

「ママ、先生に御挨拶しなきゃ悪いじゃないの。いらっしゃいませ、ってそう言うのよ、ね、分ってるでしょう」

「うるさいねえ、この人は……」

ママは、人形遣いのように両脇から手を入れて自分の身体を支えてくれてる娘に邪険な肱鉄砲を喰わせて、嘘みたいに構えをしゃんと改め、赤味を帯びたうるんだ眼で、少しはすかいから間崎の顔を刺すように凝視めた。

「おや、間崎先生、いらっしゃいませ……。なかなか美男子でいらっしゃる……。でも私たちみたいな者には未熟すぎるわ。ホホホ……せいぜい恵子を可愛がってやってくださいね。この子は大きくなり次第私をばかにして困るんでございますよ。……私が……堕落した女ですってさ。……生意気な……恵子！」

「はい」

後ろから無邪気に顔を出したところを、いきなり、頬っぺたへピシリピシリ往き返りの平手打ちを喰わせた。江波が声なくひるんで、でも辛うじて微笑の線を支えていると、今度は向き直って両手で荒々しく襟許をひっつかんでゆすぶり、

「恵子……お前、自分の母親をばかにすると承知しないよ。……お前は鬼子だ。……私の恩を忘れやがって、腹ン中ではいつも私をばかにしているんだろう。……親不孝者……。ふん、私は堕落した女だよ……。それがどうしたって言うのさ、お前はお姫様だよ、気位が高くて、成績がよくてさ、だけどそのお前は堕落した私から生れたんだからねえ……。チーのグーのパー

さ、鶏と卵だよ……。お前はいくら私をばかにしたってお姫様にゃなれないんだからね……。お前の父親がどんな人間かってことを知ってるのは私のほかにはないんだからね。……それなのに、私はみんなから、自分の娘からもばかにされて……口惜しい！　恵子！……お前、ママに親孝行するって約束できないのかい、ええ？　出来ないのかい。……この不孝者……」

　ハッハッという破けそうな烈しい呼吸を吐きながら、子供を思わせる一と向きな勢いで、江波を左右にこづきまわした。江波はされるままになり、顔だけちょっとそむけて、寂しそうな笑顔を間崎にみせ、

「ママ、分ったわ。……落ちついてね。……興奮しちゃだめよ、身体に悪いのよ……」

　間崎はずかずかと膝を乗り出してママの無法な手を押えにかかった。無理にバスをきかせた口調で、

「孝行するには恵子さんはどうすればいいんですか」

「おや、この手はだあれ？　冷たい手だこと。だあれ……」

　例の赤くうるんだ燃えるような眼を、自分の腕に置かれた白く冷たい手に喰い入りそうにすれすれに注ぎ、それを腕、肩、首と蝸牛(かたつむり)のように移動させていき、最後に少し無理に見開いたかと思われる間崎の充血した眼にぶつかった。ゆっくりとひとまたたきすると、いままでの険相な表情が刷(は)いたように薄れて媚笑(びしょう)さえにじみ、逆に握り返した間崎の腕を卓袱台の上に匍(は)わ

せて撫でさすりながら、

「おや、間崎先生。……失礼しちゃったわ。……ほんとうによくいらしったのねえ……」

「どうすれば恵子さんは親孝行が出来るのですか?」

「親孝行……恵子が……私に……。ああ、先生は恵子によく言いきかせてくださるんでしょう。学校の先生ですものね……。私に、安心させてくれるつもりなら……恵子は、早く男を知らなきゃあならないの。……それだけ。……造作ない親孝行でしょう。ホホホ……」

間崎はまたたきもせず、身体中の粘液性の精神が顔面だけに溶け流れているかのような酔いどれた美しい年増女の顔を睨み据えた。

「そんな……ばかなことがありますか!……」

「おや、先生のお気に入らないのかしら!……ホホホ……、先生はこの子を可愛がってくださるつもりじゃなかったの。……お嫁さんにもらってくれとは言やしませんよ。……可愛がりっ放し……。それで結構なの。大抵の男の人はそのほうを喜ぶもんだけど……。私とこの人もそれなのよ。……ああ、恵子がそうなってくれたら私の気持はすっかり休まるんだけど……、この上の親孝行はないんだけど……。恵子のばかァ……」

バー、バー、と虹のように呑吐(どんと)する呼吸の間から、間崎は、押しひしゃげられ倒錯した母の愛情らしいものを遠くかすかに感得することが出来た。それは、間崎自身が現在のように歪曲された気分に沈没しているのでなければ、到底接受し得ないであろうと思われるような、型なしに変形された奇妙な感情であった。

「先生、この人とそんな調子でやりとりしてたんじゃ埒があきませんぜ。……ま、一杯おやりなさい」

男はいつの間にか図々しく胡坐に返り、鉢巻まで頭にのせており、その時までみんなの様子を見守りながらチビリチビリなめっていた杯を、太いこぶこぶな手で間崎の方にさし出した。間崎は受けた。男は銚子を傾けて注ぎそうにしてから、

「お酒はいけるんですか」

「いいえ、だめです、しかし……」

「それじゃお止しなさい。毒だ、はずみや義理で飲むのはつまらない……」

銚子を卓袱台の上に手放してしまい、

「恵ちゃん、先生に何か温かい料理をお上げ」

「それじゃ、何か御飯のもの……。お昼から林檎一つ食べたきりで、とてもお腹が空いているんだ」

「ええ、大急ぎで支度するわ」

江波は卓袱台に額を当ててフーフー呼吸を洩らしている母親の身体から離れて外へ出て行っ

た。

「じゃ僕が注ぎます」

「ありがとう。……先生とはいつかの晩電話でちょっと話し合ったことがありましたっけな。あっしは江口健吉っていうんです。この人の情夫です。ハハハ……」

「間崎です。よろしく。……南米方面へ行かれるとかってききましたが……」

「ああ、ボロ船の機関士でさあ……」

それぎり話が途絶えた。男は、下戸の間崎が神経質に注ぐ杯を、幾度でも黙って飲み干しては前に置き、間崎が根負けした形で注ぐのを止めると、それも苦にならないらしく、円い澄んだ眼を空間に放って、いつまでも黙っている。たくましい鼻柱、線が強い唇、樹の皮のように強靱そうな耳、潮風にさらされた顔面には贅肉が一つもなく、髪は乾いて濃くもつれ、その全体を堅固に支えている太い血管が幾筋も通った首は、樹木のように肩の間から生え出している。首から上を切り落しても立派に生きた感じを出せる彫塑のような顔だ。ただ一つ目ざわりなのは右の鬢の小指大の傷あとだけ——。

「その傷あとは怪我でもなすったのですか」

男は強い眼の光りで間崎を見返し、

「さあ、わしらの仲間ではよっぽど深い交際にならないと、そんなことは訊かないことになってるんですがね……」

「や、失敬しました」

それでまた話がなくなってしまった。江波のママは、身体をフラフラ揺り動かしながら、相当な音量を出しているのだが、口のかたちがきまらないので、はっきりした言葉になりきれないひとりごとをブツブツつぶやいていた。そして、思い出したようにヒョイと顔を上げては、そこらにある杯にどれということなく手をのべて口に運んだ。男は黙って酒を注いだり、銚子や丼（どんぶり）をひっくり返さないようにわきへ退けてやったりした。間崎は男の寛く温かい心づかいを感じた。

四十二

店のほうからレコードに合わせて男や女の羽目をはずした声で、流行歌を合唱するのが聞えて来た。ところどころで歌が崩れて艶めかしい悲鳴や男たちの笑い声が炸裂したが、その騒ぎはまたいつの間にか一つの合唱に溶けこんで無事に先へ続いていく。それが何回も繰り返される。間崎は、その自然発生的な諧調（かいちょう）の中からも、自分などは足許にもよりつけない、容易ならぬ鍛錬を経た生活の唄が聴きとれるような気がした。男は、江口健吉は、相変らず黙って空間を眺めている。気取ったり企みがあったりする者の佶屈な姿勢ではないのだ。自然で気楽そうなポーズなのだ。こんな人物が間崎にはいちばん苦手だった。間崎たちと言ってもいい——。彼らは書物や友人や映画や群集や日記や反省録など、ともかく自分でないものによりかかって、自分を満たす修練は積んでいるが、一人で、することもなく充足した時をもつ修練に至ってはほとんどゼロに等しいのだ。しかるにこの男は、初対面の間崎と対坐しながら、客はあれどもなきがごとく、いつまでも黙りこんでゆっくり空間を眺めていられるのは、一体どうした修練によるのであろう。ふだんにばかっぴろい空や海ばかり眺めて暮しているからであろうか。いや、考えてみると二人の間には話なんぞないのが当然なのだ、だが当然なることを当然な形のままに現わせるということは大変な気力、修練を要することであるし、第一倫理的に観て良いことか悪いことか……。間崎はみじめさをまぎらすために一人で酒を注いで飲んだ。一杯、二杯……。男は一回だけ酌をしてくれた。

江波が温かい食物を運んで来た。白い御飯やカツレツ、刺身、酢の物など。

「御飯は特別山盛りにしてもらったわ。ゆっくり召し上がれ。すんだら、私のお室へ行きましょうね、ママはこんなだからお話の相手が出来ませんもの……」

間崎は湊水をすすり上げながら食事を始めた。気分などには頓着なしに食べる物はひどくうまかった。これだから人間であることを止められないんだ……。そんなことを考えたりしながら肉を噛み刺身をなめた。江波は母親の背中の後ろから楽しそうに間崎を眺めていた。

「アアー、アアー……」

突然江波の母は欠伸とも嘆声ともつかない、妙に悲痛な調子のこもった声をたてて身体を起し、みんなの顔を代る代る眺め、

「……先生、御飯？　たくさん食べて大きくなるんですよ、ああ、私、唄でも唄うかなあ……」

片上がりに胸を張って、よろよろした節回しだが調子だけははずさず、口三味線などを入れて、

浅くとも
清き流れのかきつばた
飛んでゆききの編み笠を
のぞいて来たか濡れ燕
顔を見とうはないかいなあ
…………

「ふむ、その唄は何という唄だ？」

男は子供らしい好奇心を眼に耀かせて尋ねた。

「昔の唄だよ、船乗りなんかにゃ分らない……」

そこで言葉を切って、男の顔をまじまじと眺めていたが、不意にろくろ首のようにヌーと顔を男の方に近づけ、

「ねえ、健ちゃん、お前さん今度の船に乗るの止めにしてくれよ。寂しいんだよ。寂しいんだよ。……いままでだと、こうして貴方がそばにいてくれれば、私は安心して仕合わせな気持でいられたんだけど、このごろはどうしたわけか、貴方の膝に抱かれていても、貴方が遠い手がかりのないところにいるような気がして、私は滅入って滅入って仕方がないんだよ、貴方だけじゃない、恵子と床を並べて休んでいて、この子の顔が手をのばせば届くところにちゃんと見えているんだけど、やっぱり私から遠い遠いところにいるような気がして、寂しくって気がふれそうになるんだよ。人間だけじゃない。室の中の唐紙でも鏡台でも掛暦でも箪笥でも、そんな道具類までが、私がいるとことはちがった遠い別な世界にあるもののような気がしてならないんだ。みんなが私を捨ててどこかへ行っちまうんだよ。……私は寂しくって……。ホラ、今こうやって貴方の顔を眺めているだろう。それだって私にはほんとの貴方が見えないんだよ。ほんとの貴方はどこか私の手が届かない所にいるんだよ……」

それは食事中の間崎の喉をつかえさせたほど、流露する悲痛の情に濡らされた言々句々であ

った。

「おってもおらないような奴なら、おらなくたっていいじゃないか。おらあ船に乗るよ……」

男は薄笑いを浮べながらつっけんどんに答えた。

「あっ、あっ、そんな意地悪を言うのは私を殺すようなもんだよ。いておくれ。ほんとに貴方がそばにいてくれれば、どうかしたはずみには、ああ健ちゃんはほんとに私のそばにいるんだ、ということが腹の底までシンと分ることがあるんだよ。だから……」

「だめだよ、お前さんのそんな骨なしみたいな気持にお交際(つきあい)してた日にゃ、おしまいに二人で心中するしかなくなっちまうじゃないか。おらあ女と死ぬぐらいなら、海の鮫に自分を喰わせてやるよ、ハハハ……。お前さんは病気なんだ。病人だ。だから第一に身体を丈夫にしなきゃあいけないんだ。身体さえ丈夫になりゃあ、そんな化物みたいな気持はどこかへ吹っ飛んでしまうんだ。力仕事もしねえ女の身で酒が多すぎるよ……」

「いておくれ、いておくれ！……何もかも貴方がついててくれなきゃあ私には出来っこないんだもの。ね、いておくれ。これから私は親方のとこへ行って貴方の前借した分を払ってくるよ。……一年……半年。……それぐらいでもいいから私と一緒に暮しておくれ。……その間に私は死んでしまうんじゃないかと思うよ。……そしたらもう貴方に迷惑をかけることがないんだからね。……親方に……貴方の親方に……」

江波の母は首を縮めて両手で卓袱台の面を引っ掻くようにした。精悍で美しい山猫を見てるような感じだった。

「ばか！　よけいな真似をするな。……おれは、自分のことで、お前さんだろうと誰だろうと、一と所に悪い腫れ物みたいな関り合いを作ることは嫌えなんだ。それはおれだけじゃない、お前さんだってそうなんだ、一年だ半年だ、といまはお調子に乗って出まかせを言っているが、たんだ一と月でも鼻をつき合わせて暮してみろ。飽きがくるのはおれよりお前さんのほうが先だ。……船乗りが船にも乗らねえで女のそばにばかりひっついて暮していられるもんかどうか考えてみろよ……」

言葉面は烈しいが調子は淡々として崩れない。

「いや！　いや！……私は貴方を離したくないんだ。貴方の心をしっかとつかんでいたいんだ。……誰も私を分ってくれやしない。……ほら、こうして抱きついて貴方の顔を覗いてたって、私には貴方が見えないんだ。誰かいるようなんだけどぼんやり霞んで人だか物の影だか分らないんだよ。私の身のまわりのものがみんなそうなったら一体私はどうなるんだろうねえ。……こわい……こわあい……。アアー。健ちゃん、私はこわいんだよ。……私を抱いて……私を護っておくれ。……私にはなんにも見えなくなっちまった……。みんないなくなっちまう……」

江波の母は、男の右肩に両手をかけて匍い上がるようにしながら、触れ合わんばかりに接近させた顔を盲人のようにチカチカと蠕動させて、男の顔から何か光りあるものを把えようと必死に努めた。が、その気力もじきに萎え崩れ、男の腹にしがみついて子供のようにエンエン泣き出した。愚劣ではあるが切実な姿でもあり、一種凄惨な感じが湧いた。間崎は食事を続けていいのかどうか迷いながら、紙屑のように口中のものを嚥み下した。

男は、自分の無骨な手を、膝に伏せった江波の母の帯と着物の間にグッと差し入れ、別に撫でるでもたたくでもなく、思いがけない明るい微笑を浮べて、

「仕様がねえなあ……。よくよく分らない人になっちまったよ、お前さんは。……眼が開いて人の顔が見えないというのは死際の病人がよく言う奴で、お前さんのように業突ではたの者を悩ます者はまだまだ死にゃあしないからだいじょうぶだよ。ハハハ……。しかし身体は弱ってるんだから養生だけはしなきゃあいけない。それにはかえっておれがいないほうがいいんだ。突っかかる相手がいる間は絡んでくるというのがお前さんの悪い癖だからな。……おい、聞えるかい。聞えるなら一つだけ言いたいことがあるんだ。おれはね、男でも女でも他人のために尽さないというわけじゃないんだ。場合によっちゃ今までにもずいぶん尽してきたかも知れねえ。尽さねえかも知れねえが……。しかし、それについては、おれにはおれで一つのきまりがあるんだ。それは——人間はどんなに困った事情に立ち至っても、それを切り抜けるのに、他人からは助けてもらえない、他人から助けてもらったんじゃほんとに切り抜けたことにならな

い、どうしても手前の工夫で切り抜けるしかないような場合がたくさんあると思うんだ。ところが世間にはそんな時でも他人に手を貸してもらいてえような面つきをする輩が大勢といやがるんだ。助けてもらうのが当り前だというような出すぎた面までしていやがる。おれはそんなのを見ると、ええ、くたばっちまえ、と思うんだ。どこまでが手前の工夫で始末して、どこからが他人の手を借りてもいいものか、そこんとこの境目はおれには分らないが、しかしおれの点は少し辛えほうかも知れねえ。辛えたって、おれのつもりじゃ、自分にいっとう辛くしてるつもりなんだがな。他人様がそう認めてくれるかどうかは別のことだが……。結論はだな、おれは月足らずの人間にゃ関り合いたくないということさ。色恋でも交際でもだ。……おらあお前さんと心中はしないぞ。死ぬのは別々だ。お前さんがお月様の方を向いて死んだらおれはお日様の方を向いて死ぬよ。ハハハ……おい、聞えるかい。おれはお前さんが聞えたものを聞えないふりしてごまかせない人間だということを承知の上で長々とおしゃべりしたんだからな。ハハハ……」

江波の母は膝に突っ伏したままで二、三度はっきりうなずいた。そして、いままでの泣き方とは一段変った、かぼそく鋭い、まるで小娘のようなヒェーという泣き音をあげて、肥った背中やお尻を波うたせた。その姿態は、悲壮というのか、色の塊りというのか、間崎は何を口に入れても強精剤をなめているようなえげつない薬物性の味しか覚えなかった。そのうちに、江波の母はピタリと泣き止んで、男の膝から身を起し、卓袱台にまっすぐに突き肱をして、両の掌を頬に押し当てて顔の形が細長く変るほど強く締めつけながら、どこか一点を凝視し出した。

「ママ、もう休みましょうね。ママ、ゆっくり休んで明日になれば、また元気になれるわよ。ね、ママ。健吉さんはいつだってママに親切なのよ……。ママ、休みましょうね……」

江波は後ろからおぶさりかかって母親の耳に口をよせてささやいた。

「ああ、寝たほうがいい。お前さんはよっぽど身体を休めなければとり返しがつかないことになりそうだ。……そんなじゃなかったんだがな。……寝ろ寝ろ、おれも今夜は早く休もう……」

「——休むよ、恵子。帯をとっておくれ」

それは、全体の彼女の存在から遊離した、壁の中からでも聞えてくるような陰森な声だった。

「帯だけ……ここでね……」

江波はこの機を逸せずといったふうな手早さで母親の帯を解きほぐしてそばにドサリと押しやった。赤い細紐一つぎりになった江波の母は、胴が長くなったようで、変に精悍な生物に見えた。

「ママ、行きましょう……。先生にお先に失礼を言って……」

「——」

江波の母は機械的に間崎の顔を眺めて小さな欠伸を洩らした。と——、

「うるさい!」

鋭く叫んで、卓袱台の上に上半身を伸ばしたかと思うと、白い両腕を長く匍わせて、卓袱台の上の食器類をめちゃくちゃに掃い落し、まだ残っている杯や小皿の類を男に向って二つ三つ続けざまに投げつけた。

「健吉イ! 貴様ナマイキだぞ! 青二才の小僧が私にお説教をきかせたつもりでいやがる。……貴様なぞたったいまくたばっちまえ! 誰が貴様なんかにいてくれとたのむもんか。さっきのは、料理屋の女将が、しみったれなお客にお愛想を言って喜ばしたんさ。……私がいつ月足らずだい。月足らずの青二才はお前さんだよ。誰がお前みたいなボロカス野郎に手を貸してもらいたそうな面を見せるもんかね。己惚れだけは一人前にもってるから笑わせやがら。……出ていっておくれ。お前なんぞくたばったってどこぞの野良犬一匹、涙を流しゃしないからね。ざまあみやがれ。……点数が辛いだの、心中はしないだの、へん、利いたふうなことを言ってるよ。……誰が健吉なんかにばかにされてるもんか。ばか、健吉のばか、ばか野郎……殺してやる、お前なんか!……」

眼を据え、顔色を真っ青にして、バットの箱、洟紙の束、湯呑、匙など、手の届く所にあるものを次々に拾っては思い出したように男の身体に投げつけながらわめき散らしたあげく、い

きなりフラフラと立ち上がって小簞笥のある方に歩きかけた。

「ママ、いけない！……」

何の感情も現わさないうつろな虚脱した顔で母親の狂態を眺めていた江波は、この時になって、腹の底から絞り出したような悲痛な声をあげて、横合いから母親の下肢に抱きついた。が、その時すでに、胡坐のままで投げつけられる器具を右左に軽くよけていた男が、立ち上がるのと大股に一歩踏み出すのと同じ早さで演じ、たった一と突きで、江波の母を畳に押しつぶしてしまった。

「何をする！　離せ！　離せ！……殺してやるんだ、貴様なんか。……離せったら。……先生……間崎先生、私を助けてください、助けて……。この男は恵子を盗んだんですよ、私の娘を……。二人で腹を合わせて私をばかにしてるんです……。恵子、お前、ママの恋人を寝盗る気なんだね。……でなかったら離せ。……先生、助けてエ……」

男に逆手で他愛なく押えつけられ、畳に擦りつけた顔を少しでも間崎の方に匍わせるようにしながら半狂乱で叫びたてた。――自分がいることを忘れないでいるのに間崎はびっくりした――。小簞笥の上には鏡台があり、その中から剃刀でもとり出そうとしたのが、江波をあんなに脅えさせたものらしい。

「仕様がねえなあ。恵ちゃん、いまの帯をとっておくれ、手だけ結えておかないと物を壊して仕方がない……」

「困っちゃうな。……こんなにならないうちに休ませようと思ってたのに……。健吉さんも加減しないでママに物言うからいけないんだわ。……はい、帯。そうっとね……」

「私をしばるんだね、健吉の人でなしめ。チキショウ！　チキショウ！……、先生、助けて……助けてよう……。恵子、お前だけだよ、ママの味方は。こいつを退けておくれ、健吉の奴を突き出してやっておくれ。……恵子……お前、ママの言うこと聞けないのかえ。……鬼娘、ちゃんと知ってるんだよ、健吉とお前がくっついてることは。この親不孝者！……先生、間崎先生、ねえ、私を助けてちょうだい、先生、間崎先生……」

顔をゴシゴシ畳の面に擦って、間崎と江波の方に代る代る向き換って呼びかける。唇が切れて血がにじんでいた。江波は取り合わなかったが、間崎は自分に向けられた顔と声との痛ましさに心をかき乱され、黙殺するのは礼儀にはずれて大変悪いことであるような気がして我慢ならず、妙に固苦しい切り口上で、

「貴女は……僕の、御馳走をひっくり返したから、助けてあげるわけにいかないのです……」

「先生のばか！……ふだんから恵子に御親切がすぎると思ってたんだよ。……恵子、恵子、お前だけだよ……」

「ハハハ……、先生、今のは上出来でしたよ。御馳走をひっくり返した、なるほど、それじゃ

手助けできねえわけだな……」

男ははじめて明るい笑顔をあげて、後ろ手に縛った江波の母を、室の隅の座布団を三、四枚積んであるところにズシズシと曳きずっていった。

「お前さんはここでしばらく休んでいるんだ。そのうちにじき寝こんじまうからな。おれはどこへも行きゃしねえ……」

そういう男に、江波の母はひとしきり罵詈讒謗を浴びせかけたが、足は自由なのに立ち上がるだけの気力もなく、いたずらに身悶えするばかりだった。裾が太股までめくれて正視に耐えなかった。江波は押し入れから毛布をひき出して母親にかぶせ、ついで何か薬瓶のようなものを押し入れの箱からとり出した。

「恵ちゃん、そりゃあいけない。注射もあんまりたびたびじゃかえって身体を弱らすばかりだよ。打っちゃっておけばいまに疲れて寝ちまうからだいじょうぶだ。しまっときなさい。それよかここを片づけて先生に御馳走のお代りをあげるんだな。おれももう少しお酒が欲しいし……」

「ええ、ええ……。先生にはほんとにすまないと思うわ。運が悪い日においでだったのね」

江波は案外に落ちついてそこらの片づけ方をはじめた。男は床の間に腰かけて煙草をふかしていた。隅っこにころがされた江波の母は、毛布を半分ほど蹴とばして向こうむきに伏せったたまま、ゼイゼイ呼吸切れの音を洩らして、根の続く限り、いまはただ自分の娘にばかり呼びかけていた。呂律怪しく、葉ずれのように、蘆笛のように……。

「……恵子！……恵子！……ママを助けておくれ。……私にはもうお前のほかに頼る人がなくなったんだよ……。恵子！　お前は私の娘だ。私が腹を痛めて生んだ一人ぎりの子供だ。ママとお前は母一人子一人なんだよ。さ、助けておくれ、助けて……。ママは寂しいんだよ、眼の中が真っ暗になりそうで寂しくって仕方がないんだよ……。恵子！　お前はママを見捨てる気なんだね、親不孝者！　でなかったらママを慰めて助けておくれ。ああ、誰か私を助けてくれないかなあ……。恵子！　お前は私の恩を忘れやしまいね。私はお前のためだけに苦しいのを耐え忍んで生きてきたんだよ。でなかったら……、お前だってうろ覚えに覚えてるにちがいない、お前が四つの時だったもの。そン時私はどうしても死にたくなって、お前を歩かせたりおんぶしたりして、二人である山合いの深い淵がある所に行ったのさ……。夏だよ、お日様が明るく照って、燕がスイスイ飛んでたんだ……。淵の上の草原に風呂敷を拡げて私たちは名残りの昼食をいただいたの。あの時のお菜は、卵焼きと、パイナップルの罐詰と、糸蒟蒻の煮付けと、川鮭の焼き物と、みんなお前の好きなものばかりだったっけ。お前はおいちいおいちいって呆れるほど食べたもんだよ。ママは一と口もいただかなかった。お前が食べるのを見てるだけでお腹がくちくなったような気がしたし、またお腹に物をつめこんで、万一死体が浮き上がった時、食べたものを吐いたりするようなことがあっては見っともないと思ったからさ……。食事がすんでから私たちは唱歌を唄ったり遊戯をしたり、半時間ほど、それはそれは楽しく遊んだものだっけ。お前は唱歌や遊戯をたくさん知っている利口な子供だったからね。……そうしているうちに、私は急に眠気を催してきた。その眠気は、私たちが毎晩襲われるあの浅はかな意地汚ない眠気とはちがって、自分の身体をそっくり土の中に沈ませて、明日も明後日も半年も一年も、手足の指先から一本ずつの髪の毛に至るまで、心残りなく堪能できるような、静かな、長い長い、溶けかかるような甘い眠りへの憧れなんだよ。冷たい死人になるんじゃない。冬眠の蛙のように動かないし鳴かないけど、決して死んでるんじゃないんだ……。青く沈んだ淵の色、お日様の光りを透す一本ずつの草の色、淡く涯てしない空の色。――それが私に襲いかかった眠気の色だと言ってもいい……。『恵子、ママと一緒にねんねしよう』――私はなんべんもそう言ってお前を誘ったんだけど、いつもは私の言いつけをよくきくお前が、その時は私を睨まえるようにして、強く首を振るばかりだったの。すると私はやっと四つになったばかりのお前に対してしんそこからムラムラと憤りがこみ上げてきた。揮発油でも燃えてるような純真な気持のいい憤りだった。勝手にしろと、私は思った。『恵子、さいなら』というと、お前は膝の前に脱ぎ揃えた赤い子供靴に草をむしってつめこむのに一生懸命で、私の方は見向きもせず、『あいなら』と憎ったらしく言うの。それっきり私もお前のことは綺麗に忘れてしまったけど……。

それから私は花でも摘みとるようにいそいそと自分の背ぐらいの崖を藤蔓につかまって水際に下りていった。その途中で私は何かの細い棘を右の人差指に突きさしたのだった。痛かったこと、私はいまでも忘れてやしない。……それで私は片手を藤蔓にからみ、頭のピンを用いて人差指の棘を抜きにかかったの。どれぐらい時間がかかったか知れないけど、その間の静かで落ちついた気持というものは、私には生れてから覚えがないものだった。棘が抜けると私はその指を口に含んで強く吸った。乾いた薄甘いような指の味がした。……それぎり、私は青く翳った淵の色の中に溺れていったのだ……。眼をあくと青い藻草がなびいていた。お日様の光りが太く白っぽい縞模様になってうすぼんやりと底まで届いていた。また、小魚どもも尾鰭を利口そうにふり動かして泳いでいたし、その可愛らしい眼玉でみなけげんそうに私の方を盗み見するので、私は笑い出したくなって苦しくてたまらなかったっけ……。それからしばらく、私には何の覚えもない、ふと気がつくと、青い藻草も小魚どもも消えてしまって……。そこは、広い広い荒れ果てた野原なんだ。しかも天地のありさまがただごとではない。いま明るくなったかと思えば急に黒白も分らぬように薄暗くなり、また明るくなり暗くなる。しかもそれに伴って異様な物音が襲いかかるように迫って来るのだ。そして、恵子！　その恐ろしい野原には、人間といえば幼いお前がたった一人ぎりなんだよ。可哀そうにお前は、青草をつめこんだ赤い子供靴を両手に抱えて、恐怖のあまり、夢中で一つ所をグルグル駈けまわっていたの。足だけ高く上げるが一向前へは進まないような走り方でね。眼の色が据って、声も立てず、気が触れた子供みたいなの。いまにも倒れて呼吸が絶えそうに見えたよ……。だけどハッキリ言っておくけど、お前は私の姿を求めてそんなふうに駈けまわっていたんじゃなく、天地のありさまがただごとでないものだから、稚な心の一途な恐怖に駆られてそうやっていたんだ。私にはちゃんとそれが分っていたんだよ。……それでも私はハッとして、どんなにしてもお前を助けずにおかないと決心して、水の上に浮き出そうと夢中で藻掻き出したのさ。すると青い深い水の色が、明るく暗く、眼に、いや眼じゃない、頭の奥にひらめいて、それがちょうど、お前が一人で狂ったように駈けまわっている野原の暗くなったり明るくなったりするのとピッタリ一致しているんだよ。……私は一丈も二丈も身体がズルズルと伸びるような気がした。浮くんでなく、足の裏はやっぱり水の底にひっついていて、身体中が抜け首のように柔らかく細長くどこまでも無気味にズルズル伸びていくんだよ。その哀しい気持ったら誰にも分りゃしない。私の足の裏には今でもその時の水底を踏んだ感覚が残っていて、それが疼き出すと、私の身体はいまも止まずにズルズル伸びていってるような気がするの。アアー、誰も知りはしない。……やっと岸に匍い上がると、私はすぐにお前を救うために大働きをしなければならないからと思って、藤蔓にすがって出来るだけ身体を逆しまにして水を吐き出した。崖の上によじ登ってお前を見ると、水の中で私が見たのと同じように、天地は暗くなり明るくなり上下左右に回転しているような中で、お前はやっぱり青草をつめた赤い子供靴を後生大切に抱え、眼を白くひきつらせ、声もあげ得ないで、一つ所を足だけむやみに高く上げてグルグル駈けまわっているんだ。私はむねを衝かれて四つ足で匍いより、ちょうど私の前を駈けすぎようとするお前を、人さらいのようにしっかと私の腕に抱えこんだのだ。お前は人形のように軽かった。気力が抜けきって倒れるばかりのところだったのだ。だがそうして抱かれていながらも、お前は手足をピクピク慄わせて、まだ駈け続ける意志があることを示していたよ。……野原が暗くなったり明るくなったりするのは、青空に浮き雲が漂っていて、それが風に吹き流されて地面に大きな影を動かすのだった。でもそんなことがなんだろう。……櫟林(くぬぎばやし)には風の音がざわめいていたよ。……野原には子育て観音のようにお前を抱いた私が一人ぽっちで坐っていたよ。……私は……私は……ああ、あ……あ……」

そこでフッツリ言葉が切れて、呼吸する気配さえ途絶えてしまった。死んだもののように身動きもない……。

間崎は打たれ、参った。いま食べた飯が一と粒ずつ胃袋の中で踊りをおどっているようなあられもない気がした。なんという絶望、なんという虚無の図柄であろう。今日の午後からの自分の伊達者(だてしゃ)気取りなど、これに較(くら)べればまったくの鼻つまみものだ。この女の生活を、机の上で因果論的に分解することは多分造作のないことであろう。だが、その批判精神を、女の場合と同じ濃度で自分の肉体に溶解させることは難事中の難事だ。人間の苦悩には、言葉や文章の力でいやせる性質のものもあるが、この女の苦悩はすぐれた肉体の魔力によるほかはいやす道がないのだ。そして、現代にはすぐれた肉体のいかに乏しいことか。その手を触れて足萎えを起たしめ、その呼吸を吹きかけてラザロを復活せしめたキリストのごときすぐれた肉体は、現代ではすでに死滅しているのだ。ああ、この女——。この女を見よ！

四十三

江波は、母親の独白の途中から後片づけの手を休め、皿小鉢が狼藉した一カ所にじっと居据って、畳にこぼれた御飯粒を無意識に口に運んでモグモグ噛んでいたが、やがて袂で顔をおおって畳に伏せってしまった。泣いてるにはちがいないがシンとして声がなかった。豊かなお尻が丸見えに張って異様な魅力を発散していた。

男は煙草を吹かし、床柱によりかかって、なんということなく前方をぼんやり眺めていた。

「——恵ちゃん、元気を出さなきゃいけないよ。なんだ、ママの愚痴ぐらいで……。さっさと片づけてしまうんだな……」

男にそう言われて、江波は素直に上体を起し、顔の半分は笑い、半分は泣いてるような表情を間崎に向けて、

「先生、ごめんなさいね。……ママが言ったこと多分ほんとのことなんだわ。私もうろ覚えに覚えているような気がしますもの。……そして、ママがその時水の底を踏んだ感覚が今も足の裏に残ってると言ったように、私にも、赤い子供靴を抱えて草原をグルグル駈けまわった感覚の記憶が、今日まで後を曳いてきてるような気がするわ。始終ではない。断続的だけど、決してなくはならないの。……親子揃って、変ねえ……」

「――まったく、変だと思う……」

間崎はそれしか答えられなかった。江波は身軽に働き出しながら、

「健吉さん、ママ、ずいぶんお気の毒でしょう。貴方もっといたわってあげなきゃいけないと思うわ……」

「いたわることはするがね。……ママの言い方には飾りが多すぎると思うよ。おれは困っている人もたくさん知っているが、ほんとに困ってる人はあまり口数をきかないものだ。ききたくてもきけないはずのものだとおれは思うんだ」

「そりゃあ貴方の魂が石塊(いしころ)みたいに固まってしまっているからだわ。狭い自分たちの世界のこ

ときりしか分らないなんて、ちっとも威張れたことじゃないと思うわ。……でもほんとのことは、健吉さんはやっぱり衒(てら)っているのよ。自分は夢をもたない鋼鉄みたいな人間だ。そんなふうに他人から見られたいんでしょう。それが夢じゃありませんか。普通の人よりずっと深く濃い欲ばった夢なんだと思うわ。……でもなければ、健吉さんがママを好きになるわけがないじゃありませんか。強がりを言ったってつまらないわ……」

「なるほどね、そう言われればそんな気がしないでもない。だがその筆法でいけば人間の生活はみんな夢だということになりそうだね」

「ええ、そして夢も生活だというふうに——。ママはいい人だわ。……先生、御飯を食べなおしますか?」

「いや、もういい、ほんとにいい」

江波は残骸物をお盆に一とまとめにして縁側から出て行った。男は初めの卓袱台の座席に返って親しげに間崎に呼びかけた。

「先生、こんな生活をどう思います。言語道断ですかな。ハハ……」

「そうです、言語道断です。しかし僕にはこれが悪だと言いきれるだけの修養はまだ出来ておりませんが……」

「修養なんかどうでも、悪いことだとハッキリ言ったほうがいいんですがね。生半可な興味や理解はかえってこんな病気を甘やかしてつのらせるばかりですよ」

間崎は赧くなった。

「……ただ、こうは思います。恵子さんが始終家庭でこんなめちゃくちゃな暮しの中に置かれているんだとすれば、学校で授ける微温的な理想主義の教育などは、かえって恵子さんを損傷（スポイル）するばかりではないかと思うんです。すべての物に対して不信の念を抱くようになる。教わることと実際の生活とがあべこべな場合は結局そうなるしかありませんから……。つまり人格が分裂してしまう……」

「ハハハ……、そんなに自信のない先生では困りますね。こんな生活は屑ですよ。私らは屑的な存在にすぎません。それを教育の力で恵ちゃんの頭にハッキリ沁みこませてもらいたいんです。どんな人でもいい。理想のある人間にしてもらいたいわけです。こんな生活を侮蔑する人格をつくり上げてもらいたいんです。……そこでのびてる女の長ったらしい愚痴などを聞いていると、いかにもなにかありそうだが、実際はなんにもありはしない。貧弱きわまる正体のものです。……どうも先生はまともでないものに好奇心をおもちのようだが、そりゃあピッタリお止めになったほうがいいと思いますよ。恵ちゃんの口吻から想像したところでは、先生は、生徒としてでなく、一人前の女として恵ちゃんを扱っておいでのようですが、先生のそういう紳士的な態度は、かえって恵ちゃんのためにならないと私は観ていますよ。私の観るところでは恵ちゃんは年相応な女の子にすぎませんよ。家庭がこんなだからちょっとばかり変ったことやひねくれたことを言うかも知れないが、そんなものをまじめに受けとって感心したり心配したりしてた日にゃとんでもないことになりますぜ。第一御本人は自分が言う言葉にちっとも責任を感じてない、風まかせ波まかせといった具合ですからね。……もし恵ちゃんを一人前並みに扱って、感激したり共鳴したり、自然その言葉にも責任を負わせるように仕向けていって、その結果なにごとか生じたとすれば、これは先生の不明だと思いますね。恵ちゃんはそれによってかえって不幸になるばかりですよ。なぜって、あるところまで行けば、先生のほうがさきに、なんだこんなはずじゃなかったと目がさめるようになるからです。きっとそうなりますよ。……なるほど、先生自身では、恵ちゃんに対する好意には少しも不純な分子が含まれていないとお考えかも知れない。しかしそんなことは何の役にも立ちません。恵ちゃんを一人前並みに扱って、その時々の風みたいな言葉に責任をもたせるように仕向けていく。そのことで先生はあまり上等でない娯しみをむさぼっていることは確かです。しかも後になって結果がどうなっても、二人の交渉では恵ちゃんは立派に一人前の女だということになってるんですから、先生には何の責任もないという、まことに都合のいい仕組みになっている。それでは恵ちゃんがみじめだと思うんです。……いろいろありもしない臆測を並べたてて先生を誹謗しましたが、さっきもちょっと話に出たように、私は今度半年ばかりここへ訪ねて来られない事情にあるんです。それについて恵ちゃんのことがいちばん気がかりなんですが、いまならばまだ右でも左でも少し手綱を強く引き緊めれば思い通りに動かせると思いますから、それで先生にこんな露骨なことを申し上げたわけなんです。どうか恵ちゃんのほんとの先生になってやってください。鞭をもって教えるきびしい先生に——。若い女に共鳴したり感激したりすることを好む輩ならそこらに掃くほどウヨウヨしていますからね……」

間崎は大きな厚い手で口をふさがれたようで、とみには返事も出来なかった。自分も気づかなかった自分の胸中の秘密を、こんなにあくどい描線で暴露してみせるこの男は一体なにものであろう。ただの江口健吉ではあるまいという気がする。それよりも、男女のことは表面どんなにまぶしく粉飾を施していても、原理は太い単純なもので、そこさえ把握していれば、凡百の痴情はおのずから見透しがきくのであろうか。……江波に関しては、これと似た意味のことを橋本先生にも言われたことがあるが、あの時には間崎のほうからもかさにかかって反駁することが出来たのに、いまは彼の自慢の円転滑脱な喉の笛を残らずふさがれてピーとの音も上がらない不振なありさまだった。

「……考えてみます……」

あやまるようにそう答えた。だが彼の内心には、それとは反対な、江波に対する倒錯した烈しい嗜欲(しよく)が青い爪のように鋭く伸びかかっていた。……人間って実に仕方がないものだ、と間崎は考えた。

江波がお銚子や洋酒の瓶を載せたお盆を抱えて室に帰って来た。毛布に包まれて死んだ者のように横たわっている母親の上にかがみこんで、

「いい具合に眠れたようだわ。このごろ、眠ってる時は呼吸もしないようにしいんとなるので、二人ぎりだと何だかこわい気がすることもあるわ」

卓袱台に深く坐りこんで、男には杯、間崎と自分には小さなコップを配り、招くような手ぶりをしながら、

「みんなもっと近く坐らない？　これから私が御主人役で三人ぎりの酒盛りを始めますから……」

「貴女も飲むのかな」

男はニヤニヤ笑って卓袱台にいざり寄った。

「ええ、少しばかりいただくわ。先生、ごめんなさいね——」

「うん、ほんとはよくないんだけど、まあいい」

間崎は曖昧なことを言いながら自分も進み出て小さな輪の中に加わった。三人の顔と顔、胸と胸がてれるほど間近く向き合っておかしな気分だった。

「……いまお店を覗いたら、貴方のお仲間が大勢来ていてとてもにぎやかだったわ」

「——うちの奴らだけかい」

「いいえ、ほかの船の人も少しいたわ」

「——なんか言ってなかったかい」

「べつに。……でも誰かと喧嘩したとかするとかって浜田さんが一人で力んでたようだったけど……」

「うるさい奴だ。一昨日どこかで神通丸の奴らと口論したとか言ってたっけが……」

男は江波が注いでくれた最初の一杯をひといきで飲み干し、あと、手酌で二、三杯たてつづけに喉へ流しこんだ。熱燗だけに香も高くほんとにおいしそうだった。

「先生。これ、ペパーミント、うす甘いのよ。召し上がれ。私もいただくわ……」

「いや、僕もそっちの熱いののほうがいいな。うまそうだ」

「じゃお一つ」

男は自分のを空けて間崎に杯を差した。

「あら。……ほんとは私もそのほうが好きなの。でも女だてらに、と思われては困ると思って……」

「女学生だてらにだ、先生の前だてらにだ、ハハハ……」

男は大きな声で面白そうに笑った。

「じゃこんなもの下へ押し込んでしまうわ。……いや、私お酌してもらうのは嫌いなの、一人で好きな分だけ注いで飲むの……」

江波はペパーミントの瓶を卓袱台の下に押しこみ、杯を一つとって、親指で中を一度こすってから、熱い液体をあふれそうにコポコポと満たした。そして、眼を耀かせ、奇妙な薄笑いを浮べて、ややしばらく金を溶かしこんだような液体の色にじいっと見惚れていたが、ふと厳粛ともいわれそうな顔つきに変じ、素早く杯をとり上げると、眼を深く閉じて一ぺんに中身の半分ぐらいの量をゴクリと口に含んだ。深い縦皺が幾本も現われ出ていかにも苦そうな面持だった。止せばいいのに……、と間崎が思ってるうちに、閉じた眼や顔が蓮の蕾が弾けるような勢いで一時にパッと開き、それが嘘みたいにいきいきした美しい顔になっているのだった。間崎は感心し、釣られて自分も杯を口に運んだほどだった。江波はつまみの塩豆を一と握りつかんで、間崎の白い掌と男の厚い掌とに少しずつこぼしてくれて、

「先生、さっきママがいろんなことを口走った中に、健吉さんが私を盗んだとか言ったけど、あんなことでたらめよ。……ママはこのごろ自分が寂しくなると、何か頭にギザギザ突き刺さるようなきわどい思いつきをほんとのことにして口へ出して、自分を自分で慰める癖がついたのよ。そんなの、分るでしょう。……私たち子供の時分にはみんな少しずつそうですものね。ママ、気の毒だわ。そんなきわどい空想もいつかは種切れになるにきまってるんですから……。

健吉さんは立派な人だわ。この人ほんとは知識階級（インテリ）なの。商船学校を出てから欧洲航路の一流船に乗り込んだんだけど、人に頭を下げることが嫌いなもんだから……」

「恵ちゃん。そんないや味なことを言うのはよせよ。酒がまずくならあ。要点は、恵ちゃんが僕みたいなゴロツキとはなんの関係もない清浄無垢な令嬢であることを先生に信じてもらえばいいんだろ。そのために僕までをゼントルマンに仕立てることはやめてくれよ。背中がうすら寒い……」

男は大きな眼玉を光らせて近間からぶつかりそうに江波を睨みつけた。

「なんだ、自分こそ曲ってるわ。健吉さんみたいなの、自分じゃ潔癖のつもりかも知れないけど、結局気取ってるにすぎないと思うわ。生臭坊主っていうとこよ。……私は先生に自分のことを、特別に――自分の実質以上によく思われようなんて考えてやしないわ。なぜって私は欠点が多いこのまんまの私を好いてくれる人がたくさんあると信じていますもの。そんなくすぐったい顔をしなくもいいわ。その自信は私の鼻の先にぶら下がってるんじゃなくて身体中の毛穴に沁みこんでるんだから、ちっともイヤ味じゃないのよ。……自分を素直に出せない人はいじけてる人だわ」

江波はときどき唇を大きくなめずりながら溌剌として釈明を試みた。二つの唇が赤い生物のようにつやつやしかった。男は胸から出した手で自分の顎をつまんで、苦笑を洩らし、

「そんなものかね、お見それして失礼した。……しかしだね、欠点だらけの自分を素直にさらけ出して喜ばれるのは女に限るからね。喜ぶのは男たちだ。変った女だ、面白い女だ、と涎を流してワイワイ騒ぎたてる。触れやすくて味の変ってるところが気に入る原因だ。男がそんな意味で素直に自分をさらけ出したら踏まれたり蹴られたり、ひどい目に合わされるにきまっている。イヤ、女だって実際はひどい目に合わされてるんだけど、知恵が浅いから自分は個性を認められて幸福なんだと思っている。その夢はすぐにあっけなく崩れてしまうんだがね……」

「そう、私もそんな気がするわ。だけどそりゃあ男の人だって、初めっから相手をしゃぶるつもりはなく、割合純粋に女の性格に感心するんだけど、あるところまで行くと実際の生活と情熱との間に喰いちがいが生じてきて、自然と女を不幸におとしいれるようになるんだと思うわ。だから男だって一概に責めるわけにはいかないわ」

「なあんだ、そんなところまで承知でかかってるんじゃ世話がねえや。自分を殺す人間の気持を察してやったって仕方がないと思うんだがね。……先生はどう思いますね？」

二人が会話している間、間崎は肺腑をえぐられる思いで聴いていた。二人とも自分を対象として語っているのでないことはわかりきっていたが、他人の話の内容にちょっとでも自分の弱点に触れた箇所があると、それを自己の全面に侵蝕させて、満身羞恥の塊りのようにボッボッと燃え上がってしまうのが間崎の生来の悪癖の一つであった。いまも彼は見るも気の毒な醜い真っ赤な顔をして、冷えた苦い杯を、憑かれたように頻々と唇に運んでいたのだった。男の質問が突然自分に向けられたので、あわてて杯を置くはずみに、それをひっくり返してしまい、

「えエえと、それはですね……。僕の考えでは、事実というものは、貴方の考えてることと恵子さんの考えていることとの中間を動いて行くものじゃないかと思うのです。たしかにそうなんです。恵子さんは空に浮きすぎているし、貴方は地面に埋りすぎている――、とそう思うのです。そうすると、ここに第三の中間地帯が現われるわけですが、何も私は自分の立場が正しいと主張するわけではありません。三者それぞれに正しいところがあるのだと思います。一体人間というものは、日常生活のさもない問題では、天賦の性能や境遇のいかんに関せず容易に一致点を見出だすものですが、少しく切実な生活上の問題になりますと、境遇や性能に応じて各個に判断が分れてくるのではないかと思うのです。我々の生活の核というか芯というか、それは実に微妙な気合いのところにつくられているのであって、他人の窺窬や批判を絶した一面をもっているのではないでしょうか。その面へ土足で踏み込まれては困るのだと思います。Aにとっては一顧に値しないように見えるものであっても、Bはそこに自分の生活の核を大切に培養していかなければならない。そのほかには生き方がない。そういうものだと思うんです。……なんだかこんぐらかって自分にも分らなくなったようですが、ここらで一つ貴方に結論をつけていただきましょうか……」

間崎は棄て鉢なものの気配をかすかに匂わせて、無理に見開いた、大きな、小皺に包まれた眼で男の顔を正面に見つめ返した。瞳の隅には江波の顔の一部分も生白くこびりついていた。

「さあ、そういう細かなむずかしい話になると私らには分りませんがねえ。……私は自分がどんなに零落(おちぶ)れても、自分のやけくそな気持にもっともらしい理屈をつけて他人様(ひとさま)に強いることだけはしないつもりでいますがね。それもつもりだけで、出来てるかどうかは自分にゃ分りっこないことだけど……。貴方は生まじめな面白い人だと思いますよ。私は、どんな身分の人間でもかまわない、とにかく自分の平常(ふだん)の生活(くらし)にガップリと鉤を深く喰い込ませて生きてるような人間が好きなんですよ。サラサラした滑りっこい人間は虫が好かない。犬に譬えて言えば、仕込まれて人間臭い芸を覚える生賢(なまさか)しい性質(たち)の奴よりは、噛み合いをするより能がない土佐犬(とさいぬ)のほうが性に合うってわけですよ。犬でも人間でもああいう一徹な愚かさというものは考えようではなかなかいい味のものでしてね。この野郎、しんねりと生きてやがるな——。そんな感じがするんですよ。……先生もどうかその鉤をいつまでも深く喰い込ませて暮していってください。大抵の奴はいい加減のところで物の分りがよくなりたがるんだが、私に言わせるなら、変な物知りになったが最後、そいつはもう呼吸の通った生きた代物じゃないと思うんですよ……」

男は江波に杯を注がせながら、不思議なほど綺麗に澄んだ眼の光りを穏やかに間崎に注ぎかけ、朴訥だがあふれ出るように豊かな語調で、長講一席を弁じ了えた。どこで始めてどこで切ってもかまわないといったふうな実のこもったお喋りだった。間崎はかつてないくつろいだ温かい心に触れる気がした。少し焦り気味に、

「……鉤ですか？　鉤なら変な自信もあるんですが……。もっともそれはずいぶん危なっかしいおかしげなひっかかり方をしているらしいんですが、しかしともかく、朝も昼も晩も、終始、何かにせかせかとひっかかっていることだけは確かなようです。参考までに伺うんですが、貴方の鉤はどんな具合なんですか？」

「ハハハ……、貴方がさっき言った通りですよ。私は鉤をあまり深く喰い込ませすぎたんで、重味で自分が曳っぱられて、土の中に頭まで埋ってしまった人間でさあ。こんなのも生きてる人間の部類には入らないのかも知れませんねえ……」

「私は？　私の鉤は――？」

　江波は眼の縁をうす赤く染めて、顔全体が狐面（きつねづら）にとんがり出たような、変になまなましい感じをにじませていた。

「恵ちゃんなんぞにゃ鉤なんかないよ。まだ子供じゃないか。……それより早く東京へ勉強に出て行くことでも考えるんだね。一人ぎりでこんなママの相手を務めてたんじゃ恵ちゃんだって古草履みたいにくたびれてしまうよ。ママはたちの悪い奇妙な病気なんだ。何というか、腹

をキリキリ減らした巨きな牝牛が柔らかい青草に飢えているように、ママは他人の若い素直な生命をむさぼり喰わないと一刻もしのいでいけない業病に取り憑かれているんだよ。男でも女でも相手は誰だろうとかまわない。その純な生血の最後の一滴まで吸いつくすまでは、だにのように絡みついて離れないんだ。そして困ることには、それでママの病気が癒るかというと、一層その中毒症状が昂進するばかりで、結果はますます悪いほうに傾いていくばかりだ。だから、これ以上病気が進まないうちに、思いきってママを一人ぼっちにしてしまったほうがいいのだ。自分を甘やかす者がそばにいなくなれば自然にママも正気にかえるだろうから……。明日にでも恵ちゃんは東京に発ったほうがいい。自分の貯金帳をもって……。そうするのが結局ママに対しても孝行することになるんだ。女学校のほうはまだ卒業してないわけだけど、三学期もあと少しだから、この後全欠席しても及第だけはさせてもらえるだろう。ね、そんなふうに覚悟を据えたほうがいい。明日、明後日……。ここ二、三日中に飛び出してしまうことだ。向こうへ行って当座落ちつくところぐらいはおれにも心当りがあるから……。なまじママを気の毒がって、このごろみたいにママに生き血を吸われながら一緒に暮していたら、恵ちゃんのほうがとり返しのつかないことになるぞ」

「――どんなになるかしら、私？」

「それを知りたいのか？　そうだね、ママに心の青草を根こそぎむさぼられてしまったら、恵ちゃんもママとそっくりな女になるばかりだ……」

どうだ、恐く（こわ）はないか、と言いたげな男の口吻をあっけなく裏ぎって、江波は静かな考え深い調子で、

「それがそんなに悪いことかしら――」

「悪いとも、ばかめ！　親子二代そんな生活を受け継ぐことはないじゃないか。そんなうじゃけた汚ならしいことを平気で口に上せるのはママの病気がそろそろうつりかけてる証拠だ。ざまあみろ！」

男は意外にも真率な憤りを語気にほとばしらせて江波を睨みつけた。平手が飛びはしまいかと間崎はひやひやした。

「健吉さんは清教徒（ピューリタン）なのね。だからママが好きになったんだわ。世の中のことに本気で腹を立てられる人は豪いんだと思うわ。私には一つも腹立たしいことがない……。健吉さんは豪いんだわ」

「な、なにを言う。大人をからかうのは止せ。おれだって腹が立つことなんかありゃあしないよ。言葉が荒いからそう聞えたまでだ。チョ、揚げ足をとるのは止めてくれ……」

男はおかしいほどムキになって前言の釈明に努めた。人にはどこか衝かれて痛いところがあるものらしい。

江波は顔がほてるのか、両手で眼の上から強く二、三度こすり下ろして、

「自分で勝手にひねくれているんじゃありませんか。……でも私やっぱり東京に出て行こうかしら」

「どうなと恵ちゃん次第だ。おれはもう言いたいだけのことは言ってしまったんだから、後は一日も早く船に乗ることにするよ。たまに陸へ長く上がって人中にもまれていると、頭が細かく意地汚なく働き出していけねえ……」

「健吉さんはシンが弱虫なんだわ。世の中とまともに向き合うことを避ける暮しばかりしてきたものだから、まともな暮し向きのことになるといつまで経っても赤ン坊同然でちっとも用が足りない人なのねえ。口前だけは辛辣そうだけど……。それから喧嘩も強い……。あとは空だめ」

「痛いことを言やがる。……でも、な、恵ちゃん。おれは自分の痛い悪口を言う人間をだんだん好きになる困った性分をもってるんだぜ。ことに相手が女だとなおそうだ。気をつけたがい い。ハハハハ……。どうです、先生。この年頃で人の心の裏の裏まで読んだようなことをあっさり言ってのけるんだから、誰だって少しは惚れてみたくなるじゃありませんか、ねえ……。

もっともいまの問題について、私は私で一つの考えをもってるんですがね。それは、私自身、たった一つのことのほかには役に立たない人間になりたいものだと思ってるんです。先生のお

考えはどうです。率直なところを聞かせてもらいたいものです」

間崎は平素、自分を、書斎臭の乏しい俗物的な人間だと思っていた。が、この室で二時間近くも過したいまは、自分を、尻の抜けた、いい面の皮な、形而上(けいじじょう)の世界の住人だと認めざるを得なくなった。話しても言葉が通じないんだというはかなさが脳天まで上りつめ、口蓋(こうがい)の噛み合わせがゆるみ、喉の中の声を出す小機械が腹の底へストンと落ちこんで、それをもとの位置に引き上げるだけでも容易ならぬ気力を要することに思われた。

江口健吉から正面切って返事を促されるに及んで、間崎は、声の出をよくするために、無理にいきばんで二つ三つ咳払いを洩らし、不自然な低音(バス)で、

「一つのことのほかには役に立たない人間——というんでしたね、考えとしては分りますが、実際的には成り立たないんじゃないんでしょうか。……貴方の言う一つのことというのは、何かこう絶対無上の抽出された真実の意味らしく聞えるんですが、もしそれだとしたら結局一つの夢にすぎないんじゃないかと思います。一つのことというのは他の無数のものとの相関関係においてはじめて存立し得るものであって、単純な孤立した一つというものは事実として成り立たないと思うんです。……そこで、露骨に申し上げると、貴方は、恵ちゃんが言ったように、見かけ倒しで案外シンが、弱いか、あるいは潔癖すぎるかして、あまりに早く人生を見限った方じゃないかと思うんです。僕に言わせると、見限るのはよくない、どんなに醜い情けない恰

好をしても人生に喰いついて行くべきだ、そのためには『……資本ハ、活キタ労働ガ蓄積サレタ労働ノタメ、ソノ交換価値ヲ維持シカツ増加スルタメノ手段トシテ役立ツトイウコトニヨッテ、ハジメテ成リ立ツ』とか何とかわけの分らないことを言って粘るのもいいし、『南無妙法蓮華経』で頑張るのもいい、ともかく見限ったり投げ出したりするのは人間否生物の生き方として、敗北だと思うのです。それで、貴方の言う一つのこと云々というのは、気休めか口実としてのほかは意味をなさないものになってくるのだと思います……」

そこまで押しつけるように語り続けた間崎は、ふと口をつぐんでしばらく考えこみ、ふだんの声にかえって、

「……しかしですね、かりに僕がいま述べたことが正しいとしても——多分正しいのでしょう——、正しい解説が出来る僕と間違ったモットーを掲げている貴方と、どちらがこくのある質実な生活をしているかということになれば、これは貴方のほうに格段の分があることは確かです……」

男はムッとした調子で間崎の言葉をさえぎった。

「ばかにしちゃいけません。先生の言ってることはまるで遊び事みたいじゃありませんか。おしまいになってそんなつまらないことを言い出すぐらいなら、初めっから、何も言わないほうがいい……。恵ちゃんもよくその手をやるが、そういうのがいまどきの若い者のはやりですか

ね、いやなことだと思いますね……」

四十四

男がまだ何か言い続けようとした時、隣室のうす暗い障子をあけて、けばけばしい身装（みなり）をした女給風の女が、呼吸を荒くして駈けこんで来た。男のそばにすべりこむように坐りこんで、

「大変よ、貴方のとこの人たちと神通丸の人たちとが空地で睨み合ってるわ。向こうから呼び出しをかけたのよ。早く行っておやんなさい」

「いまか？――」

男は立ち上がって帯をきつく締め直していた。

「ええ、今出て行ったばかりだわ」

「みてくる。……恵ちゃん、この上草履をちょっと借りるよ」

男は、物腰は普通だが、声の調子に別人のようなはりをもたせて、無造作に外へ出て行った。

女もその後を追った。

二人きりになるが早いか、間崎は、男のことを気にかける余裕もなく、喉がククーと鳴くよ

うな青々しい嘆息を洩らして物欲しげに江波の顔をむさぼり眺めた。鼻の尖に、口でするとは別個の、小さな乱れた呼吸づかいが通っていた。そういう間崎とは反対に、江波は、酒が利いたのか、大ぶりで肉づきの豊かな顔に不思議な艶をみなぎらせ、いつもよりは唇の線もきつく、眼も炯々（けいけい）と光り、なにか傲然とした気がまえで、間崎の視線をまともから荒々しく奪取していた。深い呼吸づかいとともに、厚味のある胸が嘘みたいに大きくふくらんだりまたペコンと凹んだりした。ああ、この陰陽あべこべな眼つきの交換は、すでに二人が肉の世界に耽溺しはじめた哀しい兆しではなかろうか……。間崎は夏のいら草のようにほてった生々しい臭いに全身染るばかりだった。

この時思いがけない事故が二人の重苦しい幻想を破った。いままで死んだ者のように音がなかった江波のママが、突然しわがれた声でボツンと物を言い出したのだった。

「――いま何時だえ？」

声も陰気だったし、なにしろあまり不意のことだったので、間崎は水を浴びたようにゾッとして、思わず首をさしのべて声が出た方を覗いてみた。と、ママは向こうむきに寝たままなのでいくらかホッとした。江波はことさら微動だもせず、間崎にじっとしておれと言わんばかりに、人差指を唇に当てて片眼を閉じ片眼を大きく見開いてちょっと睨む真似をし、柔らかい作り声で、

「ママ、目がさめたの？　まだ十時をちょっと過ぎたばかりだからもう少し休んでたほうがいいわ……」

「――健さんは？　ここにいるかえ？」

「――」

「あの人は外へ出て行きゃあしまいね。今夜あたり神通丸の人たちが呼び出しをかけるかも知れないっていう話だったが……。ああ、いま誰かここへ入って来たようだったっけね、そして……、あっ！　健さんはいるかえ？」

おしまいの言葉を裂くように鋭く叫ぶと、烈しい寝返りを打って室をきしめかせた。そうしてはじめて両手を後ろに縛られていたことに気がついたらしく、「いたい、いたい……、チキショウ、人をしばりやがって……」と罵り(ののし)ながら、畳にズシズシ身体を匍わせて、室内を隈なく眺めまわした。

間崎の姿が目に触れると鼻紙のようにひねり捨てた。

「健さん！　いない！　あっ、あっ、大変だ、あの人は殺されるかも知れない。恵ちゃん！お前行って連れ戻して来ておくれ。すぐだよ、すぐだってばさ……」

裾を生白く乱して、起き上がろうとしては首だけもたげるのがやっとで、すぐにまた倒れてしまう。江波は危ないものを避けるように、とくから立ち上がってうごめく母親を呆然と眺め下ろしていた。

「ママ、心配しなくもいいのよ。健吉さんはみんなをなだめに行ったんだから、もうすぐ帰って来るわ。ねえ、先生……」

「ばか、あの人はそんな人じゃないんだ、すぐに連れ戻しに行っておくれ。……先生、お願いだから先生も行ってください。あの人が危ないようだったら助けてやってください。早く！早く！　もしあの人が頭でも割られたら……早く！　早く！」

「じゃあ、ママ、ちょっと行ってみるわ。じっと休んでてね……」

手を解けとも言わねば解こうともせず、江波は眼顔で間崎を誘って室の外に連れ出した。それに従いながら障子を後ろ手に閉める時、間崎はママの乱れた姿に灼けつくような一瞥を走らせた。そのままに放っておくのが実際に心配だからでもあったが、それよりは彼の眼をうるおしている動物的な分泌物の自然作用であったというほうが当っていよう。

「ほんとに喧嘩なんかにはならないんだろうねえ」

間崎はふと闘争の恐れを脳裡に感じて戦く声で江波に訊ねた。理屈で考えれば、いまどこでどんな殺戮が演じられていようと、それを自分の戦慄として感ずるいわれはないわけであるが、間崎の疲労した神経は、観念には病的に鋭く感ずるが、事実に対しては割合に鈍感な、倒錯した作用しか出来ない状態にあったのである。江波は投げやりな調子で、

「もう殴り合いが始って怪我人ぐらい出来てるかと思うわ。でも健吉さんはだいじょうぶだ、だからママは心配しなくもいい、ということだけはほんとなの。なぜってあの人強いんですもの。……それにあの人たちにとってはときどき喧嘩するのが大切な生活要素の一つなんだから、打(う)っ捨(ちゃ)っておいたほうがいいんだわ……」

店へ下りる敷居をまたごうとするところで、江波は何を思いついたのか、ガラス戸の蔭に二、三脚重ねられてあった補助椅子を起して、間崎の腕を引っ張るようにしながら、二人並んでそこに腰を下ろした。

「ねえ、先生喧嘩してる人の顔を見たことがある？　あんな美しいものないと思うわ。船乗りなんぞ、ふだんにお店で飲んでる時見ると、髭がモシャモシャ伸びて、唇が垂れていたり鼻がまがっていたり、歯が欠けていたり頬がたるんでいたり、ずいぶん困った顔の人が多いけど、それが喧嘩だとなると、いろんな困った顔が見ちがえるように生気を帯びてきて、眼などことに美しい純粋な光りを放ち出すの。欠点としか思われなかった顔の諸造作がどれも抜き差しならない個性の相を帯びてきて、ちょうど名匠の彫刻でも見てるようなたくましい感じに打たれるんです。もしも男がいつもあの烈しさを生活の表面に押し出して行けるものだとしたら、女は男に隷属(れいぞく)した生活のみに自分の幸福を見出だすに相違ないと思うの……」

「つまらない……。何を言ってるんだ、君は。外の様子を見て来なきゃあいけないじゃないか」

　間崎は江波が自分のに絡んで弄んでいた腕をもぎとって怒ったように立ち上がった。後になって、彼は、自分がその時ほんとに怒ったのか、それとも江波の言った男の美しさを反射的に自分の上に現わそうと試みたのか、はっきりした判断がつかないような気がした。

　店は空っぽで、ところどころ椅子が倒れ、テーブルの上には酒肴(しゅこう)の残骸が汚ならしく散らかっていた。かけっ放しにされた蓄音器はネジがゆるんだ奇妙な濁音を立ててレコードの筋目をのろのろ回転していた。たった一人、顔に吹き出物がした女給が、壁板に頸(くび)をもたせかけ、眼を閉じ口をあけて苦しそうにあえいでいたが、間崎たちが土間に下りた途端に、掌で口を押えてうつむいたかと思うと、家鴨(あひる)のような声をたてて大量の汚物を吐瀉(としゃ)した。間崎は見ないことにして二、三尺開いていた出入口から草履のままで外に出た。江波はどういうわけか後ろから間崎の手にすがりついてちょっとの間も離れなかった。

　家の前の路上に四、五人の女給たちが一と塊りにかたまって、空地の方を透かし見ながら熱っぽくささやき交わしていた。

「どうして？　健吉さんは――？」

「あっ、恵子さん、だめなのよ。今夜はみな酔っ払ってもいたし人数も多いし、きっと大変なことになるわ。警察へ電話かけようかって言ってたとこなの。めんばんさんもバーテンさんまでも駈け出して行っちまったわ。……よくは見えないけど、今、誰かぶたれて倒れた様子だったわ」

眼をこらすと、少しへだたった空地の向こうに十二、三個の人影が動いたり立ったりしているのがおぼろげに見てとれた。

間崎はなにげない風で自分の手から江波の指を一本ずつ力を込めて引き離した。そして一人で店に引っ返した。江波は大きな眼でその後ろ姿を眺めていたが、確かに店の中に入るのを見届けて、気を許して女給たちの仲間に加わった。

――店に引っ返すと、間崎は変にそわそわして、いちばんに羽織を脱いでそこらの椅子のもたれにひっかけた。蓄音器は止っていた。悪酔いした例の女給は汚物があふれたテーブルの面に顔を伏せて鼾のような鼻息を洩らしていた。間崎はツカツカとそばに歩み寄って、ポンと背中をたたき、

「君、君、心配することはないよ。……僕はいま君のためにも一つ人生の新しい側面に切り込んでみるつもりだからね……」

てんで意味が通じそうにもない慰めの言葉を浴びせかけてそばを離れ、さっきここを過ぎた時目に触れた、柄が長く胴体が四角な洋酒の空瓶を勘定台の飾り棚から奪いとって小脇に隠し、そのまま外の薄明かりの中に空っぽな勢いで駈け出した。女給たちがかたまっているところは、

端の一人にぶつかるぐらいすれすれに走り抜けた。「ああア」と誰かの魂消る声が耳を追いかけて来たような気がした。……高田の馬場ではあるまいし、こうして走っていって一体何をするつもりなのだ？　敵討ち？　誰のための……？　愚劣な感傷に溺れるのは止したがいい。……いや、自分にはハッキリした理由があるのだ。第一に江波のママからあの人を助けてくれと頼まれたではないか。第二に自分は酒をしたたか飲んでいる。第三に自分は今日一日汚辱にまみれて孤独だった。第四に自分は女たちが好んで隷属する烈しく純粋な男にならねばならない……。間崎は自分の行動を合理化する口実を紙芝居の絵のように幾枚も差し換えながら、風に送られる木の葉のように気まぐれな速度で走り続けた。

広場には無気味な沈黙がはりつめていた。眼がなれてみると、およそ十二、三個の黒い人影がおのずと不揃いな二つの線をなして対立し、その形のままで右回りに少しずつ移動しているのが分った。いきなり見た人はみんなで落し物でもさがしているのかしらんと思ったであろう。

間崎は少し離れたところから角瓶の柄を砕けそうに握りしめて江口健吉の輪郭を物色した。霧が霽れやらず、広場の向こうのカフェー街の灯は、低い空にうるけたようにポツポツとにじんで見えた。その時、対立した人の線の、いちばん近づき合っていた端の方が急に入り乱れた一と塊りになり、「むウ、むウ」と聞える低い呼吸づまったうめき声を洩らして、ことさらのようにのろくさく揉み合いをはじめた。（やった！……）間崎は胴震いをして二、三歩後ろへさがった。塊りはあっけなくほぐれてもとの線にかえった。が、そのあとの雪の上に黒い影が一つ長く伸びて動かなかった。(死んだ——？) 間崎はそれまで憑かれていた不潔な興奮が一ぺんに滅却するような恐怖に撃たれた。だが勝手なれない世界では何もかもが彼の思惑を裏切り、長く伸びた黒い影はムックリ起き上がって、「チクショウ、負けるかい……」とさっきの続きのような間延びした捨て台詞を言いながら味方の陣に馳せかえった。すると、そこでも思いがけない小ぜり合いが始り、結局戸惑いして敵の線にとびこんだその気の毒な男は、したたかに殴られて、少しよろめきながら仲間のところに逃げて帰った。

「やい、お前らどうしても止さねえのか……」

さびた余裕のある江口健吉の声だった。

「江口さん……、僕も来ましたよ、おたすけしようと思って……」

間崎は子供っぽく呼びかけて声のする方へ小走りに駈けよった。

「ひっこんでろ！　邪魔だ……」

男の声には鋭い怒気がこもっていた。

「いや、そういうわけにはいきません。頼まれたんですから……」

間崎はそら呆けて勝手な所に自分の位置を占めた。

「お前、誰だい？」

隣にいるジャケツを着た男が間崎の耳をグイとひっぱって顔を自分の方に向けさせた。その男は片眼で凄い顔をしていた。

「達ウ、その変人をどこかへ突きとばしてやれ……」

男が容赦ない声でこう命じた。——こんないざこざが味方の陣の隙になったのか、敵は「ウォー」と吠えるような喊声をあげてジリジリと肉薄してきた。どんな障壁に出会っても決して後退しないだろうと感じさせる徹した気魄を全線にみなぎらせて……。

「野郎ども、来やがったな！　江口、いくぞ！——」

片眼の男は嬉しがってるとしか思えない喉鳴きするような声で怒鳴って、一と足先に踏み出した。

「達ウ、組むんじゃないぞ。……大勢だ。……それから先生、お願いだから退いてくださいよ」

男は思いがけない丁寧な声でも一度間崎に呼びかけた。間崎は返事をしなかった。その余裕がなかったのだ。敵は一人々々の顔の見分けがつく所まで迫っていた。一つ一つハッキリ違った顔でまたどれも同じ顔でもあった。物に驚いているような素朴滑稽な顔、顔、顔……。彼我の距離が五、六尺に縮まった。と、それまで旺盛な殺気が流動していた双方の陣列が急激な硬直状態におちいり、正確に言って十五人の男たちの、四肢の活動も呼吸の自由も、一枚の厚い板のように固くのされてしまった。間崎が意識している限り、この出来事の前後を通じて、この瞬間がいちばん恐ろしいものであった。相手方に刃物を握っている者があるらしく、金物の光りが薄闇の中にピカピカ光ったが、浅はかな気がしただけで恐くも何とも感じなかった。——人間はあらゆる場合に処する適応性を植えつけられているのだ。このことは人間の栄誉でもありまた恥辱でもある——。

「ガッ!」と叫んで、片眼の男が棒をふるって突き進んだ。硬直した気合いが一時に脆く崩れた。空気が燃えるように熱かった。間崎は声のない必死な叫びを喉の奥で発し、角瓶を斜め後ろにかまえて、吸いこまれるように敵の線に飛びこんでいった。ひどい混乱が生じた。眼が見えたり見えなくなったりした。人々は入り乱れてわざとのようにのろくさく動きまわっていた。間崎自身も眼の前に見えた誰のか分らない後ろ肩や横面を目がけて二、三度角瓶をふり下ろしたが、いかにも間延びしていて、またねらったように空間ばかりを打ち下ろすので、ふとばかばかしい気がし出して、しばらくぼんやり突っ立って、人々の揉み合う様を遠いもののように迂闊に眺めていた。(喧嘩に慣れた人間は角瓶の底をぶっこわして空にしてから武器に用いるということを間崎は知るはずもなかったのだ)と、後ろの方に異常な気配を感じ、本能的に首を縮めた途端、黒い大きな影が何かの翼のように身体をかすめ去り、同時に針を当てられたような鋭い瞬間的な痛みを後頭部にチクリと感じた。間崎はわれにもなく五、六歩よろめいたあげく、雪の上にペタンと尻餅をついてしまった。「チキショウ」と、彼ははじめて気が抜けたような罵声を発した。そして、今ごろようやく、渇望していた動物的な怒りが沸々と血の中に湧き立つのを自覚し、静かに立ち上がると、決然とした勢いで再び争闘の渦中に突進していった。が、何ということか、彼の身体は前へ進む代りに反対に後ろの方へズルズルと引き戻されていったのである。間崎は初めそれを錯覚だと思い込み、やるせない不安状態におちいりかけたが、ふと、誰かが帯をつかんで強引に後方へ曳きずっていることを意識し、踏み止まってそれに抵抗しようとしても、麦殻(むぎがら)同然で自分にはなんの力もなくなっていることに気がついた。やがて、片腕をなにか温かい重味のあるものに巻きつけて、遠いところへ際限もなく運ばれていくのが分った。彼の意識は急速に薄れて消えた。そして、後には、後頭部一面の薄荷(はっか)をなすったように涼しい皮膚感覚と、時おり鼻の先によみがえる嗅ぎなれたある体臭への哀感とが、彼の生存の唯一の反応としてしばらく末梢(まっしょう)的な営みを続けていたが、それすらもじきに忘却の深淵の中に葬られてしまった……。彼が角瓶を握って店をとび出してからこの結末をみるまで、実はごくわずかの時間が経過していたにすぎないのだった。

——何ほどか経って間崎はふと眼を薄く開いた。星空が見えた。視力が衰えているので、明暗の関係を定かにとらえることが出来ず、目前はるかな大空の星の耀きもガラス屑か銀紙細工を張りつけたとしか思われなかった。

波の打ち上げる音が寝ている地面の真下からのように寒々と身体に響いてきた。後頭部の薄荷をなすったような涼しさは首中に拡がって強い輪をはめたようにズキンズキン脈打っていた。

「困っちゃうな、せんせい、せんせい……。誰か来てくれるといいんだけど……」

江波の泣き出しそうな声だった。手首をつまんで脈を診たり、胸の素肌に手を触れて鼓動を確かめたりしている。

「せんせい、せんせい。……黙っているとこわいわ。誰か来てくれるといいんだけど……、私にはもう動かせないんだもの。……痩せっぽちのくせに男ってずいぶん重いんだわ。……せんせい、せんせい、なんか言ってくれなきゃあいやよ……」

江波は自分の膝に間崎の首を抱きかかえて寝かせ、そばの新雪をつかんで自分の口中に含み、半ば溶かした冷たい水を口うつしに間崎の喉に流しこんでやった。根気よく幾度もそれを繰り返した。そのために彼女の舌や口蓋の感覚が凍りついてしまったほど——。口うつしということは無作法にちがいないが、しかし彼女が最初生まの雪を間崎の口に押し込んだ時、人事不省の間崎が苦しそうにむせかえったので、自然にこの手を思いついたのであった。ゴクリ、ゴクリと水が吸いこまれていく喉骨の蠕動を、そのつど、江波はどんなに烈しい歓喜の情をもって眺め入ったことであろう……。

間崎にはすべてがよくすべてが楽しいことに思われた。ただ波の重苦しいリズムだけが妙に気がかりでならなかった。その響きの中にはどんな状態にある人間にも甘えることを許さない厳粛な生活の警告がこもっているかに感ぜられ、どうしてもそれから逃れることが出来なかった。

江波はあせり、興奮し、声をつまらせて「えっ、えっ」と嗚咽の音をさえあげた。

「……誰も来やしないじゃないの……。いまに身体中の血がみんな流れ出して先生は死んじゃうんだわ。誰も来ない……誰も……。私、先生を海の中にほうりこんでしまおうかなあ……」

なんという奇妙な愛情の表現だ！ 間崎は自分が現在意識づいてることを江波に覚られるのもかまわずに微笑もうとした。が、柔らかく崩れかけた彼の顔は途中からみるみる苦痛の表情に引き歪められてしまった。彼ははじめて後頭部の燃ゆるような痛みを覚ったのであった。そして、その生々しい激痛を曳きずりながら、再び重苦しい昏睡状態に転落していったのである……。

四十五

間崎はふと目をさました。

自分の身体は明るい室の床の中に横たわっている。かつて見たこともない綺麗な室だ。壁や柱の飾り付け、調度類から察すると、江波恵子の室らしく考えられるが、確かにそうだと断定するだけの自信はない。寝返りを打とうとして身体を動かしかけると、後頭部に錐で揉まれるような激痛を感じ、思わず「うう……」と鈍いうめきを洩らした。もとのままにしていると、痛みはじきにおさまって、別段苦しいほどでもなかった。ただ全体にぼうっとして熱にでも浮かされているようで、物を考える力が湧いてこなかった。というよりは彼自身が好んでその呆然とした気分にいつまでも甘えようとしていたのかも知れなかった。

　間崎は顔の一カ所を枕(まくら)に押しつけたまま、眼玉を回転させなくとも楽に見える範囲内のくさぐさの物を飽かず楽しく眺めやった。壁の色、夜具の袖の起伏する線、柱の木目、畳の模様など——。だがそれらは人間の意図が加わった製作品として鑑賞されたのではなく、単なる物質として、衰弱した彼の精神に、原始的な作用を及ぼしただけのものだった。物質が存在する驚き——。間崎はぼんやりとまだ匍い歩きも出来ない稚い子供のころにも、いまと同じように自己の周囲にいろいろな「物」を発見して、くしゃみが出そうな驚きの気持に駆られた一時期があったことを思い出して、人間を奇妙なものに感じた。

　長押(なげし)にセガンティニの風景画の額がかかっていた。柱には幻怪なエジプト彫刻の首だけの写真がピンで止められ、その下にはどこから手に入れたのか与謝野晶子(よさのあきこ)の「劫初(ごうしょ)より作りいとなむ殿堂にわれも黄金の釘一つ打つ」という短冊が横っちょにはりつけられてあった。間崎にはそのエジプト彫刻の顔が気に入った。分厚いお河童の髪を深く垂れ、やせぎすな、それでいて無限のゆとりを感じさせる尖った顎をツンと突き出して、半ば驚き半ば哀しみを含んだ眼差で空間の一点を凝視しているその顔には、ギリシア期のやそれ以後の美術の人物画に見られるあの救いがたい低調な人間臭さは微塵も現われておらず、宇宙における人間の地位を暗示するかのような純粋で深遠な懐疑の精神がほのぼのと浸み透っているのだった。人間がこの表情を失ってから久しい年代が経過している。いつまたこの造物主の手から離れたばかりの真率な表情を回復することが出来るのであろう……。壁には映画俳優のブロマイドや、赤い蹴出し、白い脛を覗かせた浮世絵の美人画なども点々と貼られてあった。

間崎はふと枕許の青い切れをかぶせた器物に目をやった。それが便器だと分ると、「しまった、こんなことの世話までやかせていたのか――」と、まず恥ずかしさに打たれ、同時に朦朧とした気分が急に晴れ上がって、たったいままで眠っていた生々しい記憶が、一斉に、無秩序に、痛いほどに蘇ってきた。江口という男の顔、片眼の男の顔、山川博士の顔、宿屋の小母さんの顔、見なれない白い着物を着た女の顔、頭の明暗地帯に浮いたり沈んだりするそれらたくさんの顔にまじって、江波と江波のママの豊かな白い顔が大きな蝶のように特別にヒラヒラと踊ってみえた。

（……船乗りたちの喧嘩の中に飛び込んで……凶器で刺されて気絶した……誰かがここへ担ぎこんでくれたのだ……山川博士の手当を受けた……看護婦も来たのだろう……宿の小母さんは報せを聞いて驚いて見舞に馳けつけたものに違いない……すると一体あの晩から幾日経っているのであろう……学校ではどうしているのかしら……おれはだめだ、だめだ……）。間崎は興奮して熱い涙をポロポロとこぼした。何を考えても、一貫した筋が通らないうちに、おれはだめだだめだという最後の結論に崩れ込んで、湯玉のような涙がとめどもなくあふれ出た。間崎は掻巻（かいまき）の襟に額から下を隠して公然（おおっぴら）な泣き顔をつくって熱い一と時を過した。
階下から鼻唄にして唄う讃美歌の節が聞えて来た。江波の声だった。今日は日曜日だったかしらん――。間崎は掻巻から首を出し、泣き顔を柔らげてその歌に耳を澄ました。

み空かすむ　　のどけき日も
木枯（こがらし）ふく　　さむき夜も
いそしみまく　　みちのたねの
垂穂（たれほ）となる　　時期（とき）きたらん
……………

唄声は階段をペタペタ踏む草履の音とともに二階に上がって来た。と、次の室で障子にはたきをかける音が聞え出し、唄も、文句はききとれなくなって鼻音の節回しだけに変ってしまった。それがまたいかにも気楽そうだった。間崎はつり込まれて自分も久しぶりで何か言葉を言ってみたくなり、喉に強く絡んだ咳払いを一つして、

「――恵子さん、恵子さん、……いま何時ごろだい？」

瞬間しいんとなった。ごくわずかの間だが、間崎は変に自分の存在に自信がもてなくなり、あわてて同じ言葉を繰り返した。

「いま何時？――」

「あら、先生、目がさめていらしったのね。まあよかった。それで御気分はいかがですの……」

枕許に膝をついて間崎の顔を覗きこんだのは江波のママだった。襷がけで頭には手拭を姉様かぶりにしていた。

「あっ、貴女でしたか。……あまり声が似てるもんで……」

「あら、私こそいい年をして大きな声で讃美歌などを唄っておばかさんですわ……。先生、無理をなすってはいけません。まだ起きるのは無理ですわ。……はばかりでしたらここで済まされますから、そのままお休みになっていらっしゃい……」

「ええ、いい加減寝飽きたような気がしますから床の上に坐ってみたいと思うんです……」

寝ているのが何だかバツ悪くなって、身体を起しかけると、江波のママは後ろにまわって、

夜具をのけたり搔巻に腕を通させたり、気まめに世話を焼いてくれた。坐ると、一、二度眩暈がして倒れそうになったが、それがすぎると、嘘のように身体の調子がしっかりしてきた。

「だいじょうぶですか？　お顔の色も大分およろしいようだけど……。ようございましたわね」

江波のママは少し離れた所から首をかしげて、貧相な殿様然と床の上に端坐（たんざ）した間崎の姿をしげしげと打ち眺めた。白い顎が豊かにくくれて、間崎に注がれる目には、若い女たちには見出だせない、性的な未熟な匂いが失せた艶々しいすこやかな光りが宿っていた。

「水を下さい」

間崎は生気なく微笑んで物をねだった。

「水？　ここにありますわ」

間崎が後ろを向けていた方の枕許にある水差しをもち上げて大きなコップにコポコポと水を満たして差し出した。間崎は呼吸をつぎ足しながら夢中で飲み干した。そして、唇をなめまわしながら、前よりは大分気力を回復した微笑を湛えて、ややしばらく、江波のママの顔を弾くように見まもり、突然な改った口調で、

「ばかなことを仕出来して申しわけありませんでした」

搔巻の広幅の袖口から抜け出た両手を床の上に揃えてペコンと頭を下げた。

「まあ、何をなさるんです！……まあ」

江波のママはあわてて手拭と襷をはずし、自分も反射的に頭をちょっと下げたが、驚かされて黒くつややかな光りを増した眼から、綺麗な涙の玉が二た筋三筋ポロポロとあふれ出した。下唇を苦しそうに噛んで、顔を少しそむけ、

「申しわけないなんて……私にそんなことをおっしゃるもんじゃありません。私を苛めようとなさるんでなければ……。申しわけないのは私のほうなんです、先生だけへじゃない、世の中のみんなの人へ……。私は物心ついた小さい時分から、自分のようなものが生れてきて、まったく申しわけないことをした、皆さん、思いきり私を侮辱してください、私は自分のようなものが生れ出て世の中を汚ならしくした罪滅ぼしにどんな扱いをされても一切不平がましいことは申しません、私は私の生活それ自身で贖罪をしながら生きていきます、だから私の生活が醜ければ醜いほど私は気が休まり安心できるのですわ。——私はいつもそんな感情でいっぱいになって暮しているのです。ね、だから申しわけないだの済まないだのという感情は私一人だけでたくさんなんです。どうか私の領分を侵さないでください。私は一人ぎりで自分の泥沼に浸っていたいんです。私をそこから追いたてないでください。私はもうほかに生きる道を知らなくなってしまったのですから……」

手放しでグショグショ泣きながら語っていたが、次第に調子がヒステリックに昂進していき、

あるところまで来ると喉をふさがれたようにフッと言葉が切れてしまった。と、彼女は赤と黄の太い棒縞の前垂の端をつまんで、それを手拭のように拡げて顔中を忙しくゴシゴシ拭った。そして、今度上げたケロリとした晴れやかな顔の鼻のわきに、前垂からうつったらしい青い色が、悪戯な髭のようににじんでいた。

間崎は江波のママの突飛な詠嘆をきわめて自然なこととして聞いた。というのは、彼はたった今高熱のための昏睡状態からさめたばかりで、頭の中がまだ常識の煤煙で曇らされていなかったからである。彼は口をとんがらかしブックサと抗議した。

「貴女は間違っていますよ。貴女はそんなことを言って自分がらくちんな暮しをする口実を設けているにすぎません。そんな生活は観念の中にあり得るだけで、実際的には成り立つはずがありませんからね……」

「おや、それじゃ先生は私が娯しみながら暮していると思いますか?」

「そうも思いませんがね。しかし貴女が身体中申しわけない感情でいっぱいだという理由については、貴女自身たいへん勘違いをしていると思うんです。貴女は貴女の存在することそれ自身が先天的にやましい情緒のものであるように考えておられますが、そりゃあそうじゃなくて、貴女はただそう考えることによって、日常の不健全な生活を正当化しようと甘えかかっているにすぎない。で、貴女の身体中ににじんでいる申しわけないという感情も、そういう偽りをあえて冒しているという自意識から萌しているのだと思います。貴女はそんなこと知らないとおっしゃるかも知れないけど……。貴女が従来の自己認識から飛躍しない限り貴女はその粘液性の申しわけなさから永久に解放されるあてがなく、貴女には救いなしということになります……」

間崎が一見礼を失するかと思われる辛辣な批判を浴びせかけたのは、寝ざめ時のムッとした八ツ当り気分も多少手伝っていたに相違ないが、それよりも、ある底知れない空漠とした安心の境に溺れていたからだ、と言ったほうが当っていよう。言うも奇異なことだが、彼が最も雄弁であり最も辛辣であり得るのは、自分の言葉が相手に対して微塵も影響力をもたないということを確実に見透している場合に限られているのだった。反対の場合には彼は吃(ども)りがちで支離滅裂にしか語れない。これを現在の状況に即して言えば、自分の言葉がどんなに鋭い論理の鉾(ほこ)を備えていようと、海山の甲羅(こうら)を経た当の相手の生活形態に対しては、大木に蝉も同然で、なんら痛痒をも感じさせることが出来ないのだ。——そういう虚無的(ニヒリスティック)な安心の空洞が心の底に大きな口を開いていたのである。

江波のママは驚いたようにパチパチと眼ばたきをした。だが少しも感情を動かした様子は見えなかった。

「さあ、先生に叱られちゃった——」

そう言って間崎の顔を穴があくほど見つめ、肉づきのいい頰にプクンと靨をたたえて、

「でもなぜ先生はそんなに細かく物事を考えたがるのでしょうね。変ねえ……。私もじゃ一つ先生のまねして考えてみましょうか？　こう考えたらどう？　先生はいま恵子を通してのほかはあまりお馴染みもない私に相当ほんとすぎる痛いことをおっしゃった、ほかの人にならとても言えないかも知れないようなことを――。さあ、それが、さっき私が言ったように、私という人間は他人からどんな扱いをされても甘んじていなければならない宿命を荷っていることの現前の証拠だ。誰も私にならどんなことでも平気で言えるのだ……。こう考えたとしたら……」

間崎は青白い頰をボッと染めて弁明した。

「いや、違います、僕の場合は貴女に甘えて言ったにすぎません……」

「相手の人格をあまり尊重しない甘え方。ね、そうでしょう？……いいのよ、私は面白がって先生の考え方をまねしてみたんですから心配しなくもいいの。見え透いた慰めを言ってくれる人は山ほどあるけど、先生みたいに言ってくれる方は少いの。そのほうが気持いいわ。だけど私先生に教えておきますけど、ただ言うだけで、言ったあとの始末を自分で引き受けられないような忠言は、結局言わないほうがいいものなのよ。これは私のことでひがんで言ってるんじゃありませんよ。老婆心で御注意申し上げとくんです。……さあ、私はまた叱られないうちに

お掃除をすませましょうっと。……片づいたらお食事さし上げますからもう少し横になっていらっしゃいね。よかったこと、今日からお顔の色にほんとの生気らしいものが出て来ましたから……。恵子が帰ったら喜びますわ」

ママは再び姉様かぶり襷がけの姿にかえって、間崎のためにストーブの火を掻きおこした。

「――煙草くれませんか」

「はいはい」

ママは気軽に階下へ下りて行って、切子（きりこ）ガラスの灰皿セットに変った色刷りの舶来煙草の箱を二つ三つ載せたのを抱えて上がって来た。

「あいにく家じゃ切らしちまって……。これ、客が吸い残して行ったのを妓（おんな）たちから徴集して来たんですけど……。少しはおいしいのがあるかも知れませんわ……」

珍しいままに、一つ一つ箱の裏表をひっくり返して、なにげなくその一つの内箱の尻を押すと、二、三本ぎりの内容（なかみ）とともに露出した内箱の白い空欄に、男女の交歓を象徴する稚拙な線画が鉛筆で殴り書きしてあるのがれいれいと現われ出た。

「困った人たちだわ、わるさばかりして……」

江波のママは悪びれた風もなく、中から一本つまみ出して間崎の口にくわえさせ、ついでにマッチをすってくれた。間崎は恐れ入って、おごそかみたいなその巻煙草を二服三服と吸い続けた。久しくニコチンを絶っていたせいか、一時クラクラと眩暈がし、胃の腑が急に縮かんで強い輪のような吐き気が喉にこみ上げてきた。二、三度そういう発作に耐えると、やっと煙草の味が分り出し、それとともに五官の作用がにわかに活潑になり、ことに頭の傷口に塗布した薬品の臭いが、生熱い体臭を混じて、十重二十重に巻いた繃帯を通して蒸し返りそうに強烈に匂い出した。

江波のママは着物の裾を端折り、口の中でシッシッかけ声を洩らしながら、大童わでそこら中に雑巾がけをしていた。少し力を入れると、二階中がユサユサときしめき、また前かがみになって敷居などを拭いている後ろ姿というものは、世にもたくましいお尻が巨然とはりきって、ばかばかしいような、たのしいような、ともかく目ざましい観物だった。

「御精が出ますね」

「ええ――?」

ママは亀の子のように首だけ後ろにふりむけ、

「私は働くのが大好きなんですよ。少し汗ばむぐらいにすると後の気持がサッパリいたしましてね……」

掃除がすむと、間崎は顔を洗わせてもらい、ついで食事をさせてもらった。みな寝床の上で江波のママに助けてもらいながらしたのであるが、自身の気分も嘘みたいに軽く晴れやかで、食欲もさかんだった。なかんずく皮をむいた林檎の実の冷たい酸性の歯ざわりが脳天まで沁みとおるようで、大玉の実をまるまる二つも平らげて、溶け入るようなその醍醐味に溺れた。

江波のママが思いつくままに語り聞かせたところによると、――あの晩から今日で五日経っていること、恵子が気絶した間崎を抱えて、後から思うとよくそんなに歩けたものだと呆れるほど遠くへだたった海岸に逃れ出て、そこで途方に暮れていると、女給たちの電話で馳けつけた警官のために追い散らされて双方大した事故もなく喧嘩が自然解消になった後、二人をさがしに出かけた江口健吉に発見されて町の医者にかつぎこまれたこと、ところがその医者殿はあいにく泥酔していて物の用にも立たず、江口が船医だと詐称して治療室と看護婦を貸してもらって間崎の傷口に応急手当を施したこと、このころ間崎は一時意識を回復してしきりに喉の渇きを訴えていたこと、手当がすむと江口が負っていま寝ている恵子の室まで運んで来たのであるが、傷は切り口が深くむごたらしいわりにうまく急所をはずれていたので、それだけだと大した心配もなかったろうが、折悪しく感冒を併発していたため三日間ばかりは四十度前後の高熱を発してさかんにうわごとなどを言い、招ばれて来た山川博士も急性肺炎か脳膜炎を起しはしないかと心配して看護婦を二人も寝泊りさせたこと、江口たちは一昨日船に乗って南米に発ったこと、今日あたりは風が強いのでどこぞの沖合で時化をくらって難儀してるかもしれないから、自分は皇大神宮にみ燈火を点し、今日は一ン日お精進をして航路の平安を祈るつもりであること等々。

間崎はそれらの話を一つ一つ呼吸深く吸いこんで聴いた。

「——いろいろ御厄介かけたんですね。それで一体僕はいつから学校に出られるんでしょう?」

「熱さえ下がればいつからでもかまわないってお医者は言ってましたけど……。でももう三、四日は静養なすったほうがよろしいわ」

間崎はまだまだ知りたいこと訊ねたいことが山ほどもあるような気がした。特に奇妙な一小事については何よりも先にその経過を確かめてみたい気がした。

(——あの晩、貴女を後ろ手に縛り上げた帯は誰が解いてくれたのですか?)

と——。しかし、どうしてもそれを言い出すきっかけがみつからないほど、現在のママは家庭的に隙のない働き手の女に見えるのだった。

「ではゆっくりお休みなさい。私は階下の仕事を片づけてしまいますから……」

ママは食器類を下げて階下に去った。

ガラス戸に明るい陽がさしていた。波の音が人間の楽しげなつぶやき声のようにゴチョゴチョと聞えて来た。食堂の蓄音器は朝っぱらからばか高い声で流行歌を唄っている。悪い気持ではなかった。いや、それどころか、間崎はこの二、三日来の新聞を寝床の上で拾い読みしながら、詐欺や強盗の記事、「あるべきところに毛のない人」や「人生最大の不幸に哭く」夫や妻にすすめる売薬の広告、常に「正義」に立脚するわが国の対外政策に関する政治記事などを目に止めて、ああ世の中は相かわらずさかんなことだ、自分が四、五日意識朦朧としている間にも、怒ったり泣いたり嚙みついたり笑ったり、……これだから何人も人生に対する執着を断ちがたいのだ、人間万歳！……と、瑣末な日常生活の現象をすべて選り好みなく肯定する気持にさえなるのだった。それと同時に、この半年間ばかりの加速度に窮迫していって今度の破局におちいった自分のみじめな生活のあとが顧みられ、ハッキリした目的はないが、これを機会に、もっと謙遜にもっと正直に――、ひどく単純だがとりあえずそれだけの心がまえで、生活の立て直しを心がけなければならない、と燃ゆるように思うのだった。

江波のママはしばらく姿をみせなかった。階下からは女たちの笑い声や早口で物を言い合う声が時折にぎやかに聞えて来た。間崎は枕許に整えられたコーヒーの器具を手まめにひっくり返したり並べたりしながら熱いコーヒーをこしらえて飲んだ。二時間ばかり何ということなしに起きていたが、そのうちに疲れが出て寝床に横たわると、他愛なく深い眠りに落ちてしまった。今度の出来事があってからはじめての健やかな気持のいい眠りであった……。

何時間か経った。間崎は夢の中で異様に神経に応える人声を聞いてポッカリ目をさました。と、梯子段を上るギチギチという乱れた足音が聞え、ママの声で、

「まあだ休んでるかも知れませんよ。さっき昼御飯を上げようと思って覗きに来た時はよく眠

ってましたから……。さあどうぞ」

「ええ——」

たったそれだけの声。だがその声は電流のように間崎の全身に烈しく感応した。橋本先生が訪ねて来たのだ。間崎は顔を天井に向け、眼玉だけ入口の方にまわして、思いがけない訪問者を迎えた。

「おや、目がさめていらしったのね。ちょうどよかった。橋本先生という方がお見舞にいらしったのよ……」

「ああ——」

橋本先生は初め梯子段を上ったばかりのところで、江波のママの蔭からチラッと間崎と視線を合わせたが、その後はわざと目を見合わせるのを避けるように努めていた。枕許に坐らされると、間崎の顔を少しはずれた布団の襟(えり)のあたりをみつめて、固苦しい切り口上で、

「先生、いかがでございますか——」

「ありがとう。もう大分いいんです。……わざわざどうも……」

「いいえ、お身体のことも何ですけれど……。学年末の成績のことで、もしか先生がお仕事できないようでしたら私にやれというお話でしたから、その打ち合わせかたがたと思いまして……」

ちょっと冷淡に聞える言葉だが、この人に世間並みなお見舞の言葉を言われるよりは、間崎にとってははるかに気安く感じられた。江波のママはその言葉を正直に受けとって、少しばかりムッとした調子で、

「今日はじめて正気づいたような人に、そんな仕事、出来やしませんわ、御迷惑でも貴女なりほかの方なりにすけていただかないことには……。先生、そうなさいまし」

「いいえ、僕がやります、十分やれますから……」

間崎はそう言って床の上に起きなおろうとした。江波のママは今朝のように布団をどけたり縕袍の腕を通したりして手伝ってくれたが、橋本先生に見せつけるためにことさら仰々しくふるまっているようにも感じられた。橋本先生はスカートの外にはみ出た蹠（あしうら）を、自分の掌で神経質にグイグイ押しつけながら、床の上に坐った間崎の腹のあたりをボンヤリ眺めていたが、不意にイヤなものでも見たように目をそむけた。間崎はなにげなく橋本先生の視線が止っていたあたりに目を落した。別段な不体裁はなかったが、ただ江波のかママのか、縕袍の上から締めた赤い扱帯（しごき）が自分にもちょっと目ざわりに思われた。

「仕事は僕がやります。どうか御心配なく……。時間が少し早いようですが、もう学校はすんだのでしょうか……」

「いいえ、私だけの時間がすんだものですから抜けて来たんです」

「……長い間皆さんに御迷惑かけて……。学校ではいろいろに言ってるでしょうね、僕のことを……。欠勤届も出せなかったんだし……」

コーヒーを入れかけていた江波のママが横合いから口を挟んで、

「先生、欠勤届なら出してありますよ。恵子がちゃんと知っておりましてね。半紙に毛筆で、私儀……何とか候也(そうろうなり)というのを自分で書いて、下宿の小母さんに、先生のズボンの小さいかくしに認め印が入ってるはずだから、それを捺して学校に届け出るように頼んで来たからと言っておりましたよ……」

「ええ、届は出てあったそうです。私儀頭痛のため四、五日欠勤する云々とあったそうですが……。やっぱり一種の頭痛ですわね」

橋本先生は冷笑の色を湛えた眼を間崎の白い頭に注いで皮肉るように言い放った。間崎は苦笑した。江波のママは動かしていた手を止めて、近眼のように眼の光りを細く鋭くして橋本先生の横顔をジッと見まもった。あの晩の酔態を思わせる精悍不敵な顔つきだった。橋本先生もそれに応えるかのように顔を向け換えた。二人の女は瞬間無言で睨み合った。そばで観ている間崎には、二つの顔から血の気が剝ぎ落すようにサッサッと退いてゆくのが分った。はじめに眼を伏せたのは橋本先生だった。間崎の方に向きなおって、

「それで……いつから学校に出られますの」

「明後日あたりから——」

「なるべく早いほうがよろしいかと思いますわ。人の口がうるさいようですから……」

「さあどうぞ召し上がって……」

江波のママはコーヒーをすすめるとともに一と膝前へ乗り出して、

「あの……先生が家で養生されていることで、何か学校に悪い噂でもあるんでございますか。

……」

「ええ、まあそうです。学校って窮屈な所でございますから……」

「分りませんねえ。生徒の家へ家庭訪問にいらしって、偶然外の喧嘩の仲裁に入って怪我をされた、それだけのことじゃありませんの。……それとも私のとこだからいけないというのかしら？　そんなら初めっから恵子の入学を受けつけなきゃあいいのに。……ほかはどうでも学校だけはそんな差別待遇をすべきもんじゃないと思いますがね。……それで貴女もやはり間崎先生がこうやっておられるのをいけないことだと思いますか？」

おしまいの質問には蛇のような執念深さがこもっていた。橋本先生は入って来た時よりは幾分蒼ざめていたが、しかし悪びれずにママの顔を正面から眺め、窮屈そうな調子で、

「——そう思いますわ」

江波のママは細くした眼をキラキラと二、三度またたかせて相手の顔を隅々までさぐるよう

に眺めまわした。破裂するかも知れない……と、間崎が心配していると、嘆息を一つ洩らして、案外穏やかに、

「そうでしょうかねえ……。それじゃ間崎先生は御自分でどう思っていらっしゃるの、ねえ、ハッキリおっしゃってごらんなさい」

「僕ですか？……そりゃあ善いも悪いも、結局、僕の心がけ次第できまることだと思っております」

「だからその心がけはどうなんですか？」

「僕にもハッキリ分らないんです――」

間崎は、布団ぐるみ抱え上げられて窓の外へ投げ出されるかも知れないと思い、その用意もひそかにしながら、薄ら笑いを浮べてやや軽はずみに答えた。橋本先生は横を向いてグスンと吹き出した。決して好意のある仕草ではなかった。間崎がおっぽり出されるかも知れないと思って警戒の目を放たなかった江波のママは、かえって気が抜けたように、人差指で片方のこめかみを押してクルクル揉みまわしながら、

「そんならよござんす……。出来るだけ早く先生をお帰しするようにしますわ。さ、貴女もおくつろぎになって……」

まもなく分ったことだが、江波のママは、橋本先生が現われた瞬間から、この人は嫉妬に駆

られて来たんだと直観し、その観点からのみ橋本先生の言行を判断していたのであった。それで、橋本先生が最初っから何やら穏やかでない言辞を弄するのも、それだけ取り乱した心の現われであると解釈し、正面から相手の言葉にかかずらおうとはせず、もっと効き目の確かな方法で、何となく生意気で気に喰わないこの洋装の若い女を、ペシャンコに叩きつぶしてやろうと思案したのであった。

その目論見は、やがて次のように少し不自然な滑らかさを帯びたおしゃべりとなって、形を現わしはじめた。

「ええ、まったく今度のことでは胆をつぶしてしまいましたわ。何よりも先生に申しわけなくて……。いちばん心配したのは恵子でしたわ。先生にすまないすまないってほんとによく努めましたの。年端もいかない小娘のくせに男たちの喧嘩の中に飛びこんで傷ついた先生を遠くへかついで行ったんですからね。もっとも恵子は喧嘩にならないうちからみんなのいるそばへ馳けつけたんですけど、その時はどうしても声をかけることも手を出すことも出来なかったんですって……。いまに先生はきっと怪我をなさる。そうしたら飛びこんで行ってどこか安全な所へお連れしよう。早く始って先生のお怪我が出来るだけ小さくすむように――。そう願いながら両の腋(わき)から胸に手を入れて、雪の上にじっと立ってその場の成り行きを静かに眺めていたんですって。おかしな子ですわね。そうそう、バスケット・ボールとやらいう遊戯で、敵味方が中央でどんな混戦を演じていても、球が自分の方に動いて来ない限りは、網の下の自分の持ち場をあせらないでじっと守っていなければならない役目の選手があるが、ちょうどそれに似た気持で男たちの動くのを眺めていた——。あの子はそんな譬えを引いて自分の気持を説明していましたっけ。まったくおかしな子ですわね。しかし人間は誰だってそんな場合に臨めば普通でない心持になるでしょうから、先生をすぐにどこかへお連れしなかったからといって、そのことでは私もあの子を叱るわけにはいきませんでした。ね、そうでしょう。でも別なことでは私はあの子にきびしく言いつけてやったんですよ。それは気を失った先生を海端(うみばた)に運んで行ってから、先生を正気に返そうとして、雪の塊りを自分の口に含んで溶かして口うつしに先生に飲ませてあげたというもんですから、なんてばかな！　血を流してまだ手当も受けられないでいる怪我人に生水を飲ませるほど毒なことはないんだ。お前さんは大ばかだ——。そう言ってたしなめてやりましたがね……」

江波のママは自分の言葉の効果を見逃すまいとして橋本先生の顔から目を放さなかった。その橋本先生は無関心な様子で、膝の前の畳に目をやっていたが、ときどき白い滑らかな頬にかすかな微笑の影を浮べて、冷たい眼差で間崎を見上げるのだった。これで間崎が江波のママをおどし上げる機縁をつかんでいれば、三者三すくみの形が出来て面白いわけだが、そんなものとて一向にもたない間崎は、江波のママの発する毒気を、めぐりめぐって自分のところで引き受けなければならない結果になり、ことに当夜の夢中な記憶を白日下にさらされて、病み上がりの蒼ざめた顔を真っ赤に染めて、落ちつきなくそこらじゅうに視線を転じていた。

不意に橋本先生がママのおしゃべりを中断した。

「そんな危ない時、恵子さんでなく貴女が先生をかばってあげられなかったものでしょうか。そうすればバスケット・ボールの心理もなく、先生も怪我をなさらずにすんだかと思いますけど……」

小鼻のまわりにどんな成り行きをもあえて避けまいとする蒼白い気魄がヒクヒク慄えていた。眼玉の白い部分がことに大きくひらめいた。ママはせっかくのおしゃべりの腰を折られたのでつかえたような吐息を洩らし、だが平然と、

「ええ、私がおりましたら……いるにはいたんですけれど、あいにくその晩は悪酔いして少し暴れたりなんかしましたので、みんなに手足を縛られて座敷の隅にころがされていたんでございますよ、ね、先生……」

まるで感じないのだ。一つの目的を追求している時はほかのことには殺いだように不感症になってしまう人間なのだ。間崎はようやく個性の耀きを帯び出したハッキリした視線をママの艶やかに肥え肥った顔に注いで、こんなになりきるまでの彼女の過去を一瞬の間に想ってみた。橋本先生も、呆然として、言語道断なこの年増女のいやみったらしく美しい顔をうちまもって

いたが、ふとそらせた視線が、同じく呆然とした光りを湛えた間崎の目とかち合うと、あわてたように先刻来のさげすみの表情を復活させた。同時に、そうすることの無理も、斑らな白粉あとのように顔のそこここに見苦しい陰影を止めないわけにはいかなかった。——ひとりママのおしゃべりだけが快速調でつづいた。

「……ここへ先生が運ばれてからというもの、先生の介抱は何から何まであの子一人でやったんでございますよ。私には手も触れさせないぐらい真剣な剣幕でしてね。それがまたよく細かいことに気がつくんでわが子ながら感心させられてしまいましたわ……。だもんですから、先生は夢中だったんでしょうけど、あの子がそばについていると私たちなんかがいるよりも安心して寝込んでおられる御様子に見えましたわ。先生は多分覚えておられないでしょうけど……」

ママはそこでちょっと呼吸を休めてなにげない風で間崎の顔を眺め、不意にボカボカッと大きな眼ばたきを二、三回繰り返した。はじめてきかされる——しかも橋本先生の面前で——病中の事情のこそばゆさにすっかり逆上せあがった間崎は、その瞬間のママのずるそうな表情に気がつかず、気づいたとしても、それの意味を判ずる余裕などはもち合わせていなかった。まして橋本先生は——。

「それでもまあ学校だけは休むわけにいきませんので、その間は私がお付きしておりましたけど、夜なども自分の床をそこに（次の室を指さし）展べて付きっきりで御介抱を申し上げたのでございますよ。先生がこんな目に会われたのも自分のとこへ家庭訪問にいらしったためだ、と、その責任をよほど深く感じたものと見えますが、それにしても師弟の情愛というものがこんなに根強いものかとそばで観ていてつくづく感心させられましたわ……。今日など帰ってまいりましたら先生のお丈夫になられたのを見てどんなに喜ぶことですか……。ほんとに師弟愛というのは美わしいものでございますねえ……」

最後の言葉は橋本先生に向って共鳴を求めたのだった。

「……ええ、そりゃあ間崎先生の御人格が立派だからでございますわ……」

うつむいたままの冷たいその顔！　その言葉！　間崎の両腕はブルブルと慄え出した。彼はそこらにある固いもの、灰皿かコーヒー茶碗をつかんで橋本先生の顔に真っ向からたたきつけてやりたかったのだ。けれども彼の蒼白い腕は慄えただけでそれをなし得なかった。またしてもママの毒気は橋本先生のところで一層有毒なものに再製されて間崎に向けて放出されたのである。

「ほんとにそうでございますわね。ふだんからあの子は間崎先生といえば夢中になってしまうんですもの。ホホホ……、おや、私はまあおしゃべりに気をとられてお客さんにお茶を差し上げるのも忘れちまって……。失礼しました」

「いえ、もうおかまいなく……」

ママは所期の目的をとげたというわけか、身軽に座を立って階下に下りていった。二人は身を縛られるような不快な沈黙の中に取り残された。橋本先生はさっきのようにスカートからはみ出た蹠を掌でグイグイ乱暴に押しつけながら、壁間の絵を眺めてるような様子をしていた。間崎はみすぼらしげに幾度も水洟をかんだ。

「橋本さん」

「ええ……」

「貴女は帰ってください。貴女にいられると不愉快です。すんでのことに僕は貴女にコーヒー茶碗をぶつけるところでした……」

橋本先生はその危害を受けた場合の心理を試すらしく、眼の間をヒクヒク痙攣させて間崎を睨み返した。

「ちょっとの間に大変気が荒くおなんなすったのね。いまおいとましますわ」

「そうしてください……。僕は自分で理性の十分な働きなしに行なった行為に対しても後々まで責任を負います。他人には軽蔑させません……。貴女は一体なんのために来られたんですか」

「貴方のリベラリズムの成れの果てを見るために……」

「それで……迷いの夢が覚めましたか」

「迷いでも夢でもなかったわ。……あの時、私のところからまっすぐにここへいらしったんですか」

「うん、だからここでなければ貴女のところで同じようなことを仕出来したにちがいないんだ……」

「おお、いやだ……。もっとも私ンところじゃ、しようたってそんなでたらめを許しゃしないけど……」

　橋本先生は瞳の奥から青みがかった特別な光りを覗かせてうつろな声で言った。と、急に調子を柔らかくして、

「喧嘩ってこわいんでしょう?」

「そりゃあ恐い。……そうだ、喧嘩の最中に僕は一遍だけチラッと貴女のことを思い出したのを覚えている。それはばかな話になるが、僕は洋酒の角瓶を握って喧嘩の中に迷いこんで行ったんだけど、そいつを力いっぱいにふりかぶって相手をぶん殴ろうとすると、その力の大部分が掌で角瓶の柄を握ることだけに費消されて、相手に加えられる実際の打撃力というものはまるで麻幹(おがら)ぐらいの力しかないことが分ったんです。変てこな感覚ですね。自分じゃ大いに力んでるんだけど一向その力が他へ及んでいかない……。そうだ、どこかでこれと似た感じのもの

を観たことがある、と思ったらそれは貴女のことだったんです。ごめん！」

橋本先生は赧くなって身体を折り曲げ、苦しそうに笑い出した。

「ばかねえ、貴方は！……そんなよけいなことを考えたりしてるから殴られるんじゃありませんか。なにかにつけて反省や感想ばかり多い人はほんとの生活が出来なくなってしまうんだわ。今度、怪我なんかしたのはいい気味だったって言ってもいいくらい……。ホホホホ……」

「大体においていい気味だったってことは僕も承認しますよ」

二人はいつの間にかなごやかな微笑の眼の色を見せていた。しかし、それには、相手から何かをまさぐろうとする生々しい動物的な光りが消え失せ、当人たちの希望や意志のいかんに関せず、すでに生活の世界を異にした者たちの間の青く冷たいへだたりの色が底に湛えられていたのである。間崎にとっても橋本先生にとってもそれはあらかじめ準備された心境ではなかった。その大部分は、ここでたった今、江波のママの放恣なおしゃべりの影響で馴致されたものであった。彼女は人間の一面の心理に関しては二人の若い者たちよりもはるかに通じていたということが出来る。それが幸か不幸かは別のこととして……。

「先生、さっきは意地悪なことばかり言ってごめんなさいね。ほんとはそんなつもりじゃなかったんだけど……。言うわ。あのママさんを見ているとムカついてきてひねくれた言葉しか出て来ないのよ。どうしたっていうんでしょうね。今日はじめてお話したばかりなのに……」

それも嘘ではない。だが、彼女は自分の気持が、今までと、ここに来てママの話を聞いてからとでは一変し去ったことを客観的に把握し得ないでいるのだ。間崎が学校を休み出した事情を知ってからの焦躁・忿懣・疑惑の心持は、意を決して江波の家の敷居をまたいだつい さっきまで盲目的に昂進するばかりで、そのために頬がやつれたのを同僚から指摘されたほどだったが、その溷濁低迷した胸の鬱積は、いったん間崎に面接すれば、棘や毒を含む辛辣な言葉に化して、相手にあびせかけられることは、これまでの経験に即して推測しても必然の成り行きであったはずだ。だが彼女はそうは考えない。自分は最初からいまあるように冷静な少しは寂しい気持で遠くの距離から間崎を眺めていたのであり、さっきは厭わしい中年の娼婦に対する生理的な反感から心にもない意地悪な言動に出てしまったのだ——と。もちろんこんなことは後で落ちついて反省すれば苦もなく真相が判明することには相違ないが、事に当面した瞬間々々の人間の勘の鈍さには往々にして驚くべきものがあり、これはあるいは人間に付与された自己保存の大切な機能であるのかも知れないのだ。

間崎は疲れた気乗りのしない調子で答えた。

「貴女の程度にママも貴女が嫌いなんだと思いますね。犬猿相容(けんえんあいい)れないんでしょう。いいじゃないですか、そんな一対があっても……。お互いにかかわりをもたなければそれですむ話で、角突き合いして心にもない挙に出るのは愚かなことだと思いますね。……だから貴女はすぐお帰りなさい、僕のためにも……」

「ええ、そうするわ。じゃ先生、お身体だけは早く丈夫になってくださいね……。私はいま寂しいけど、これからはハッキリした気持で自分の道が進めそうな気がするわ」

「それだって簡単には行きますまい。ジグザグの道ですよ」

「でも希望があるわ」

「僕が言うのはその希望を希望として育んでいくのがジグザグの道だというんです。……貴女の希望は星のように自分の手の届かない高い所でいつもはかなく美しい光りを放っていそうに思われて仕方がない……」

橋本先生はそれには答えず、しばらく黙って何か別なことを考えてる風だったが、小さな欠伸を一つすると、ふと立ち上がってスカートの皺をさばき、変に勘のはずれた声で、

「帰ります。さよなら。……私今夜久しぶりで父に手紙を書くつもりなの。相かわらずぐうたらで義母(はは)に叱られ叱られ暮しているんだと思うわ……」

「さよなら——」

橋本先生は手の甲を唇に当て、小首をかしげて音もなく階段を下りていった。いつになく貧相な後ろ姿だった。階下でママに引き留められて押し問答している声が聞えたが、振りきって

帰って行くらしい様子だった。

　間崎は寝床を離れて通りに面した明かり採りの小窓のそばによった。が、窓のあかりが高すぎて十分に見下ろせないので、枕をもっていって踏み台にして外を覗いた。海が蒼く凪いでいた。空はそれよりもうすい色に晴れ上がっており、朝から陽に照らされて根雪が溶けかかっている往来の上を、縕袍姿の湯治客たちが雄鶏のように陽気な恰好で二人三人とブラブラ歩きをしていた。そのぐうたらな風体の街上に、どこかの軒下から、紫紺色の外套をまとった若い女が飛び出し、雪解けのぬかるみを一目散にトットと駈け出して行った。通行人は振り返って女を眺めた。女は機械的な歩速で走り続ける。こんな場合、離れて見れば玩具のような動き方だが、当人は呼吸を切らし胸をふくらませ容易でない骨折りをしているのだということは、第三者の頭には当然ピンと来なければならないことだ。……海に沿った路、鷗、のんきな通行人、走る女……。四角な小窓から覗かれるその風景にはかすかながら生活が感じられ、間崎はそれをいつか観た（あるいはこれから観るのかも知れない）映画の一とこまであるように考えようとした。女の姿がじきに大きな建物の庇にさえぎられ視野から消え去った時、ストーブのほてりで薄い蒸気がかかった窓ガラスに、指先で「The End」とメロメロな書体で落書きしたのもそのためだったが、われながら浅はかな気がして、掌をいっぱいに拡げてめちゃめちゃに掻き消してしまった。

間崎の心中は索寞(さくばく)としていた。およそ色彩も匂いも感じられない寂しさであった。むしろ簡単に疲労といったほうが当っているかも知れなかった。彼はこんな気持で橋本先生と別れようなどとは夢想だにしなかった。こんなであってはならない……。こう考えて、空っぽな頭脳を右にも左にもさかさまにも傾けて荒々しくゆすぶってみたが、彼がボンヤリ期待していたような悲壮な虹色の物思いは露ほども湧いてこなかった。すべてがつまらなくうす汚ない色のものに見えた。そして、いまは、間崎はその傾向に少しも抵抗しようとはせずわが身をキョトンとまかせきってしまっていた……。

ママが上がって来た。室が揺れるような乱暴な歩き方をして、膝頭をぶつけそうな勢いで間崎の領分である寝床にドシンと身体を乗り入れ、

「なんて生意気な女なんでしょう。あんなのが先生だなんて言えるかしら……。よその家を訪ねるのに初めっから人を見下したような喧嘩調子で物を言っているんですからね。癪(しゃく)だったらありゃしない……。誰があんな者に見下されて黙っているもんですか。いやにつんけんして高慢ちきぶってるがあんなの男の気を引こうという手にすぎないってことは百も見通しですからね……。第一に先生からして意気地がなさすぎるわ。あんな年若い女に勝手なこと言われてへえこら受け答えするって手はないわ。まるで先生のほうからお詫びしてるみたいじゃありませんか。男ってそうするもんじゃなくってよ。わきから見ていてもじれったいやら情けないやら

……。先生あの人好きなんですか？　惚れてたんでしょう、少しは……？」

世帯じみた強靱な雄弁だった。

「……まあそうです……」

「だめだめ、いまのうち思いきってしまいなさいよ。いけすかない。先生さえいなかったら、そして恵子の学校の先生でさえなかったら、あんな生意気な女、キリキリ舞いするような目に会わせてやったんだけど……。先生の意気地なし！」

言葉で言い足りないじれったさを、円い肥った指先で強いしっぺいを弾いて現わした。

「いいんですよ、もうみんな片がついてしまったんですから……。貴女とあの人では血が合わないんだと思いますね。だから顔を合わせるなりお互いに毒舌を振い出した。しかもそれが僕をいちいち囮にして行われるんだから、結局、貧乏くじは僕がひいたことになりますよ。二人とも勢いにのって大分嘘を言ってるように思いながら聞いていましたが……」

「あら、私、嘘なんか言いませんでしたわ。……それとも何か言ったかしら……」

ママは意外にもパッと羞恥の血を上せて眼を弱々しくまたたかせた。間崎はびっくりした。なぜママが突然赧くなったのか真意が分ろうはずもなく、ただその初々しく混乱した顔を珍しげに見入るばかりだった。少しばかり気の毒になって、

「いや、嘘といったって計画的な悪質の嘘の意味ではなく、ただお互いに感情的な口のきき方

をした……、それぐらいの意味なんですよ」

「じゃ、私もあの人も同じようにまだ人間としての修養が足りないってわけね」

その眼には生々しい卑屈な色がひらめいていた。「あの人と同じように」——、間崎はその表現から受けた不快さをまったく別個の感想にすり換えて放散した。

「多分同じなんでしょう……。しかし誰だってそうそう理性的になりきれるものでもなし、仕方がないんでしょう。……いや、人間が理屈で割り切れる透明な存在になりかかったらかえってだめかも知れませんね。いつでも溷濁した動物的な生活の原動力を身体の中に蓄えており、しかもそれをときどき生活の表面に押し出して来て一向差し支えないのかも知れません……」

「そうでしょうかね。いろいろお話しているとなんだかあの人もお気の毒みたいに思われるわ。今度お会いしたらよろしくおっしゃってください……。いま御飯を運ばせますから……」

ママは、まだ顔に赧い笑いをにじませながら、飛ぶようにフワフワと階下に下りていった。年ばかりとって、おかしな人だ、と間崎は思った。

四十六

昼飯をすませると、町の医者が来て繃帯をしかえていった。傷の経過もよく風邪もなおったようだからあと二、三日も養生すれば勤めに出られるだろうと言った。

間崎はまた眠った。目をさましたのは日暮れ方だった。階下で今学校から帰ったらしい江波の声が聞えた。

「せんせい！……せんせい！……起きてらっしゃる？」

元気に呼びかけて階段をドシンドシン駈け上がってくる。と、冷たい外気にさらされて林檎色に染った円い健康そうな顔が唐紙の蔭から強い描線で現われ出た。

「やあ、おかえり……」

「せんせい、ただいま……」

二人はちょっとの間鉢合わせをするように視線をぶっつけ合っていたが、どちらからともなく弾(はじ)けるように笑い出してしまった。そして、その笑いは、声のない一層深い笑いに変じていった。さかんな蒸気のように身体の中から、声のない切なくなつかしい笑いが際限なく吹き出してくるのだ。江波は、眼をまぶしげに細め、鼻のまわりに縮緬皺(ちりめんじわ)をいっぱいに寄せて溶け入りそうな顔をしていた。間崎は同じような顔の顎の先でお招きをした。江波はその一とモーションで階段の上り口から間崎の枕許まで崩れかかるように一と息で飛びこんで来た。急いだために筋違いに手を握り合って、

「おい、なおったよ」

第三者にはなんの変哲もないその声が、間崎自身にはすばらしく甘美な音楽のように聞きなされた。

「ウフーン……」

江波は頓狂な鼻音を上げた。まだまだ身体中で声なく笑っていたのであろう。

「——髪や髭がぼうぼうしてすばらしいわ、せんせい」

「なにがすばらしいもんか。それよか学校の様子はどう?」

「学校?」

江波はやっと平静な調子で口をきき出した。

「変りないわ、一昨日謝恩会もすんだし、みんな卒業式を待ってるばかり、授業もこのごろは身が入らなくなってお話や自習の時間ばかり多くなったの……」

「僕のことどう言ってる?」

「どうって、何か噂しているらしいけど私には遠慮して誰も何とも言わないから分らないわ」

「君は言わないんだね？」

「ええ……いいえ……」

江波は額に握り拳をかざしてその下から眼を生々しくまたたかせた。

「何か言ったんだね？」

「言やしないけど……、黒板に書いたの。クラスの意地悪な人たちが休み時間など聞えよがしにいろんな噂を言うもんだから、私カッとなって教壇に上がって黒板いっぱいに大きな字で、(間崎先生ハ私ノ家デ御病気デヤスンデオラレマス。マダ当分出ラレマセン。江波恵子) と書いてやったの。そしたらクラス中がしいんとなって誰も口をきく人がなくなったの……。ほんとのことだからかまわないわね」

「そりゃあ……かまわないさ。じゃみんな知ってるんだね」

「ええ、田代さんたち心配して先生によろしくって言ってたわ」

「実はさっき橋本先生が来てくれたんだが……」

「ええ、知ってるわ。……黒板にそんなことを書いた次の時間は橋本先生のお授業で、先生はまだ消されずにあったその文章を読んで赧い顔をされて、

『江波さん、黒板に落書きしてはいけないことになっているでしょう』

ってすぐ消してしまわれたわ。そしてその日のお昼休み私を舎監室によんで先生の御様子を訊いたから、私ありのままにお話しました。ママのことはあまり言わなかったけど……」

「どんなことを答えたんだい？」

「いろいろ……。例えば……先生が二階で床に着かれてからママは私の勉強部屋を階下にうつして、夜昼自分だけが次の室につきっきりで先生のお世話をし、私が二階にちょっとでも上がろうとするととてもきびしく叱るので、私は寂しくて困っていたことなど……」

訴えかけるようなほのかな眼の色だった。間崎は突然寒気だつような思いに襲われた。

「……それ、ほんとのことなんだね？」

「ええ、どうしてでしょう？　そう言ったら橋本先生も疑わしそうな眼つきをなされたけど……。ほんとのことだわ。ママったら、若い娘が床に着いてる男のそばに近づくものじゃないなんて、いつもとはまるでちがう固苦しいことを言い出して、ちょっと寄りつけないような変な力み方をしていたわ。でもママは病人のお世話をしたりするのはとても達者で熱心だから結局私は安心していられたようなもんだけど……おかしなママだわね……」

江波の話には嘘でない開けひろげな調子が流れていた。とすると、ママが嘘をついたことになるのだ。間崎の脳裡のくらがりからは、さっき橋本先生の前でそれとは正反対なことを言ってのけたママのその時の顔色や眼つきが、ひとりでに生々しく蘇ってきた。橋本先生への面当に嘘をついたのだ——。その解釈でママの心理は一応説明がつくわけだが、しかしその周囲に低迷しているどろどろした心理には解けきれないものも幾つかあった。なぜママは急にきびしくし出し、恵子を間崎のそばに近づけないようにしたのであるか、また橋本先生は自分のなかにそういう疑惑を準備していたせいもあって、さっきのママの嘘を当然な事実として信じたに違いないこと、その結果かえって江波を卑俗な嘘をつくくだらない少女だと考えるようになったかも知れないことなどだった。虚実をないまぜた一本の細い糸がママと橋本先生の間にピンと張られており、その中間にフラフラとひっかかっているのが自分の不体裁な姿だ、と間崎は思った。

「どうなすったの、先生。なに考えていらっしゃるの……。私が橋本先生に言ったことはいけなかったの?」

「いや、なんでもない……。ただママが君にとった態度がおかしいと思って……」

間崎はママがついた嘘を江波には告げないことにした。よく呑みこめない箇所もあったが、このまま虚実の波に乗じて成り行きにまかせてみたい怠惰な心が働いていたからでもあった。

「気まぐれだわ。……江口さんも遠くへ行ってしまうし、それでヒョイと書物に書いてあるような古風で貞淑みたいな女になってみたかったんだと思うわ。私はママのそんな移り気なところが大好きなの。……それに私ママがそう言い渡したからって、留守の間にときどき二階に上がって先生の御様子を見ていったわ。寝てるお顔を写生もしていったわよ」

「フン、どんな顔だった？」

「そうね、少しやつれていて感じが出てる顔だったわ。ふいと思いついたんで、割り箸の先をストーブで焼いて、グイグイなすりつけるようにして描いたの。でもそれを見せてあげられないわ。学校に持っていって橋本先生に、

『間崎先生こんな御様子で床についておられます』

ってこっそりお見せすると、二、三分間じっと眺め入って、

『このデッサン私にくださいね。貴女の署名をしてついでに題をつけなさい』

って没収してしまったの。私『病める男の顔』っていう題にしてあげたわ……」

「なんだ、本人の承諾を得ないでむやみに人の顔を写生したりしちゃだめじゃないか。君の眼玉でジロジロ睨んで描かれたら、実物のほうの生命がそれだけ稀薄になってるかも知れないぞ……」

「ホホホ……、大した名人ね、私は。でも私が描いたのは病気中の先生のお顔だから、もし私のデッサンにそんな大それた作用があり得るとしても、先生の衰弱した部分や病気で歪んだところだけを私のほうで吸収したことになり、実物の先生はそのおかげでかえって健康になったかも知れないと思うわ。ホホホ……」

むろん江波は戯談を言ったのだが、一緒に笑おうとした間崎は、喉に木屑がつかえたようで、見てる間に変に醜く生々しい表情が面のように顔をおおった。それは、江波の言葉にこじつけた意味などを付会する間合いもなく、ほとんど反射的に行われた変化であった。——間崎はその後もときどきこの江波の言葉を思い出して暗い気持につき落された。

江波は初め驚いたような、次いで疑うような、悲しむような、恨むような眼差で間崎の顔の変化を見守っていたが、ふっと目をそらすと、布団の綴じ糸を指に絡みながら、凝然として一人ぽっちの世界に沈淪してしまった。諦観しきった仏像のように美しい横顔だった。——ああ、ここでも虚実の糸がないまぜになっていたのだった！

「……いずれ僕が学校に行けるようになったら、そのデッサンを橋本先生に見せていただいて、それから君が僕の生命を強力にしたのか薄弱にしたのかとくと吟味することにしよう、いいね。……着物に着更えてママにお手伝いしなさい。ちょうど忙しいころだから……」

江波は重くうなずいて立ち上がった。そして階下へ下りる前に雑嚢から菓子袋をひき出して間崎のところにもって来た。

「今日最後のクラス会があったの。そのお菓子だわ。残りもんだけど記念に先生も一つ食べてください……」

江波が去ってから菓子袋を開いてみた間崎は唖然とした。歯型までついている食べかけの最中と唐饅頭とが一個ずつ交っていたからだ。四角な練羊羹には楊枝のさきで突っついたらしいポッポッした点線で稚拙な人の顔が描かれてあった。彼女にとってはよほど退屈なクラス会であったに相違ない。それにしても何という困ったお行儀だ。こう間崎は慨嘆しながら、食欲をまったく感じなかったにもかかわらず、歯型が残った半分ぼっちの唐饅頭を口に入れてニチャニチャ噛みつぶし、一と呑みに胃袋へ嚥み下してしまった。たしかに他人の口に巣喰う黴菌の匂いがする――、と間崎は思った。

まもなく夕飯が運ばれた。ママは姿を見せず、小さな袂のついた花模様の着物に黄色い兵児帯を結んだ恵子が、お膳を運び、お給仕をし、後片づけをした。その間彼女は口数も少く何か屈託気にしていた。間崎も黙っていた。

夜になった。店の方からは女たちの嬌声や男たちのもの言う濁声などがにぎやかに聞えて来た。外の往来をすぎる通行人たちの高話も、どうかしたまぎれに筒抜けに聞えて来たりした。間崎は横になって夕刊を読んでいた。よほど長い間階下からは誰も姿を見せなかった。間崎はそのまま眠ろうと思ったが、まだ何かしら残してあるようなひっかかりを感じて、眠りに入りきれなかった。

しばらくして江波が本を抱えながらムッツリした顔で室に入って来た。

「……先生、私ここで明日の予習をさせていただくわ。階下はちょっと混雑しているの……」

「ああ、いいとも……」

江波はさっそく間崎に尻を向けて机に端坐し、英語読本（リーダー）を読んだり学習帳に何かサラサラと記入を始めたりした。

「…………

"What is your name, my good Woman?" he asked.

"Judith Gardenier."

"And your father's name?"

"Ah, poor man! Rip Van Winkle was his name, but 'tis twenty years since he went away from home with his gun, and has never been heard of since. I was then but a little girl."

…………」

そうした低声（こごえ）の朗読や鉛筆の走る音を聞いていると、間崎は不思議に気持が休まってウトウト眠気を催してきた。光線除けに夕刊を顔の上にかぶせて、しばらくうつらうつら夢心地に浸っていたが、ふと枕許の物の音がまったく途絶えて、異様な沈黙が机のあたりを領しているのが感じられ、新聞を払いのけて顔を枕の上にもたげて見た。江波はやはり机の前に坐っていた。が、顔を片方の肱杖に支え、鉛筆を握った右手を机の上に匍わせたまま、前のガラス戸の一点を凝視して石のように冷たく黙りこんでいた。

「おい、どうしたんだ。もう眠くなったんじゃないのか。そんなら早く休むんだな。おいどうしたんだ……」

江波の片上がりな後ろ姿は微動だもしなかった。間崎もそれぎり口をつぐんだ。こんな時、相手の口を割らせるには、むだな言葉を繰り返すよりも、こっちも意識的な沈黙を醸して相手の沈黙に亀裂(ひび)を入らせるほうがはるかに有効な手段である。間崎は寝床に腹匍い、枕の代りに両肱に顎を支えて、江波の豊かな横幅の背中を呪うようにじっとみつめた。根くらべの時間が長引けばこのままの姿勢で煙草でも一服やり出す考えだった。

果して江波の沈黙は掻き乱された。最初は無意識に肩先や背中の筋肉をピクピク蠕動させていた。が、そのうちに鉛筆を握った右手が動き出してノートの上に何かでたらめな線描きをはじめたらしく、手先が痙攣するように小止みなく動いているのが後ろからでもうかがえた。と、ヒラヒラと二、三回鋭い角度をひらめかせて突然真後ろに向きなおった。眼が血走ったようにきらめいていた。

「先生なんか聞いたってどうにもならないことだわ！」

食ってかかるような勢いだった。間崎はわざと落ちつき払ってまじまじと相手の顔を見返しながら、片手をのべて枕許のケースから巻煙草を一本さぐり出して、黙って江波の方に差し出した。江波は不思議なものでも見るように、しばらくその細い巻煙草にうかつな視線を集中していたが、ふと気がついて煙草を自分のほうに受けとり、ストーブの口で火をつけて返してよこした。

「先生なんか聞いたってどうにもならないことだわ……」

さっきと同じ言葉を繰り返したが、今度のは触れれば崩れそうな脆さを含んでいた。――すべてこうした応酬は、間崎の側で悪質な余裕のもとに行なっているのではなく、いわば彼の身に付与された一種の消極的な保身法から発動しているものであった。もっとも後で間崎は自分の動きの推移を反省に上せる際は、すべてみな自分が意識的に計画した行動であるかのように思惟し、大いに自嘲自虐の苦杯をなめ味わうのであった。そして、多少変質的な傾向にある彼のこの被虐嗜好性も、彼の生得の保身法を識らず識らずに陶冶していってる点から考えると、あながち無益だとばかりは言われないのであるが――。

間崎はなお黙しつづけて、江波の顔から目を放たず、ゆっくり煙草を一服二服くゆらした。江波は膝前をモジモジ動かしたり、急に傍見をしたり、そうかと思うと両手で頭を押えてプリプリ振り立てたり、ひどく苦しげだった。――店では客と女たちがばか声を出して卑猥な流行歌を合唱していた。

「せんせい！……私はママが憎いんです！　ママが……」

烈しくつかえた声だった。涙がポロポロあふれ落ちた。しかし顔は泣いていなかった。

「君が悪いんだろう」

間崎は逆なことを言った。江波にはそれが聞えぬらしく、打ち沈んだ調子の早口で、

「……私は台なしにされてしまいそうだ。私は恐ろしい。ママの身体の中には意地悪い魔物が住んでいる。それがだんだん私に乗り移りそうだ。私は……死にたい……」

最後の言葉は一つだけ飛び離れておかれた小石のようにポツンと味気なく言われた。間崎は重い衝動(ショック)を受けた。こめかみに当てた手の先の煙草の火で髪が焦がされたのも気がつかなかったほど……。

「……そんなことは君としてある程度まで覚悟していなければならないはずじゃなかったのか。江口さんがそう言ったろう、ママから離れて暮せって……。落ちついてわけを話してごらん。先生にだって何か知恵が貸せるかも知れないから……。死にたいなんていちばん腹が立つね」

江波は叱られた者のように肩をすぼめて両手を膝頭に置き並べ、まだ放さないでいる鉛筆の尖で片手の爪を一つずつ黒く塗りつぶしながら、他人事のように自分もその仕草にぼんやり見入っていた。と、ふいに面を上げ、澄み透ったつぶらな眼を斜め上から間崎に注ぎかけ、抑揚のない、変に甘ったるくかすれた声で、やはり早口に語り出した。

「知恵なんて、私やママの生活には爪の垢ほどの救いにもならないのよ。……もしそんな言葉遣いが許されるなら知恵よりは粗野で強力な感情のほうがいくらかでも役立つかも知れないわ。

……ママはね、今日私が学校から帰って来てから態度がとても変なのよ。なんだか落ちつきなくソワソワしていて、私が何か話しかけると、『うん、うん、またあとで……』なんて中途半端な返事をして私のそばからさっさと離れていってしまうの。そして私と目を見合わせることを避けるようにしているの。それで私、今日きっと何かあったに違いない、ヒョッとすると橋本先生がおいでになったことについてかも知れない、と思って今度はママの腕をしっかりつかまえて、

『ママ、今日橋本先生がおいでになってどんなお話をしたの？』

って訊いたの、するとママは悪戯（わるさ）を見つけられた子供のように、変に卑屈な笑顔をこさえて私の腕からすり抜けようとしながら、

『ああ、さっき橋本先生という方がお見えになってたよ。なかなか美人でいらっしゃる。しっかりもなさってる方だ。……お前よく今日来たことを知ってたね』

とはぐらかすみたいに答えたの……。

せんせい！　橋本先生と私と今日舎監室でお話したことをもっと言いましょうか。……私がお室に入って行きますと、橋本先生は恐いお顔をされて、

『江波さん、私これから貴女の家に間崎先生をお訪ねしようと思うの。お見舞と学年末の事務の打ち合わせのためです。……それで貴女地図をお書きなさい』

って命令するんです。私は黙ってうなずきました。そして先生から渡された鉛筆と西洋紙をもって、室の隅の空机に坐って一生懸命に略図を書きはじめました。その鉛筆は先生のシースから抜いてよこしたんですが、親指ぐらいにチビていてしかもまだまだ使えるように尖の方を綺麗に削ってあるんで、橋本先生ってみかけは派手にしておられるけど、内実はずいぶん経済上手で貯金などたくさんなさってるに違いないと思いました。(間崎はグスリと吹き出した。そして江波の観察を正しいと感じた。貯金家、橋本先生!)。私はその略図を鳥瞰図風に船着場から順序に描き、海には船や鷗を浮べ、いよいよ私の家を描くには特別大きく二階も現わし、その二階には先生が寝ているところをマッチ棒を並べた人のような形で描き入れ、そばに片かなで『ウンウン』と書いておきました。先生が唸っているところです。そして屋根の上には日の丸の旗が風になびいているところを描きました。その間に橋本先生は一、二度、

『まだ出来ないの、一体貴女なにかいてるの?』

って覗き込みそうにしましたから、私はウフウフ笑って身体でかばって見せなかったの。ね、そうでしょう……。すっかり出来上がってから『はいっ』て差し出しますと、橋本先生はその略図をよく御覧になってクスクスお笑いになり、

『上手に出来ました』

って、私の肩をつかんでグルグルゆすぶるんです。私も何となく嬉しくって先生のお顔を笑

いながらいつまでも見つめておりました……。

そんなくらいだから橋本先生がおいでになったのをママより私のほうが先に知ってるのは当り前のことでしょう。

『ねえママ、橋本先生とどんなお話をなすったのか教えてよう』

とせがみますと、ママはいよいよあわてた様子で、

『特別なお話などなにもあるわけがないじゃないか。……あの方はなかなかしっかりしてるよ。……お前はしつっこい子だね、ママは忙しいんだよ』

って無理に腕をもぎとって私から離れていってしまうの。そのくせ一向忙しいこともなく、あちこちウロウロしてはどうでもいいつまらない用事ばかりしているの。どうかして私と顔が向き合うと半分笑ったような意気地ない表情をしてすぐによそを向いてしまうんで、変だなアと思ったの。そしたらついさっき、ママのほうからお室に呼ぶので、何かしらんと思っていってみると、ママはひどく改った恰好で卓袱台の前に坐っており、私を見ると、こわばった口調で、

『お話したいことがあるからここにお坐りなさい』って言うの。坐ると――、

『恵子、お前ママの言うことを素直にきいてくれるいい子だね……』

『ええ、いい子だわ』

『そんなら今夜からお前がママに代って間崎先生のお世話を一切してあげなさい。……ママはお前も知っての通り身体があまり丈夫でないもんだからすっかり看病疲れしてしまったの。だからお前に肩代りしてもらいたいんだよ。いいね、今夜からお前が先生の次の室に休んで、夜中に先生が苦しむようなことでもあったら、よくお世話してあげなさい。昼間お前が学校に行ってる間だけはママのほうで気をつけますからね。御用というのはそのことだよ。いいね。なんでもないことなんだから……』

私は身体が凍りつくほど驚いてしまいました。

『だって、ママ……』

『いやなの！　ええ？　お前はいやだというの！　ママの言うことがきけないとお言いなの！』

ママのざまったら、身体を前にのり出し、眼を光らせ、額や鼻のそばに意地悪い縦皺を何本も現わして、いまにも私に躍りかかって打つか捩じ倒しかしそうな剣幕なんです。

『……だってママ、あんまり急に変るんですもの』

『――そりゃあ変ったさ。だって私もクタクタに疲れちまったからね。……ねえ恵子、お前やってくれるんだね。お前はママの言いつけたことは何でも素直に聞いてくれるやさしい子だったものね……。それからねえ、恵子、もう一つ大切なお願いは、間崎先生には初めっからお前がつきっきりで介抱してあげたことに思わせていただきたいことなの。……なに、わけなんぞないんだけど、そのほうが間崎先生にしても気持がいいだろうと思ってさ。ね、きっとだよ。さいわいと間崎先生は昨日までのことはハッキリした記憶もない御様子だから……。いいね、恵子、きっとだよ……』

私は呼吸がとまって口がきけませんでした。ママの身体中から人を酔わせる霧のようなものが流れ出て今にも私は正気を失いそうになっていたんです。そのことをかすかに意識すると私は何とも言えない恐ろしさに駆られ、私に残っていたありったけの健やかなエネルギーを集中してようやくワッと泣き出し、ママの膝にすがって、

『ママ！　私ママの言う通りにするわ。ママの言うことなら何でもきくわ。だからママ、正直なことを教えてね。ママなんか嘘ついてるんでしょう。ね、ほんとのことを言ってね。なぜ先生のおそばに付くのが昨日まではママで今日からは私でなきゃあならないの？　誰がそれきめたの？　どんなわけでそうなるの？　ママが正直な気持を言ってくれればどんなことをさせられても悔いることがないと思うんだけど、嘘の埋め合わせにされるのはいやだわ。ママ！　ようウ、ほんとのことを教えて……』

ママは黙って私の背を撫で下ろしていました。私が頭を角みたいに突っ込んでいたお腹のあたりがビクリビクリ慄えていたところから考えるとあるいはママも泣いていたのかも知れません。が、まもなくママは膝を少しずつずらせながら、

『……まあ、なんてお前は疑い深い子なんだろう。嘘もほんともママにはそんなもの何もありゃあしないじゃないか。ホホホ……おかしな子だね。さ、ママはお店のほうが忙しいからどいて行かしてちょうだい……。ママはお前が素直に言うことを聞いてくれたんで安心しましたよ。さ、お前も早く二階へ行っておさらいでもなさい。私はお店に出ますよ……』

ママは私の身体を膝から畳にそっと下ろして逃げるようにお店に去ってしまいました。かと思うと、いつもよりか特別に陽気なはずんだ声で客にお愛想を言ってるのが聞えて来ました。……私はそれからしばらくの間畳に顔を押しつけてかしこまっていました。泣いてたんじゃない、ただぼんやりしていたんです。何か考えたとしてもそんなことみんな忘れちまった……。それから二階に来たんだわ……」

その告白の間、間崎は江波の顔に現われるどんな微細な表情をも見逃すまいとした。が、卑俗な欲望を暗示するものの影は最後まで見当らずにすんだ。してみると誰にもまだ何もわかっていないのかも知れない。……橋本先生の出現に対する生理的な反撥から、ママは何かわからない特別な神経の作用で必要以上にきびしく隔離しておいた間崎と恵子との間柄を、反対にごく親密な雰囲気で結ばれたものとして橋本先生に誇大に紹介した。あとで一人ぎりになってみると、ほかならない男女の性愛に関する問題で欺瞞のカラクリを用いたという反省が、彼女の水母(くらげ)のように浮び漂う柔軟な良心にとって耐えがたい重荷となっておしかぶさってきた。なぜなら彼女はこと性愛に関する限り自分は生涯虚偽者ではなかったと透明に信じている女だったから——。そこで彼女は心ならずも犯した過誤を修正し、それに肉づけして真実に転化させるために、遠い慮りをもつ余裕もなく、今度の不法命令を恵子に押しつけることになったのだ……、とこう考えれば一応の説明はつくのであるが、しかしそれは積木細工に似た脆い骨組みだけのもので、脂肪や筋肉が付与されていない。注意しなければならないことはママのような性格の女の行動には、理づめな因果作用よりも血なまぐさい漠然とした肉体の傾向が強力に作用していることが多いもので、したがって寸前の世界は混沌とした闇だ。何を期待していいのか誰にも予測がつかないのである。みんなが触角の尖で少しずつ模索しながら歩むしかない……。

間崎はママの食言問題についてはやはり江波に告げないことにした。下手に言い出すと各自が無益な自己嫌悪におちいりそうな気配だったから——。

「ママのやり方は確かに気まぐれだが、しかし君がうやむやにでも承諾した形ならそのままにしておいていいじゃないか。その限界内でも君の意志を自由に清潔に実践させる余地は広すぎるほど存在するんだから……。僕は喜んで君の介抱にあずかるよ。もっともほとんどもう人手は要しないんだけど……」

間崎は自分で自分の言葉をきいて顔を赧くした。いよいよ口を開くまで何を言ってよいのかハッキリした考えがもてないのだった。ママの病気が感染して彼もまた肉体の傾向だけでしか物が言えない状態におちいったらしい……。反対に江波は静かな考え深い眼差をして、

「……意志なんて私にあるんだかないんだか分りゃしないわ。自分のためのつもりで憑かれたような熱心さであることをやりとげたとする、ところがあとで静かに反省してみると、自分のためだと思ったことが、実は他人の考えてることを私のほうで勝手に察知して、それを自分の意志ということにして果してあげてることが多いの。一生懸命にやれることほどきまってそうだわ。その証拠に苦心してやり通したことが私には何の成果をもたらさずにまるまると私の身体から離れていってしまい、私はいつももとの杢阿弥でいるばかりか、一生懸命に努めたあとだけに身体が荒み果ててしまって、とても寂しい気持なの。すると私は薄闇の中にうずくまって自分の傷口をなめいたわる獣のようにして気力の回復をはかりながら、それこそ純粋な自分のためだけの時間を幾日か幾十日か過すことになるの。同時に、そうしながら耳をすませて今度自分がすることを命じてくれる声がどこからか聞えて来るのを静かに待っているらしいの……。命ずるといったって誰も声に出して言ってくれるんじゃなくて私のほうでそう感ずるだけなんだけど――。それ、何かって言えば、周囲の人の誰かの胸にきざしかけている意識を、本人よりも私のほうが先に感じ当てて、それをそっくり自分の心に芽生えたもののように信じて、一生懸命に実現に努めることなの。そして実現されてみるとはじめてそれが自分のもので

なかったことに気がつきガッカリしてしまうんだわ。何十度そんな目に遭っているか分らない。今度こそ間違いなく自分の中に芽生え自分の骨折りで大きく育まれた意志を実行にうつしているのだ、これまでの裏切られたつまらなさを取り返すためにもものの見事に完成してみましょう、こう自分を励まして熱心に仕上げたものがやっぱり他人の心の中にひそんでいた意欲にすぎなかった、と分ったような時にはどんなに味気ない思いをさせられることか、ことにそれが自分のあまり尊敬できないような人である場合にはなおさらのことだわ。……そんなことを繰り返している間に私の生活する自信がだんだん磨り減って、私には自分というものがないのかしら、私は他人の用事を果すためだけにあえぎあえぎ生涯を送らねばならないのかしら、などといろんな寂しい想いが胸に満ちあふれて、何をする気力もなくなってしまうの……。そんなこと、いつも考えてるわけじゃないんだけど、さっきママから言われて、ママと先生との間に無理に押しつけられるみたいにされたら、ふとその苦い反省が思い出されて、沼の底へ際限なく沈みこんでいくような心細い気がしたの。……だから私死にたいくらいだなんて言ったのよ。……やっぱり大げさだったかしら……」

江波はそこで言葉を止めて二、三回大きく静かに呼吸をした。間崎もひき込まれて呼吸を合わせた。だが江波にまだ言い分が残っているらしく感じられたので自分からは口を開かなかった。果然、江波は上体を傾け、いままでの物が煮えてるのを聞くような低調で内にこもった早

口な言葉の代りに、ハッキリした妙に人に迫るうるおいを帯びた声で、

「せんせい！　私せんせいにお願いするの。先生が私について考えてくださることがいつも私を立派にし私を美しくしてくれることでありますようにって……。目先のいたわりや方便的な応対など斥けて、それが現実にはどんな苦しい負担を私に負わせる結果になってもかまいませんから、いつも私を真人間に鍛えあげてくれる、きびしい、ほんとの愛に満ちた考えが先生の胸の中に宿っておりますようにって……。ああ、それでなかったら……。私は先生を信じております。だから先生にお願いするのです。せんせい、私の願いを聞き届けてくださいませ……」

その眼は大きく柔らかにみひらかれ、赤ン坊のそれのように青味がかったうるおいが流れ、信頼と嘆願とのまたとない哀切な表情がいたいたしく露出していた。人はそういう純粋な表情を呈示している間自分の内にある最も大切なものをムザムザと燃焼しているのではあるまいかと疑われるほどだった……。間崎は覚えず顔をそむけた。江波の青いその眼にかかっては、体内の臓腑や骨筋の蔭のくらがりにうごめいている微細な意識のかけらまでが残らず見透されるような気がしたのだった。そして、次の瞬間には、寝床から匍い出して江波の前に手をついてひたすらに詫びをしたい熱情が、釘抜きのように彼の肩先を締めつけた。だが、我々の生活では、こんな時の熱情をそのまま形に現わすことはすこぶる危険であることを熟知していた間崎

は、脂汗がにじむような努力で熱情の誘惑に抵抗したのであった……。

「……困るねえ、僕のほうからは何も言い出せないほど君独特の完璧な世界を築き上げてしまってるんだからなあ。その世界に首を突っ込んで君と話し合いをすることは、結局は君の言うことを全部肯定することになってしまうし……。一体君の自己というものに対する考え方がよっぽどかたよっていると思うんだ。他人から影響されない自己というものはあり得ないし、だからといって自己は外物の反射や影の集積だけのものでもない。その中間ぐらいのものだと思えばいい。どちらかに片づけようとすることがそもそも無理なんだ……。神様は大抵の人には自己に対するそんな疑惑を起さないような生活力を与えてくださってるのだが、君は人生の特別号(スペシャル・ナンバー)に出来てるんだね、一般人でも自己について深く考える人があるが、そしてそれは社会にとって有益な仕事でもあるが、しかしその特殊な専門家たちの考え方はどこまでも科学的であり客観的であり、君のように肉体的ではないんだ……。またそんな意味で君から期待をかけられることは僕として自信が持ちきれないし……、困るねえ……」

間崎は江波の述べたことに遠くから当らず触らずの批判を加えただけで、いちばん大切なことに対しては諾否の態度を明らかにしなかった。それがむしろ良心的でもあった。かりにいずれかハッキリした返事をすれば、その舌の根の乾かないうちから、大切な機会にのぞんで嘘をついたという自意識に苛まれることは分りきっていたから——。一方江波にとっては間崎の返事がどんなに空疎（くうそ）な内容のものであろうともかまわないのであった。なるほど、彼女は間崎に対して一応は哀訴嘆願した形になっていたが、しかし彼女の意力はその嘆願を美しく熱情的（パッショネート）に表現することばかりに消費しつくされて、自分の願いがどんなふうに受け入れられるかということに対する関心は、きれいさっぱり消え失せてその痕跡さえ残さないのであった。彼女の願望はそれを言葉や行いに現わした瞬間に飽和状態に達してしまうのである。

江波は片方の腕を畳に突っ張って身の重みを支え、鋭く尖った肩先に虚脱した微笑を浮べた顔をのっけて、間崎のもの言う口つきを珍しそうに眺めていた。

「先生の左官屋さん……。朝から晩まで御自分のまわりに壁塗りばかりしていらっしゃる。汗を流してお精を出しておかしい先生の左官屋さん……」

童謡のような節づけでそう言う。間崎は苦笑した。そういう君は裸ン坊だ。むやみに着物を脱ぎたがり、いまに白い皮膚まで剝ぎそうではないか……、と口の中で応酬した。

「勉強はもう止め、階下でなんかおいしいものをいただいて来てお話することにするわね」

「うん……、だけど僕はもう眠いんだ。なんにも食べたくない。左官屋さんは働きすぎて疲れちまったんだよ……」

「ホホホ……ではお休みなさい。私もお風呂に入ってまもなく休むことにするわ」

江波は手早く勉強道具を片づけて、何か唱歌を口ずさみながら立ち上がった。そして、次の室の押し入れから赤い模様の夜具を引き出してのべはじめた。二枚の敷布団を隅々がキチンと合うように何回も直して丁寧に重ね、敷布は曲ったり皺が出来たりしないようにあちこちにまわって引っ張り直し、最後に掛布団を何回も置き直すなど、あたりに人がいないかのような変にこった丹念さだった。すっかり出来上がると、試すように床の上に長々と横たわってみたが、また立ち上がると、少し離れた所から布団の位置を確かめ、なにかひとりごとをつぶやきながら、結局いまのべた布団を間崎の室の方に一尺ばかり移動させて階下に下りていった。

間崎は眼を細くし呼吸をつめて一部始終をうかがっていた。喉が焼けるように熱かった。たまたま腹の中から気まぐれに湧き上がってくる言葉があっても、形を成さないうちに喉の熱で蒸発させられてしまった。

一人ぎりになると、間崎は熱苦しそうに寝床からはみ出し、胸までむき出して、後頭部に両手を当てて天井をまじまじとみつめた。畳の冷たい感触が腕に快かった。身体中が熱い柔らかな塊りになってボッボッと伸縮するばかしで何一つまとまった考えが浮ばなかった。店から聞えるレコードの軋り声や妓たちの嬌声が彼の肉体の熱気を一層烈しく煽りたてた。思いきった放恣な妄想が炎の舌のように前後の連絡もなく頭の中にメラメラと燃えひらめいた。自分の中にこんな卑しい欲望がひそんでいたのかと今さら苦々しく感ずるほどのものだった。だが、奇妙なことには、妄想の対象が江波でなく必ず橋本先生であったことだ。強いて橋本先生を江波に置き換えようと努めてみるが、そうするほど橋本先生のひきしまった白皙（はくせき）な顔が風船玉のように数限りなく氾濫して間崎の妄想を一層混乱させた。しかし、このことから間崎が現在安全な地位にあるとは決して予断できないのだ。なぜなら彼はいま、観念上の危機を誇大に妄想することによって、事実上の危機を最後の瞬間まで気づくまいとするカムフラージュした心理状態におちいっていることを、自分でもかすかに意識していたからである。

ふと人の気配を感じ、ギョッとして振り向くと、階段の上り口の所から、今まで室内を覗いていたらしい人の顔がスッと消えた。と、また現われた。ママの顔だった。不快なほど生々しい媚びを含んだ眼を据えて間崎の顔や恵子の空っぽな寝床を代る代る眺め、

「ホホホ……もうお休みになるんですか。まあだ時間は早いんですよ。でもお疲れでしょうから……。夜中に御用が出来たらなん時でも恵子をたたき起して言いつけてください……。あの子はちょっとの物音でも目がさめますから……。ではお休みなさい……」

ママの顔は消えた。間崎はあわてて寝床の中にもぐり込んだ。ママの眼の中に溶けていた濃い媚びの色が間崎の頭脳をも一瞬に青く染めた。間崎は無性に心細くなった。夜具を引きかぶって、ズキンズキン頭の中で脈打つのを数えるようなうつけた気分でいると、まもなく江波が上がって来た。間崎はホッとして顔を出した。江波は子供じみた棒縞の寝巻に着更えて赤い伊達巻をしめており、顔はまだ湯気でも立っていそうに濡れて真新しかった。全体の様子が艶め

かしい中にも変に子供っぽく見えた。

「ああいい気持。……先生はまだ眠れないでいたの。……私、髪を洗ったから少し乾かしてから寝むわ」

江波はストーブのそばに横崩しに坐って心持ち顔を仰向けて髪を干しはじめた。なにか清潔な匂いのようなものがその身体からにじみ出ていた。ときどき首をさしのべては間崎を上から覗き込んでニコニコ笑いかけた。こぼれるように美しかった。間崎の熱気は一ぺんに沈静した。

「おい、早くお寝み。そして眠るまでおたがい顔を向き合わせているんだよ」

「――そうするわ。でもまだ髪が干せないんですもの。……ママ今夜に限って風呂場にやって来て背中を流してくれたり髪を解かしてくれたりとても親切だったわ。……なんだかママ可哀そうね」

「ああ可哀そうな人だね」（それから君も、僕も……）

間崎は不思議に気持がなごやかになった。と、今度は一時に眠気が萌してきた。それはなにものにもまさる強い誘惑であった。間崎は、自分から約束にそむいて江波の寝床の方に背を向けて左向きになれた姿勢をとり、まもなくひっそりした安らかな寝息を洩らしはじめた。江波はときどき短い髪をさばきながらぼんやり畳の一点をみつめていた。

――次の夜、彼らは肉体でお互いの愛情を誓い合った。

四十七

間崎はまる一週間目で学校に出た。頭に分厚い繃帯をしているので彼の出現は異常に人目を牽いた。いや、他人が見ないにしても、彼自身は万人から注目されているという卑屈な自意識から一刻も抜け出ることが出来なかったであろう。気力が回復するほどこの呵責の念は烈しくなりまさっていった。病み疲れた意識を通しては美しくも健やかにも必然にも見えたいろいろな行動が、日を経るに従って醜い浅はかなものに思われて仕方がなかった。

ことに耐えがたい思いをさせられたのは教壇に立って生徒と相接(あいせつ)している時であった。彼は首をあげて、まともに個々の生徒の顔を眺めるだけの勇気がもてなかった。後ろの壁の間や、窓の外や、教科書の上や、生徒の視線が入って来ない曖昧な箇所に上気した目をさまよわせて、板を削るようなうるおいのない授業をしてしまうのだった。授業中ちょっとの質問にもうまく答えられず、ふとしたはずみにはすぐ耳のつけ根まで真っ赤に染ってしまう。それを押し隠そうとすればいよいよ血が沸き立ち、眼のまわりが燃ゆるように熱くなる。

「ちょっと、先生赧くなってるわ」

「変ねえ……」

そんなささやき声が耳に入るころには、間崎は赤い色を通り越して青黒い色を呈し、熱走った眼を活字がボーッと浮んだ教科書に釘づけにして、何か聞きとりがたい講義を早口でしゃべっているのだった。

間崎は自分ながらあまりに意気地がなさすぎると思った。たとえ江波との間にどんなことがあったにせよ、自分は教師であるとともに一個の若い男性であることは十分に認められていいことであり、同様に江波恵子にも女としてふるまう権利が許されているわけだ。かりに二人の関係が没理性的に結ばれたとしても、決して突然なものではなかったし、不備な点は今後の骨折りで埋め合わせていけばいいのだ。世間的な一つの秩序を破ったという点では賞めた行為ではないかも知れないが、相手の江波は十分それに当り得るほど精神的な年齢が成熟をとげているのだから、お互いにまじめでさえあれば他人の前にそれほど恥じる必要もないことではないか。——間崎はこんなふうの理屈をかまえてみずから励ましてみたが、教壇に立って生徒たちに向えば、そんな理屈はあとかたもなく吹っとんで、執拗な羞恥の感情が蛇のように彼の体内にのた打ちまわるのであった。おまけに教室中にみなぎる生徒たちのなまぐさいような体臭は絶えず彼の感覚を刺激して、ほかの考え事に逃れようとあせる彼を、一分時も当面の生々しい問題から引き離そうとはしないのであった。

男の自分でさえこんなにイヤな思いに悩まされるんだから江波の心中はどんなであろう——。

間崎は江波の上にも同じ悩みを想定して一と方ならず気の毒に感じた。だが、実際に接してみると、江波は案外に平気な様子をしていたので、安心もし意外にも思った。はじめて出校した日のお昼休みに廊下ですれちがったが、遠くから眼を細めてわざとらしい微笑を湛えてまっすぐに彼の顔をみつめながら進んで来た江波は、そばへ近づくと、技巧的に見開いた眼にむき出しな媚愛(びあい)の色をにじませ、肩先をしゃくっていかにもなれなれしげにお辞儀をしながら、

「せんせい、私とっても元気よ……」

とささやいた。

間崎はゾッとするような不快を感じて、立ち止ってまだ何か話したげにしている江波のそばから逃げるように立ち去ってしまった。翌日は江波の組に授業があった。間崎は絶体絶命の気持で教壇に立った。顔も首も教室に入る前から赤くやけていた。正面の壁や天井の一部に落ちつきない視線をさまよわせて、気力のない授業をはじめかけると、いくばくもなく、

「ハイ、ハイ」とさかんな質問の呼び声が起った。江波だ。無視するわけにもいかない。

「なんだ、江波さん……」

「はあい」

江波は恐ろしく元気な様子で立ち上がった。その顔にはつくりもののいやらしい媚笑が液体

のように滲んでいた。

「……あの、万年筆にインクがなくなりましたからお隣の長井さんのをつけさしていただいてもいいでしょうか？」

「ええ？――」

あまりの期待はずれに間崎はすぐには返す言葉も知らなかった。間崎だけではなく組の生徒たちもあっけにとられたような面持でいた。一人江波だけがまじめだった。

「それは……鉛筆で書きなさい。長井さんも貴女も煩わしいだろうから……。そうなさい」

間崎は識らずに白眼をむき出して江波をジロリと睨んだ。でもどうにか授業のつながりをつけて先へ進んでいくと、五分と経たないうち、また江波がすっとんきょうな声で「ハイ、ハイ」と質問の意志表示をした。間崎は泣き出したくなった。

「はい、江波さん」

「はあい、先生はいま『放縦』という字を『気まま』だとか『自由』だとか解釈されましたが、少し違うんではないでしょうか？」

「君ならどう訳す？」

「分りません、でも『自由』や『気まま』というのと『放縦』とではよほど違うような気がします。……私は国語の解釈というものはいらないような気がしてなりません。作者はその言葉でなければ自分の気持をピッタリ現わせないからそれを用いたろうと思うのに、私たちがそれを少しずつ違った言葉で言い直しをしていってみたところで、そんなものは原文を傷つけるだけで、解釈でもなんでもないと思うのです。だから解釈なんか止しにしてただ読むだけでいいんじゃないでしょうか。古文は別ですけど……」

生徒の中から「まあ——」という非難めいた嘆声が洩れた。間崎は咄嗟に二つの処置法を考えた。一つはそんな迂遠な質問は授業外の時間にするよう高飛車にきめつけること、いま一つは目下の窮境をしのぐために、何とか理屈が言えそうなその問題をとり上げてやって、時間をゴシゴシ抹消してしまうことだった。ふだんの場合は別として、現在の事情にあっては、前者の法を採るのが教師として否人間としての正しい態度だと思ったが、間崎にはいまのところどんなにしても、大勢の前で江波をきめつけるだけの勇気がもてなかった。彼は顔を赧くして、据りのない声で、みすみす駄弁を振い出した。しゃべっている間になんとか気持の片がつかないものでもないと僥倖を願いながら……。

「……いま江波さんが言ったことは国語学習上の大問題に関連している問題です。『放縦』なら『放縦』という字でもいい、ともかく、ある物質、ある精神、ある状態に名づけられた言葉は厳密に言えばそれ一つしかないわけで、それをほかの言葉で言い直すというのはそもそも無理なことです。言い直さないでその言葉のままでピッタリ理解するのがいちばん正しい態度です。いや、第一、ある物やある事柄に名づけられた言葉を別な言葉で言いかえるということは、ほんとは不可能といってもいいことなんです。例えばここに……『女』という字を考えてみる。貴女がたはようくその言葉の意味を知っていて、自分も平気で言うし、人が言うのをきいても不審を起さない。つまり、貴女がたは『女』という字を正しく理解しているのです。そんなふうに用いるのが言葉の正しい用い方です。ところがいま、では誰か『女』という言葉の解釈を言ってください、と言われたら、貴女がたは何と言って答えますか。『女』という言葉の意味をほかの言葉で言い直しをしてもらうわけですね。さあ誰か答えられますか……。むずかしい問題ですね。そんなこと解釈しなくても分ってるとか、女とは『私』のごときものなりとかでは正しい答えになりません。『私』のほうで言えば男の先生だってやはり『私』ですからね。さあ分らない。……しかしこれは貴女がただけでなくどんな大学者でも明確な答弁は出来ない問題なのです。というのは逆な考え方になりますが、ほかの言葉では千万言費やしてもうまく言い現わせないあるもの、それに『女』という名をつけたからなのです。これは『机』であるとか『桜』『橋』『笑う』『走る』などすべての言葉はみな同様にして作られたものだということが出来ます。それでは説明や解釈などは不要であるばかりでなく全然不可能だという結論になりそうなものですが、やはりそんなわけにはいかない。人生の体験の浅い人に対しては、たとえ不完全であっても、すでにその人が習得理解しているほかの言葉でもって説明をつけ加えてやらないと、その概念を呑み込ませることが出来ないような言葉――事柄がたくさんあります。そこである言葉をいろいろに言い替えて説明する解釈がぜひ必要になってくる。またその言い替え方も時と場合で一つの言葉でありながら幾通りものちがったものが出来てきます。これをさっきの『女』という言葉について言えば、ある時には、女とは薩摩芋を好むものなりという説明が成り立ち、またある時ある人にとっては、女とは天使のごときものなり、女とは台所道具の一つなり、女とはよく泣くものなり、女とは子を生むものなり、女とは最善の協力者なり……。そのほかさまざまの解釈がなされます。そのどれも『女』という言葉の完全無欠な解釈だとは言われない。なぜってそれらの説明は人がその時々に感じた『女』の内容のほんの一部分しか言い現わしていないからです。これを要するに『女』という言葉の概念はほかの言葉を千万言費やしても『女』という一字のほかは適切完全に言い現わすことが出来ないということになります、分りますね……。

そこで当面の問題にかえって、我々が国語を勉強する究極の目標は、どんな言葉、どんな句、どんな文章に出会っても、それを、ちょうど貴女がたが『女』や『男』という言葉を解釈されないでも貴女がたの頭や身体でピッタリ確実に理解しているように、そんなふうに読んだだけで意味がほんとうによく分るようになるというところまで漕ぎつけることにあるのです。それで専門家はよく、国語の勉強は読みに始って読みに終ると言っておりますが、これはまったくその通りで先生も同感ですが、しかしこのことは言うべくして実際に行うことはなかなか困難な問題だと思います。それをするためにはどうしても途中で語句の言い替えや説明などいろいろな方便手段をつくさなければならない、そんなにしてもなお最後の完全な『読み』に入ることは容易でない、いや神様でもない限りは不可能事だと言ってもいいでしょう。……人間は自分たちが考え創り出したものを必ずしも完全に制御し征服しているとは言われない、むしろ自分たちが考え出したもののために束縛され悩まされていることがずいぶん多い。これは非常に面白い、そしてまた人を向上させることであるとも思うけど……。

以上いろいろ脱線したが、大体そんなわけで、先生が『放縦』という言葉を『自由』とか『気まま』とか粗雑な言い替えをしたことについて、江波さんには当分我慢してもらわなければならないと思うんだ。……江波さん、いいかね?」

間崎は途中で幾度も烈しい懐疑に襲われて崩れかけようとしたが、そのつど無理な勢いを煽ってともかくおしまいまでしゃべり通した。三、四の利発な生徒たちが眼を耀かせて傾聴しているほかは、大部分の者は窮屈そうな様子をしており、中にはわきを向いてそっと欠伸を噛み殺しているものもあった。無理もないと解説者の間崎自身がそう思った。当の発問者である江波恵子は、はじめちょっとの間、身体を前のめりに傾けて熱心に聴き入っていたが、間崎の言わんとするところをいち早く見透したというのか、急に身体のかまえをゆるめたかと思うと、キョロキョロ傍見をしたり、前後左右にうるさく話しかけたりしはじめ、誰も相手にしてくれないと、机の中から鋏をとり出して紙片をチョキチョキ剪り出しながら、ときどき眼を細めて何かもの言わせるように、間崎の顔をシパシパと見まもるのであった。薄気味が悪かった。だが、そんなにしていても、間崎の説明が終ると、間髪を入れず立ち上がり、しごく自然な調子で、

「よく分りました。……どうぞ先へ進んでください」

こいつ！　と間崎は思った。同時にどこかに自分がしゃべっただけの大きな空洞が穿たれて、そこを寒い風が吹き通っているかのような不安につきまとわれ、ハンカチで顔をゴシゴシ拭いながら、未練らしくいまの所論の補足めいたものを述べ出した。

「つまりだね……、さっきあげたいろんな理由からして、最後の完全な『読み』に到達することは、考うべくして実現は期しがたいと言ったが、国語を学ぶということは、結局そこに至ろうとする途中の骨折り――それが学問になるわけで、完全の域に達する達しないは我々の生活にあまり関係のないことだと言ってもいい。これは文章を作る人の場合でもそうで、究極の目標は、自分の書く一行一句がことごとく事物や現象の真を衝いて微動だもしないという境地にあるわけだが、これだってただ口でそう言えるだけで実際には決して至り得ない彼岸の世界なのだ。至り得ないが、ともかくその目標から目をそむけないで真摯にコツコツと自分の文章を

錬磨していく。それが真の意味の文学というものです。我々が生きていくのも同じことで、実際には決して到達し得ない最高至善の理想を追って、少しでも自分たちをそれに近づけようと努力する、そこに生活のほんとの姿があるのです……。こうして、国語という学問でも文学でも生活でも、考え方によっては『不完全』という土台の上のみに成り立ち得るのであって、『完全』という境地には、学問も恋愛も戦争も苦悩も歓喜も一切のものが存在しなくなってしまう。……だから、我々は『不完全』を恐れたり嫌ったりしてはならない。心の弱い人のみがむやみと『完全』を求めたがる。早くそこに行きついてらくちんをしましょうと、意気地ないことを願っているのです……」

クラス全体に対してなされるはずの説明が、いつの間にか江波個人を対象とした——それも一生徒として以上に彼のみが深く知っている江波恵子を対象とした、生々しい臭いのお説教に変ってしまった。気がつきながら間崎は自分で自分の舌を自由にあやつれないのであった。汚ならしく充血した眼は江波の上に釘づけだった。教室中にばらまかれた感じやすい神経のアンテナの群れがこれをとり逃すはずもない。室内には、いびつな固い空気がみなぎった。

江波は絶えずニヤニヤした微笑を顔に浮べて、うつむいて鋏を動かしつづけていたが、間崎の話が了るとやはりうつむいたままでひとりごとのように、

「心が弱いのはどっちだか分りゃしないわ……。自分の妥協的で中ぶらりんな生活を敗北的な

人生論で合理化しようとするのは、やはり弱い心ではないかしら……」
まるで橋本先生が自分を難詰する時のようなことを言う……と間崎は思った。しかしさすがにクラス全体への手前もあって、それ以上江波の言葉に絡んでいくことは躊躇され、まことに不細工なつなぎ方で中断された授業の続きを進めていった。「アアー」と露骨に欠伸を洩らす者もあった。と、間崎の心奥にもその気持に烈しく共鳴するものがあり、オイオイ声をあげて泣き出したくなった。

五分と経たないうちに、また江波の「ハイハイ」がはじまった。悪びれずに根気よく、尻上がりに声を高くしていくものだから、黙殺しようもない。「シッ！　シッ！」とあからさまに江波のふるまいを非難するかけ声も二、三聞えた。間崎は詫びるように眼を弱々しくまたたかせて一同を眺めまわし、結局江波の意思表示をとり上げることにした。

「はい江波さん、……今日はずいぶん質問が多いんだね、まるで江波さん一人のための授業みたいだね。ハハハ……」

「あの……。私今日お習いするところ大抵呑み込めたと思いますから、このあと英語読本（リーダー）を出して読んではいけないでしょうか。急に、とても調べてみたいところが出て来たんですけど……」

ニコニコ笑っているのだ。

「いけません！　みんな分ってしまったというんならどこかほかの課を読んでおりなさい。ともかくいまは国語を勉強する時間ですから……。そんなわがままを言うとお点を引きますよ。ハハハ……」

間崎は磊落に笑ってのけようとした。が、空っぽな擬音が洩れたにすぎず、そのために室内の空気を一層重苦しい不愉快なものにしてしまった。

「やあ……、叱られちゃった。ごめんなさい……」

江波はおどけた恰好で頭に手を当てて着席した。間崎は覚えず肩を痙攣させて声が出るような迫った嘆息を洩らした。生きているのがイヤになった、という端的な気持だった。一体何のために江波はこんなに手を挙げるのであろう？　言わせてみればどれもこれも雲をつかむようなことばかり。ただもう間崎と自分との関係を人目に際立たせるためのものとしか思われない。しかしふざけているわけでもない。一体の挙動が何となく不自然なことは確かだが、その不自然さの中ではおかしいほど生まじめに力んでいるところもうかがわれるのだ。あれほど鋭敏な感受性を具えているはずなのに憑かれたようなこの頑なさはどうしたことなのであろう？　しかも平時以上に感じやすくなければならない時期に際会しているのに——。間崎には江波の気持がよく呑みこめなかった。しかし呑みこめないままに江波の気の毒な不具な行動から何かひしひしと自分の肉体に浸潤してくるものを感じないわけにはいかなかった。彼はほうほうの体でようやくその一時間の授業を勤め了えて教室から逃げ出した。と、何ということだ！　江波は教科書を抱えて彼の後を追いかけ、廊下でまた愚かしい質問をはじめたのだった。

「せんせい、あの、この教科書の表紙の図案はどんな意味を含んでいるのでしょうか？」

「ええ！　教科書……さあ、それは……」

組の生徒たちは盛り上がった群れをなしてこちらを注目していた。

「はっきり分らんが、生徒の心情を、高雅なものにしようという目的だと思うんだが……。しかし確かでないから発行所に問い合わせてみてもいいが……」

「ええ、そうしてください。私いろんなことを知りたいと思うんです。なにもかもみいんな……。この心持、なんて説明したらいいのかしら……。ではお願いしますわ」

江波はぎこちない微笑を浮べ、肩先をしゃくるお辞儀を一つして、級友たちが山をなしている群れの中へ孔雀のように胸を張ってしずしずと引っ返していった。

間崎はジットリ汗ばんで、出会う人ごとに頭を下げたいような打ちのめされた気持で、ハーハーなまぐさい呼吸を吐きながら教員室に引き上げた。そして熱い苦いお茶を立て続けに二、三杯飲み干して不快な喉の渇きをうるおした。

彼は江波の上に突然萌した胸を凍らすような異常な変化をなるべく正面からは認めまいとした。すべての圧迫不快の情はかれらの周囲にはびこっている日常道徳との相剋(そうこく)から生み出されているもので、いわば彼は気が弱いだけの話なのだ。もっと強く信念的でなければならない。もし自分が衆人環視の中でなくたった二人ぎりで江波と会っているのだとすれば、江波が少しぐらい風変りな言動に出ても、いまなめさせられたような白々とした味気ない思いはせずにすんだであろう。いやそれどころか、胸をこそぐられるような幸福感に酔い痴れていたかも知れないのだ（ほんとにそうか？　と冷たく反問する声があった、だが間崎はそこから先へ考え進もうとはしなかった）。第一江波は何一つふだんと変ってやしないじゃないか。あれが江波恵子の天性の為人（ひととなり）なのだ。それを今になって変ったように思うのは自分の気持が純粋でなかった証拠かも知れないのだ。男女の関係で、ある行為を契機に、従来美しく見えたものが急に鼻につき出してみじめな結果に終ったというようなことが、よく新聞の身の上相談などに出て来るが、自分も識らずにそうした低級な心理状態におちいっていないとも限らないのだ。恥ずべきことだ。卑しいことだ……。

間崎は江波の異常な言動が自分の胸の中に呼び起したある不幸の予想を、周囲や自分自身の至らないせいに帰して、当の江波には一指も触れず、これを安全地帯に祭り上げておこうとした。だがそうすることは、結局、間崎自身を安全にする手段でないとは誰が断言できよう。自分を苛むとみせかけて自分を保護する――。これが間崎の身に即した一つの生活法であった。

その日の放課後、江波恵子は間崎の下宿に立ち寄った。室に入ると、いつもに似ず、身体をクネクネとしおらせて両手をついてお辞儀をした。

「ごめんください……。お忙しくありませんの」

「いや……」

間崎は胸に物を詰めこまれたようでほかの言葉が出なかった。江波は遠慮深いかとみれば一面変なれなれしさも露わに見せて間崎のそばにジリジリとにじり寄った。

「じゃあ少し遊んでいってもいいわね。いいでしょう？」

横向きに小首をかしげて、汁がにじみそうな流し目で下からじっと間崎を見上げた。これは江波ではない！　どこぞの売笑婦がそっくり憑りうつっているのだ！　間崎は覚えず胸をグイとひいた。

「いいよ。……でも御飯がすんでからちょっと出かけなきゃあならないけど……」

「まあ、残念だわ……。じゃあそれまでね……」

江波は一と句切りごとに毒々しい媚態をこめた眼差で間崎の顔を盗み見るようにした。間崎は反対にことさら苦い顔をつくった。言葉もおのずと素気なく、

「君は今日授業中になぜあんな質問をむやみにしたんだい？……ああ、なんでもいろんなことを一時に知っておきたくなったんだと言ったっけが……。あれはどういうわけなの？」

「あら、意地悪ね……」と例の眼つきでやにっこく睨む真似をして、

「どうってことないけど……。でもいろんなことを知っておいたほうがいいでしょう。ことに私だっていつか家庭の人になるかも知れないし、その時なんにも知らないじゃ困るでしょう。私さきのことがとっても寂しいところもあるの。だからなんでも知っておいてそれを埋め合わせてしまいたいの……。私、でないと家庭の人なんかになれないかも知れないの。とても不安で寂しいところもあるのよ……」

だから国語読本の表紙の図案の意味を尋ねたのか――。間崎はこう嘲笑的に口の中で反問したが、相手の不快な媚態にもかかわらず、その舌足らずな表現の中にはなにかしら胸を打つものがあった。

「新しい境遇に身をおく時には君ばかりでなく誰だって不安で寂しいものだ、その寂しさに耐えて少しずつ賢くなっていくのだ、それが生活というものの正しい進め方なんだ。ところが君は最初から完全無欠な生活者として新しい境遇に入ろうと希んでいるのだ。酬いられるのは幻滅ばかりだ。自分自身に対して、相手に対して……。素直なつつましい気持を失ってはいけないよ」

「ええ、ええ、私そうするわ……」

それが上すべりした根のない返事であることは眼の色をみただけでも分った。

「ね、先生、先生の着物の寸法を教えてくださらない？　それから――と、ああ、そうそう、肉類はあげものにしたのがお好き？　それともすき焼きみたいなのがお好き？　まだ、なんだっけな……」

物に感じない痴呆のような笑いを顔面に硬直させて次々と畳みかけて口走った。間崎は慄然としたが、無理に余裕を含ませた調子で、

「そうそうむやみに物を知りたがらないことにしようって、たった今約束したばかりだろう。だめなんだね、恵子さんは……」

江波は大げさなしかめっ面をこさえてどこか間近い一点をクルクル眺めていたが、不意に鋭い調子はずれな声で間崎に喰ってかかった。

「だって……そんなこと知ってなきゃあ困るじゃありませんか！　世の中のことなんでもみんな知ってしまわないうちは安心できないじゃありませんか！　私は……こんなに一生懸命なのに……」

畳にがばと伏せって肩をもんでエッエッと歔欷きはじめた。間崎は一度っきり身慄いして防ぐように固く腕を組んだ。一体どうしたことなのだ？……いまとなっては江波の上に人を不快にするある種の変化が生じたことを認めないわけにはいかない。これは決して自分の誠意の欠如から由来した冷たさではない。まったく江波一個の得体の知れない生理的な焦躁にもとづいているのだ。どうしようというのであろう？……間崎は霧のようにシュンシュンと湧く悔いの

思いにむせびそうだった。相手の背中を撫でさすり、頭の上に低くかぶさるようにして、

「どうしたんだ。落ちつかなきゃあいけないじゃないか。君は大分興奮しているようだ。もっともそれは僕のせいかも知れないが……。ね、正直に言ってごらん、君は後悔しているんじゃあるまいね？」

江波は打ち伏したまま強くかぶりを振った。そして、手を後ろざまに上げて背中を匍う間崎の手を探り求め、それにすがるようにして身体を起した。顔と顔が間近く向き合った。青いニヒリスティックな美しさを湛えた眼だ。

「いいえ、ちっとも……。昨日でしたっけか、橋本先生が頭痛がするって静養室でお休みになっておられたの。私が前を通るとちょうど扉があいていて中からお呼びになるものですから、入っていくと起き上がって私をそばに坐らせ、穴があくほど私の顔をみつめて、

『貴女、しあわせ？』

ってお訊ねになるの。髪がほつれて眼の下のあたりが凹んでるようなお顔だったわ。

『――ええ』

って私が答えますと、橋本先生は眼をキラキラ耀かせて私の手をつぶれるほど握りしめ、

『まあ――私安心した。江波さん一生懸命になってくださいね。きっとですよ。きっとですよ。……そのお約束が出来たら貴女はもうあちらへおいでなさい。そう、行く前に一ぺん私をきつ

く抱きしめていってごらんなさい。いつかの晩のように……。貴女にどれだけの力があるかみてあげるわ……』

それで私、腕をまくり上げるみたいにして、先生の胸を力いっぱい締め上げてやりますと、ポキポキ骨の音がして、先生は、

『痛い痛い、もうたくさん……』

って私の耳をギュッとつまんでおっしゃったの。泣いてるみたいだったわ……。先生……私、幸福ね！」

絡み合った指先を無理に外側へねじ曲げながら、間崎の顔を、物質でもあるかのように明らさまにまじまじと見守った。その眼は瞳孔がやや廓大(かくだい)し、青い膜のようなものがかかっており、口に上せる言葉は大分なめらかで自然になったが、それでもまだ身体の中に棒でも呑み込んでいるような不自由な気配が、表面に濃く痛々しく露われ出ていた。それは間崎の野性を一とたまりもなく萎縮させるものだった。

「……幸福なんてものは、昨日までは不幸で今日からは幸福だというように、限界のはっきりした固定したものではないんだ。絶えず生活が営まれ、生活の工夫がなされていなければならないのだ。……橋本先生が涙ぐんでいたって言うけど、そりゃあ僕たちを気の毒だと思ったからかも知れないさ……」

間崎はなにげなく、だがかなりな力をこめて、相手の把握から指を抜きすべらせ、さも飢えていたように煙草をスパスパ吸い出した。

「じゃ、先生は幸福ではないんですか」

江波は眼にかかった膜の色を濃くして間崎を注視した。

「そりゃあ……幸福だよ……」

間崎は煙りを強く吸いこんでむせるような息苦しさにまぎれてでなければ、その答えを口にし得なかった。

「私、嬉しい……」

江波は膝頭が触れるほどにじり出て、間崎の膝に片手を置き、身体の重味を半分ほどもその手に託した。そして飼い犬が主人を見上げるように、臆せずひたすらに間崎の顔をうちまもるのだった。いまにもクンクン鼻を鳴らして媚びそうな——。ああもうそこにはかつての江波恵子の姿は存在しなかった。あるものは拙い浅薄な俳優の演技だけだった。誰に命じられて何の役を演じようというのであろう。恋人という抽象概念の演技を——。しかも最も卑俗で低級な概念を、憑かれた者のように精魂をすり減らして演じているのだった。可哀そうな江波恵子！彼女の場合はいつもいちばんすぐれた自己の本質が寄生的な概念のために無惨に蚕食されていくのが生活の形をなしていることが多いのだ。生まれてこないほうが仕合わせだったかも知れない……、という言い方に、物の喩えでなく、そのままじかに当てはまる人間はそう幾人もあるものではない。

「恵子さん！」

間崎は突然な熱情に駆られて江波の指先を強く握りしめた。そして青い不審げな眼を宿している豊かな顔のここかしこに針のような視線をプスプス突き刺した。

「君は……すばらしいんだ。ただ君は……自分を現わすことを知らないんだ……。それだけなんだ……」

間崎はあえぎあえぎささやいた。

「いやあ、せんせい。痛い。いやあ。指がつぶれちゃう……。せんせい……」

「ね、僕たちは努力するんだ！　努力さえすれば、過失だって救われる！　ね、一生懸命になろう。……一生懸命に……僕の気持分ってくれ……、僕は……」

熱っぽくうわついた言葉は、まっさきに、彼自身の湯気が立つ激情を、塩のように冷却させる作用をなしたにすぎなかった。

「いたい、いたい。指が平べったくなってしまったわよ」

江波は中指の先をスポリと口に入れてなめずりながら、ひるむことを知らない青くこごった媚愛の眼差を間崎の顔に釘づけにしていた。ああ——。

「じゃあ、もう大分遅くもなったし、さっき言ったように先生は晩に用事も控えているしするから、君はお帰り。……ママも心配するといけないから……」

「ええ、じゃ帰るわ。そのうち先生もいらっしゃいね……」

言われてあっけなく立ち上がるところが、また間崎の心にピンと触れて来た。

「さよなら」

「さよなら」

——間崎は夕飯をすませると、マントもかぶらず、乱れたなまぐさい呼吸を冷たい夜気の中に吐き散らしながら、風の寒い宵(よい)の街をさまよい歩いた。犬が吠えて電車のきしりが鋭かった。星がふり落されそうにまたたいていた。間崎は遠い橋本先生の家の前を、強く地面を踏んで二、三度行き返りし、わずかばかり慰められた気持になって下宿に引っ返した。

四十八

江波のなれなれしいそぶりは一日増しにつのっていくばかりだった。教室ではむやみに発問して間崎を自分の方に向かせることばかりねらっていたし、生徒たちの雑踏している廊下や控場などでは、わざと間崎の身近かにより添って愚にもつかないことをこれ見よがしにヒソヒソとささやきかけるのであった。やりきれなかった。で、間崎は頭痛を口実に、授業時間には自習を命じて教室に赴かず、休み時間には職員室から一歩も外へ出ないように自衛法を講じてみたが、結局なんの効果も収めることが出来なかった。というのは、こちらが姿を現わさなければ、江波のほうから職員室に押しかけて来るからであった。入口のガラス戸を首が通るぐらいに開け、真率さのまるで感じられないお人好しな媚笑をいちめんに湛えた顔を覗かせ、爪立ちをし口をアングリ開けて間崎の所在をあちこちと探り求めて臆面がない。いよいよ目的物を見出だすと、改めてガラス戸をいっぱいに開けて身体ごと内部に入れ、区切りのついた変におませなお辞儀を一つして、貴婦人のようにしゃなりしゃなり間崎のそばに近づいて来る。頭を斜めに傾けてばか丁寧なお辞儀をし、うわずったキンキンする声で、

「あの、先生、お忙しくありませんか――」

「いや、別に……」

間崎は熱い吐息をまぜて辛うじて答える。

「あのう、私……、あの……困っちゃったわ……」

片方の手の甲を唇に当てていかにも恥ずかしそうに身体を左右に大きくくねらせる。そうかと思うと、合間々々にはほかの先生たちの方を眺めまわす浅薄な余裕も存しているのだった。

「ぐずぐずしないで早く用件を言いたまえ」

はたの手前、間崎はことさら高い声で相手をきめつけずにはいられなかった。

「だってェ……私、きまりが悪いんですもの、……困ったわ。私……」

「忙しいんだ。……早く！」

そう急き込みながらも、脛に傷もつ間崎は、相手の口からどんな「きまりの悪い」ことが言い出されるのか気が気でないところもあった。

「じゃあ言うわ。私ね、先生。今日国語のノートを持って来るのを忘れてしまったんです。どうしましょう、私？」

間崎は思わずあたりに聞えるような嘆息を洩らした。

「ばかな――。そんなこと教室で言えばすむことじゃないか。わざわざこんなところまで……」

「そうでしたかしら……。でも私早くお届けしなければ悪いと思ったものですから……。おじゃまいたしました」

江波はなにか大事な用件を果した後のような、浮き浮きした弾んだ歩き方で職員室から出て行った。間崎はともかくもホッとした。胸の底に澱んだ沈澱は新たに鉛のような重味を加えたにせよ――。だが、何ということだ、次の休み時間に、江波はさっきとそっくり同じやり方で再び間崎を職員室に訪ねて来たのだった。泥絵具でなすったようなけばけばしいお愛想笑いを

浮べて間崎をジッと見下ろし、

「せんせい、あの、宗教と哲学とはどんなところが違うんでしょうか」

「知らん、そんなこと……。多分宗教は感情が基礎になるもので、哲学は理性が土台になる相違があるんだろう……。ほかは知らん……」

間崎はあたりへ体裁を張る気力も失せて乱れた粗暴な調子で答え、憎しみの青い光りをこめた眼差で江波をきびしく睨みつけた。江波の膠(にかわ)を塗ったような表情は微塵も反応を示さなかったばかりでなく、むしろ一段の媚態を加えて、

「よく分りました、どうも……」

ストーブのまわりに集った職員たちの方へニコニコ笑いかけながら澄まして部屋を立ち去った。

「なんだい、ありゃあ、間崎君。……あの子はこのごろまた羽目をはずしてるようだね……」

佐々木先生が人の好い高声でストーブのそばから間崎に話しかけた。

「ええ、ええ……。どうも変なんです。まるで憑き物がしてるみたいなんです。でも、なあに、結局ちゃあんと知っていてやってるんですよ。いまもこっぴどくやっつけてやりましたがね」

間崎は小さな玉にまるめたハンカチを軽石のように使って、顔中ににじんだ汗の気をこすり落しながらうわずった声で答えた。

「それにしても君こそ災難だね。あの子により憑かれちゃたまらない。今度来たら突きとばしてやりたまえ、ハハハ……」

それに和するストーブのまわりの笑い声は変な遠慮を含んだ煮えきらない調子を帯びていた。間崎はスクッと立ち上がって、大声あげて何かばかなことを叫び出してみたい衝動に駆られて、二、三度腰を浮かせたほどだった。

まさかと思っていた三時間目の休み時間に、また江波のペンキで描いたような笑顔が入口のガラス戸の隙間から覗いた。間崎はゾッとした。そして、何度も思案しながら、早引けして家に帰ることを思いきってなし得なかった自分の薄志弱行を、舌がねじれるほど後悔した。その間にも江波は室内に姿を現わして一直線に間崎の席の方へ進んで来た。例の気どったばか丁寧なお辞儀をして何かものを言いかけようとした時、不意に誰かの影が二人の中に分け入った。橋本先生だった。鉛筆を耳にはさみ、閻魔帳を掌にひろげて、江波の顔をみつめ、

「ちょっと間崎先生とお打ち合わせしたいことがあるんだけど、貴女急ぎの用事なの。でなかったら後にしてくれない？」

「ええ……ええ、それでもいいんですけど……。じゃまたあとで……」

江波は案外素直に言うことをきいて外へ出て行った。ほかの職員たちは見ないふりを装っていた。

「何の御用ですか？」

間崎は内心ホッとしながらも突っかかるような調子で橋本先生にものを言った。この人とはずいぶん長い間口をきかなかったような気がする。学校で一日のうちには何回か顔を合わせているわけだが、間崎のほうにいつからか圏外の人として橋本先生を観る心理が醸成されていて、それでよけいに久闊（きゅうかつ）の感が深かったのであろう。

「五年生の国語の成績を見せていただきたいと思いまして……。私のほうは今学期ばかに悪かったものですから、ほかもそうかと思って聞いてまわってるんですの。私のほうはこんなです……」

橋本先生は閻魔帳を間崎の机の前に置いた。そして自分もかがみこんで鉛筆で指示するような恰好をしながら、余白に、

「職員室ノ気品ヲ傷ツケナイヨウニ願イマス」と書き流した。間崎はムッとして橋本先生の顔を見返した。穏やかな澄んだ眼が彼をみつめていた。

間崎は自分も鉛筆をとって、橋本先生の閻魔帳の上につけたが、何の文句も思い浮ばないので、めちゃくちゃに直線を書きなぐった。橋本先生は手早く閻魔帳を引いて寂しげな微笑をみせ、

「ありがとうございました……」

あたりへ聞えるように言って静かに自分の席へ歩み去った。間崎は鼻汁を出してひとりでグスンと吹き出した。落書きをしてお礼を言われたような形になったのが、突発的におかしくてならなかったのだ。洟をかみながら、ふと顔を上げた間崎の眼に、またしてもガラス戸をあけて入ってくる江波恵子の姿が映じた。いままで戸の隙間から覗いて橋本先生の用事がすむのを待っていたものに相違ない。「あらっ」と誰かのかすかな叫び声が耳に入った。橋本先生らしかった。ストーブのそばの職員たちの異様な眼差は江波の上に釘づけにされたまま間崎のところまで移動して来た。どうともなれという硬直した神経を後頭部に感じて、間崎は自分から迎えるように江波の方に向き直った。江波はお辞儀をした。そして口をきく前にわざわざストーブの方を顧みてニコニコ笑いかけながら、無邪気そうな声で、

「せんせい、お願いがあって来ましたの」

「なんだ……」

ほとんどわめくような声だった。

「私今日家の都合でお弁当を持って来られなかったんで、購買でパンを買って食べようと思うんですけど、蟇口を忘れて来ましたからお金を五十銭貸してください。明日お返しします……」

間崎はあわてたような手つきで上衣の内かくしから蟇口をとり出して、五十銭玉を机の端に

ピチンと弾き出した。

「ありがとうございます。じゃお借りしていきますわ……」

江波は金を握ってかえりがけストーブのそばを通る時首を縮めてククとひとり笑いを洩らして過ぎ去った。江波が出て行くと、それまで固く口を緘（かん）していたストーブのそばの職員たちがとってつけたようにガヤガヤと雑談をはじめ出した。それがかえって職員室に浸みこんだよごれた気分を表面に浮きだたせる働きをなした。「職員室ノ気品ヲ傷ツケナイヨウニ願イマス」……。それには自分が辞めるしかない、と間崎の熱い血が結論した。

次の昼休み、間崎は江波の来襲を恐れて校僕室に避難していた、が、後で偶然にもこの時間に限って江波が職員室に姿を現わさなかったことが分って、いよいよ間崎は迷信的な気持にさせられた。

五時間目には五年生だけが講堂に集って卒業式の予行演習を行なった。これには式の体裁を整えるために身体の空いてる職員たちも並び大名格で参加することになっていたが、うろうろしてる間に間崎もその仲間に引き入れられてしまった。卒業式は女学校生活の最後を飾る行事なので、予行ではあるが、生徒らはまじめに勤めた。間崎は窓際の末席に突っ立って、落ちつかない胸を腕組みで押えつけ、人が動き、歌が唄（うた）われるありさまを、別世界の出来事のようにボンヤリ眺めていた。そのうちに幾列にも並んだ生徒らの頭の数の中で一つだけ異様な動き方をしているのが目に触れた。みんながお辞儀をする時にその頭だけが傍見をしていて遅れたり、みんながまっすぐに立っている時でもその頭だけがヒョイヒョイと水平線の上に無理して伸び上がって、式の予行とはまるで関係のないものの方をキョトキョト覗いているのである。——江波恵子が伸び上がって間崎の方を眺めようとしているのであった。伸び上がった勢いで口をアーンと開け、度の低いお人好しな笑いで型なしに顔の相好を崩しながら……。

間崎は講壇の方に目をしばりつけて江波の存在を無視しようと努めた。が、そうするほど粘っこい視線が泥のように瞼をよごすのが感じられた。伸び上がるだけでは足りない、しまいには隣の友達の肩に手をかけて飛び上がってまで間崎の方を覗こうとする江波のむちゃな振舞は、列席の職員はもちろん生徒間にも知れ渡らずにはいなかった。間崎は焼けぼっくいのようにたやすく赤面した。改った公開の席上のこととて繕いようがなかった。

「浮かれて傍見をしたりしている方があります。いけません。まじめにやってください」

指揮に当っていた体操の先生が見かねたものかそれとなく全般に注意を与えた。そこここでヒソヒソささやく声が聞えた。間崎の顔は音を立てそうに熱く燃えさかった。自分がどんなに醜い顔をしているかが手足の指先にまでジンと感じられた。ああもうこれぐらいであの過失の償いが出来るのではないかしらん——、それが間崎の燃える頭にひらめいたただ一つぎりの思想であった。

予行が進んで優等賞や功労賞を授与される生徒の氏名が順次に読み上げられた。椅子に腰かけていた生徒らの中から名前を呼ばれた者だけが「ハイ、ハイ」と返事をして立ち上がった。

「美術部、江波恵子」

「ハイ」

江波は立ち上がると同時に兵隊さんの「右へならえ」のように顎を右肩にひきつけてニコニコしながら間崎の方を見まもった。作りつけたように顔の向きを換えようとはしない。みんなが立っていた時とちがって今度のは否応なしに衆目の対象となった。間崎は洟をかんだりハンカチで額をこすったりした。そうするほど人の目につくことになるが、さればといってじっと立っていることはなおさら出来なかった。身体中に鱗が生えたような気がした。江波は三昧境に入った人のように首をよろしく傾けて飽かずに間崎の方をニコニコ眺め入っている。

「江波さん、江波さん……。まっすぐお向きなさい。そんなにお行儀が悪いと功労賞は取り消しですよ」

山形先生が穏やかに注意した。みんなドッと笑い出した。江波も笑い、間崎も笑う機会を得た。間崎は頭のてっぺんでわずかに山形先生のとりなしをありがたいと感ずる余裕をもつことが出来た。

演習がすんで全員解散すると、江波は人ごみを掻き分けて間崎のそばに進みより、大きな声

で、

「おかしかったわねえ、先生。山形先生に叱られちゃった。ホホホ……」

高らかに笑いながら出口のほうに駈け去った。

間崎はわざと人から遅れて広い講堂に一人ぽっちになった。頭が熱く身体が寒いチグハグな感覚に苛まれながら堂内をでたらめに歩きまわっているうち、息切れがし出して、まだ火の気が残っているストーブのそばに椅子をひきよせて休んだ。そのまま床に崩折れそうに疲労していた。気を張って何か考え事をしようと努めてみるが、いたずらに断片的な幻影が往来するばかりで、頭のかまえを立て直す手がかりはさらに得られなかった。間崎は両手を後頭部に組み、足を八の字に拡げて股あぶりをしながら、みずから溺れて妄想の俘囚になった。ふだんはめったに考えたことのない郷里の家のことがいちばんあざやかにかつひんぱんに熱っぽい幻影の中に現われ出た。間崎は巨大な白い肉体を空想し、その中に自分の心身をすっかり埋没させてしまいたいとも思った。

(……年頃の娘が、未熟な自分の子宮に、はじめて「間崎慎太郎」という固有名詞をもつ男を受け入れたのだ！　とり乱すのは当り前だ。固有名詞の精液が江波恵子の娘としての生理や心理に強く影響したのだ。責任はいっさい自分にある！)

第六時限の授業がはじまり、校舎の中は森閑とひそまりかえっていた。と、コツンコツンと急ぎ足に近づく靴の音が入口の方に聞えた。間崎は振り返ろうともしなかった。

「おや、こんなとこにいらしった。先生、間崎先生。さっきからさがしていたとこなんですよ……」

橋本先生だった。何か用事だとみえて、歩くのが半分駈けるのが半分で間崎のそばに進みよった。テキパキした口調で、

「憂鬱なんでしょう？　江波さんのことで――。あんなではまったく困ってしまいますわね。先生だけでなく職員室中が不愉快にされてしまいますもの。何かのはずみで江波さんも調子が変になってるんでしょうけど、だからといってあんなふうに職員室を踏み荒すのを黙ってみてはおれませんわ。私シンから腹が立ったんです……。弁解するんではありませんけど、先生の立場に同情したためではなく、まったくこの学校の職員の一人として憤らずにはいられなかったんですわ。それで二度とあんなばかげた真似はさせないつもりで、昼休み、食事のあとで、江波さんが窓際の日向(ひなた)で本を読んでいるところをみつけて舎監室に連れていってお説教をしたんです。その時の模様を露骨に申しますと――、

『江波さん、貴女はなんであんなにしつっこく間崎先生のところにやってくるのです、何の用事もないくせに。もし貴女が間崎先生をお好きだとしても、いえ、お好きであればあるほど人前では遠慮して近づかないのがほんとではありませんか。間崎先生がどんなに御迷惑に感じて

いるか考えてごらんなさい』

するど江波さんは手にぶら下げていた本を上衣の下に押し込んで胸をふくらませ、いぶかしそうに私をみつめて、

『でも……先生、誰かを好きだという感情や行動をどうして人の前に現わしてはならないのですか。愛というものは人から隠さなければならない悪い性質のものでしょうか。そんなことはないと思いますけど……』

そう言われると私はグッとつまってしまいました。江波さんの考え方は間違っているという確かな感じが私の身体中にみなぎっておりましたけど、どう言い現わせばあの人を納得させられるかてんで見当がつかなかったのです。江波さんて人は部分的な真実を全体の真実らしく変形させる奇妙な能力をもっておりますからね。瞬間の美しさを永遠に存続する美しさであるかのように感じさせるのです。それはあの人にとっては単なる技巧ではなく、のっぴきならない生活なんでしょうけど……。またそれが生活になっていればこそ、あんな奇矯な言動も鼻つまみな感じを与えないばかりか、時には強い魅力となって周囲に働きかけるのだと思います。人間は誰でも虚無に対する憧憬を胸に秘めているのですから……。でも江波さんがそんな特異な能力をもっていることが、江波さんにとって幸か不幸かは別に考えなければならない問題ですけど……」

「ふむ。するとそれに迷わされた人間はどうすればいいのでしょうか、江波サンにですね」

間崎は生欠伸をまじえて口をさしはさんだ。橋本先生が今日から使い出した「江波さん」という固有名詞を毒々しく口真似して。(江波さんでなく奥さんとおっしゃい――)そうも言いたかったのであるが……。

橋本先生はヒタと息をのんで間崎を凝視した。両の頬が石膏のように冷たく硬直していた。

「なんて卑怯なことをおっしゃるんです！　迷わされた――。先生、一人の女の一生をそんな無責任な言葉で片づけてすむもんですか！　卑怯です！……男らしくない……」

強い憤りの眼差を間崎に注いで、しまいには口もきけずにブルブル慄え出した。間崎は赤く濁った眼で恥じらう様もなく相手を見返した。と、ドタリと音がして、橋本先生が胸のところをふくらませて上衣の下に押し込んでいた物が床に落ちた。なにかの本だった。橋本先生はあわててそれを拾い上げて後ろ手に隠した。

「先生、お話のつづきを申しますわ。……私は口がつまってしばらく江波さんの顔を黙ってみつめておりました。それから正面的な意見を言ったんではお互いに話にならないのだと考え直して、『貴女の言うことはほんとうです。けれどもそれが貴女自身と同じ程度にみんなの人に通ずるかどうかは疑問です。いいえ、それよりも今日みたいに休み時間ごとに間崎先生をお訪ねしては間崎先生が御迷惑してしまいます。ほかの先生方も見ていらっしゃるんですからね。もうあんなことお止しなさい』

『間崎先生御迷惑だなんて嘘だと思いますわ。そんなはずないんですもの……』

そう言うのが信じて疑わない者の無邪気な態度を示しているのです。ただ全体から観ていちばん大切な神経の働きが中止しているかのような、寂しい寒い感じがつきまとっておりましたけど……。私はなぜかひどくあせって身体中に脂汗がにじむようなはかなく味気ない思いに駆られ、自分の誇りも地位も忘れて、

『ええ、ええ、その通りです。……では私がお願いしますから、今度から職員室や廊下で間崎先生に話しかけるのは止めてくださいね。お宅へなら毎日遊びに行ってもいいの。ただ学校でだけは知らんふりをしていてもらいたいの。江波さんの考えてることはみんな正しいんだけど無理にそうお願いするの。ね、きいてくれる?』

『——ええ、そうしますわ』

江波さんはニッコリ笑ってうなずいてくれました。それがもうとても感じのいい笑顔なので、江波さんはほんとうは私をよほど好きなんだと思いました。その時です、ちょうどいまさっき私がしてたように江波さんが上衣の胸の下に入れてた本が何かのはずみで床にポロリと落ちたのです。すると江波さんは私がしたのと同じように少しばかりあわてて——、そう、少しばかりあわててそれを拾い上げて後ろに隠そうとしたのです、いま私がしてるように……。(橋本

先生は顔を赧らめて微笑を洩らした）、それから私は、

『なんですか、何の本ですか、先生にお見せなさい』

って手を差し伸べますと、江波さんは具合が悪そうに二、三歩尻込みしましたが、結局ウフウフ笑い出して私の手に本を載せてくれました、これです……」

橋本先生は話に合わせて、何か決然とした気込みで、本を間崎に手渡した。それはすり切れた布表紙の医学博士何某の著述にかかる『育児法心得』という小冊子だった。間崎は泣くように苦笑して、仕方なしにペラペラとページを繰ると、ところどころに赤鉛筆で傍線がひいてあるのが目に触れた。橋本先生は追っかけてこの人らしくもないちょっとセンチな声で、

「私はそれを見た時に胸がヒヤッとしました。ほかの生徒たちが鬼ごっこやむだ話でワイワイ騒ぎまわっている廊下の片隅の日向で、江波さんが一人ぽっちでこんなものを読みふけっていたのかと思うと、わけもなしに涙が出て来て仕方がありませんでした。世の中にこんな不幸な人ってない。この人のためには骨惜みせずにつくしてやらなければならない……。幾度も幾度もそう思いました。そしてストーブを温かくしてお茶やお菓子を出し、昼休みいっぱいは二人ぎりで雑誌や写真帳などを見て、あまり口数をきかずに静かにたのしく過しました……。先生、私はこれから一生懸命に江波さんだけの肩をもちますわ。ハッキリそれを言っておきます……」

おしまいの言葉には鋭く痛々しい響きがこもってきかれた。間崎はストーブの口を開けて医学博士の著書を火の中に投げ入れて、

「一体貴女は江波が赤ン坊を生むと思っているんですか。正直のところをきかせてください」

「いいえ、そんなこと思ってやしません。あり得ないことですわ、多分……。それなのに江波さんの神経が変に先々と働いてこんな書物に読みふけってるのが恐ろしいし、また気の毒だと思ったんですわ。……先生、私の気持をあんまり卑しく解釈しないでください……」

「もう一つ、貴女が江波の肩をもつというのは江波のためなんですか。それとも貴女自身のためなんですか。僕には貴女の気持が江波びいきに変った動機について貴女の反省すべきことがまだまだ残っているような気がするんだが……」

「それは……女性共同の防衛のためですわ……。そう思います……。迷わされたなんていう都合のいい言葉で女一人を片づけてもらいたくないために……」

橋本先生は赧くなってしどろもどろに答えた。その様を見ると間崎の萎えきった神経は獲物を前にした野獣のような興奮に燃え立った。

「僕の考えでは、貴女が今になって江波に対する評価を替えることはよくないことだと思いますね。あれほどきびしい批判を下していた貴女がですね。あんな性格に生温かい同情をするのは援(たす)けることにならないでかえって害う結果になる――、というのが貴女の持論だったのです。

それがすっかり一変したのは不思議だと思いますよ……」

橋本先生は苦い微笑を浮べて遠いものを見るように眼を細くして間崎をみつめ、

「そんなことをおっしゃれば私のほうにだって不思議に思うことがありますわ、先生は私が『角ヲ矯メテ牛ヲ殺ス』やり方で生徒に当るのがいけないってあれほどおっしゃってたでしょう。今度私が江波さんにそうでなく接しようとしていると、先生は急に、いやそれはいけない、もと通りのほうがいいって、あべこべなことを言い出したじゃありませんか……。なぜそんなにお変りになったんでしょう?」

間崎はハタとつかえた。そして、自分たちが何かしら下卑たたちのよくない会話をまじえているという反省が、悪寒のように背中の皮膚を刺激するのが感じられた。二人はおのずと眼をそらせた。

「——ともかくですね。僕は貴女からなんの負い目もない、貴女もまた僕にとやかくのこと強制するなんの権利もないってことをハッキリさせておきたかったのです……」

橋本先生は嘲るような冷たい口吻で、

「……正しく言えば、もとはその権利があったらしいけど今は自分からそれを放棄してしまったんですわ。……よけいなことを申し上げてすみませんでした。職員室がけがされるのを黙って観ていられなかったことから生じた行きがかりですから悪しからず……。あっ、それから江波さんの書物を焼いてしまって——。私からそう話しておきますから……」

「どうでも……」

橋本先生は心持ち肩をそびやかして足早やに講堂から出て行った。

ストーブの火が乏しくなったのかだんだんに寒くなり、所在なさに間崎は冷たい床板に手をついて何回も逆立ちを試みた。くだらないと思いながらその動作に変に身が入って、一度逆立ちのままで一間ばかり歩けた時にはホクホクするほど嬉しかった。切断された瞬間ぎりの満足だが、人生にはそんなものにでもすがらなければ凌ぎがつかないポケット地帯も、ところどころにひそんでいることは確かだ……。

学校が退けると、間崎は校医の山川博士のところへ寄って傷の治療を受け、そこから街の図書館にまわった。時間つぶしが目的なので、時代小説を借りて拾い読みしたり、机に伏せって居眠りしたり、下宿へ帰ったのは午後七時ごろだった。果して江波が二度も訪ねて来たとのことであった。食事をすませると起きているのがつまらなくてすぐ寝床に入った。頭が鈍く疲れ、そのくせ眼が痛いほど冴えて眠れなかった。妄想が絶え間なく去来した。それを強いて形態づけると二つの色彩のものに分類された。一つは江波を誘って感覚的な歓びの世界にはてしなく沈淪しようとするものであり、いま一つは現在の「恋人」という通俗概念の厚い皮膚をかぶった江波を、根気強くゆすぶりゆすぶりして、生来の艶々しい皮膚の輝きを現わさせるように努めようとする考え方だった。どちらの場合も暗く明るくそれぞれ胸を躍らせるような次々の場面が展開していった。間崎さえちょっとの間眼をつぶれば、この二枚の絵は少しの摩擦もなくスムーズに一枚の絵に溶け合えそうな気がするのだった。……間崎は明け方になって三時間ばかり胸苦しい眠りをもつことが出来た。

四十九

翌日は橋本先生の訓戒が功を奏したのか、江波は一回も職員室に姿を見せなかった。だからといって心安らかにしていられる間崎の現状でもなかった。来なければ来ないで、かえって遮二無二（しゃにむに）襲来して、どん底の窮地まで自分を追いつめてもらったほうが望ましいようなあべこべな気持が起ってくるありさまだった。

間崎は人目につかないように気を配って、書棚や机の中を整理し、不要なものを焼き捨てたりした。頭の中の決心がまだしっかりしないうちから、彼の肉体は当然なことのように職を辞める支度をはじめ出したとも言えるのだ。あるいはまたそんな先走った仕草で窮した心を慰めていたのだとも観られよう。

その晩八時ごろ江波が下宿に訪ねて来た。湯気のたつ紙袋をショールのはしに包んでいた。

「焼き餅屋の前を通ったらあまりいい匂いがするので買って来たの。先生食べない？」

「いただく。……ママはこのごろどうしている？　一度お礼に行かなきゃあならないと思ってるんだが……」

「とても御機嫌よ。私にも親切にしてくれるわ」

江波は紙袋を破いて焼き餅をひろげた。よく磨いてきたとみえていつもより綺麗に見えるが、やはり顔全体にうす青い膜でもかかってるようでどこかほんとでない表情だった。変に大人びた微笑を湛えて室の中を見まわし、押し入れの前に脱ぎ捨てられた間崎の外出着を目に止めると、立って行って、いかにも物なれたような恰好で一枚々々丁寧に畳みはじめた。畳みながらときどき間崎の方を下目使いにじっとみつめるのだった。ああ始った——、と間崎はゾッとした。そして今夜はどんな骨折りをしてでも先日来から江波の身辺を包んでいるイヤな色の強靱な膜を破ってやろうと思った。

「ね、先生、私お願いがあるの……」

「なんだい？」

「私に着物を買ってくださらない、ね、買ってよ……」

「着物！」

「ええ。私、春着が欲しいのよ。学校にいる間は洋服ばかり多く着るから着物をよけい作らないでしょう、だから……」

「ママにねだってみたのかい?」

「ええ、でも先生でなくちゃあいや。うちの女給たちもみんな自分の人にねだるわよ。ね、買ってよ、せんせい……」

畳んだ着物を一枚々々重ねながら催促するような急きこんだ調子で言う。はにかむそぶりなどは兎の毛ほども見当らない。

「そりゃあ買ってもいいが……」

間崎は消え入りそうに答えた。江波の要求には少しも卑しい感じがつきまとわなかった。彼女の求める着物は財物としてのそれではなく、愛する女に贈り物などをする男たちの心遣いを具象化した、あまり上等でない一個の概念にすぎなかったのだ。それもいいが、ふだんにあれほど本も読み、深い考え事もする彼女が、最高の生活力を振い起さねばならない大切な時期に際して、まったく無良心に、自分の環境の中の最も劣等な生活の型を見ならうということは、ほとんど理解しがたい奇怪な現象であった。厳密に言えば、世間の恋人たちがあたかも自分たちだけがそれを創ったもののように信じているらしい吐息もささやきも完全な理解とやらも、結局は人真似であることを免れないかも知れないが、真似でもいいからいま少し品よくありたいというのが、窮迫した間崎の切なる願いだった。

「買ってくださる。まあ嬉しい。ほんとよ」

「ああほんとだとも……。高価いだろうね、君の着物は。君は柄好みをするんだろうから……」

「そんなことないわ。……でも先生、お金ある？　なければ私、ママにもらってあげるわ。だから買ってね……」

平然という江波の口つきや眼の色をみまもっていると、間崎は刃物で命を脅やかされるような寒い気がした。

「着物が片づいたら先生のそばへおいで。すぐそばへだよ……」

間崎の眼は据りかけて声が変にかすれていた。

「ウフン」

江波は甘えた音を洩らして間崎のすぐそばにペッタリくっついて坐った。間崎は息を止めて江波の顔をしばらく凝視した。彼の体内には青白い緊迫した呼吸づかいが鞴のように暴れまわっていた。それは一と呼吸ごとに強く烈しく膨脹して、やがて外界に奔出すべき約束のものだった。江波にも間崎の尋常でない気配が感じられたのか、その顔からは例のふやけた媚笑が影を消して、もの問いたげな素直な表情が浮びかけていた。いま、間崎は江波恵子を殴ろうとしている。彼女の露出した肉体のうちいちばん感じが鋭敏そうな白いふくよかな両の頰を――。肉体と肉体が烈しく触れ合う壮烈な打音の連続！　それのみが江波の身辺に囲繞する無気味な粘液性の憑きものを駆逐することが出来るのだ。打て、打て！　江波自身の額も髪も肩も睫も耳も、泣き濡れた表情でその壮烈な打音を待ちこがれているではないか。間崎は体内に醞醸した青白く烈しい呼吸遣いが、胸、肩、腕、手首にまで及び、いまはただ五本の指先にそれが通うのを待つばかりの危うい瞬間を過しつつあった。と――

「ごめんください」

子供っぽい声で訪うのが玄関で聞えた。

間崎は反射的に声を返した。いかにも険しい調子だった。階下では小母さんが応接に出てすぐに間崎を呼んだ。

「だれ？」

「だあれ。いやあねえ、せっかく二人きりで楽しくお話しようと思ってたのに……」

江波は室から出て行く間崎をもう例の「恋人」の目で追いかけて、階下へ聞えよがしにつぶやいたものだ。

玄関に出てみると、青いマントに包まれた小さなお客さんが三和土にちょこなんと立っていた。橋本先生の寵児である増井アヤ子だった。

「おや、どうしたの、いまごろ？　君一人？」

間崎は驚いてやさしく尋ねた。

「いいえ、ねえやと一緒です、外で待ってます……」

そこまで言って急に低い迫った泣き声になり、

「先生、大変なことが出来ちゃったの……」

「大変なこと？　まあちょっとでいいからお上がり。寒いからねえやにも中へ入ってもらうといい」

「ええ、じゃあ一分か二分ね……。ねえやはいいの……」

増井は敷台にマントを脱いで、間崎の後について二階に上がって来た。よほど思いつめたことがあるのか階段の途中から低く切なげにすすり泣きをはじめた。室に入ると、ちょっとの間に江波はさっきまで間崎が坐っていた机の前にドカリと御輿を据えて、机の上の立鏡を覗きながら夢中なありさまで髪をいじくったり顔をつくったりしていた。間崎を見ても席をどこうとはせず、自分の家にいるようなぞんざいな態度で、

「あら、アヤ子さんだわ。貴女どうしたの、今ごろ？　それに泣いたりなんかしておかしいわ……」

誰もいないものと思ってたらしい増井は驚いて泣くのを止め、それが江波だと分ると、稚い

ながら難ずるような眼の色を見せて間崎をじっと見上げた。

「いいんだよ、この人には遠慮しなくも……。さあ、一体どうしたの？　自分のこと？　他人のこと？」

増井は言うまいかどうしようかと惑っているような様子でしばらくぼんやりした一点をみつめていたが、急にその顔がべそをかいて涙があふれ落ち、口許を馬が飼糧を食むように二、三度モクモクと動かしたかと思うと、烈しくすすり上げながら、

「せんせい、大変なことなの……。橋本先生が今日の夕方『赤』の嫌疑で捕まっちゃったの！　お宿のほうも寄宿舎の舎監室も家宅捜索をされたのよ……！　どうしましょう！　せんせい！　どうしましょう！……」

片方の手を膝の上に置き、片方の手で小さな握り拳をつくって横鬢のところに強く当てながら、子供らしい純粋な泣き顔をありったけ露わしていた。膝の割れ目から細い脛が覗けているのも可憐だった。

「……先生が……捕まった……？　どうして君は……ああ君のお父さんは署長さんだったっけね」

間崎はおかしいほどあわてて出していた。だがそれは報告された事実から受けた直接の衝動ではなくて、こんな重大な報告に接しながら少しも反応を示さない自分の心に対する疑惑と焦躁

とのためであった。

「署長さんは肥ってる方でしょう。ママが商売上のことでいろいろ御厄介になるんでよく知ってるって言ってたわ」

調子っぱずれな浮き浮きした声で江波が横合いから口を出した。それは間崎の気持をそっくり反映したような荒んだ声だった。増井は恨めしそうな一瞥を江波の上に走らせて、

「ちがいます、先生。父はまだ家に帰りません。帰っても役目の上のお話を私なんかには決してきかせません……。夕方特高(とっこう)の人が来てお母さんにこっそり告げていったのを私が襖の蔭で立ち聞きしていたんです……」

「でも捕まえるのはやはり署長さんの命令だわ、ね、先生……」

江波がまたへらず口をきいた。

「嘘だわ！　せんせい、父が悪いんだったらかんにんしてね。そんなことないと思うんだけど……。私にはいい父なんですもの……。橋本先生はいつか江波さんとはおつき合いしないようにって私に言いつけました」

増井はその稚い眼にあらん限りの憎悪をこめて江波を睨みつけた。が、気力が続かずすぐにシクシク泣き出してしまった。

「いい、いい、泣かんでもいい。江波さんは悪気で言ってるんじゃないんだ。ただあんなこと

ばかり言ってみたいんだ……。よく教えに来てくれたね。ありがとう。先生にもどうも出来やしないけどいま知っておけば明日学校に出ても驚かないですむわけだ。じゃ君はもうお帰りなさい。家で心配するといけない。ねえやも寒いのに待ちくたびれているだろうから……。さあ行こう」

間崎は増井の手をとって立ち上がった。

外は今夜も降るような星空だった。大通りに出る角まで送って行きながら、

「大した関係もないらしいからすぐに返されると思うけど、この後も君にわかったことがあったら先生にだけこっそり教えてくれね。だが今日みたいにお母さんとこへ来たお客さんの話を立ち聞きしたりするのはよくない。……ああ、いや、いま言ったことはみんな取り消しだ。先生は君からは何も聞かないことにする。いいね。教えるとかえって怒るよ。自然に分るのを待つのがいちばんいい。……それから君のお父さんは立派な人だ。君はみんなに自慢していいんだ。……じゃあさよなら。今夜もゆっくり眠るようにしたまえ。橋本先生はそういう人がいちばん好きなんだからね……」

間崎は一人になって星空を仰いだ。一つ一つの星が燃えつきそうに強くまたたいていた。間崎はブルンと身慄いした。薄暗く冷たい留置場の板の間に坐っている橋本先生の姿が、林檎のような光沢と感触で脳裡に浮び上がった。間崎は胸苦しくなった。橋本スミ子——。彼は裏町

の沈黙の闇の中で恐る恐るその名前を呼びかけてみた。が、実際に口から洩れたものはあまりに貧相な生気に乏しい声で、自分ながら興ざめてしまった。

間崎は世間の人並みにこの報知（しらせ）から大きな驚きを受けたかった。もしそれがくるとすれば、自己に対するきびしい反省と呵責との形をとり、さらに進展して自暴自棄に陥るかあるいは勇躍の契機となるかするであろうということまで予想することが出来た。ああその打撃はたばしる霰（あられ）を浴びるように痛くそして快いことであろう。しかるに、彼の現在の事情は、澱んだ泥沼が投げこまれた小石を音も立てず、何の波紋もみせずに湿気と暗黒の底に呑みこんでしまうのによく似ていた。そしてそのことを本気になって嘆く心さえ起らない沈滞した状態にあったのだ。間崎のわずかに望見したところによると、彼の身体の中には厚い脂肪の層のようなものが出来ていてそれが外界から来る一切の刺激を弾いてよせつけない働きをしているらしかった。だから、まずその脂肪の塊りを踏みつぶしてどこかへ押し流してやらなければならないのであった。

間崎はこれからなすべきこととしてただ一つのことしか考えてなかった。江波によって感覚的な陶酔に溺れることだった。そして、そういう対象としては、平素の切れ味鋭い彼女よりも現在の愚かしく憑かれたような彼女のほうが一層好ましく感じられさえする、土鼠（つちねずみ）のように先の見えない扁平な心理に陥っていたのだった。

江波はさっきのように間崎の机の前に坐っていた。両手を机の上に匍わせて、オルガンでも弾くように指先をひろげて机の面をゆっくり走りまわらせていた。

「大変なことになったね――」

間崎は膝を触れるようにそば近く坐りながら乾いた声で言った。

「――ええ、そうでもないでしょう……」

江波は間崎の方をまともにふり向きながら変にぼんやりした声で言った。指先を依然として机の上に匍わせながら――。間崎はにじり寄って江波の肩に手をかけた。わざと潤ませたような声で、

「――君は覚えてるね、橋本先生が君に言った言葉を。『江波さんはしあわせ?』って先生が君にきいたんだ。君は『ええ』って答えた。すると先生は、『私、安心した、江波さん一生懸命になってくださいね。きっとですよ。きっとですよ』って君に念を押された……。そうだったね。もしも僕たちが一生懸命になって幸福を築けなかったら橋本先生に対して顔向けがならないわけだ。ことに先生が今度のようにお気の毒な事情になってみると、なおさら二人とも一生懸命にならなければならないわけだ。そのほかには先生のためにつくせる道がないっていうような気がする。……いいね、そこんところがよく分

るだろうと思うが……」

　間崎は押えた肩先を軽くゆすぶった。江波はまるで感じがない様子で、ただ机の面を走らせる指先を急速に早めて端から端へ幾回となく往復させた。その間に固い小さな欠伸を二つ三つ洩らしたりした。間崎は言いようのない無気味な恐怖に忍びこまれた。それを払いのけるためにも、ただ一つのなすべき行為をさっそくに実現しようとして、江波を荒々しくゆすぶり、

「ね、おい、どうしたんだ。ぼんやりしてちゃいけない。橋本先生の言ったこと分るね、ね……」

　彼は江波の肩をそのまま自分の胸にひきつけようとした。と、江波は烈しい力で肩をすかし、机の面にがばと伏せって、いままで忙わしく觸わせていた指先を頭に当てて乱暴に髪をかきむしった。それもちょっとの間で、すぐに頭を上げ、室がきしむような烈しい勢いで間崎の方に向き直り、大きな気力のこもった眼で間崎をじっと見まもった。

「……せんせい、ほんとのことを言って！　もうなにもかもだめなのね。いいえ、はじめっからだめだったんだわ。もうおしまいなの……。私、でもせんせいを恨んだりなんかしないわ。せんせいにお礼を言うわ……。さあ、もうみんなおしまいなのね……」

　ああその声！　それこそ久しぶりできく、あのヒタヒタと人の心に浸みてくるうるおいを帯びた江波恵子の肉声ではないか。裂けそうに大きく見開かれた眼からも、このごろ中かかって

いた青い膜のようなものが急速に剝げていって、代りにあの人を射る黒いつややかな耀きが次第に増してくるのが見てとれる。恐ろしいことだった。間崎はその瞬間まで身体中にみなぎらせていた醜い欲情を一ぺんに抜きとって鼻先につきつけられたような恥辱と虚脱の感じを強く受けた。が、強いて自分を励まし、

「な、なにを言うんだ、ばかな……。一人合点でとんでもないことをきめている。僕たちのことだっていま始ったばかりではないか。もうおしまいだなんて、なにをばかばかしい。ね、始ったばかりの生活だ……」

江波は落ちついて決定的なかぶりをふり、自分の肩先に伸びて来る間崎の手を静かに払いのけて、

「ええ、これから先生と橋本先生の生活が始るのですわ。もうどうにもならないことです。この上私を気の毒がったりしないでください……。せんせい。行きがかりで心にもない無理なことをおっしゃらないで、どうぞ私にハッキリさよならを言ってください。私にはそれがいちばんありがたいの。……いまごろ、冷たい留置場の板敷きに坐って――ええ、私はママを迎えに行って二、三度覗いたことがありますわ。ママが賭け事をして捕まった時なの――先生のことばかり思っている橋本先生の脈搏が私の身体にじかに伝わって来るような気がするわ。先生だってそうに違いない。……橋本先生は無理をしたんです。心にもなくだんだん深みにはまりこ

んで、しかもわざと世間の目につくようにふるまって自分から今度のような目に遭う経路を踏んでいったのです。そういう形でしか先生に対する愛情を表わすことが出来なかったんだわ。……もし純粋に仕事にだけ打ちこんでいるのでしたら決して捕まるようなヘマはしなかったと思うし、また私の知ってる限りでは捕まるほどの大した事実もなさそうなんですもの。私がちょっとでもそんなことを知っているのは、橋本先生とこの研究会のメンバーでありながら私へも文学的な手紙をくれるチャッカリした青年と知り合いだからなんですが……。私は……。間崎先生、さよなら!」

江波はお河童頭をひとゆすりしてスックと立ち上がった。間崎はカッと逆上して(それは事の意外に驚いたというよりは、自分でもハッキリ意識しなかった、もしくは意識しようとしなかった深奥の弱点を衝かれた時の羞恥の感情に似ていた)江波の腕をつかみ、暴力でグイと畳の上に引き据えた。

「嘘だ! 帰さない! 君は今夜ここに泊ってゆくのだ!……橋本先生が留置されたことがどうして僕らに関係があるのだ。君は報知を聞いて驚いたはずみに一流の先走った心理を組み立ててしまったのだ。橋本先生が言ったことは二人で一生懸命になって幸福な生活を築き上げるようにというのだった。君は自分の口からそう言ったじゃないか。……橋本先生には橋本先生の信念があって自分の道に進まれたのだ。そのために僕らまでがどうのこうのという法はない。

ね、落ちついてくれ。よしんば……君が考えるように僕らの関係が誤った出発をしたにしてもそれはこれからの骨折りで是正できることだ。恋愛はインスピレーションではない、建築だよ……」

　間崎は自分でも自信のもてないことを思いつくままに次々と並べたてた。そうすることによって知られてはならない一つのものを、あくまでも隠し通そうとするかのように――。

「私もインスピレーションだとは思いません。でも骨折りだけで成しとげられる事務だとも思いませんわ。せんせい。私をいくらかでも気の毒だとお考えでしたら、いえ、先生のお言葉通りもし愛していらっしゃるんでしたらハッキリさよならを言ってくださらない。ね、私はせめておしまいだけでも潔くしておきたいの。私たちのために……」

　江波の眼の光りはいよいよ耀いてそのまわりには謎めいた微笑の影さえ漂っていた。それを見ると間崎の身体はただ今にも枯木寒巌（こぼくかんがん）に化しそうな不安に襲われ、いっそひと思いにそれになりきろうかとも考えるのだが、何か得体の知れないガッチリしたものに妨げられて、また自分を無理な熱情に駆り立てるのだった。だが、どんな言葉ももはや江波を動かせないことは分りきっていた。間崎は言葉の無力さを皮膚の接触感覚で補おうとしてか、ものを言う前にいきなり江波の袖を捕えて強く自分の方に引きつけた。

「ばかなことを……。なんと言っても僕は君を帰さない。君は自分でつくった悲壮な心理にみずから溺れているんだ。その気持は明日まで長続きしやしない。分りきっている。ね、今夜は黙って僕の言うことを聞くんだ。君はあまりに自分を粗末にしすぎる……」

江波の身体は間崎の引くままに傾いたが、それは氷のような冷たい匂いに包まれていた。いまはあからさまな困惑の笑いを湛えて、

「自分を大切にしようと思うからです。私だって少しでも立派な生活をしたいと希んでますわ。これからでも――。先生なぜそんなに無理をなさるの。いつまでもそうだと、私は先生が私を気の毒がるよりも御自分をつくろうためにそうなさるんだと思うかも知れなくってよ。……放してください。放して……私は帰ります。放さないと、私は大きな声を出しますから……」

間崎はあわてて手を放した。

「間崎先生、さようなら」

江波は立ち上がって室を出た。

「ちがうんだ。ね。君は誤っている。落ちつかなきゃあいけないよ。もう一時間いや三十分でもいいから二人で話をしよう。そうすれば何もかも得心がいくようになると思う。ね、江波さん……」

身体に手を触れることもならず、間崎は忍び声でせっかちに江波の耳許にささやきながら、後についてウロウロと階段を下りて行った。江波は一と言も答えず、長い襟巻を乱暴に首に巻

きつけて玄関から戸外に踏み出し、格子戸を後ろ手で強く立てきった。と、自分も誰かの片ちんばな履き物をひっかけて敷居をまたごうとしていた間崎は、格子戸と柱の間にイヤというほど首を強く挟まれた。「ひどいなア」と夢中で思った。

江波は、首を縮め、両の腋に手をはさみこんで、男のような歩き方で道を急いだ。

「恵子さん。さ、引っ返そう。こんなにして君に行ってしまわれてはたまらない気持なんだ。……ね、なにもかも君の臆測にすぎないんだ。頼むから引っ返してくれ。いや、歩きながらでもいいから二人で話をしよう。君に黙られると僕は死にたくなるくらいだ……」

間崎は江波の顔を覗きこむために絶えず横衝いに駈け続けながら、乱れた口調でなにやかやと話しかけ、袖をつかんだり、前に立ちふさがったりして先へ行かせまいと努めた。が、江波は石のように冷たく押し黙って間崎のすることをきびしくはねつけた。何という醜態だ！　こんなばかげた真似はもうたくさんだ！　間崎自身の中にも自分のしていることを否定するものが強く動いており、いまにも江波を突き放して家に帰ろうかとしばしば思うのだったが、そう思うほど、どこまでも江波に喰い下がっていこうとする筋の通らない窮屈な感情が、鉄板のように固く厚くなりまさっていくのであった。

人家がまばらになったくらがりで間崎は正面から江波の肩を押えつけて立ち止らせた。そして無理に見開いた大きな眼でことさらめかしく江波を見下ろし、威圧を含めた声で、

「強情を張るのは止せ。ばか！　僕は暴力でも君を連れかえるんだ。それが僕の義務だ。君の人間をたたき直してやるための……」

　間崎はグイグイと二、三歩後に押した。そこで強く踏みこたえた江波は、腋から手を出して、鼻までおおった襟巻を口がきけるように下へひき下ろし、燃えるような眼で間崎を睨み返し、

「何をするんです、先生の卑怯者！　あんなになる前に私は先生に言ったじゃありませんか。『私先生にお願いします、先生が私について考えてくださることがいつも私を立派にし私を美しくしてくれることでありますようにって……。目先のいたわりや子供扱いの方便を排して、それが現実にはどんな苦しい負担を負わせる結果になってもかまいませんから、いつも私を芯の通った人間に鍛えあげてくれる、きびしい、ほんとの愛に満ちた考えが先生の胸の中に宿っておりますように……』

　ってそれから先生は私をどんな人間にしてくれたでしょう？　授業時間中に狐憑(きつねつ)きのように手を挙げたり、国語読本の表紙の意味を尋ねたり、休み時間ごとに臆面もなく職員室に入り込んだり……。一生懸命になろうとすればするほどそんなばかげた行いしか出来ない人間にしてくれたのです。そんなにもみじめな人間に——。（泣く）それが先生の愛だったのでしょうか。先生は私をいちばんスポイルする方法で私に触れたのです。先生は弱いんです。ずるいんです。卑怯なんです。……間崎先生、私はこんなみじめなことを言わずにお別れしたかったの。でも

先生があまりしつっこくつけまとうものだから……。とうとう言ってしまったわ。私、でも先生を恨んだりなんかしてませんわ。第一私先生のことなんかすぐ忘れてしまうと思うの。『男』という概念だけを弱く疲れた肺活量でゼイゼイと呼吸しているだけで、個々の人間に対しては一切無差別なの。ママのそういう生活を私もまもなく受け継ぐことになるんだわ。……間崎先生、さよなら。私これからとても楽しい生活に入るみたいな気がしてるの……」

間崎は倒れかかるように江波恵子におおいかぶさっていき、鼻声で、

「わるかった！……僕も君と同じ生活にとび込む！　誰にも知られない一人ぽっちの土地に行って……。恵子さん、わるかった！」

「汚ない！　手を触れちゃいけない、ばか！」

江波は目にも止らない素早さで間崎の頰に烈しい平手打ちを喰わせた。ピシャリ！　と小気味いい音が夜更けの静寂の中に響いた。と、江波は胸を刺すような叫びともうめきともつかない圧縮された声を洩らして、黒い檜葉垣に沿った闇の中に一目散に駈け出して行った。

間崎はもはや後を追う気力も失せ、崩れるようにそこにしゃがんで、両手で深く頭を抱えこんだ。そのまま長くじっとしていた。

風が裸の樹々をゆすぶって吹きすぎた。彼の頭上に高く展けた大空では星がしきりに飛んだ。昔の人が人魂だと信じていた流れ星が……。

それから三日目の正午近いころ、上野行東北本線の急行列車の二等客車に間崎と橋本先生との姿が見出だされた。間崎は板張りに頭をよせて窓外の景色を眺めていた。橋本先生はその間崎の懐ろにもぐりこみそうに深くもたれ、口を半ばあけて浅い静かな寝息を洩らしていた。ふと間崎の頬に微笑が浮び上がった。ついさっきのことを思い出したのだ。それは——、途中で橋本先生がどこかの温泉に下車して二、三日静養していこうと言い出し、間崎は頭からそれを否定してとり上げなかったが、その時の話のついでに橋本先生が金持自慢をはじめ、トランクの底から貯金通帳をひき出して間崎に見せた。わずか二年ばかりの間に七百円余りも貯めているのに間崎はびっくりした。このほか宿の主人が親許になっている五円掛けの無尽にも加入しており、それは来月とれるから合わせて自家用車ぐらいは買えますわ、と文なしの間崎をひとくさり冷やかしたものだ。そういえば江波がいつか橋本先生はうわべは派手にしているけど、きっと内々では貯金家にちがいないと予言したのを思い出す……。

間崎は急にまじめな表情にかえって橋本先生の寝顔を覗きこんだ。白い歯並びが眼に快かった。留置場でひいた風邪のせいで洟水が一と筋流れていた。間崎はハンカチでそれを拭きとってやり、一層寝心地を楽にさせるために自分の胸を出来るだけ広く開放してやった。

——同じころ、江波たちの学校では卒業式が行われていた。晴れの卒業生たちは四列の隊形で全校生徒たちの最前列に並んでいた。江波は三列目の中ほどにいた。今日は顔の線が隈どったように濃いのがいつもと異っている。少し猫背にしてまたたきの少い固い視線を前方の空間にじっと注いでいた。やがて『蛍の光』が合唱された。江波は口の線を強く描きながら、恐ろしいような顔で精いっぱいに唄い出した。

P+D BOOKS ラインアップ

東京セブンローズ（上）	井上ひさし	戦時下の市井の人々の暮らしを日記風に綴る
東京セブンローズ（下）	井上ひさし	占領軍による日本語ローマ字化計画があった
天上の花・蕁麻の家	萩原葉子	萩原朔太郎の娘が描く鮮烈なる代表作2篇
海軍	獅子文六	「軍神」をモデルに描いた海軍青春群像劇
若い人（上）	石坂洋次郎	若き男女の三角関係を描いた〝青春文学〟の秀作
若い人（下）	石坂洋次郎	教師と女学生の愛の軌跡を描いた秀作後篇

P+D BOOKS ラインアップ

四十八歳の抵抗	石川達三	中年の危機を描き流行語にもなった佳品
変容	伊藤 整	老年の性に正面から取り組んだ傑作長編
ア・ルース・ボーイ	佐伯一麦	〝私小説の書き手〟佐伯一麦が描く青春小説
マリリン・モンロー・ノー・リターン	野坂昭如	多面的な世界観に満ちたオリジナル短編集
時代屋の女房	村松友視	骨董店を舞台に男女の静謐な愛の持続を描く
北の河	高井有一	抑制された筆致で「死」を描く芥川賞受賞作

P+D BOOKS ラインアップ

子育てごっこ	三好京三	●未就学児の「子育て」に翻弄される教師夫婦
喪神・柳生連也斎	五味康祐	●剣豪小説の名手の芥川賞受賞作「喪神」ほか
宣告(上)	加賀乙彦	●死刑囚の実態に迫る現代の〝死の家の記録〟
宣告(中)	加賀乙彦	●死刑確定後独房で過ごす青年の魂の劇を描く
宣告(下)	加賀乙彦	●遂に〝その日〟を迎えた青年の精神の軌跡
フランドルの冬	加賀乙彦	●仏北部の精神病院で繰り広げられる心理劇

（お断り）

本書は1947年に新潮社より発刊された文庫『若い人』下巻を底本としております。

あきらかに間違いと思われるものについては訂正いたしましたが、基本的には底本にしたがっております。また、一部の固有名詞や難読漢字には編集部で振り仮名を振っています。

本文中には芸妓、娼妓、支那、校僕、給仕、炊婦、節婦、斜視、眇眼、傴僂、二号、三号、野蛮人、不具、小僧、神経衰弱、百姓女、奴隷、賤民、ぽかんさん、神経病患者、女給、片端者、兎唇、鬼子、足萎え、業病、妓、看護婦、娼婦、売笑婦などの言葉や人種・身分・職業・身体等に関する表現で、現在からみれば、不当、不適切と思われる箇所がありますが、著者に差別的意図のないこと、時代背景と作品価値とを鑑み、著者が故人でもあるため、原文のままにしております。

差別や侮蔑の助長、温存を意図するものでないことをご理解ください。

石坂洋次郎（いしざか ようじろう）

1900年（明治33年）1月25日―1986年（昭和61年）10月7日、享年86。青森県出身。1936年『若い人』で第1回三田文学賞受賞。代表作に『麦死なず』『石中先生行状記』『光る海』など。

P+D BOOKS

ピー プラス ディー ブックス

P+Dとはペーパーバックとデジタルの略称です。
後世に受け継がれるべき名作でありながら、現在入手困難となっている作品を、
B6判ペーパーバック書籍と電子書籍で、同時かつ同価格にて発売・配信する、
小学館のまったく新しいスタイルのブックレーベルです。

若い人（下）

2020年10月13日　初版第1刷発行

著者　石坂洋次郎
発行人　飯田昌宏
発行所　株式会社　小学館
〒101-8001
東京都千代田区一ツ橋2-3-1
電話　編集　03-3230-9355
販売　03-5281-3555
印刷所　昭和図書株式会社
製本所　昭和図書株式会社
装丁　おおうちおさむ（ナノナノグラフィックス）

ISBN978-4-09-352401-8

P+D BOOKS